Knaur.

Knaur.

Über den Autor:
Wolf Serno hat lange als Werbetexter in großen Agenturen und 20 Jahre lang als Creative Director in einer großen Hamburger Agentur gearbeitet. 1997 beschloss Wolf Serno, nicht mehr für andere, sondern für sich selbst zu schreiben. Das Ergebnis war der Bestseller »Der Wanderchirurg«. Wolf Serno lebt mit seiner Frau und seinen Hunden in Hamburg.
Besuchen Sie auch die Homepage des Autors:
www.wolf-serno.de

WOLF SERNO

Hexenkammer

Roman

Knaur Taschenbuch Verlag

Dieses Buch erschien im Droemer Verlag
bereits unter der Bandnummer 19594
und dem Titel »Die Hitzkammer«.

Besuchen Sie uns im Internet:
www.knaur.de

Vollständige Taschenbuchausgabe September 2005
Knaur Taschenbuch
Ein Unternehmen der Droemerschen Verlagsanstalt
Th. Knaur Nachf. GmbH & Co. KG, München

Umschlaggestaltung: boooxs.com, artists@boooxs.com
Umschlagmotiv: Bridgeman/ALINARI Archives, Florence,
Phillippe de Champaigne, Vanitas
Satz: Ventura Publisher im Verlag
Druck und Bindung: CPI – Clausen & Bosse, Leck
Printed in Germany
ISBN 978-3-426-50293-8

2 4 5 3 1

Wehe denen, die Böses gut
und Gutes böse heißen,
die aus Finsternis Licht
und aus Licht Finsternis machen …
Jesaja 5, 20

»Du verbrennst das Geblut.«
»Ich lesche aus die Brunst der Unkeuschheit.«
»Du bringst Schmerzen.«
»Ich treib aus Unreinigkeit …«
Ulrich von Hutten
im Zwiegespräch
mit seiner Syphilis

Für mein Rudel:
Micky, Fiedler († 16), Sumo, Buschmann
und Eddi, den Dänen

Prolog

Das Blut spritzte, als der Erste Sohn des Teufels dem Zweiten Sohn des Teufels das Messer in den Arm stieß.

Der Dritte Sohn des Teufels lächelte mit starrem Blick. Auch sein Blut würde gleich fließen. Es würde in den eisernen Topf zu ihren Füßen rinnen und sich mit dem seiner beiden Brüder verbinden. Doch sie würden es noch nicht trinken.

Erst musste dem Ritual Genüge getan werden. Luzifer musste gnädig gestimmt sein, wollte man in den Bereich der höchsten Lüste vorstoßen.

Der entrückte Zustand, in dem sich der Dritte Sohn des Teufels befand, ließ ihn kaum den Schmerz spüren, als das Messer auch in seinen Arm drang. Wieder musste er lächeln. Es war lustig, wie das Blut spritzte. Und es würde schmecken. Denn es würde noch ein viertes Blut dazukommen. Bald, sehr bald.

Der Erste Sohn des Teufels nahm eine der Fackeln von der Wand und hielt sie hoch über sich. »Luzifer!«, rief er mit lauter Stimme, »Deine Söhne sind hier, um Dir zu huldigen!« Dann ließ er die Fackel kreisen und begann mit abgehackten Bewegungen um das Feuer zu tanzen.

Der Zweite und der Dritte Sohn des Teufels taten es ihm nach, denn die besondere Verbindung, die zwischen ihnen und dem Ersten Sohn des Teufels bestand, verlangte es so.

Ein schwerer Singsang, immer lauter werdend, drang aus den Kehlen der drei. Ihre Körper wurden schneller, ihre Masken bewegten sich im Takte des Singsangs. Die Melodie wurde rhythmischer. Die Körper passten sich ihr an. Schweiß lief den dreien in Bächen über die Haut. Schwerer

Geruch nach Weihrauch lag in der Luft. Endlich, mit einem gutturalen Schrei, beendete der Erste Sohn des Teufels den Gesang, fiel erschöpft zu Boden und betete inbrünstig:

»Luzifer, Du Herrlicher!
Einzig bist Du, einzig warst Du,
einzig wirst Du immer sein!
Deine Kraft und Männlichkeit
komme über uns,
auf dass wir Dich
wie unser eigenes Leben lieben!
Auf ewig!«

»Auf ewig!«, riefen auch der Zweite und der Dritte Sohn des Teufels.

Nun würde bald das vierte Blut sich mit dem ihren vereinen.

Der Zweite und der Dritte Sohn des Teufels lächelten jetzt mit leuchtenden Augen. Denn das, was vorher käme, schmeckte ihnen noch besser als Blut. Sie würden eine Frau schmecken. Sie würden ihre Kraft in sie versenken.

Und Luzifer würde es gutheißen.

Der Erste Sohn des Teufels erhob sich und verließ den Ort ihrer Zeremonie. Er ging voran, den eisernen Topf in Brusthöhe vor sich haltend. »Sei bereit! Luzifer will seinen Tribut!«, rief er mit schallender Stimme. »Sei bereit, uns zu empfangen.«

Doch dort, wo vorhin noch eine Frau gelegen hatte, war nur noch leerer Stein. Luzifers Opfer war fort.

Die Freude des Zweiten und des Dritten Sohns des Teufels hielt unverändert an. Sie verstanden das Geschehene nicht.

Der Erste Sohn des Teufels war der Einzige, der die ganze Tragweite dieses Ereignisses ermessen konnte. Hastig setzte er den Topf mit dem Blut ab und riss sich die Maske herunter. Sein Gesicht verzerrte sich vor Wut.

»Dafür muss sie brennen!«, zischte er.

Der Tag davor

Der Mann, der sich Lapidius nannte, stand in seinem Laboratorium und schob zwei Buchenscheite in einen bauchigen Ofen aus roten Ziegeln. »Das Feuer im Athanor muss ununterbrochen brennen«, murmelte er, »ununterbrochen, denn je mehr es dem ewigen Feuer gleichkommt, desto besser gelingt das Werk.« Aufmerksam beobachtete er, wie die Flammen sich augenblicklich in das abgelagerte Holz fraßen.

Als er sicher war, dass die Scheite gut durchglühen würden, ging er die drei Schritte hinüber zu seinem Experimentiertisch, dessen Oberfläche gänzlich mit gläsernen Tiegeln und Kolben bedeckt war. Er zog ein papierenes Büchlein heran, schlug es auf und beugte sich über seine Aufzeichnungen. Es waren Angaben zu seiner jüngsten Versuchsreihe, die er am Tag zuvor festgehalten hatte: Angaben über Stoffe, Flüssigkeitsmengen, Temperaturen, Verfärbungen und zeitliche Abfolgen. Er musste die Augen zusammenkneifen, um die Eintragungen besser entziffern zu können. Geraume Zeit las er. Das, was er gestern geschafft hatte, machte Sinn. Die einzelnen Schritte waren logisch, die Erkenntnisse richtig. Ein Gefühl der Zufriedenheit durchströmte ihn. Trotzdem würde es noch eine Weile dauern, bis er am Ziel war. Geduld und Scharfsinn, das war es, worauf es in der Alchemie ankam.

Er blickte auf und blinzelte. Seine Augen wurden schwächer. Das war eine bedauerliche Tatsache. Er war beinahe vierzig, und mit jedem Jahr, das er älter wurde, ließ seine Sehkraft nach. Jedenfalls auf kurze Entfernungen. Er seufzte, griff zu einem schön gearbeiteten Federmesser und spitzte einen Gänsekiel an. Dann, nachdem er ihn in ein bereitstehendes Tintenfass getaucht hatte, schrieb er mit akkurater Schrift auf eine neue Seite:

Pagina 19
noch: Die Amalgamation zum Zwecke der Gewinnung von Gold und Silber mittels Quecksilber.
Variatio VII, Montag, 11. Aprilis AD 1547

Abermals kniff er die Augen zusammen. Wenn das so weiterging, brauchte er bald eine Sehhilfe. Er tauchte die Feder erneut ein, als unvermutet heftig an die Tür geklopft wurde. »Was gibts?«, rief er, nicht eben verbindlich. Gewöhnlich war er ein Mann von freundlichem Wesen, doch konnte er es nicht ausstehen, wenn man ihn während der Arbeit unterbrach.

Die Tür wurde aufgestoßen. Marthe, seine Magd, stand da. Sie war ein strammes Weibsbild von siebenundzwanzig Jahren, mit roten Backen, blauen Augen und lockerem Mundwerk. »Herr, ich weiß, dass Ihrs nich gern habt, wennich stör, abers geht nu mal nich anners. Der Büttel is draußen, un es wär sehr dringend!«

»Ja, und?« Lapidius streute Löschsand auf seine Zeilen.

»Inner Folterkammer is ne junge Frau, die hamse gepiesackt, un nu isse ohnmächtich, un es kann nich weitergehn.«

Lapidius beabsichtigte nicht, sich aus der Ruhe bringen zu lassen. »Dass hier in Kirchrode gefoltert wird, ist schlimm genug. Du weißt, dass ich derlei Methoden keinesfalls billige. Aber ich habe nichts damit zu schaffen. Dafür ist der Stadtmedicus zuständig. Er ist approbiert, im Gegensatz zu mir.« Lapidius wollte sich wieder über sein Versuchsprotokoll beugen, doch Marthe ließ nicht locker:

»Der Büttel sacht, der Medicus is krank.«

»Nun gut, dann ist da immer noch der Bader. Möge er der Frau helfen.«

»Der Büttel sacht, der Bader hatn Arm inner Schlinge. Seit gestern. Der kann auch nich. Deswegen, sacht er, isser ja hier.«

Lapidius runzelte die Stirn und fügte sich in sein Schicksal. Es sollte wohl nicht sein, dass er an diesem Vormittag zum besinnlichen Experimentieren kam. »Die Ohnmächtige befindet sich in der Folterkammer, sagtest du?«

»Ja, unten im Keller vom Rathaus, un Ihr möchtet ganz schnell kommen.«

»Gut.« Jetzt, wo Lapidius sich gedanklich von seiner Arbeit getrennt hatte, handelte er rasch. Er richtete seinen hageren Körper zu voller Höhe auf und befahl: »Sage dem Büttel, er soll vorauslaufen. Ich komme gleich nach.«

»Ja, Herr, ja. Ogottogott, is dasne Aufregung!« Marthe drehte sich so schwungvoll in der Tür um, dass ihre gestärkte weiße Haube einen Knick bekam.

Lapidius überlegte kurz. Er war kein Arzt, hatte somit auch keine Instrumente oder Medikamente, die er mit sich führen konnte. Er hatte nur sein Wissen über einige Therapien, die er früher einmal kennen gelernt hatte. Schließlich griff er zu einem irdenen Tiegel und mischte darin *Sal ammoniacum* und gelöschten Kalk, tat noch ein paar Tropfen vom ätherischen Öl des Lavendels hinzu und verließ mit großen Schritten sein Laboratorium.

Richter Reinhardt Meckel trommelte ungeduldig mit den Fingern auf die große Tischplatte. Er saß mit sechs Schöffen tief unten in den Gewölben des Rathauses und war alles andere als guter Laune. Der Grund dafür war die blonde junge Frau, die vor ihm über den Daumenschrauben zusammengebrochen war. Freyja Säckler hieß sie. Und sie war eine Hexe. Doch das zuzugeben, hatte sie sich hartnäckig geweigert. Es war ihm nichts anderes übrig geblieben, als sie, nach Einverständnis durch den Rat der Stadt, foltern zu lassen.

Meckels Finger schlugen einen Wirbel. Er hoffte, dass die Delinquentin nicht starb. Das würde noch mehr Schreiberei und Fragerei nach sich ziehen als das bloße Tortieren. Und er hoffte, dass der neue Bürger der Stadt, von dem es hieß, er sei unter anderem in der Medizin bewandert, endlich einträfe.

Wie um seine trüben Gedanken zu vertreiben, öffnete

sich in diesem Augenblick die schwere Eichentür, und ein hagerer, groß gewachsener Mann trat über die Schwelle. Meckel taxierte ihn. Er wusste, dass der Neuankömmling von Stand war, gebildet, studiert und der Wissenschaft verschrieben. Dazu durchaus vermögend. Das hatte ihm Bürgermeister Stalmann bei einer der letzten Ratssitzungen anvertraut. Der Mann lebte als freier Bürger seit ungefähr einem halben Jahr in Kirchrode, genauer gesagt, in der Böttgergasse, daselbst in einem schmucken dreistöckigen Fachwerkhaus, das er gleich nach seiner Ankunft erworben hatte.

Meckel wunderte sich. Der Mann war wohlsituiert, doch sein schwarzer Mantel hatte schon bessere Tage gesehen. Dasselbe galt für die Samtkappe auf dem Kopf, die Hosen, die Schuhe und das spitzenbesetzte Leinenhemd. Es mochte hier sein wie bei manchem Gelehrten, dem seine Forschungen wichtiger waren als sein Äußeres. Meckel sah noch näher hin. Der Mann war bartlos, mit schmalem Gesicht und ernsten Augen über einer kräftigen Nase. Ein paar Fältchen um die Augenwinkel verrieten, dass er auch zu lachen verstand. Sein Alter mochte vierzig Jahre betragen, vielleicht ein wenig mehr. Irgendetwas in diesem Gesicht war ungewöhnlich. Meckel schlug einen weiteren Wirbel, dann wusste er es: Der Mann war überhaupt nicht behaart; er hatte weder Bart noch Augenbrauen noch Wimpern. »Ich danke Euch, dass Ihr so schnell gekommen seid«, hob er an, »Euer Name ist …«

»Lapidius, Herr Richter. Ludolf Lapidius.«

Meckel zögerte. »Um es freiheraus zu sagen: Ich weiß nicht, wie ich Euch anreden soll. Mir ist zwar bekannt, dass Ihr ein Gelehrter seid, aber ich kenne nicht Euren Titel.«

Über Lapidius' Gesicht huschte ein Lächeln. »Nun, Herr Richter, ich bin einfach ein Neugieriger. Jemand, der den Dingen gern auf den Grund geht. Manche würden mich als Alchemisten bezeichnen, ich hingegen sehe mich eher als Universalgelehrten. Doch sei es, wie es sei: Ich habe den akademischen Grad eines Magisters erworben.«

»Gut, Herr Magister«, nickte Meckel. Das Trommeln

seiner Finger erstarb. »Und in Eurer Eigenschaft als Universalgelehrter habt Ihr auch die Medizin studiert, nicht wahr?«

»Ganz recht.«

»Schön. Das sicherzustellen lag mir am Herzen. Würdet Ihr Euch nun um diese als Hexe angeklagte junge Frau kümmern?«

»Gern.« Lapidius war schon zu der Ohnmächtigen hingetreten. Man hatte die Daumenschrauben in der Zwischenzeit gelöst. Er sah die blutenden, zerquetschten Nägel und unterdrückte einen Anfall von Übelkeit. Es war nicht so, dass er kein Blut sehen konnte, im Gegenteil, er hatte in seinem Leben schon manche Verletzung behandelt, darunter sogar weit schlimmere, aber an Wunden, die unter Folterqualen entstanden waren, würde er sich sein Lebtag nicht gewöhnen. Er nahm das Handgelenk und prüfte den Puls. Er war deutlich, aber schwach. Dann zog er der jungen Frau ein Augenlid hoch. Die verdrehte Pupille zeigte, dass sie sich noch in tiefer Bewusstlosigkeit befand. Lapidius nahm den mitgebrachten Tiegel und hielt ihr den Inhalt unter die Nase. Nichts geschah. Lapidius versuchte es erneut, doch die Ohnmacht schien so tief zu sein, dass selbst der scharf-würzige Geruch des Salzes sie nicht zu beenden vermochte. Er blickte sich um. »Ich brauche einen Schemel. Wenn einer der Herren die Freundlichkeit hätte …«

Während das Gewünschte herbeigeschafft wurde, hatte Lapidius Muße, der Frau ins bleiche Gesicht zu sehen. Überrascht stellte er fest, dass sie von außergewöhnlicher Schönheit war, mit einem vollen, ausdrucksstarken Mund, einer kleinen, geraden Nase, ebenmäßigen Zügen. Dazu kam das lange, zu dicken Zöpfen geflochtene blonde Haar. Keine zwanzig Jahre zählte sie, da war er sicher. Das Einzige, was den Gesamteindruck störte, war hier und da eine schorfige Pustel auf ihrer makellosen Haut.

Lapidius besann sich wieder auf seine Aufgabe und ordnete an, die Ohnmächtige auf den Rücken zu drehen und ihre Unterschenkel auf die Sitzfläche des Schemels zu heben. Er hoffte, dass dadurch das Blut in ihren Kopf zurückfließen würde.

Doch auch diese Maßnahme zeitigte keinen Erfolg. Lapidius widerstrebte es, aber er sah keine andere Möglichkeit mehr. Er ließ einen Eimer Wasser kommen und schüttete ihn der Frau ins Gesicht. Das half endlich. Freyja Säckler kam zu sich. Sie prustete, nieste und schüttelte den Kopf. Dann schien der Schmerz wieder über sie herzufallen, denn sie stöhnte auf und vergrub die Hände in den Achseln. Ein grimmiger Gesichtsausdruck trat auf ihre schönen Züge.

Meckel ergriff das Wort: »Ich bin Euch sehr zu Dank verpflichtet, verehrter Magister«, sagte er. »Darf ich Euch bitten, der weiteren Tortur beizusitzen, nur für den Fall, dass sich ein derartiges Missgeschick wiederholt?«

Lapidius nickte, obwohl er keinerlei Wert darauf legte, die Peinigung mitzuverfolgen. Er setzte sich auf den Stuhl, der zur Behandlung gedient hatte.

Meckel befahl dem Folterknecht: »Gunthart, hilf der Angeklagten auf. Gut so. Nun, Freyja Säckler, ich hoffe, du ersparst dir und uns weitere Anstrengungen. Gestehe, dass du eine Malefizperson bist. Bekenne dich zu Luzifer, mit dem du im Bunde bist, gemäß den vorliegenden Zeugenaussagen, und vor allem: schwöre ab, damit du, so du brennen wirst, nicht im ewigen Fegefeuer endest.«

Bei den letzten Worten glaubte Lapidius einen lüsternen Glanz in den Augen des Richters erkannt zu haben, und er fragte sich, ob dem wirklich so war. Doch bevor er sich näher mit dem Gedanken beschäftigen konnte, antwortete die Angeklagte:

»Nichts werd ich. So wahr ich hier steh. Und so wahr ich keine Hexe bin!«

Meckels Finger schlugen erneut einen Trommelwirbel. »Das hatten wir doch alles schon, Freyja Säckler!« Sein Ton klang plötzlich gereizt. »Du bist eine Hexe. Es gibt Zeugenaussagen dafür. Gestehe und mach dieser Posse ein Ende! Ich sage dir, und ich sage es zum letzten Mal: Das Gericht kann auch anders. Die Daumenschrauben waren erst der Anfang. Glaube mir: Die Schmerzen der Schrauben werden dir gegen die des Stachelstuhls und des Streckbetts vorkommen wie Liebkosungen.«

»Ich bin keine Hexe!«

»Das sagen alle, aber bisher hat sich noch jede unter der Folter dazu bekannt.«

»Ich bin keine Hexe! Ich bin keine Hexe! Ich bin keine Hexe! Geht das nicht in Euren Kopf rein, verdammt noch mal?« Trotzig schob die Säckler das Kinn vor.

Für einen Augenblick war Meckel fassungslos. Dann schoss er von seinem Sitz hoch. »Sie hat die Würde des Gerichts missachtet!«, schrie er. »Und sie hat geflucht! Die Herren Schöffen haben es gehört! Sie hat gotteslästerlich geflucht!«

Die Schöffen, eine Auswahl ebenso unbescholtener wie selbstgerechter Kirchroder Bürger, blickten empört. Sie steckten die Köpfe zusammen und tuschelten, während Meckels Hand übergangslos auf den Schreiber zielte, ein dünnes Männchen, das etwas abseits an einem Pult saß. »Habt Ihr das mitgeschrieben, Herr Protokollführer? Ja? Gut! Alles, was die Angeklagte äußert, muss genauestens festgehalten werden, alles, was sie als Hexe ausweist, alles, einfach alles!«

Lapidius wollte sich einmischen, aber schon schrie der Richter weiter: »Freyja Säckler, wir sind nicht gewillt, deine Widerborstigkeit länger hinzunehmen! Unsere Geduld ist erschöpft! Jetzt werden andere Saiten aufgezogen! Gunthart, reiß der Angeklagten die Kleider herunter! Ein Hexenmal auf ihrem Körper wird sie als Dämonin entlarven.«

Jetzt konnte Lapidius nicht länger an sich halten: »Verzeiht, verehrter Richter«, sagte er, so ruhig er konnte, »haltet Ihr es wahrhaftig für notwendig, die Angeklagte zu entkleiden? Fluchen macht eine Frau nicht gleich zur Hexe. Und ein *Stigma maleficarum* kann auch ein harmloser Leberfleck sein.«

Lapidius' besonnene Art verfehlte ihre Wirkung nicht. Meckel rang um Haltung. »Bei Gott, Herr Magister«, sagte er mühsam, »ich habe Euch nicht gebeten, hier zu bleiben, damit Ihr das Prozedere stört – Gunthart, tue, wie dir befohlen wurde! –, dennoch will ich Euch antworten. Wisset also, dass nach dem *Hexenhammer* die Hexe eine ›in der Ketzerei der Hexen Ertappte‹ ist, welches sich auf dreierlei Arten deutlich macht: erstens durch das Indizium der Tat, das heißt, wenn die Betroffene öffentlich Ketzerei gelehrt hat, etwa durch Drohungen wie: ›Du wirst niemals gesunde Tage mehr haben!‹ Eine solche Drohung hat die Säckler nachweislich ausgestoßen. Zweitens durch gesetzmäßige Beweise der Zeugen, die in diesem Falle angaben, dass ein von der Säckler berührter Axtstiel augenblicklich zu bluten begann. Und drittens durch das eigene Geständnis. Und eben dieses will ich hier und heute durch die Peinliche Befragung herbeiführen.«

Lapidius zog es vor, nicht auf die Ausführungen des Richters einzugehen. Statt zu antworten, trat er auf die mittlerweile Entkleidete zu. Gunthart stand hinter ihr, die groben Hände wie Schraubstockbacken in ihre Schultern gekrallt. Hilflos wie am Pranger stand die Säckler da – die Augen geschlossen, der schöne Mund nur ein Strich.

»Lass sie los, Gunthart.« Lapidius hatte auch am Körper kleine, pustelähnliche Erhöhungen erspäht. Er zwang sich, nicht auf die wohl gerundeten Brüste zu blicken, und nahm den Ausschlag in Augenschein. Dann betastete er die schorfig-nässenden Punkte, zog sie mit den Daumen auseinander, beroch sie, überprüfte das austretende Secretum und wiederholte anschließend das Ganze noch einmal. Und je länger seine Untersuchung andauerte, desto mehr wurde sein Verdacht zur schrecklichen Gewissheit.

»Ich muss Euch allein sprechen, Herr Richter«, sagte er endlich. »Bitte habt die Liebenswürdigkeit und schickt Gunthart und den Herrn Protokollführer hinaus. Ebenso die Herren Schöffen.«

Meckel schnappte nach Luft. »Das ist … unmöglich.«

»Glaubt mir, es muss sein. Wäre es nicht so, würde ich Euch nicht bitten.« Lapidius' Ton ließ keinen Widerspruch zu.

»Nun denn, in Gottes Namen. Aber nur kurz.« Mit einer herrischen Bewegung winkte Meckel die Anwesenden hinaus. »Erst stört Ihr das Procedere, Magister Lapidius, dann besteht Ihr darauf, dass die Peinliche Befragung unterbrochen wird. Ich hoffe, Ihr habt einen triftigen Grund dafür. Einen sehr triftigen.«

»Den habe ich.«

»Und?«

»Herr Richter, ich muss Euch leider mitteilen, dass die Angeklagte Freyja Säckler von der Gallischen Krankheit befallen ist.«

Meckel fiel die Kinnlade herab. »Das ist doch ... das ist ... nein! Sagt, dass das nicht stimmt.«

»Doch, es ist leider so.«

Meckel überlegte fieberhaft. »Seid Ihr ganz sicher, dass es nicht nur eine einfache Krätze ist?«

»Leider ja. Ich kenne mich diesbetreffend aus. Das Krankheitsbild spricht eine eindeutige Sprache.«

Meckel schwieg erschüttert. Das von Lapidius konstatierte Leiden hatte in den letzten Jahrzehnten überfallartig ganz Europa heimgesucht. Es war, ähnlich wie die Pest, eine Geißel Gottes und hatte viele Namen: *Scabies grossa, Mal franzoso, Lues* oder auch *Pöse Platern, Lustseuche* und *Geschlechtspest.*

Lapidius fuhr fort: »Ihr wisst, dass die Gallische Krankheit, neuerdings mehr und mehr Syphilis genannt, dem Gesetz nach behandelt werden muss?«

»Ich weiß, ich weiß.« Meckels Gedanken überschlugen sich. Syphiliskranke verbannte man entweder vor die Stadttore oder steckte sie ins Franzosenhaus, eine Stätte, in der, ähnlich wie in Leprahäusern, die Kranken behandelt wurden – wobei die Therapie sich meistens darin erschöpfte, den Insassen in weitem Abstand einen Essnapf hinzustellen. Eine solche Isolierung der Säckler kam nicht in Frage, schon deshalb nicht, weil es in Kirchrode kein Franzosenhaus gab. Eine Verbannung der Kranken schied ebenso aus, schließlich war sie als Hexe angeklagt.

Lapidius unterbrach Meckels Überlegungen. »Ich schlage vor, die Kranke nicht weiter zu tortieren«, sagte er.

»Kommt nicht in Frage!« Meckel wusste zwar nicht, was mit der Kranken geschehen sollte, aber er war ganz sicher, dass die Peinliche Befragung abgeschlossen werden musste. Und zwar mit einem Geständnis.

»Verzeiht, dass ich Euch widerspreche«, sagte Lapidius und blickte Meckel direkt in die Augen. »Ihr habt vorhin den *Hexenhammer* erwähnt, jenes Werk, das die Kirche verfassen ließ, um festzuschreiben, wie Hexenprozesse ablaufen müssen. Ich darf Euch mit dem gebotenen Respekt darauf hinweisen, dass Ihr kein Gottesmann seid. Soweit mir bekannt ist, seid Ihr Richter und außerdem Rat der Stadt Kirchrode. Somit seid Ihr, wie alle weltlichen Juristen, der *Constitutio Criminalis Carolina* verpflichtet, also der Gerichtsordnung, die Kaiser Karl V. anno 1532 erließ.«

»Es liegt im Ermessen des Richters, welches Werk er zu Rate zieht. Es kann dieses sein oder auch jenes. Häufig sind es sogar beide, was nicht verwundert, denn es gibt in der Rechtsauffassung viele Parallelen«, entgegnete Meckel steif.

»Da bin ich ganz Eurer Meinung. Nach der *Carolina* allerdings muss eine Schuld bewiesen sein, bevor gefoltert werden darf. Wurde der blutende Axtstiel dem Gericht zur Ansicht vorgeführt?«

Der Richter schürzte die Lippen. »Nein, das wurde er nicht. Aber es gibt Zeugenaussagen, nach denen die halbe Stadt von der Säckler verhext wurde. Sie hat Vieh mit Krankheit geschlagen, Missgeburten herbeigezaubert, Kinderfinger zu Salbe eingekocht und mit dem Teufel mehrfach Unzucht getrieben.«

»Großer Gott!« Lapidius musste an sich halten. Fast hätte er hinzugefügt: »Und das glaubt Ihr?« Stattdessen sagte er: »Wer um alles in der Welt hat diese angeblichen Taten bezeugt?«

»Es sind die Bergmannsfrau Auguste Koechlin und die Witwe Maria Drusweiler. Unbescholtene Bürgerinnen, denen keiner etwas nachsagen kann.«

»Sie sind die einzigen Zeuginnen?«

»Ja, warum fragt Ihr?« Meckel spürte Ärger in sich hochwallen.

»Nun, wenn die Säckler die halbe Stadt verhext hat, müsste es doch viel mehr Zeugen geben.«

Dem Richter fiel darauf nichts ein. Er hätte es niemals zugestanden, aber Lapidius hatte es fertig gebracht, einen leisen Zweifel in ihm zu säen.

Als hätte er seine Gedanken erraten, sagte Lapidius: »Ihr wisst sicher, dass ein Richter, sofern er nur die geringsten Zweifel hat, verpflichtet ist, bei anderen Gerichtshöfen oder juristischen Fakultäten Rat einzuholen.«

Meckel wollte aufbegehren, doch Lapidius sprach rasch weiter: »In der Halsgerichtsordnung von Kaiser Karl heißt es wie folgt:

> *Item wo unser Amptlewt Lastner Richter oder Schoepffen in verstandt dieser unser ordnung zweyffenlich wurden soellen sie bey unsern Reten erclerung suchen ...«*

Meckel holte tief Luft. Er fragte sich, woher dieser Lapidius seine fundierten Rechtskenntnisse besaß, machte sich dann klar, dass er einen überaus gebildeten Mann vor sich hatte, und antwortete schließlich: »Nun ja, das stimmt. Aber es dürfte mindestens drei Wochen dauern, bevor ich auf eine juristische Stellungnahme der hohen Herren aus Goslar hoffen darf.«

»Das trifft sich gut. Eine Syphilisbehandlung im vorliegenden Stadium dauert ähnlich lange, nämlich zwanzig Tage.«

»Wie meint Ihr das?« Meckel verstand nicht.

»Ich meine, dass ich bereit bin, die Kranke zu kurieren, während Ihr auf Antwort aus Goslar wartet. Doch muss ich wohl besser sagen: Ich mache den Versuch, denn die Mortalität bei der Behandlung ist hoch. In jedem Fall würde ich die Säckler bei mir aufnehmen und dafür sorgen, dass niemand sich die Seuche bei ihr holen kann. Ihr wisst sicher, dass die Syphilis äußerst kontagiös ist?«

»Gewiss, gewiss. Ihr seid ... äh ... ungewöhnlich hilfsbereit.«

»Ich habe meine Gründe.«

»Natürlich.« Meckel konnte sich beim besten Willen nicht vorstellen, welche Gründe das sein mochten, doch focht ihn das nicht weiter an. Stattdessen wog er rasch das Für und Wider des Angebots ab. Wenn die Angeklagte bei Lapidius untergebracht war, so trug dieser auch die Verantwortung für sie, und zwar gleich in mehrfacher Hinsicht: dafür, dass sie nicht floh, dafür, dass sie niemanden ansteckte, dafür, dass sie keine Hexereien betrieb, und dafür, dass sie wieder gesund und verhandlungsfähig wurde. In welche Richtung Meckel auch dachte, es ergaben sich für ihn nur Vorteile. Und für den Fall, dass etwas passierte: nur Nachteile für Lapidius. Was blieb, war lediglich der Umstand, dass er die zum Prozess gehörende Folter vorschriftswidrig abbrechen musste. Aber das würde er seinen Ratskollegen bei nächster Gelegenheit erklären können. Und zudem: Aufgeschoben war nicht aufgehoben. »Vorausgesetzt, ich würde Eurem Vorschlag zustimmen, Magister: Kann ich auf Eure Diskretion zählen? Es wäre fatal, wenn sich herumspräche, dass die Franzosenkrankheit in der Stadt ist.«

»Ihr habt mein Wort, Herr Richter.«

»Dann bin ich einverstanden. Bitte gebt mir Bescheid, wenn die Behandlung abgeschlossen ist, damit der weitere Prozessverlauf festgelegt werden kann.«

»Das werde ich.«

Sie gaben sich die Hand, und kaum war dies geschehen, verließ Meckel schnellen Schrittes den Raum. Eine gewisse Verlegenheit bemächtigte sich Lapidius', denn ihm wurde bewusst, dass er mit der nackten Frau nun allein war. Hastig drehte er sich zur Wand. »Bitte, zieh dich wieder an.«

Sie gab keine Antwort, aber er hörte Stoff rascheln. Als er glaubte, sie müsse fertig sein, wandte er sich um und stellte erleichtert fest, dass sie wieder ihren zerschlissenen Rock, das billige Kamisol und die abgewetzte Knopfjacke trug. Er trat auf sie zu und wollte nach ihren tortierten Daumen sehen, doch sie zog die Hände fort. Er zuckte mit den Schultern. »Wie du willst, dann werde ich mir die Verletzungen eben später ansehen. Komm jetzt, ich stütze dich.«

»Ich kann allein gehen!«

Ihre Augen sprühten. Die Farbe erinnerte Lapidius an das Blaugrün von Kupfervitriol. »Ich meinte es nur gut.

Mach mir keine Schwierigkeiten. Mein Haus steht ganz in der Nähe.«

Sie lachte. Es war ein kurzes, verächtliches Lachen. »Keine Sorge. Ich tät mit jedem fortlaufen, nur damit ich wegkomm aus diesem Loch.«

»Gut, dann gehe ich vor.«

Er schritt zur Tür, und zu seinem nicht geringen Erstaunen folgte sie ihm auf dem Fuße.

Kirchrode im Oberharz war eine Stadt mit annähernd tausend Einwohnern, darunter Kaufleute, Handwerker und Tagelöhner; die Hauptmasse jedoch bildeten die Bergleute. Ihnen und der durch den Landesherrn erteilten Bergfreiheit verdankte die Stadt ihren Wohlstand. Die Bergfreiheit garantierte vielerlei Privilegien: So waren die Bürger von Steuer und Kriegsdienst befreit, durften Räte und Richter frei wählen, das Markt-, Brau- und Schankrecht ausüben, Bau- und Brennholz in den umliegenden Wäldern schlagen und mancherlei andere Gerechtsamen nutzen. Lediglich ein Förderzins in Höhe des Zehnten musste regelmäßig entrichtet werden.

Dass Kirchrode blühte, war am deutlichsten an den zahlreichen prächtigen Fachwerkhäusern abzulesen, die im Stadtkern lagen. Hier, am Gemswieser Markt, standen die schönsten Bauten, liebevoll errichtet, mit reichem Schnitzwerk an Säulen, Knaggen und Balkenköpfen. Der Stolz Kirchrodes aber war das Rathaus, ein gotischer Steinbau, dessen Hauptflügel sich zum Marktplatz hin öffnete. Aus eben diesem trat Lapidius nun hervor, Freyja Säckler hinter sich. »Wir überqueren den Markt, biegen auf der anderen Seite in den Kreuzhof ein und kurz darauf in die Böttgergasse. Dann ist es nicht mehr weit«, erklärte er.

Sie gab keine Antwort, schloss aber zu ihm auf, so dass sie nun an seiner Seite ging. Ohne auf seine Umgebung zu achten, steuerte er vorbei an Ständen, Buden und Karren. Obwohl es zu dieser Jahreszeit noch keine Feldfrüchte gab, kein Obst und auch kein Gemüse, herrschte allerorten hohe Geschäftigkeit. Kurz bevor der Kreuzhof sich vor ihnen auftat, geschah das, was Lapidius befürchtet hatte. Eine der Marktfrauen hatte die Säckler erkannt und schrie:

»He, Leute, seht mal, wer da geht – die Hexe!«

»Die Hexe? Welche Hexe?«

»Freyja Säckler!«

»Wo? Wo geht sie? Sag doch, wo sie geht!«

»Da ist sie doch! Seid ihr blind? Da, da!«

»Ich denk, die ist unter die Folter?«

Solche und ähnliche Rufe erschollen augenblicklich von allen Seiten. Nur fort!, dachte Lapidius, fasste seine Begleiterin am Handgelenk und zerrte sie unsanft zwischen den Neugierigen hindurch, rempelte gegen ein paar Schultern, trat auf verschiedene Füße und landete endlich im Kreuzhof, wo er aufatmend verschnaufte. Doch die Kunde von der frei herumlaufenden Hexe eilte ihnen voraus, Mütter nahmen ihre Kinder beiseite, alte Frauen starrten sie an, und links und rechts vor ihnen öffneten sich Fenster.

Lapidius machte, dass er weiterkam. Fort, nur fort von diesen lüsternen Gaffern! Endlich war die Böttgergasse erreicht. Bis hierher schien die Neuigkeit sich noch nicht herumgesprochen zu haben. Sein Puls raste. Er war es nicht gewohnt, derart zu rennen. Freyja Säckler hingegen schien der Lauf nicht viel ausgemacht zu haben. Ihr Atem ging kaum schneller. »Hier wohne ich«, stieß Lapidius hervor.

Ihr Blick wanderte über das Haus. Es war ein dreistöckiges, gepflegtes Fachwerkgebäude, dessen Oberstock und Dachgeschoss je anderthalb Fuß vorkragten, um auf diese Weise die Bodenfläche zu vergrößern. »Ihr müsst stinkreich sein.«

Eine Stimme aus dem Nachbarhaus brüllte: »Stinkreich, harhar, stinkreich, stinkreich … das is lustich!« Sie gehörte einem Kerl, der sich weit aus dem Fenster lehnte. Er hatte ein einfältiges Gesicht und war so ungeschlacht, dass er den Rahmen zu sprengen drohte. Sein Name war Gorm. Er arbeitete als Hilfsmann bei Schlossermeister Tauflieb. »Stinkreich, harhar, stink…«, wollte er wiederholen, aber sein Blick hatte Freyja Säckler jetzt vollends erfasst. Sein Mund klappte zu, sein Gesicht nahm einen ungläubigen Ausdruck an. Lapidius vermutete, dass er von der Schönheit Freyja Säcklers geblendet war. Eine andere Stimme, barsch und befehlsgewohnt, ertönte von drinnen:

»Zurück an die Arbeit, Faulpelz! Aber ein bisschen plötzlich!« Sie gehörte Tauflieb.

»Lass uns hineingehen«, sagte Lapidius. Sein Atem hatte sich einigermaßen beruhigt.

Lapidius saß in seinem Laboratorium und war der Verzweiflung nahe. Auf dem großen Experimentiertisch, dessen eine Ecke er frei geräumt hatte, stand noch immer das Essen für die Säckler. Unberührt seit Stunden. »Du musst etwas zu dir nehmen«, sagte er zum hundertsten Mal.

Und zum hundertsten Mal antwortete ihm nur ein verstockter Blick.

Wieder und wieder hatte er auf sie eingeredet, doch es war ihm nicht gelungen, die Mauer ihres Schweigens zu durchbrechen. Dabei hatte er es behutsam angestellt, hatte zunächst nach ihrem Elternhaus gefragt, danach, wo sie herkäme, wie alt sie sei. Hatte sich erkundigt, ob sie Geschwister habe, ob Verwandte in der Nähe wohnten und so weiter. Sie hatte starrköpfig geschwiegen. Nur ein, zwei Male hatte sie ihm entgegengeschleudert:

»Was gehts Euch an, lasst mich in Ruh!«

Er war hinausgegangen, hatte Marthe gefragt, wie er ihr Vertrauen gewinnen konnte, doch die hatte nur mit den Schultern gezuckt. Ratlos war er ins Laboratorium zurückgekehrt und hatte weiter auf sie eingeredet. Ohne Erfolg.

»Du musst etwas zu dir nehmen!«

»Esst doch selbst.«

»Niemandem nützt es, wenn du verhungerst.«

»Pah! Was tut Ihr so barmherzig? Wollt mich einwickeln, was? Aber nicht mit mir!«

Lapidius schöpfte Hoffnung. Freyja Säckler hatte ihn etwas gefragt. Das war immerhin ein Anfang. Vielleicht konnte er sie doch von der Wichtigkeit der Nahrungsaufnahme überzeugen. »Sagen wir, ich gehöre zu den Menschen, denen es Freude macht, zu helfen.«

»Pah!« Freyja Säckler verdrehte die schönen Augen. »So jemand ist mir mein Lebtag nicht über den Weg gelaufen. Sagt endlich, was Ihr wollt.«

»Ich will dir wirklich nur helfen, mehr nicht.«

Freyja Säckler schwieg erneut.

Lapidius schob Wurst und Brot beiseite. Mit der Frau war einfach nicht zu reden. Das Einzige, was sie widerstrebend zugelassen hatte, war die Behandlung ihrer gequetschten Daumennägel gewesen. Er hatte sie verbunden und insgeheim gestaunt, wie tapfer sie die Schmerzen ertrug. Kein Wort war über ihre Lippen gekommen. Genau wie jetzt. Nun gut, es sollte eben nicht sein. »Marthe!«, rief er, »Marthe!«

Die Magd kam aus der Küche. »Wassis, Herr?«

»Trag das Essen fort.«

»Was denn? Die feine Dame hat noch immer nix gegessen?« Marthes Vollmondgesicht lief rot an. Sie stemmte die Fäuste in die Hüften. »Jetzt reichts aber! Ne Schande isses, wasde dir mitm Herrn erlaubst. Lang zu, ich sachs nur dies eine Mal! Wennnich, verpass ich dir ne Maulschelle, diede dein Lebtach nich vergessen tust!«

Und das Wunder geschah. Zu Lapidius' grenzenlosem Erstaunen gehorchte die Säckler. Sie ergriff das Brot und biss hinein. Es schien ihr zu schmecken. Schon nahm sie den nächsten Bissen, kaute ihn kaum durch, schluckte ihn hinunter, kaute weiter, schluckte, hieb die Zähne in die Wurst und schloss die Augen, während sie Bissen um Bissen vertilgte.

Marthe grinste zufrieden. Wie alle mütterlichen Frauen freute es sie, wenn jemand herzhaft zu essen verstand. Speise und Trank waren der Mittelpunkt ihres Lebens. »Na also. Ich hol nochn Becher Ziegenmilch zum Nachspülen.«

Lapidius erkannte, dass seine Sprache die falsche gewesen war. Freyja Säckler war eine Frau, die auf Freundlichkeit misstrauisch und schroff reagierte. Wahrscheinlich, weil sie schlechte Erfahrungen im Leben gemacht hatte. Er beschloss, sich das zu merken und fortan kein Blatt mehr vor den Mund zu nehmen. »Hör mal«, sagte er, »mit deiner

Krankheit ist nicht zu spaßen. Sie ist so schwer, dass du alle Kräfte brauchen wirst, sie zu besiegen. Deshalb ist es gut, wenn du jetzt isst. Ab morgen bekommst du keine feste Nahrung mehr.«

Sie unterbrach ihr Kauen und Schlucken. Und sagte nichts.

Lapidius sprach weiter: »Wenn deine Krankheit unbehandelt bleibt, wirst du sterben. Das solltest du wissen. Sei also froh, dass ich mich um dich kümmere.«

»Die Wurst ist gut«, sagte sie.

Lapidius nickte und sah hinüber zu Marthe, die mit der Ziegenmilch hereinkam. Das, was er jetzt zu sagen hatte, war nicht für ihre Ohren bestimmt. »Marthe, stell den Becher ab und lass uns allein.«

Die Magd blickte entrüstet.

»Los, los.«

Als Marthe draußen war, fuhr Lapidius fort: »Dass deine Krankheit Syphilis geheißen wird, hast du vielleicht in der Folterkammer mitgehört. Nach dem, was die Medizin weiß, wird sie grundsätzlich durch, äh ... die Fleischeslust übertragen. Mit wem hattest du in letzter Zeit Verkehr? Ich muss das wissen, denn einer deiner Liebhaber hat dich womöglich angesteckt. Genau so, wie du danach andere angesteckt hast, wenn du mit ihnen Verkehr hattest. Es ist wichtig, alle Personen zu kennen, sonst ist die Seuche nicht einzudämmen. Also: Mit wem hattest du in der letzten Zeit Verkehr?«

»Verkehr? Ihr meint, bei wem ich gelegen hab?« Freyja Säckler nahm einen Schluck Ziegenmilch.

»Ja, so kann man es auch sagen.«

»Bei wem soll eine, die übers Land zieht, schon liegen. Ab und zu geh ich mit einem ins Heu, aber die wenigsten stellen sich vor. Ich halt nicht viel von Männern.«

»Du ziehst über Land?«

»Mit dem Kräuterwagen. Von Dorf zu Dorf, von Stadt zu Stadt.« Sie nahm einen weiteren Schluck.

»Das ist interessant. Wir müssen später einmal darüber reden. Hattest du mit einem Mann aus Kirchrode Verkehr?«

»Weiß nicht.«

»Aber das musst du doch wissen!«

»Nein.«

Lapidius atmete tief durch. Er merkte, dass er für heute nicht mehr weiterkam. »Schön. Es mag genug sein. Morgen beginnt die Behandlung der Syphilis. Sie erfolgt in der Hitzkammer. Die einzelnen Schritte erkläre ich dir dann. Marthe wird dir für die Nacht eine Bettstatt zuweisen. Geh nun zu ihr in die Küche.«

»Danke für das Essen.«

»Schon recht. Gute Nacht.«

Freyja Säckler stand auf und verschwand. Die Tür zur Küche schlug zu. Lapidius seufzte erleichtert. Seine Gedanken begannen abzuwandern und sich mit dem morgigen Versuch, dessen Anordnung er noch einmal überprüfen wollte, zu beschäftigen. Da öffnete die Tür sich wieder. Die Säckler war noch einmal zurückgekommen. »Ich weiß es wirklich nicht«, sagte sie.

Lapidius runzelte die Stirn. »Was weißt du wirklich nicht?«

»Ob ich mit einem aus Kirchrode was hatte.«

Erster Behandlungstag

Lapidius hatte sein Haus ausschließlich nach praktischen Erwägungen eingerichtet. Deshalb befand sich sein Laboratorium im Erdgeschoss – in dem großen Raum mit den hellen Fenstern, der am meisten Platz bot. Hier forschte Lapidius. Hier ging er in seiner Arbeit auf. Hier war das Zentrum seines Lebens. Auch sein Bett stand hier, denn oftmals hatte er mitten in der Nacht einen Einfall, dessen Überprüfung nicht den geringsten Aufschub duldete.

Hinter dem Labor, zum Hof hinaus, begann Marthes Reich. Da lagen Küche und Vorratsräume, ebenso wie ihre Kammer. Im Oberstock befanden sich weitere Räume, in denen einige schwere Möbel verwahrt wurden. Es handelte sich um Erbstücke, die Lapidius in Erinnerung an sein Elternhaus aufhob. Das Dachgeschoss schließlich war ein Ort, den er nur einmal betreten hatte. Altes Gerümpel vom ehemaligen Besitzer hatte er dort vorgefunden, kreuz und quer herumliegend, voller Staub und Spinnweben. Ein Anblick, den er nur schwerlich ertrug. Er hatte Marthe gebeten, Ordnung zu schaffen, sich umgedreht und gemacht, dass er die Stiegen wieder hinunterkam. Hinunter in sein Labor, wo alles seinen Platz hatte.

Hier saß er jetzt zu früher Stunde, das Büchlein mit seinen Versuchsaufzeichnungen in der Hand. Es zeigte ihm nur allzu deutlich, dass er am gestrigen Tage nichts geschafft hatte. Der Grund hieß Freyja Säckler. Die junge Frau, die Syphilis hatte und der geholfen werden musste. Das gebot die Menschlichkeit. Trotzdem hoffte er, heute die Versuchsvariation VII in Angriff nehmen zu können. Er beschloss, kein Papier zu verschwenden und die Eintragung

Montag, 11. einfach in *Dienstag, 12.* abzuändern, als plötzlich die Tür zur Küche aufgestoßen wurde und Freyja Säckler erschien. Lapidius seufzte unhörbar. Er hatte nicht so zeitig mit ihr gerechnet. »Guten Morgen. Du bist früh auf«, begrüßte er sie.

Statt einer Antwort biss sie in ein Stück weißes Brot, das vor Honig troff. Ihr Blick ruhte auf seinen Apparaturen, in denen sich das erste Tageslicht spiegelte.

Lapidius unterdrückte die Bemerkung, dass heute der erste Behandlungstag sei und sie deshalb keine feste Nahrung mehr zu sich nehmen dürfe. Wenn alles so kam, wie er es voraussah, würde es schwer genug für sie werden.

Marthe tauchte hinter der Frau auf, einen Topf Grießbrei in der Hand. »Habse geweckt, Herr, damitse was zu beißen kriegt. Sieht ja zu käsich aus, die Freyja. Nachher sollse nochne Runde schlafen, habich gesacht. Is Euch doch recht, Herr, oder?«

»Ja, äh ... natürlich. Die Behandlung kann durchaus etwas später beginnen.«

»Komisch, das mitter Behandlung. Wozu solldie überhaupt gut sein? Wassis das fürne Todeskrankheit? Freyja wills nich sagen. Naja, mir isses egal.« Marthes Blick verriet, dass dem keineswegs so war. »Wollt Ihr auch was?«

»Bitte?«

»Wollt Ihr auch Grießbrei? Er is lecker. Isn Rezept von meiner Mutter.«

»Nein, ich habe schon etwas gegessen.«

Marthe verschwand.

»Die sehen hübsch aus.« Freyja deutete mit dem Brot auf die Apparaturen. »Wie Tiere aus Glas.«

»Du bist eine gute Beobachterin.« Lapidius war angenehm überrascht. »In der Tat tun sie das, denn die Form der alchemistischen Geräte orientiert sich an der Natur. Man unterscheidet Bär, Schildkröte, Wildgans und andere. Dieser Kolben da mit den vielen Abzweigungen wird Hydra genannt.«

Sie antwortete nicht, doch ihre Augen ruhten unverwandt auf den seltsamen Glasformen.

»Das Figierglas dort wird auch als Strauß bezeichnet, wegen seines langen Halses.«

»Strauß? Ist das auch ein Tier?«

»Ja. Es lebt in Afrika, jenseits der Barbareskenküste. Der Strauß ist wichtig bei der Bereitung des Steins der Weisen. Die letzten Schritte dieses Vorgangs, so die Lehre, müssen im zugeschmolzenen Figierglas erfolgen.« Lapidius, bei einem seiner Lieblingsthemen angelangt, entging, dass die Frau seinen Ausführungen nicht folgen konnte.

»Und das da?«, fragte sie.

»Das ist ein Alambic. Alambic ist arabisch und bedeutet Destillationskolben. Dieser ist doppelschnablig und besonders groß, weshalb er in einem eisernen Dreibein ruht.«

»Aha. Na, ich leg mich dann noch mal aufs Ohr.« Ihr Interesse an seiner Arbeit war erloschen. Ihr Brot war aufgegessen, und sie verließ den Raum.

»Ja, mach das.«

Lapidius bedauerte es ein wenig, dass sie so abrupt ging.

Erst am frühen Nachmittag kam sie wieder. Lapidius, der die Zeit eigentlich hatte nutzen wollen, um an seiner *Variatio VII* zu arbeiten, war eingefallen, dass zur Syphilisbehandlung ein Quecksilber-Unguentum vonnöten war. Da der Apotheker ein solches Präparat nicht bereithielt, hatte er sich selbst an die Herstellung der Salbe machen müssen. Er hatte rotes iodiertes Quecksilberpulver genommen und eine gute Menge gewärmtes Äthanol dazugegeben, damit eine breiige Masse entstehen konnte. Anschließend hatte er diese mit einer gehörigen Portion Wollfett vom Schaf vermischt und das Ganze noch einmal kräftig durchgeknetet. Das so entstandene Unguentum war von zufrieden stellender Geschmeidigkeit, auch wenn der Geruch zu wünschen übrig ließ.

»Gut, dass du kommst«, sagte Lapidius. Er wies auf die rötliche Masse. »Da kann ich dir gleich zeigen, womit die Schmierbehandlung durchgeführt wird.«

Sie trat heran, steckte den Finger in die Salbe und hielt ihn an die Nase. »Das riecht nach Stall.«

»Das Fett der Schafwolle gibt der Salbe den Halt.«
»Und damit soll die, äh … Syphilis weggehen?«
»Nein, das besorgt das Hydrargyrium, ich meine, das Quecksilber.« Lapidius unterdrückte den Zusatz: »So Gott will.« Stattdessen sagte er: »Es sorgt dafür, dass die kranken Säfte der Syphilis ausgeschwitzt werden können.«
»Wie lange dauert das?«, fragte sie.
»Streif den Finger am Behälter ab. Du kommst mit dem Quecksilber noch früh genug in Berührung.«
»Wie lange dauert die Kur? Ihr wollts mir wohl nicht sagen?«
»Hast du das in der Folterkammer nicht mitbekommen? Zwanzig Tage.«
»Zwanzig Tage?«
»Ganz recht.« Lapidius fiel ein, dass man am besten daran tat, mit Freyja Säckler ein klares Wort zu reden. »Du wirst zwanzig Tage in der Hitzkammer verbringen und dabei ununterbrochen schwitzen. Wie ein Ochse im Joch.«
»Jesus Christus!« Zum ersten Mal sah Lapidius die junge Frau außer Fassung. »Zwanzig Tage lang schwitzen?«
»In der Hitzkammer.«
So plötzlich Freyja Säcklers Ausbruch gekommen war, so schnell hatte sie sich wieder in der Gewalt. Trotzig reckte sie das Kinn vor. »Pah! Das schreckt mich nicht. Zwanzig Tage in dieser Hitzkammer sind allemal besser als zwanzig Tage im Kerker.«
Lapidius schwieg. Er war da keineswegs sicher.
»Wo ist die Kammer überhaupt? Wie groß ist sie? Was steht drin?«
»Die Hitzkammer befindet sich im Oberstock meines Hauses. Sie enthält keine Gegenstände, dafür ist sie zu klein. Sie ist so klein, dass du in ihr nur liegen kannst.«
»Jesus Christus! Da ist mir doch der Kerker lieber!«
»Du hast nicht die Wahl zwischen Hitzkammer und Kerker. Du hast nur die Wahl zwischen Hitzkammer und Tod.« Lapidius’ Stimme klang kälter, als er eigentlich wollte.
Sie presste den Mund zusammen und starrte auf ihre verbundenen Daumen. »So schlimm wirds schon nicht sein.«

»Doch. Es hat keinen Zweck, dir etwas vorzumachen. Die Syphilis ist tückisch wie ein angeschossener Keiler. Niemand kennt sie genau, denn sie tritt erst seit wenigen Jahrzehnten auf. Es heißt, am Anfang wären die Kranken ihr schon nach wenigen Monaten erlegen – sabbernd, gelähmt, in geistiger Umnachtung. Es heißt aber auch, dass sie sich gewandelt habe und dass sie zunehmend Freude daran fände, ihre Opfer langsam zu zerstören. Jahrzehnte könnten darüber vergehen, immer jedoch sei sie es, die am Ende obsiegt. Allerdings ist das, wie ich hinzufügen will, nur dann der Fall, wenn man sich ihr kampflos ergibt. Wirst du kämpfen?«

Freyja löste den Blick von ihren Daumen und sah Lapidius mit ihren blaugrünen Augen an.

»Wirst du kämpfen?«

»Ja«, sagte sie nach einer Weile, die Lapidius wie eine Ewigkeit vorkam. »Ja, ich komm wohl nicht drum rum. Ich häng am Leben.«

»Das höre ich gern. Siehst du den Ofen dort an der Wand?«

»Den roten?«

»Ja. Das ist ein Athanor, die Wärmequelle des Alchemisten. Darin brennt das immer währende Feuer, das die Hitze für deine Behandlung liefern wird.« Er schritt zum Ofen hinüber und deutete nach oben. »Über dem Athanor führt der Kaminschacht zum Schornstein hinauf. Die heiße Luft zieht direkt an der Hitzkammer vorbei. So wirst du, in der Kammer liegend, stark und stetig schwitzen können.«

Freyja musterte ihn aufmerksam.

»Vielleicht fürchtest du jetzt, dass dir die Zeit lang werden wird, aber sieh her. Diese Maueröffnung neben meinem Bett ist der Zugang zu einem toten Schacht. Er führt ebenfalls nach oben. Das Praktische ist: In der Hitzkammer befindet sich ein ähnliches Loch. Man muss nur in eine der Öffnungen hineinsprechen, um sich zu verständigen.«

»Zeigt mir die Kammer.«

Lapidius stieg vor ihr die knarrende Treppe empor. Fahles Licht fiel in den Oberstock und ließ mehrere abzweigende Türen erkennen. Die kleinste glich eher einer Holzklappe; sie maß nur drei Fuß in der Höhe und besaß seitliche Scharniere. Mit einiger Mühe zerrte Lapidius sie auf. Spinnweben wurden sichtbar und, im Halbdunkel dahinter, schräg nach oben laufende Dachsparren. Stickig-warme Luft schlug ihnen entgegen. »Ich verfüge leider nicht über eine Hitzkammer, wie die Medizin sie vorschreibt. Schließlich bin ich weder Arzt noch Bader. Aber ich denke, es wird auch hierin gehen.«

»Das ist ja nur eine Abseite!«

»Ja. Der einzige Ort im Haus, der sich als Hitzkammer eignet.«

»Da kann ich ja nicht mal drin sitzen! Nur liegen wie … wie … in einem Sarg!«

»Ich weiß.« Lapidius war bemüht, unbeteiligt zu klingen. »Eine sitzende Position ist für die Behandlung der Syphilis auch nicht erforderlich. Du wirst quer hinter der Tür liegen, auf einer Strohmatratze, und du wirst während der gesamten Kur nackt sein. Die Einschmierungen und Behandlungsschritte wird Marthe nach meinen Anweisungen vornehmen. Sie wird dich auch mit Flüssigkeit versorgen, allerdings in Maßen, damit du nicht deine Notdurft verrichten musst. Sollte das doch einmal der Fall sein, kannst du sie oder mich durch den Sprechschacht erreichen.« Er deutete auf ein Loch in der Innenwand der Abseite. »Hier hinein musst du sprechen. Außerdem werde ich eine Öffnung in die Tür schneiden lassen, damit du tagsüber etwas Licht hast. Es wird gut sein, wenn du die meiste Zeit schläfst.«

Freyja Säckler schüttelte kaum merklich den Kopf. »Ich will nicht sterben, Gott ist mein Zeuge! Aber ob ich das schaff, weiß ich nicht …«

»Du musst. Was sind drei Wochen gegen ein ganzes Leben, das du damit erretten kannst!«

Die Frau antwortete nicht und blickte in die Hitzkammer hinein. »Da sind Spinnen«, sagte sie, »und wenn Spinnen da sind, gehts nicht. Ich ekle mich vor ihnen. Wenn ich mir vorstell, ich schlaf, und eine lässt sich auf meinen Kopf runter.«

»Ich werde dafür sorgen, dass Marthe sie täglich entfernt. Glaub mir, wenn die Behandlung erst einmal begonnen hat, werden Spinnen deine geringste Sorge sein. Bedenke im Übrigen: Während du die Syphilis auskurierst, kann ich den Anschuldigungen gegen dich nachgehen und versuchen, sie zu entkräften. Mit ein wenig Glück hat sich am Ende alles aufgeklärt, und du kannst als freie Frau die Stadt verlassen.«

»Glück?« Freyjas blaugrüne Augen musterten Lapidius. »Ich hab noch nie im Leben Glück gehabt.«

Am Abend hatte Marthe den Körper der Säckler zunächst mit einem schwefelhaltigen Präparat gegen die Pusteln behandelt und anschließend über und über mit Quecksilbersalbe eingeschmiert. Nur zögernd, so Marthes Bericht, war die Patientin daraufhin in die Hitzkammer gekrochen, hatte sich aber wortlos niedergelegt. Danach hatte die Magd sich die Hände gründlich am Hofbrunnen gewaschen.

»Schläft sie schon?«, fragte Lapidius, als Marthe sein Laboratorium betrat.

»Nee, Herr, sie hat Durst, sachtse, aber ich wusst nich, ob ich ihr was geben darf.«

»Das hast du ganz richtig gemacht«, lobte Lapidius. »Wenn du nicht noch anderweitige Arbeit hast, kannst du jetzt schlafen gehen.«

»Danke, Herr. Gute Nacht, Herr.«

»Gute Nacht.« Lapidius spürte ein Gefühl der Erleichterung. Der erste Schritt war getan. Freyja Säckler war freiwillig in die Hitzkammer gestiegen. Aber er wusste aus Erfahrung: Über kurz oder lang würde sie ihr Gefängnis verlassen wollen, und das musste verhindert werden. In ihrem eigenen Interesse. Rasch griff er zu einem Becher und mischte darin einen kräftigen Schlaftrunk an. Dann, ein Talglicht in der einen, den Becher in der anderen Hand, kletterte er die Treppe zum Oberstock hinauf. »Ich bins, Lapidius!«, rief er. »Ich habe noch etwas für dich.«

Mit einem heftigen Ruck wurde die Türklappe von innen zugezogen.

»So kann ich es dir nicht geben.«

»Ich bin nackt, und ich stink am ganzen Körper nach der Salbe.« Die Klappe öffnete sich einen Spaltbreit. »Was habt Ihr denn für mich?«

»Einen Schlaftrunk. Hier.« Er gab den Becher in die herausgestreckte Hand.

»Danke. Schlaf ist immer gut.«

»Ja, das stimmt«, sagte Lapidius, »sehr gut sogar.«

Zweiter Behandlungstag

Lapidius hatte die Nacht über kaum ein Auge zugetan. Immer wieder waren seine Gedanken zu Freyja Säckler gewandert. Und nicht wenige Male war er versucht gewesen, durch den Sprechschacht das Wort an sie zu richten. Doch er hatte es unterlassen. Freyja schlief tief und fest, das wusste er; schließlich hatte er ihr am gestrigen Abend eigenhändig ein Tranquilium verabreicht.

Er stand rasch auf, reinigte sich am Waschgeschirr und kleidete sich an. Dann steckte er den Kopf durch die Küchentür. Marthe hantierte bereits geschäftig mit Töpfen und Pfannen. Sie pflegte, mit seinem Einverständnis, stets für drei zu kochen, um am Nachmittag ihrer alten Mutter etwas vorbeibringen zu können. »Marthe, ich gehe mal rasch hinüber zu Tauflieb.«

»Was? Wie?«, schreckte die Magd auf. »Oh, Herr, hab Euch gar nich gehört. Guten Morgen. Was sachtet Ihr?«

»Ich gehe mal rasch zu Meister Tauflieb.«

»Ja, so. Gut. Un wassis mit Essen?«

»Ich habe jetzt keinen Hunger, und bis Mittag bin ich lange zurück.«

Marthe begann Bohnen in einen Napf zu schnippeln. »Sollich für vier kochen? Weil Freyja doch da is …«

»Nein, die Patientin bekommt für die Zeit der Behandlung ausschließlich Flüssigkeit. Die kann sie zusammen mit den kranken Säften ausschwitzen.«

»Gar nix Festes? Kein Braten, kein Käse, kein Gemüse nich? Dassis aber ne komische Krankheit, wo man nich richtich zu beißen kriegt, um aufe Beine zu kommen, un ich will auch nich weiter drüber reden, wie ichs versprochen hab, aber komisch isses doch.«

»Die Ärzte sehen eine solche Behandlung vor. Im Übrigen hinterlässt feste Nahrung nur feste … äh … Ausscheidungen, die du dann fortmachen müsstest. Du darfst Freyja täglich eine kräftige Brühe geben, mehr jedoch nicht.«

»Is recht, Herr, wenn Ihrs sacht.«

Lapidius öffnete die Haustür und rümpfte die Nase. Er war sehr geruchsempfindlich, weshalb er mehr als andere darunter litt, dass die Bürger Kirchrodes ihren Abfall einfach auf die Straße kippten. Er hatte Marthe angewiesen, den eigenen Unrat in einem Bottich zu sammeln und alle zwei Tage fortzukarren, ebenso wie sie täglich vor dem Haus zu kehren hatte, aber diese Maßnahmen waren nicht mehr als ein Tropfen auf den heißen Stein. Lapidius atmete aus und stelzte an Speiseresten, Hühnerknochen und Urinlachen vorbei zur Schlosserei hinüber. Er klopfte kräftig, um sich gegen die Hammerschläge, die drinnen ertönten, Gehör zu verschaffen. Als ihn niemand hereinbat, stieß er die Tür auf und betrat die Werkstatt. Der Lärm wurde von Gorm verursacht, der sich über einen Schraubstock beugte und Blech umbördelte. Neben ihm stand der Meister, mit Argusaugen die Tätigkeit seines Hilfsmannes überwachend. »Guten Morgen, Meister Tauflieb«, grüßte Lapidius höflich.

»Morgen.« Tauflieb gehörte nicht zu den Freundlichen im Lande. Er sah kaum auf und schnauzte stattdessen Gorm an: »Pass auf, dass die Kante gerade wird!«

»Meister Tauflieb, ich wollte Euch bitten, heute Vormittag an einer meiner Türen ein Schloss anzubringen.«

Tauflieb grunzte.

»Sie befindet sich im Oberstock und ist eher eine Klappe. Sie führt zu einer Abseite, die …«

»Ich habe keine Zeit.«

Wortlos legte Lapidius einen Taler auf die Werkbank.

»Hm, vielleicht kann ich es doch einrichten.« Taufliebs Blick wanderte von der Münze hinauf in Lapidius' Gesicht. Er hatte eng zusammenstehende Augen, dunkel, forschend, humorlos. »Euch muss eine Menge an dieser Arbeit liegen, da sie Euch so viel wert ist.«

»Ganz recht.« Lapidius schluckte. Er hatte geahnt, dass die Unterredung mit Tauflieb nicht erfreulich sein würde. Der Meister war wenig beliebt in Kirchrode. Er galt als verschlossen und misstrauisch. Nur der Tatsache, dass sein handwerkliches Geschick über jeden Zweifel erhaben war, verdankte er sein Auskommen. »Bevor Ihr mich unterbrochen habt, wollte ich sagen, dass die Klappe zu einer Abseite führt, in der eine Frau liegt. Sie schläft dort und schwitzt ihre Krankheit aus. Ich sage das nur, damit Ihr Euch nachher nicht wundert.«

»Eine Frau in einer Abseite? In Eurem Haus?« Tauflieb runzelte die Stirn.

»Ja, es klingt merkwürdig. Ich kann nicht mehr dazu sagen. Nur so viel: Ich handele im Auftrag der Stadt. Das muss Euch genügen. Ich darf Euch bitten, strengstes Stillschweigen zu bewahren, in Eurem eigenen Interesse.«

Tauflieb murmelte irgendetwas, dann kam ihm eine Erleuchtung. »Ist das die blonde Hexe, die mir den Gorm vorgestern von der Arbeit abgehalten hat?«

Der Hilfsmann grinste einfältig, als sein Name fiel.

»Es ist eine kranke junge Frau, die vor sich selbst geschützt werden muss. Deshalb das Schloss. Wenn Ihr es einbaut, seid so freundlich und schneidet außerdem ein Loch in die Türklappe. Ob rund oder eckig, ist mir egal.«

»Das ist Tischlerarbeit«, wehrte der Meister ab. »Ich komme in Teufels Küche, wenn ich anderen ins Handwerk pfusche.«

»Tut es trotzdem. Mir liegt daran, dass möglichst wenige um die Kranke in der Abseite wissen.« Lapidius schob einen weiteren Taler auf die Werkbank.

Tauflieb zögerte. Dann steckte er auch diesen ein.

Lapidius lächelte. »Ich freue mich, Meister, dass wir einander verstehen. Ich verspreche Euch, das bleibt unter uns; ebenso wie Ihr mir versprecht, nicht über die Kranke in der Abseite zu reden.«

Tauflieb spitzte die Lippen. »Alle Achtung, Ihr seid ein raffinierter Kopf, wenn die Bemerkung gestattet ist. Es sei, wie Ihr sagt.«

»Und was ist mit Gorm? Wird auch er den Mund halten?«

»Für Gorm lege ich meine Hand ins Feuer. Der hält dicht. Wie heißt es so schön? Wes Brot ich ess, des Lied ich sing.«

»Dann sehe ich Euch später.«

Als Lapidius wieder auf die Böttgergasse hinaustrat, hatte ein frischer Wind eingesetzt. Er wehte von den Bergen herab und vertrieb die üblen Gerüche zwischen den Häusern. Ein Hauch von Frühling lag in der Luft. Lapidius ertappte sich dabei, Lust auf einen kleinen Spaziergang zu verspüren, was aber selbstverständlich nicht in Frage kam. Seine Arbeit im Laboratorium ging vor. Andererseits, wenn er den Gang nun mit etwas Nützlichem verbinden konnte? Zum Beispiel, indem er die beiden Zeuginnen aufsuchte, die Freyja belastet hatten? Wie waren noch ihre Namen? Richtig: Auguste Koechlin hieß die eine, Drusweiler die andere. Maria Drusweiler, wenn er sich recht erinnerte. Beide hatten mit ihren Aussagen dafür gesorgt, dass die Säckler gefoltert worden war. Wobei man von Aussagen kaum sprechen konnte, eher von schweren Anschuldigungen. Sie hätte Kinderfinger zu Salbe eingekocht, hatte es geheißen, und einen Axtstiel zum Bluten gebracht.

Lapidius, ein Mann der Wissenschaft, glaubte nicht an solchen Hokuspokus, auch wenn keinesfalls auszuschließen war, dass es Geister und Dämonen gab. Aber Freyja Säckler eine Hexe? Unsinn. Ein Gespräch mit den beiden angeblich so unbescholtenen Frauen würde Aufklärung bringen. Auch darüber, warum sie solche Ungeheuerlichkeiten behaupteten.

Allerdings hatte er keine Ahnung, wo die beiden wohnten. Was also tun? Plötzlich fiel ihm ein, dass ihm im Gegensatz dazu das Haus des Stadtmedicus durchaus bekannt war. Es lag in einer Seitengasse hinter dem Kornmarkt. Spontan beschloss er, nach dem erkrankten Mann zu sehen. Lapidius kannte ihn zwar nur dem Namen nach – Johannes Gesseler hieß er –, aber immerhin bestand eine Verbindung zwischen ihnen, da Lapidius ihn in der Folterkammer vertreten hatte.

»Wohlan denn«, murmelte er, »ich werde dem Herrn meine Aufwartung machen.«

Johannes Gesseler war ein *Doctorus medicinae,* wie seine Approbation verriet. Sie hing über seinem Bett, gold gerahmt und unübersehbar. Und sie war beileibe nicht das einzig Spektakuläre im Schlafraum des Stadtmedicus, denn daneben erkannte Lapidius die Abbildung eines nackten männlichen Körpers aus der *Fabrica* von Vesalius, bemerkenswerterweise mit geröteltem Genitalbereich. Dazu, auf Borden stehend, einige Marmorexponate von Geschlechtsteilen sowie mehrere Glashäfen mit menschlichen Organen in Spiritus, ferner präparierte Testikel, Skrota und Penisse. Alles wirkte mehr oder weniger eingestaubt und verriet, dass hier die sorgende Hand einer Frau fehlte.

Gesseler wirkte weit weniger auffällig. Er lag im Bett, klein und unscheinbar, fast etwas Rührendes ausstrahlend. Sein Gesicht war faltig, sein Alter schwer zu schätzen; vielleicht zählte er fünfzig Jahre. Der Gott Adonis, dachte Lapidius unwillkürlich, hat es nicht gut mit diesem Mann gemeint. Laut sagte er: »Gestattet, dass ich mich vorstelle: Lapidius ist mein Name. Ich hatte die Ehre, Euch in der Folterkammer zu vertreten.«

»Ich hörte davon, Magister.« Gesseler hatte eine überraschend angenehme Stimme. »Ich bin Euch sehr verbunden.«

»Ich hoffe, es geht Euch besser? Es hat den Anschein, dass niemand sich um Euer Wohlergehen kümmert.«

»Ich bin ein Eigenbrötler.« Ein Lächeln huschte über die Falten in Gesselers Gesicht. »Aber danke für die Nachfrage, ja, es geht mir ein wenig besser.«

Lapidius fiel auf, dass der Medicus ungewöhnlich langsam sprach, so, als wolle er jedem Wort eine besondere Bedeutung beimessen. Seine Augen unterstrichen seine Worte. Es waren Augen voller Leben.

Als hätte Gesseler Lapidius' Gedanken erraten, fuhr er fort: »Die Augen sind der Teil meines Körpers, der noch am besten funktioniert. Mit den anderen Partien ist es nicht weit her, wie meine Fallsucht beweist. Sie zwang mich wieder einmal nieder, just zu dem Zeitpunkt, als ich gebraucht wurde.«

»Ich habe schon viel von dieser Krankheit gehört«, sagte Lapidius. »Wie äußert sie sich bei Euch?«

Gesseler winkte ab. »Wie bei jedem anderen Fallsüchtigen auch. Als Arzt mache ich da keine Ausnahme. Erbrechen, Krämpfe, Bewusstlosigkeit. Wenn ich es überstanden habe, manchmal erst nach Stunden, fühle ich mich unendlich matt und reizbar. Am liebsten bleibe ich dann für ein paar Tage im Bett.«

»Ich verstehe. Welche Medikamente verordnet Ihr Euch?«

»Keine.« Der Stadtmedicus winkte abermals ab. »Denn nichts kann mir helfen.«

»Nanu? Ihr nehmt auch keine Brompräparate?«

»Nichts. Gar nichts.«

Lapidius lachte. »Ein Beißholz aber werdet Ihr doch haben, um es bei einem Anfall zwischen die Zähne zu schieben?«

Gesseler versuchte einen Scherz: »Ich verbeiße mich lieber in meine Forschungen, denen ich jede freie Stunde widme. Ich will Hippokrates' These endgültig widerlegen, welche besagt, dass der männliche Same von den Rückenwirbeln in die Nieren strömt und von dort in die Hoden. Ein Irrweg, im wahrsten Sinne des Wortes.«

»Aha, nun ja.« Lapidius' Interesse für derlei Fragen war begrenzt. Es gab zwar Überschneidungen zwischen der Medizin und der Alchemie, und soweit sie seine Arbeit betrafen, hatte er sich mit ihnen beschäftigt, aber alles, was darüber hinausging, kümmerte ihn wenig. Er wechselte das Thema. »Seid Ihr sicher, dass Ihr keine Hilfe braucht? Ich könnte Euch meine Magd vorbeischicken.«

Der Medicus schüttelte den Kopf. »Nein, nein, macht Euch keine Sorgen um einen alten Mann. Ruhe ist alles, was ich brauche. Ruhe …« Er schloss die Augen und drehte den Kopf leicht zur Seite.

Lapidius verstand. »Dann will ich Euch nicht länger stören, ich wünsche Euch gute Besserung«, sagte er und schlüpfte rasch aus der Krankenstube.

Als er sich geraume Zeit später seinem Haus näherte, hörte er schon von weitem laute Schreie aus dem Oberstock. Was war da los? Er unterschied männliche und weibliche Stimmen, konnte aber nichts verstehen. Voll dunkler Vorahnungen hastete er durch die Tür und die Treppe hinauf. Das Erste, was er sah, war Gorms breiter Rücken. Er drängte ihn beiseite und erblickte Tauflieb und Marthe und – Freyja. Sie stand neben der Abseite, ihre Blöße mit einem Stück Sack bedeckend, und rief aufs Höchste erregt: »Ich lass mich nicht wegschließen wie ein Hund! Dass ihrs nur wisst! Ich will meine Kleider, meine Kleider will ich! Sofort!«

Marthe hing an ihr wie eine Klette. »Nu beruhich dich doch, Kindchen, beruhich dich! Wenns der Herr gesacht hat, hats gewisslich seine Richtigkeit mitm Schloss.«

»Das ist mir gleich! Verschwindet! Alle! Sofort! Ohhh …« Freyja hatte Lapidius bemerkt.

Marthe seufzte: »Der Herr is da. Gott sei gelobt un gepriesen!«

Tauflieb ging in die Hocke, um eine letzte Schraube festzuziehen. »Die Frau spielt verrückt«, knurrte er. »Wir haben nur unsere Arbeit gemacht, mehr nicht. Zuerst haben wir sie gar nicht bemerkt in ihrer Hexenkammer, so dunkel wies da drinnen ist, stimmts, Gorm?«

Der Hilfsmann schien die Worte seines Meisters nicht gehört zu haben, denn er starrte wie gebannt auf die kaum verhüllte Frau.

»Stimmts, Gorm?«

»Ja, jahaaa.« Gorm konnte den Blick nicht von Freyja lösen.

Tauflieb fuhr fort: »Auf einmal schießt dieses Weib hervor, rennt uns über den Haufen und schreit wie am Spieß. Na, mir kanns egal sein, die Arbeit ist getan. Auch das Loch haben wir in die Klappe geschnitten.«

Lapidius biss sich auf die Lippen. Die Situation, die er unbedingt hatte vermeiden wollen, war eingetreten. Die

Wirkung seines Tranquiliums hatte vorzeitig nachgelassen, und Freyja war wach geworden. Doch daran ließ sich nun nichts mehr ändern. »Ich danke Euch, Meister Tauflieb«, sagte er. »Bitte lasst uns allein.«

»Das müsst Ihr mir nicht zweimal sagen«, knurrte Tauflieb, »hier, nehmt den Schlüssel zum Schloss. Komm schon, Gorm.«

Lapidius wandte sich an Marthe. »Du hast sicher Arbeit unten in der Küche.«

Die Magd verschwand ebenfalls, wenn auch widerstrebend.

Jetzt erst hatte Lapidius Zeit, Freyja richtig in die Augen zu sehen. Wut stand darin. Wut und Empörung. Und eine Portion Verzweiflung. »Ich hatte gehofft, du würdest länger schlafen«, sagte er betont ruhig. »Dann hätte ich dir alles erklären können.«

»Pah! Ich lass mich nicht wegschließen wie ein Hund!«

»Es ist nur zu deinem Besten, bitte, glaub mir.«

»Pah!«

»Setz dich da auf die Truhe und hör mir zu. Ich habe dir schon gesagt, dass die Kur außerordentlich unangenehm ist. Du wirst nicht nur schwitzen, dir werden auch sämtliche Knochen im Leibe wehtun. Manches Mal wirst du glauben, es nicht mehr aushalten zu können, und nur noch einen Gedanken haben: hinaus aus der Hitzkammer! Hinaus, hinaus! Aber glaube mir: Es wäre das Falscheste, was du machen kannst. Einmal begonnen, musst du die Kur um alles in der Welt durchstehen, denn bei einem Abbruch wäre alles umsonst gewesen.«

Freyja Säckler schwieg. Immerhin schossen ihre blaugrünen Augen keine Zornesblitze mehr.

Lapidius setzte nach: »Ich werde nicht immer darauf achten können, dass du stark bleibst. Nur deshalb habe ich das Schloss anbringen lassen. Wenn du jetzt denkst, das sei wie im Kerker, vergiss nicht, dass dein Aufenthalt in der Hitzkammer freiwillig ist. Und überhaupt: Das Schloss ist nur eine Sicherheit für dich, eine Sicherheit wie … wie«, er suchte nach Worten, »wie sie damals auch Odysseus brauchte, als er dem Gesang der Sirenen widerstehen wollte.«

Die Frau blickte verständnislos und drückte das Stück Sack fester an sich.

»Ach, du kennst die Odyssee natürlich nicht, also lass dir erklären: Odysseus war ein König im alten Griechenland. Er war ein listiger Krieger und großer Seemann. Auf einer Fahrt über das Meer kam er eines Tages in die Nähe der Insel, auf der die Sirenen lebten. Das waren Meeresnymphen mit Vogelleibern und Frauenköpfen. Von ihnen hieß es, ihre Gesänge seien so süß, dass niemand sich ihrem Locken entziehen könne. Ein Seemann, der sie vernahm, steuerte wie unter Zwang sein Schiff geradewegs auf die Insel zu, wo es an den Felsen zerschellte. Odysseus war nun in der Zwickmühle: Einerseits wollte er unbedingt die süßen Stimmen hören, andererseits wollte er nicht sein Schiff verlieren. Weißt du, wie er das Problem löste?«

»Nein, weiß ich nicht.«

Aufatmend stellte Lapidius fest, dass die Geschichte Freyjas Aufmerksamkeit zu fesseln begann. »Nun, er befahl seinen Männern, ihn an den Mast zu binden, so fest, dass es ihm nicht einmal unter Aufbietung aller Kräfte gelingen konnte, sich zu befreien. Gleichzeitig schärfte er ihnen ein, sich in keinem Fall um ihn zu kümmern, egal, was er täte.«

»Und dann ist er zu den Sirenen hin?«

»Nein, noch nicht. Erst legte er einen Kurs fest, der sein Schiff nahe an der Insel vorbeiführte, dann sorgte er dafür, dass seine Männer sich die Ohren mit Wachs zustopften. Alsbald kam er in den Bereich der Gesänge, und sie waren über die Maßen süß und verlockend. Odysseus befahl, das Schiff zur Insel zu steuern, aber seine Männer beachteten ihn nicht, wie er es angeordnet hatte. Er befahl es erneut, und wieder gehorchten sie ihm nicht. Da fing er an zu schreien; er tobte, flehte, bettelte, denn die Gesänge waren überirdisch schön.

Indes: Seine Männer segelten ungerührt an der Insel vorbei. Sie selbst konnten der Versuchung ja nicht erliegen, da sie nichts hörten. Odysseus aber hatte auf diese Weise zweierlei erreicht. Er hatte die Stimmen vernommen und sein Schiff behalten.«

»Aha. Und ich bin so was wie Odysseus am Mast?«

»Ganz genau!« Lapidius freute sich. Ihre Schlussfolgerung zeugte von Intelligenz. Freyja Säcklers Bildung mochte gering sein, gescheit war sie dennoch. »Durch das Schloss in der Tür, das dich am Fortlaufen hindert.«

»Aber Odysseus hat schöne Lieder gehört. Und ich werd nur Schmerzen haben.«

»Das stimmt. Aber am Ende wirst du über die Krankheit triumphieren – genauso wie Odysseus über die Sirenen. Und nur darauf kommt es an.«

»Ja«, sagte sie und begann zu zittern. Im Gegensatz zur Hitzkammer war es kalt im Raum, und sie hatte nichts an.

»Großer Gott«, entfuhr es ihm, »dich friert ja! Das ist Gift für die Behandlung. Du musst wieder in die Kammer.«

Sie reagierte nicht. Und zu seiner Überraschung fragte sie: »Hatte Odysseus eine Frau?«

»Ja, wieso? Sie hieß Penelope.«

»Penelope«, wiederholte sie. »Komischer Name, aber er klingt hübsch.«

»Du musst wieder in die Kammer. Bitte!«, drängte er. »Ich gehe jetzt. Du wirst dich doch wieder hineinlegen?«

Sie blickte ihn prüfend an.

»Es ist wirklich wichtig.«

»Ich tus. Aber ich sag Euch: Wenn Ihr die Geschichte mit Odysseus nicht erzählt hättet, würd ich jetzt weg sein. Und ich tus auch nur, wenn das Schloss nicht zu ist.«

»Einverstanden. Ich schicke dir Marthe hoch. Sie soll deine Einschmierung überprüfen. Und dann bekommst du noch ein Diaphoretikum.«

»Wie?«

»Verzeih, ich meine ein schweißtreibendes Mittel.«

»Ich will auch noch Licht.«

»Ich bringe dir später eine Öllampe und stelle sie vor die Türklappe. Aber sie kann nicht die ganze Nacht hindurch brennen, das wäre zu gefährlich.«

»Werdet Ihr kommen und sie ausmachen?«

»Ja.«

»Wann?«

»Wir werden sehen. Aber ich komme bestimmt.«

Lapidius kletterte die Treppe hinunter und begab sich in die Küche, wo er die Magd halb schlafend an der Feuerstelle antraf. »Marthe, hier ist der Schlüssel zu Freyjas Kammer. Sperr ab, nachdem du die Kranke versorgt hast.«

Die Magd gähnte herzhaft. »Ja, Herr, is gut, Herr, wassollichn machen?«

Lapidius erklärte es ihr. »Und dann noch etwas: Es gibt nur diesen einen Schlüssel. Er darf nicht verloren gehen. Grundsätzlich trage ich ihn bei mir, bis auf die Male, wo ich ihn dir aushändige. Jedes Mal, wenn du ihn gebraucht hast, gibst du ihn mir sofort zurück, es sei denn, ich bin nicht da oder andere Gründe sprechen dagegen. In diesem Fall versteckst du ihn …«, er blickte sich suchend um, denn er wusste, in der Mauer neben dem Herd saß ein Stein locker, »ja, dort, hinter dem losen Ziegel.«

»Is gut, Herr, werds mir merken. Sollich was heiß machen? Essis Suppe da.«

»Nein, danke. Ich will noch ein wenig experimentieren.«

»Is gut, Herr. Aber ich sach Euch, wenn Ihr immer nur hinter Euern Blubbergläsern hocken tut, fallt Ihr noch vom Stängel, un ich …«

»Marthe!«

»Ja, Herr, ja, ich geh ja schon.«

Dritter Behandlungstag

Freyja lag in der Hitzkammer und fragte sich, wie spät es sein mochte. War der Morgen schon angebrochen? Irgendwann in der Nacht, sie hatte halb geschlafen, war Lapidius gekommen und hatte die Lampe gelöscht.

Lapidius. Welch ein seltsamer Mann. Groß gewachsen, aber hager und nicht unbedingt gut aussehend. Eher streng, mit kühlen grauen Augen. Und keineswegs mehr jung. Andererseits ein Mann, der etwas ausstrahlte. Ein Herr von Stand eben, auch wenn er sich etwas nachlässig kleidete. Er musste viel erlebt haben, bevor er nach Kirchrode kam. Aber was? Ein Geheimnis lag über ihm, da war sie sicher.

Ein Juckreiz an der Schulter stellte sich ein, und sie kratzte sich mühevoll. Quecksilberschmiere geriet ihr zwischen die Finger, breiiges, stinkendes Zeug, das sie an einem der Dachsparren abwischte. Ihre Gedanken kehrten zu Lapidius zurück. Noch nie im Leben war sie einem Menschen begegnet, der uneigennützig etwas für sie getan hatte – ihre Mutter natürlich ausgenommen. Und noch immer konnte sie das Misstrauen ihm gegenüber nicht ganz ablegen. Irgendetwas musste dahinter stecken, dass er so handelte …

Allerdings glaubte sie ihm, wenn er die Gefährlichkeit der Syphilis immer wieder unterstrich. Sie hatte nicht darüber gesprochen, aber sie wusste, wie ein Franzosenhaus von innen aussah. Sie war einmal mit ihrer Mutter in einem gewesen und konnte sich gut an die erbarmungswürdigen Gestalten darin erinnern. Manche von ihnen waren inzwischen sicher wie die Tiere krepiert. Trotz der Hitze, die sie umgab, lief ihr ein Schauer über den Rücken. So wollte sie nicht sterben. So nicht! Aber würde sie wirklich sterben müssen, wenn sie die Kur nicht durchhielt? Schon jetzt fühlte sie sich deutlich schlechter als vor der Behandlung. Schlaff und schwer. Und der Kopf dröhnte ihr, als wollte er zerspringen. Was konnte an einer Kur gut sein, bei der es einem schlechter ging als vorher?

Vorsichtig drehte sie sich auf die andere Seite, denn sie spürte erste Druckstellen auf der Haut. Ein Schweißausbruch am ganzen Körper war die Folge. Es war heiß in der Hitzkammer. Und eng, so eng, dass sie nur mit angelegten Armen liegen konnte. Und dunkel. Sie hob den Kopf, um durch das von Meister Tauflieb geschaffene Türloch zu spähen. Sie wollte wissen, ob der Tag schon angebrochen war.

Und dann sah sie die Spinne, direkt über ihren Augen.

Früh am Morgen saß Lapidius in seinem Lieblingsstuhl und ließ den Blick über sein Laborgerät schweifen. In dem halben Jahr seit Erwerb des Hauses hatte er einige schöne Stücke zusätzlich erstehen können. Unter anderen drei Albarellos aus Italien, tönerne Gefäße mit ebenmäßiger, weiß deckender Zinnglasur. Dazu die kunstvoll geschnitzte Allegorie der Alchemie über der Tür – ein Meisterwerk, das eine Figur zeigte, die zwei Bücher in der Hand hielt: eines die geheime Wissenschaft darstellend, das andere die öffentliche. Vor der Figur ragte eine Leiter auf, als Sinnbild der Geduld, die erforderlich war, um Stufe für Stufe das Große Werk vollenden zu können. Lapidius unterdrückte ein Gähnen und korrigierte in seinem Büchlein die Eintragung *Montag, 11.* in *Donnerstag, 14.*

Drei Tage war er nun schon nicht zum Experimentieren gekommen, drei lange Tage, denn am gestrigen Abend war er über der Arbeit eingeschlafen. Doch heute sollte das anders werden. Freyja Säckler lag oben in der Hitzkammer, und sie würde, so Gott wollte, auch dort liegen bleiben. Er konnte sich also endlich seiner *Variatio VII* zuwenden. Anschließend, gegen Nachmittag, wollte er den beiden seltsamen Zeuginnen auf den Zahn fühlen. Er wurde den Gedanken nicht los, dass mit ihnen etwas faul war.

Da hörte er den Schrei.

Er war lang gezogen, spitz, gellend. Und er klang so, als käme er aus einem hohlen Baumstamm. Lapidius sprang auf und blickte sich fragend um. Dann wusste er es: Der Schrei war aus dem Sprechschacht neben seinem Bett gekommen. Das musste Freyja gewesen sein. Was war mit ihr passiert? »Warte, Freyja!«, rief er. »Warte, ich komme!«

Mit rudernden Armen stürmte er die Stufen zum Oberstock hinauf, wo mittlerweile heftig von innen gegen die Klappe geschlagen wurde. »Was ist denn los, um Himmels willen?«

Freyjas schreckgeweitete Augen erschienen hinter der Türöffnung. »Eine Spinne! Sie war fast auf mir drauf!«

»Eine Spinne? Gott sei Dank! Ich dachte schon, es sei etwas Ernstes.«

»Es ist ernst! Ich bleib nicht länger hier drin. Raus will ich! Raus!«

»Ja, ja, natürlich. Warte.« Lapidius hielt es für das Beste, zunächst einmal auf seine Patientin einzugehen. Er kramte in seinen Taschen nach dem Schlüssel, fand ihn nicht, suchte erneut und erkannte endlich, dass Marthe ihn noch haben musste. Eine Erklärung murmelnd hastete er hinunter in die Küche, wo er die Magd am Herd vorfand. »Marthe, den Schlüssel zur Kammer! Schnell!«

»Den habich nich, Herr.«

»Großer Gott, wo ist er denn, ich ...«

»Wo soller schon sein, Herr. Wie Ihr gesacht habt, hinterm losen Stein, wennich ihn nich haben darf. Wolltn bringen gestern Abend, aber Ihr wart ja ...«

»Schon gut.« Lapidius holte den Schlüssel hervor, eilte, immer zwei Stufen auf einmal nehmend, in den Oberstock zurück und sperrte auf.

Freyja funkelte ihn an. »Ich kann Spinnen nicht ausstehen! Ekeln tu ich mich davor.«

»Schon gut. Wo ist das Tierchen denn? Ahhh, da.« Lapidius hatte es auf einem Balken entdeckt und wischte es fort. »So, nun ist alles wieder im Lot.«

»Nichts ist im Lot. Ihr habt versprochen, dass Marthe die Spinnen wegnimmt. Jeden Tag.«

Lapidius nestelte an seiner Samtkappe. »Jaja, das tat ich. Ich muss gestehen, ich habe vergessen, es ihr zu sagen. Ich werde es später nachholen.«

»Alles ist schlimmer, als ich gedacht hab. Viel schlimmer. In meinem Kopf dröhnts, als säß ein Schwarm Hornissen drin, und die Glieder tun mir sämtlich weh.«

Lapidius betrachtete ihr Gesicht mit Wehmut, nicht zuletzt, weil er an seine wartende Versuchsvariation dachte. Sich vor ihr auf den Boden setzend, antwortete er: »Ich habe dir gesagt, dass es um Tod und Leben geht. Da kannst du keine Behandlung wie bei einem harmlosen Schnupfen erwarten. Die Kur haben schon ganz andere durchgestanden, Arme und Reiche, normale Bürger und Hochwohlgeborene. Ulrich von Hutten zum Beispiel. Er war ein Edelmann und Dichter. Und er hatte nicht nur die Syphilis, sondern obendrein das Wechselfieber. Er verfasste zwei kleine Werke, die *Gesprächbüchlin*, in denen er seinen Kampf gegen die Leiden beschrieb. Er schildert darin, wie er sich mit seinem Fieber unterhält ...«

Lapidius unterbrach sich, denn ihm war eingefallen, dass besagter von Hutten nicht weniger als elf Kuren über sich hatte ergehen lassen müssen, was ein Martyrium gewesen war – ein Martyrium, das sich als umsonst erwiesen hatte. So gesehen, gab der Edelmann ein schlechtes Exempel ab.

Schnell redete er weiter: »Vielleicht hilft es ja auch dir, wenn du mit deiner Krankheit sprichst.«

»Ich will nicht mit meiner Krankheit sprechen. Ich will raus hier!«

Lapidius musste an sich halten, um nicht die Geduld zu verlieren. »Wenn du die Kammer verlässt, kneifst du vor der Krankheit. Das wäre früher oder später dein sicherer Tod. Aber wenn du es wünschst, kannst du auch anders sterben: lichterloh brennend auf dem Scheiterhaufen. Oder meinst du ernsthaft, du könntest den Fängen der hiesigen Gerichtsbarkeit entgehen?«

Freyja schwieg verstockt.

»Glaub mir, du hast nur eine Möglichkeit: nämlich, da drinnen zu bleiben und gleichzeitig zu hoffen, dass es mir gelingt, die Hexenvorwürfe gegen dich zu entkräften. Was ist eigentlich mit den Zeuginnen Koechlin und Drusweiler, die gegen dich ausgesagt haben? Kennst du sie?«

»Nein … ja. Ein bisschen.«

»Was denn nun?«

»Sie haben ein paar Mal bei mir gekauft.«

»Was gekauft? Wo? Bei welcher Gelegenheit? Lass dir nicht jedes Wort aus der Nase ziehen.«

Er hörte sie etwas murmeln, das nach einer aufsässigen Bemerkung klang, überging es aber. Dann sprach sie wieder deutlicher: »Die haben Kräuter bei mir gekauft. Kenn sie kaum. Hab Euch ja gesagt, dass ich mit dem Kräuterwagen fahr. Alle paar Wochen bin ich hier, und da hab ich ihnen was verkauft.«

»Erzähl mir mehr.«

»Was gibts da groß zu erzählen? Ich halt frische Kräuter feil und auch getrocknete. Die getrockneten sind in Säckchen. Die sind verschieden groß. Ein kleines Säckchen kostet …«

»Schon gut«, unterbrach Lapidius. »Das meinte ich nicht. Erzähle mir, wie die beiden Frauen sind.«

»Kann ich Wasser haben?«

»Ja, warte.« Er rief nach der Magd und ließ einen Becher Brunnenwasser bringen. Freyja nahm ihn, stützte sich mühsam auf einen Ellenbogen und tat ein paar Schlucke. Als Marthe wieder fort war, antwortete sie:

»Die Koechlin ist so eine Pummelige. Alles an der ist dick. Die Nase sieht aus wie eine Rübe, ja, genau so. Wie eine rote Rübe, nur nicht so groß. Und flinke Augen hat sie. Die kriegt alles mit, sag ich Euch. Wenn keine von meinen Kundinnen sieht, dass eins der Kräutlein nicht frisch ist, die siehts! Könnt Gift drauf nehmen.

Die andere, die Drusweiler, ist dürr wie eine Bohnenstange und hässlich wie die Nacht. Drei oder vier dicke Warzen hat die im Gesicht. Ist wohl noch nie drauf gekommen, dass man die besprechen lassen könnt. Die Frauen sagen, sie hätt mit ihrem Gekeife den eigenen Mann unter die Erde gebracht.«

Trotz der Situation musste Lapidius schmunzeln. »Du hast eine gute Beobachtungsgabe«, sagte er anerkennend.

»Halb so wild. Ich weiß es nur, weils beim letzten Mal Zank mit ihnen gab. Hatten sich vorgedrängt, die zwei. Aber da waren sie bei den anderen Frauen richtig. Hui, wie da die Fetzen flogen! Hätt nicht viel gefehlt, und der Bader hätt geholt werden müssen.«

»Wann war das?«

»Vor drei Wochen, vielleicht vier. Jedenfalls kenn ich die beiden kaum.«

Lapidius überlegte laut. »Wenn das so ist: Wie kommen sie dann dazu, von dir zu behaupten, du hättest einen Axtstiel bluten lassen, Kinderfinger eingekocht, Tiere verhext und derlei Unsinn mehr?«

»Keine Ahnung.«

»Wirklich? Könntest du das vor Gott beschwören?«

»Natürlich. Ich kenn sie nicht. Hab sie höchstens ein paar Mal gesehen, wie ichs schon gesagt hab.«

Lapidius atmete hörbar aus. »Ich glaube dir. Und ich verspreche, dass ich mich noch heute dieser ›Damen‹ annehmen werde. Doch jetzt schlafe. Marthe wird dir vorher noch ein Diaphoretikum geben.«

Wenig später stieg er noch einmal zu ihr in den Oberstock hinauf und stellte zufrieden fest, dass sie eingeschlummert war.

Da schloss er die Türklappe ab.

Um die dritte Stunde nach Mittag suchte Lapidius die beiden Zeuginnen auf. Die von Marthe gegebene Beschreibung machte es ihm leicht, den Weg zu finden. Die Frauen wohnten in zwei Wand an Wand stehenden Häusern. Er hatte Glück, denn er traf beide am Küchenfeuer der Drusweiler an. Nachdem er sich vorgestellt hatte, taxierte die Dürre ihn von oben bis unten und fragte mit säuerlicher Stimme: »Und? Was verschafft uns die Ehre Eures Besuchs?«

Lapidius rückte seine Samtkappe zurecht und straffte sich. »Kennt Ihr eine Freyja Säckler?«

»Wie sollten wir nicht? Die halbe Stadt kennt doch die Hexe.«

»Eben darüber wollte ich mit Euch sprechen. Wieso seid Ihr sicher, dass sie eine Hexe ist?«

Die dicke Koechlin mischte sich ein. »Alle Welt weiß es. Also auch wir. Was gehts Euch an?« Ihre Äuglein erinnerten Lapidius an die eines Mäuschens. Freyja hatte in der Tat eine gute Beschreibung der Frauen abgegeben. Noch ehe er etwas erwidern konnte, gab sie selbst die Antwort: »Wohl, weil Ihr mit der zusammenlebt, wie? Man hat Euch gesehen, wie Ihr gemeinsam Euer Haus betreten habt. Die Spatzen pfeifens von den Dächern, dass Ihr mit der was habt. Und? Ist es so?«

Lapidius versuchte, sich seinen Ärger nicht anmerken zu lassen. Er durfte sich nicht in die Defensive drängen lassen, musste es anders anpacken. »Richter Meckel erzählte mir, Ihr behauptet, die Säckler hätte einen Axtstiel bluten lassen.«

Nun war die Koechlin wieder dran: »Das und mehr! Wir habens mit unseren eigenen Augen gesehen, nicht wahr, Maria?«

»So gewiss, wie der Heiland am Kreuze starb«, nickte die Dürre. »Es war unsere Pflicht, alles zu melden, damit unsere Stadt endgültig von Hexen, Truden, Unholden und Weidlerinnen befreit wird. Wir lieben es, wenn Ordnung herrscht.«

Lapidius kam ein Gedanke. Es gab in vielen Landstrichen so genannte Hexensucher. Das waren Männer oder Frauen, die gewerbsmäßig Verleumdungen sammelten, um sie an die Obrigkeit weiterzugeben. Wurden die Denunzierten überführt, kassierten sie eine Belohnung – wobei anzumerken war, dass die Überführung nahezu immer gelang, weil die Opfer unter der Folter gestanden. Waren Auguste Koechlin und Maria Drusweiler Hexensucherinnen? »Wie oft habt Ihr schon derartige Aussagen vor einem Gericht gemacht?«, fragte er.

»Wie oft?« Beide Zeuginnen schauten sich an. »Wieso? Das erste Mal natürlich.«

»Soso. Natürlich, sagt Ihr?« Lapidius überlegte rasch. In der Tat sprach einiges dafür, dass die Frauen in diesem Punkt nicht logen, denn als gewerbsmäßige Hexensucherinnen hätten sie eine gewisse Bekanntheit in der Stadt gehabt. Er ließ das Thema fallen. Sein Blick wanderte durch die blitzblank geputzte Küche und durch das Fenster in den gemeinsamen Hinterhof hinaus. Jedes Ding befand sich an seinem Platz. Drinnen wie draußen. Der Hof war sorgfältig gefegt. In einer Ecke hing gut gefettetes Pferdegeschirr, davor stand ein zweirädriger Holzkarren, auch dieser gepflegt und bestens instand. Ein kleiner Kräutergarten grüßte herüber, und ganz hinten, in einer Ecke, war Scheitholz akkurat übereinander gestapelt. Ein Hauklotz gehörte dazu – mit einer hineingeschlagenen Axt.

Lapidius setzte sein verbindlichstes Lächeln auf und bat: »Würdet Ihr mir einen Gefallen erweisen? Bitte folgt mir auf den Hof.« Ohne die Antwort der zwei abzuwarten, schritt er hinaus, überquerte den Platz und blieb schließlich vor der Axt stehen. Mit einiger Anstrengung riss er sie aus dem Hauklotz und untersuchte alsdann den Stiel auf das Sorgfältigste. Endlich wandte er sich an die Frauen: »Könnt Ihr mir sagen, wo an diesem Schaft Blut klebt?«

»Blut, wieso soll da denn Blut dran sein?«, fragte die dicke Koechlin.

Lapidius blickte ihr direkt in die Mausäuglein.

Sie wurde unsicher. »Das ist die Axt von meinem Mann. Und es ist nicht so, wie Ihr denkt. Mein Walter könnts bestätigen, aber er ist im Berg. Nicht wahr, Maria?«

Die Dürre nickte. »Im Berg«, wiederholte sie.

»Aber Ihr habt doch vorhin gesagt, Ihr hättet mit eigenen Augen gesehen, wie der Stiel geblutet hat. Da liegt es nahe, dass es diese Axt war. Und dass die Säckler hier auf dem Hof ihr Unwesen getrieben hat.«

Die Koechlin knetete die Hände. »Diese Axt wars nicht. Es war eine andere.«

»Aha. Eine andere. Wo habt Ihr denn diese andere Axt bluten sehen? Auf dem Marktplatz? Vor der Stadtmauer? Im Wald? In den Bergen?«

Die Koechlin suchte nach Worten.

»Wo ist diese andere Axt jetzt? Wem gehört sie? Sie muss doch einen Besitzer haben!«

Keine Antwort.

»Wer war überhaupt dabei, als Ihr die Axt habt bluten sehen? Nur Freyja Säckler? Oder auch andere, die Eure Beobachtung bestätigen können?«

»Jetzt ists aber genug!« Die dürre Drusweiler stemmte die Arme in die Hüften. »Wollt Ihr etwa behaupten, wir würden nicht die Wahrheit sagen? Ihr glaubt wohl dieser hergelaufenen Hu… äh, Hexe mehr als zwei unbescholtenen Frauen? So weit kommt es!« Ihre Stimme bekam einen schrillen Unterton. »Verlasst sofort unseren Hof!«

Die Koechlin hatte sich wieder gefangen. »Ja, verlasst ihn. Sofort! Oder ich schicke nach dem Büttel!«

Lapidius hieb die Axt wieder in den Klotz. »Wie Ihr wollt. Ich stelle aber fest, dass Ihr weder wisst, wo Euch die blutende Axt begegnet ist, noch eine Vorstellung davon habt, wem sie gehört, noch weitere Zeugen benennen könnt. Ich glaube, das Ganze ist ein reines Hirngespinst, nicht mehr als ein Produkt Eurer Einbildung. Ebenso wie alle anderen Untaten, die Ihr der Säckler in die Schuhe schieben wollt.« Er wandte sich ab und verließ mit schnellen Schritten den Hof.

Auf dem Heimweg ging ihm das Gespräch nicht aus dem Kopf. Die Frauen, das schien klar, waren keine Hexensucherinnen. Ansonsten hatten sie sich selbst als Lügnerinnen entlarvt. Jedes Wort, jeder Satz, jede ihrer Reaktionen sprach dafür. Die Frage war nur: Was hatten sie davon, eine junge Frau, die sie kaum kannten, als Hexe zu denunzieren? War es die reine Bosheit, die dahinter stand? Das reine Vergnügen, jemanden in die Folterkammer zu bringen? Er konnte es sich nicht vorstellen.

Und dann war da noch etwas. Etwas Ungereimtes. Etwas, das nicht zusammenpasste. Doch er kam nicht darauf.

Erst spät am Abend, in seinem Laboratorium, wusste er es plötzlich. Es war der Kräutergarten im Hinterhof der Zeuginnen. Der machte keinen Sinn. Denn warum sollte jemand, der einen solchen Garten besaß, zu einer Kräuterhändlerin wie Freyja Säckler gehen? Es musste dafür einen bestimmten Grund geben.

Und vielleicht führte dieser Grund zur Wahrheit.

Vierter Behandlungstag

Der alte Holm hatte schon bessere Tage gesehen. Viel bessere, wie er jedem, der es hören wollte – und jedem, der es nicht hören wollte –, erzählte. Früher, da war er in die Grube gefahren, jeden Tag. Als Hauer hatte er gearbeitet, und er hatte gutes Geld verdient. Weib, Kinder und ein eigenes Haus hatte er gehabt. Ja, das waren glückliche Zeiten gewesen! Bis zu dem Tag, da ihm im Achterthaler Entwässerungsstollen ein Gesteinsbrocken auf den Rücken gefallen war. Seitdem ging es mit ihm bergab.

Nach dem Unfall hatte er die Arbeit in der Grube nicht mehr bewältigen können. Ein anderer hatte seinen Platz eingenommen. Dann war innerhalb einer Woche seine ganze Familie an einem Fieber gestorben. Freundliche Nachbarinnen hatten ihm Trost zugesprochen und eine Zeit lang für ihn gekocht. Doch als sie entdeckten, dass er zu trinken begonnen hatte, stellten sie ihre Hilfe ein. Da hatte er sein Haus verkauft, seine Schulden bezahlt und war in den Wald gegangen.

Das Leben dort war nicht das Schlechteste. Er hatte sich eine Hütte gebaut und von Nüssen, Früchten und Fischen gelebt. Ab und zu war ihm sogar etwas Niederwild in die Falle gegangen. Nur das Bier hatte ihm gefehlt. Sehr gefehlt. Denn wer einmal dem Trunk ergeben war, der war es für immer.

Die Sucht war auch der Grund, warum der alte Holm heute noch alle paar Tage in Kirchrode auftauchte und in den Schankwirtschaften die Zecher anbettelte. Da er niemandem etwas zuleide tat und zudem eine skurrile Erscheinung war, hatte er damit häufig Erfolg. Am liebsten hielt er sich im Wirtshaus *Zum Querschlag* am Gemswieser Markt auf, denn er kannte den Wirt, einen ehemaligen Bergmann, der ihm in alter Verbundenheit hin und wieder ein Bier spendierte.

Auch gestern Abend war das so gewesen. Irgendwann hatte Pankraz, der Wirt, zu ihm gesagt: »Es ist spät, Holm, mach, dass du wieder in deinen Wald kommst. Ich krieg Ärger mit der Nachtwache, wenn ich jetzt nicht schließ. He, und ihr anderen Burschen geht auch eurer Wege.«

Protestierend hatten die Zecher sich aus der Tür geschoben. Nur Holm war geblieben. Mit der Hartnäckigkeit des Betrunkenen hatte er den Schanktisch umklammert und sich geweigert, den *Querschlag* zu verlassen. »Pa... Pankraz«, hatte er gelallt, »no... nochne Kanne Bier.«

»Nein, wenn ich sage Schluss, ist Schluss.«

»Nu... nur no... noch eine, ne klitzekleine.«

»Nein, verschwinde.«

»De... denk dran, dassich dei... deiner Alten zw... hupps, zwei Wieselfelle mitge... gebracht hab.«

Pankraz, der im Grunde seines Herzens ein gutmütiger Mann war, hatte den Finger auf Holms Brust gesetzt. »Das ist über ein halbes Jahr her, und du hast dafür schon den zehnfachen Wert in Bier gekriegt. Mindestens.«

»Nu... nur no... nochne Ka... Kanne. Bitte.«

»In Gottes Namen«, hatte Pankraz geseufzt, »aber es ist das letzte Mal, dass du für die Wieselfelle was kriegst, hörst du.«

Er war zum Fass hinübergegangen und hatte eine Kanne voll gezapft. »Hier, nimm. Nein, lass dich nicht noch mal nieder. Du gehst. Wo du das Bier trinkst, ist mir egal, aber lass dich von der Nachtwache nicht erwischen, und stell mir die Kanne wieder vor die Tür.«

»Du bi... bist mein Fr... Freund.«

»Jaja, geh jetzt.« Mit sanfter Gewalt hatte Pankraz den alten Holm aus der Tür gedrückt.

Vor dem *Querschlag* war der Alte im Sitzen eingeschlafen, die Kanne fest in der Faust und sie trotz seines Zustands bemerkenswert gerade haltend.

Und genau so saß er auch noch einige Stunden später, als

er wach wurde. Er gähnte und blickte sich um. Die Geschehnisse des vergangenen Abends fielen ihm ein, und er spürte einen pelzigen Geschmack auf der Zunge. Gott sei Dank gab es die Kanne. Er nahm einen langen Zug. Schon tat das Bier seine Wirkung. Die beginnende Nüchternheit wich wieder dem angenehmen Rauschzustand. Lärm hallte herüber. Er kam von den Marktleuten, die beim Schein ihrer Laternen die Stände aufbauten.

Wieder ein langer Zug. Holm überlegte, was zu tun sei. Er konnte hier nicht bleiben; der Büttel verfuhr streng mit Trunkenbolden, die auf der Straße herumlungerten. In den Wald zurück wollte er auch nicht, dazu fühlte er sich noch zu schwach. Da kam ihm der rettende Gedanke: Es war noch stockdunkel, und kein Mensch würde merken, wenn er seinen Rausch unter einem der Marktkarren ausschlief. Das war gut! Er rappelte sich auf und begann, die Kanne vor sich her balancierend, seinen Gedanken in die Tat umzusetzen. Am Ende des hintersten Marktganges schien ihm ein geeigneter Wagen zu stehen. Dort steuerte er hin, unbemerkt von den eifrig arbeitenden und schwatzenden Marktleuten.

Doch als er sich niederlegen wollte, merkte er, dass dort schon jemand schlief. »Rückn Stück zur Seite, Kumpel«, brummte er, bevor er sich ebenfalls ausstreckte. »Willstn Schluck? Der olle Holm is nich so, hupps, nimm schon.« Er reichte dem Fremden die Kanne hinüber, aber der rührte sich nicht. »Bist wohl zu fein für mein, hupps, Bier, wie? Na, mir kanns egal sein.« Schwungvoll nahm er die Kanne zurück und spürte im selben Augenblick etwas Nasses am Boden. »Dammich, das gute Bier.« Er versuchte, die Flüssigkeit mit den Händen aufzunehmen und wieder in die Kanne zu schütten, doch es gelang ihm nicht. Fluchend versuchte er es erneut.

Und dann war Holm mit einem Schlag wieder nüchtern.

Denn die Flüssigkeit war Blut.

Die Amalgamation war ein Vorgang, an dessen Ablauf noch vieles der Erforschung harrte. Lapidius hatte verschiedenes

Gestein in seinem Besitz, Proben, von denen er wusste, dass sie Gold und Silber enthielten. Die Kunst war nun, beide Edelmetalle mittels Quecksilber freizusetzen, was leichter gesagt als getan war. Die Mengenverhältnisse und die Hitzkraft des Feuers spielten dabei eine große Rolle, so viel schien klar. Auch glaubte er festgestellt zu haben, dass Gold und Silber sich aus verschiedenem Gestein unterschiedlich schwer herauslösen ließen, und bedauerte an diesem Morgen einmal mehr, dass es zwar Waagen zum Messen des Gewichts gab, aber kein Gerät zum exakten Erfassen der Hitzkraft. Sicher, die Alchemie unterschied Feuergrade wie Fieberwärme, Mistwärme, Brutwärme, dazu den Grad der Mittagshitze, die Aschenwärme und das Flammenfeuer, aber keiner dieser Zustände war präzise erfassbar.

Mitten in seine Gedanken hinein platzte Marthe mit der Frage, ob er etwas essen wolle.

»Wie? Nein, danke. Jetzt nicht. Schläft Freyja noch?«

»Ich nehms an, Herr. Wisst Ihr was, Herr? Hier isn Teller Grütze, den lassich Euch da. Dann könnt Ihr essen, wann Ihr wollt.« Ehe er protestieren konnte, trat sie näher und schob den Teller zwischen seine Glaskolben und Tiegel. »Lassts Euch schmecken.« Schwungvoll drehte sie sich um und wollte wieder an ihre Töpfe, da passierte es. Ihr ausladendes Hinterteil streifte einen kleinen Alambic. Das Glasgefäß rutschte über den Tischrand, fiel auf den Dielenboden und zerbarst in tausend Stücke. Eine Dampfwolke entwich zischend.

»Jesus, Maria und Joseph!« Marthe rang die Hände. »Das habich nich gewollt, Herr! Habs doch nur gut gemeint. Entschuldicht, Herr!«

Lapidius presste die Lippen zusammen. Er brauchte seine ganze Kraft, um die Magd nicht zu packen und gehörig durchzuschütteln. Sie wusste genau, dass er beim Experimentieren keine Störungen duldete, und dennoch vergaß sie es immer wieder.

»Oh, oh, oh …!«

Sie wollte sich bücken, um die Scherben aufzuheben,

doch er stieß sie beiseite. »Lass das. Du könntest die Dämpfe einatmen.«

»Ja, Herr. Oh, Herr, mir tuts so Leid!«

»Zurück mit dir in die Küche.«

»Ja, Herr. Wie kannich das nur wieder gutmachen!« Jammernd entfernte sich Marthe.

Lapidius blieb zurück, bemüht, seinen Ärger niederzukämpfen. Der Alambic war ein kleines, aber wichtiges Glied in seiner Versuchsanordnung gewesen. Ohne ihn ging es mit der *Variatio VII* nicht weiter. Er musste einen neuen haben, wenigstens leihweise. Aber woher? Er überlegte. Da waren der Stadtmedicus und der Apotheker. Beide mochten etwas Derartiges besitzen, denn beide beschäftigten sich von Berufs wegen mit der Herstellung von Arzneien. Vielleicht eher noch der Apotheker. Ihn würde er bitten, zumal sein Laden näher lag als das Haus des Medicus. Er beschloss, sich sofort auf den Weg zu machen. Ganz gegen seine sonstige Art ging er grußlos aus der Tür. Er wollte Marthe mit ihrem schlechten Gewissen ruhig noch ein wenig schmoren lassen.

Sein Weg führte ihn über den Kreuzhof zum Gemswieser Markt, wo auch an diesem Morgen wieder viel Betriebsamkeit herrschte. Ungewöhnlich viel, wie er feststellte. Was war da los? Besonders in einer Ecke drängte sich alles. Hektisch schrien die Menschen dort aufeinander ein, blickten immer wieder auf etwas am Boden Liegendes oder standen mit aschfahlen Gesichtern einfach nur da. Ein Wagen war in der Aufregung umgestoßen worden, doch niemand kümmerte sich darum. Die feilgehaltenen Waren, darunter Trockenfrüchte, Esskastanien und Bucheckern, hatten sich wie ausgesät auf den Pflastersteinen verteilt. Lapidius musste höllisch Acht geben, um nicht auszurutschen, als er mit langen Schritten heraneilte. Dank seiner Größe fiel es ihm leicht, über die Köpfe der anderen hinwegzusehen und einen Blick auf das zu erhaschen, was die Ursache des Tumultes war: ein toter Körper in einer Lache von Blut.

Ein Frauenkörper, wie die langen blonden Haare, die unter dem abdeckenden Tuch hervorquollen, verrieten. Der

Stadtbüttel – Lapidius vermutete, dass es derselbe Mann war, der ihm den Ruf in die Folterkammer übermittelt hatte – stand neben der Leiche und sah fragend in die Runde der Gaffer. »Und niemand von euch will die Tote kennen? Erzählt mir keine Märchen!«

Ein altes, verhutzeltes Weiblein krächzte: »Mein Gott, Krabiehl, wenn wirs dir doch sagen. Niemand hätt nix davon, dir was vorzumachen.«

»Hmja, das stimmt«, bestätigte Krabiehl, sich der Wichtigkeit seiner Person bewusst. »Trotzdem komisch, wo ihr Marktleute doch sonst alles wisst und das Gras wachsen hört.«

Lapidius meldete sich zu Wort: »Vielleicht trägt die Tote etwas bei sich, durch das sie identifiziert werden kann?«, sagte er.

Der Büttel musterte ihn. »Nun, die Tote wurde bereits von mir durchsucht, und nichts deutet auf ihren Namen hin. Nur die beiden Buchstaben, die man ihr blutig in die Stirn geschnitten hat.« Krabiehl schlug das Tuch ein kleines Stück zurück. »Abscheulich. Habe etwas Derartiges noch nie gesehen. Es handelt sich wohl um ein F und ein S.«

Lapidius stand inzwischen unmittelbar neben der Toten. Was der Büttel behauptete, war richtig. Jemand hatte die Buchstaben in die Haut geritzt. Wahrscheinlich mit einem Messer. Die Wunden hatten nur schwach geblutet, was die Vermutung nahe legte, dass die Frau anderswo noch schwerere Verletzungen davongetragen hatte. »Leider kenne auch ich die Frau nicht«, sagte Lapidius.

»Das dachte ich mir«, entgegnete der Büttel. »Tatsächlich scheint niemand sie zu kennen, selbst der alte Holm nicht, der sie gefunden hat. Ihr seid der Magister Lapidius, nicht wahr?«

»Ganz recht.« Eine Pause entstand. Lapidius spürte, wie sich plötzlich alle Augen auf ihn richteten. Dann sah er, wie einige der Marktweiber die Köpfe zusammensteckten. Sie tuschelten, dennoch konnte er einige Wortfetzen verstehen:

»… das ist doch der, der mit der Säckler was hat …«

»Säckler?«

»… ja, Freyja Säckler, die Hexe!«
»Und mit der hat er …«
»Ja, unter einem Dach!«
»FREYJA SÄCKLER!«
Eines der Weiber hatte den Namen herausgeschrien. »Ich sag euch, die Hexe wars!«, rief sie wichtigtuerisch. »F und S heißt Freyja Säckler! Sie hat die Frau hingemacht!«
Eine andere fiel ein: »So muss es sein. Ne Drohung ists. Ne Drohung an uns alle. Hütet euch, die Hex geht um!«
Lapidius sah, wie der Büttel große Augen bekam. »Ich höre, die Säckler wohnt unter Eurem Dach?« Seine Züge verrieten, dass er den Mann, der die Hexe beherbergte, am liebsten auf der Stelle verhaftet hätte. Doch Lapidius' Stand hinderte ihn offenbar daran.
Die Frauen hatten weniger Hemmungen. Gemeinsam fühlten sie sich stark. Sie nahmen eine drohende Haltung ein, und Rufe wie »Warum nimmst du ihn nicht gleich mit, Krabiehl?«, und »Los, pack ihn beim Schlafittchen!«, wurden laut.
Lapidius wich zurück. Was redeten die Weiber da? Konnten sie so dumm sein und wirklich glauben, was sie da geschrien hatten? Ihm blieb keine Zeit, über diese Fragen nachzudenken, denn die Frauen gingen jetzt mit Besen und Stangen auf ihn los, und da der Büttel keinerlei Anstalten machte, sie zurückzuhalten, suchte er rasch das Weite. Es wäre töricht gewesen, den Helden spielen zu wollen.
Lapidius lief nach Hause, so schnell ihn seine Beine trugen. Als er endlich, nach Luft ringend, wieder vor seiner Eingangstür ankam, stellte er erleichtert fest, dass niemand ihm gefolgt war – die Weiber hatten ihre Verkaufsstände wohl nicht unbewacht zurücklassen wollen. Er ging geradewegs ins Laboratorium und ließ sich erschöpft auf seinen Lieblingsstuhl fallen. Jählings verspürte er gewaltigen Hunger. »Marthe!«, rief er, »Marthe, was hast du auf dem Feuer?«
Die Küchentür öffnete sich einen Spalt. Die Magd steckte den Kopf hindurch. »Seid Ihrs, Herr?«
»Wer sonst?« Lapidius rückte auf dem Tisch einige Glasgefäße zur Seite. »Bring mir etwas zu essen.«

»Gern, Herr. Hab Euer Leibgericht gemacht, gefüllte Eierkuchen, mit Pfeffer un Fasanenklein. Wartet, die Speise steht warm …« Sie eilte zurück in ihre Küche, und Lapidius konnte durch die offen stehende Tür sehen, wie sie dem Stollenschrank einen großen Teller entnahm und eine gehörige Portion auftat. »Ihr seid mir nich mehr gram, nich, Herr?«, fragte sie, als sie die Mahlzeit wenig später auf dem Experimentiertisch absetzte – diesmal mit äußerster Vorsicht.

»Nein, nein.« Lapidius lief das Wasser im Munde zusammen. »Wie geht es Freyja?«, wollte er wissen, während er den ersten Bissen nahm. »Hast du nach dem Feuer im Athanor gesehen? Gibt es sonst etwas Neues?«

»Hab alles gemacht, Herr. Was Neues gibts nich, nur dasses Freyja vorhin ziemlich mies ging. Hab ihr was zu trinken gegeben. Durche Klappe durch.«

»Schön.« Lapidius aß weiter. Am Morgen hatte er es versäumt, nach Freyja zu sehen, weshalb ihn jetzt das schlechte Gewissen plagte. Er ertappte sich dabei, nach oben laufen zu wollen, aber das Essen hielt ihn davon ab. Er entschloss sich zu einem Versuch. Den Kopf in Richtung Sprechschacht gewandt, rief er: »Freyja? Freyja, ich hoffe, es geht dir wieder besser?«

Er erhielt keine Antwort.

Wahrscheinlich musste man den Mund direkt an der Schachtöffnung haben, um gut verstanden zu werden. Doch mit seiner Ruhe war es vorbei. Er schlang die restliche Speise hinunter, ließ Marthe abräumen und sprang die Treppe zu seiner Patientin hoch. Im Oberstock roch es stark nach Exkrementen. Lapidius rümpfte die Nase. Nichts Gutes ahnend, wiederholte er seine Frage: »Ich hoffe, es geht dir wieder besser?«

Sie blickte ihn durch die Türöffnung an. Das Tageslicht fiel auf ihr Gesicht, und er sah die Erschöpfung darin. Ihre vitriolfarbenen Augen waren trüb, die Farbe ihrer Haut glich altem Brot. »Ich hab Euch schon gehört«, sagte sie matt, aber dann brach es aus ihr heraus: »Ihr habt gestern die Tür abgesperrt.«

Lapidius ging nicht darauf ein. »Welche Beschwerden hattest du heute Morgen?«

»Ich … nichts.«

»Du musst es mir sagen.«

»Krämpfe hatt ich, furchtbare Krämpfe im Leib, und dann, und dann … hab ich mich beschmutzt.«

Er nickte verständnisvoll. »Das ist das Quecksilber, es verursacht Koliken. Ich werde Marthe rufen, damit sie dich sauber macht.«

»Ja. Sie hat mir Wasser gegeben. Jetzt gehts besser.«

»Gut!« Er freute sich ehrlich. »Dann ist es wieder auszuhalten, nicht wahr?«

Sie gab keine Antwort.

Er nahm das als Bestätigung und fuhr fort: »Sieh mal, heute Morgen, als du die furchtbaren Schmerzen hattest, wärst du sicher am liebsten aus der Hitzkammer gestiegen, aber du konntest es nicht, weil sie abgeschlossen war. Wäre sie es nicht gewesen, hättest du die Kur abgebrochen und damit den Heilerfolg zunichte gemacht. Jetzt, wo du es nicht getan hast, bist du doch froh darüber, stimmts?«

»Kann ich noch Wasser haben?«

»Nein, du hast schon welches gehabt. Ich werde dir eine Brühe holen, vielleicht mit etwas Fasanenfleisch drin.« Er ging hinunter zu Marthe und ließ sich einen Becher geben. Die Brühe war sehr heiß. Heftig hineinpustend stieg er wieder in den Oberstock, wo er das Gefäß auf dem Boden absetzte. Er schloss die Türklappe auf, damit Freyja besser trinken konnte. »Die Kunst bei einer Schmierbehandlung«, sagte er, »besteht darin, dem Patienten nur so viel Wasser zu geben, wie er wieder ausschwitzen kann. Und am besten keine feste Nahrung, damit er nicht zu Stuhle muss. Andererseits ist feste Nahrung vonnöten, damit der Kranke nicht vollends vom Fleische fällt. Eine Brühe ist deshalb der goldene Mittelweg.«

Sie trank weiter in kleinen Schlucken, bis der Becher leer war. Lapidius nahm ihn ihr ab und sperrte die Türklappe wieder zu.

»Lasst offen.«

»Nein, es würde zu viel Hitze entweichen.« Beim Abschließen hatte er einen flüchtigen Blick auf ihren Körper geworfen und festgestellt, dass die Quecksilberschmiere nahezu vollständig in die Haut eingezogen war. »Ich werde Marthe anweisen, dich zu säubern und neu einzureiben. Außerdem bekommst du einen Aufguss von Lindenblüten zum Schweißbilden.«

»Wenns sein muss.«

»Hör mal.« Er setzte sich ächzend auf den blanken Boden und stand sogleich wieder auf. »Warte, ich schiebe die Truhe vor die Türklappe.« Als er auf dem Möbelstück saß, hob er abermals an: »Ich muss noch einmal mit dir über die Koechlin und die Drusweiler sprechen. Ich war bei ihnen zu Hause und habe sie eingehend befragt. Alles spricht dafür, dass die Anschuldigungen der beiden völlig aus der Luft gegriffen sind. Was mir jedoch am meisten zu denken gibt, ist, dass sie bei dir am Wagen Kräuter kaufen wollten.«

»Das tun viele.«

»Sicher, aber die Koechlin und die Drusweiler haben einen eigenen Kräutergarten, warum also sollten sie zu dir gehen?«

»Weiß nicht.«

»Kannst du dich erinnern, was sie kaufen wollten?«

Sie winkelte einen Ellenbogen an und fuhr sich mit der Hand über die Augen. Dann sprach sie leise: »Nein. Aber ich wüssts, wenns was Besonderes war.«

»Was hattest du denn auf dem Wagen?« Lapidius sah ihre Erschöpfung, aber er musste jetzt weiterfragen.

»Das Übliche. Rosmarin, Thymian, Bärlauch, Liebstöckel und so was. Ach ja, Bilsenkraut, das haben sie gekauft, jetzt weiß ichs wieder.«

»Wächst Bilsenkraut in einem normalen Kräutergarten?« Lapidius dachte an die berauschende Wirkung dieser Pflanze.

»Vielleicht, vielleicht nicht.«

»Ist dir sonst noch etwas an den beiden aufgefallen? Ich meine außer der Zankerei, die sie vom Zaune gebrochen haben?«

»Nein … oder doch. Sie waren bis zuletzt da, und ich hab mich drüber gewundert.«

»Aha. Erinnerst du dich, was sie zu dir gesagt haben? Jedes Wort kann wichtig sein.«

»Nichts Wichtiges. Ich hab gesagt, ich muss los, weils schon spät war, und dann, glaub ich, hat die Drusweiler noch gefragt, ob ich die Nacht nicht bei ihnen auf dem Hof bleiben will. Zuckersüß war die.«

»Und was hast du geantwortet?«

»Dass ich lieber vor der Stadt schlaf, unterm Wagen, weil ichs immer tu. Ist billiger und ruhiger.«

Lapidius erhob sich. »Nun gut. Ich fürchte, das alles bringt uns nicht viel weiter. Trotzdem danke ich dir. Marthe schaut gleich vorbei. Versuche, bis dahin ein wenig zu schlafen.« Er spähte durch die Türöffnung und erkannte, dass sie bereits die Augen geschlossen hatte.

Im Zwielicht sah sie aus wie ein uraltes Kind.

Die Glaskugel, mit der Lapidius den kleinen Alambic ersetzen wollte, hatte sich als unbrauchbar erwiesen. Er stand vor seinem Experimentiertisch und unterdrückte einen Fluch. So kam er mit der *Variatio VII* nicht weiter. Die Kugel konnte keinen Destillierkolben ersetzen, und er selbst war mit seinen Gedanken nicht bei der Sache. Immer wieder ging ihm durch den Kopf, was Freyja über die beiden Zeuginnen gesagt hatte. Sie hatten Bilsenkraut gekauft und waren anschließend am Stand stehen geblieben, obwohl es dafür keinen ersichtlichen Grund gab. Oder doch? Vielleicht hatten sie sich angeregt unterhalten und darüber die Zeit vergessen? Wenig wahrscheinlich. Allerdings, die Frage der Drusweiler, ob Freyja nicht auf ihrem Hof übernachten wolle, gab zu denken. Das Angebot war ungewöhnlich, besonders, wenn man wusste, welch sauertöpfisches, unfreundliches Wesen die Frau an den Tag legte.

Lapidius nahm die Glaskugel aus der Versuchskette heraus und stellte sie fort. Er brauchte einen Alambic, besser heute als morgen. Ob er sich noch einmal auf den Weg zum Apotheker machen sollte? Er beschloss, das umgehend zu tun, auch wenn es bereits Abend war. Einen weiten Bogen um den Gemswieser Markt schlagend, klopfte er eine Weile später an das Haus des Pharmazeuten. Seine Frau öffnete, und Lapidius brachte sein Anliegen vor. Doch sie konnte ihm nicht helfen, und zu seiner großen Enttäuschung musste er unverrichteter Dinge den Heimweg antreten.

Der Apotheker Veith war nicht zu Hause.

Fünfter Behandlungstag

Zeitig am Morgen des 16. April sah man Lapidius eiligen Schrittes erneut zum Gemswieser Markt streben. Er hatte die Aufforderung erhalten, sich unverzüglich im Rathaus einzufinden. Aus welchem Grund, das hatte Krabiehl, der Überbringer der Botschaft, nicht sagen können. Oder nicht sagen wollen.

Grübelnd, warum man ihn zu so ungewöhnlicher Stunde erwartete, betrat Lapidius das altehrwürdige Gebäude. Krabiehl empfahl sich und machte dem Stadtschreiber Platz, einem hinkenden, unscheinbaren Bücherwurm, der den Ankömmling durch mehrere Gänge geleitete und endlich vor einer schweren, eichenen Tür zum Stehen kam. Auf der Tür prangte ein üppiges Gemälde, das einen nackten, bärtigen Mann mit einem hornähnlichen Instrument darstellte. Darüber befand sich eine Inschrift: JURA NOVIT CURA.

»Das Recht ist dem Gericht bekannt«, murmelte Lapidius, dem langsam klar wurde, dass man ihn im Gerichtszimmer erwartete. »Na, hoffen wirs.« Ein ungutes Gefühl beschlich ihn, während er sich die Samtkappe zurechtrückte und eintrat. Der Raum wirkte schwer und gediegen. Holz und Schnitzereien begegneten dem Auge, wo immer es verweilte; selbst die Decke war getäfelt. Drei bleiverglaste Fenster spendeten spärliches Licht. Im Mittelpunkt stand ein langer Tisch, an dem mehrere in feines Tuch gewandete Herren saßen.

»Ich bin Euch sehr verbunden, Magister Lapidius, dass Ihr den Weg zu uns so schnell gefunden habt.« Bürgermeister Stalmann, ein klobig gebauter Mittfünfziger mit schwammigen Gesichtszügen, machte eine einladende Geste. »Nehmt dort auf dem Stuhl Platz.« An Stalmanns Hand blitzten edelsteinbesetzte Ringe auf, die vom Wohlstand ihres Besitzers zeugten. Doch im Gegensatz zu den fein gearbeiteten Preziosen erinnerten seine Finger an ein Bund dicker Wurzeln. »Richter Meckel zu meiner Linken ist Euch ebenfalls bekannt. Die beiden anderen Herren sind die Räte Kossack und Leberecht.«

Lapidius nickte höflich.

»Nun«, Stalmanns Tonfall, eben noch verbindlich, wurde unpersönlich. »Der Anlass Eures Hierseins ist ein unerfreulicher. In der Stadt herrscht Unruhe, um nicht zu sagen Aufruhr. Die Tote, die gestern auf dem Markt entdeckt wurde, jagt den Menschen Angst und Schrecken ein. Man sagt, die Hexe Freyja sei nächtens umgegangen und hätte die Unbekannte getötet. Krabiehl, den wir bereits eingehend befragt haben, ist ebenfalls dieser Ansicht. Er sagte, die Fremde habe eine Art Mal auf der Stirn, bestehend aus den Buchstaben F und S, und es müsse schon ein großer Zufall sein, wenn das nicht Freyja Säckler bedeute.«

Lapidius erwiderte fest: »Ich bin sicher, dass sie nichts mit der Sache zu tun hat.«

Stalmann machte eine Faust, um sich mit seinen Ringen den Bart besser kratzen zu können. »Da die Frau unter Eurem Dach Aufnahme gefunden hat, dachte ich mir schon, dass Ihr etwas Derartiges entgegnen würdet.« Ein missbilligender Blick streifte Meckel, mit dessen Einverständnis der leidige Zustand herbeigeführt worden war. »Doch wie dem auch sei. Der Unruhe in der Stadt muss ein Ende gemacht werden. Ich denke deshalb daran, den Hexenprozess fortführen zu lassen. Das scheint mir das Richtigste zu sein.«

Meckel, Kossack und Leberecht nickten gewichtig. Meckel allerdings wirkte etwas verbissen.

»Ich verbürge mich für Freyja Säckler. Sie hat mit dem Mord nichts zu tun.«

»Das mag aus Eurer Sicht so sein, Magister, ich ...«

»Verzeiht, wenn ich Euch ins Wort falle, Herr Bürgermeister, aber sicher hat Euch Richter Meckel davon in Kenntnis gesetzt, dass Freyja Säckler von der Syphilis geschlagen wurde. Das Stadium, in dem sich die Krankheit befindet, ist über die Anfänge hinaus. Behandlungsmaßnahmen sind dringend erforderlich. Da nun in Kirchrode kein Franzosenhaus vorhanden ist, habe ich mich bereit erklärt, die Kur bei mir im Oberstock durchzuführen. Einmal begonnen, darf die Behandlung auf keinen Fall abgebrochen werden; es käme einem Todesurteil gleich.«

Leberecht, ein blasser, unscheinbarer Mann, dessen auffälligstes Merkmal ein in regelmäßigen Abständen zuckendes Augenlid war, winkte ab. »Sicher, sicher, das alles ist bekannt. Der Rat hat sich hierüber bereits ausgetauscht und sogar in Erwägung gezogen, die Lustseuche durch den Stadtmedicus kurieren zu lassen, indes hat Medicus Gesseler keine, äh ...« Er blickte fragend zur Seite.

»Hitzkammer«, half Meckel aus.

»Richtig, ich kam nicht auf das Wort. Der Medicus hat keine Hitzkammer, so dass dreierlei konstatiert werden muss: Erstens kann die Hexe nicht ins Franzosenhaus, zweitens kann sie nicht zum Stadtmedicus, und drittens, verehrter Magister, kann sie auch nicht bei Euch bleiben. Der Pöbel zerreißt sich schon jetzt das Maul. Also muss sie endlich ein Geständnis ablegen, damit sie dahin kommt, wo sie hingehört: auf den Scheiterhaufen.«

Kossack, um die vierzig und damit der Jüngste des anwesenden Rates, ergänzte mit erhobenem Zeigefinger: »Wodurch das Problem der Syphilis gleich mit erledigt wäre.«

Lapidius glaubte nicht richtig gehört zu haben. Er hatte angenommen, es mit klar denkenden Männern zu tun zu haben, mit klug abwägenden Köpfen, die sehr wohl in der Lage waren, eine unschuldige junge Frau von einer Hexe zu unterscheiden. Sicher, es gab Zauberweiber, die des Teufels waren und mit ihm buhlten, das beklagte nicht nur die Kirche, auch Wissenschaftler jedweder Richtung waren davon überzeugt, aber das hieß noch lange nicht, dass man jeden Hokuspokus glauben und jede Anschuldigung für bare Münze nehmen musste.

»Ich möchte ebenfalls drei Punkte nennen«, sagte er, mühsam seiner Erregung Herr werdend. »Allerdings sprechen sie dafür, alles beim Alten zu belassen. Erstens, denke ich, wären die hohen Richter in Goslar erheblich verärgert, wenn man sie einerseits um ihre Meinung fragt, andererseits aber ihre Antwort nicht abwartet und weiter prozediert, als sei nichts geschehen. Zweitens würde bei einer Neuaufnahme der Verhandlung früher oder später ans Licht kommen, dass die Säckler unter der Franzosenkrankheit leidet. Ich bin sicher, die Unruhe in der Stadt wäre dann noch viel größer, nicht zuletzt wegen der Ansteckungsgefahr.« Lapidius räusperte sich, denn die Kehle war ihm trocken geworden. Er hätte viel für ein Glas Wasser gegeben.

»Und drittens?« Stalmann drehte an seinen Ringen.

»Drittens kann die Säckler gar nicht die Mörderin sein, weil sie hinter Schloss und Riegel ist. Den Schlüssel zur Hitzkammer verwahre ich. Niemand sonst hat einen. Meister Tauflieb, mein Nachbar, der das Schloss eingesetzt hat, kann das bestätigen.«

»Aha. Hm, hm.« Stalmann wusste nicht recht, was er sagen sollte. Die Argumente schienen stichhaltig.

Lapidius setzte nach. »Die Kirchroder werden sich schneller beruhigen, als wir denken. Sie haben andere Sorgen. In zwei oder drei Tagen kräht kein Hahn mehr nach der Säckler.«

Meckel, dem der Verlauf des Gesprächs durchaus nicht angenehm gewesen war – immerhin hatte er die als Hexe Angeklagte aus der Gerichtsbarkeit entlassen –, trommelte einen Fingerwirbel. »Was Magister Lapidius sagt, klingt vernünftig in meinen Ohren«, sagte er und dachte daran, dass Hoffnung bestand, die Säckler auch ohne Prozess und Scheiterhaufen loszuwerden. Dadurch nämlich, dass sie an Lapidius' Schmierbehandlung zugrunde ging. Ein Vorgang, durch den sich alles genauso erledigen würde wie durch die Verbrennung.

Stalmann schnaufte unentschlossen.

Kossack starrte auf seine Fingernägel.

Leberechts Augenlid zuckte. »Vernünftig hin oder her, Meckel, ich verstehe nicht, warum wir so viel Aufhebens um eine Kräuterhökerin machen. Keiner weiß, woher sie kommt, keiner wird sie jemals vermissen. Das Gemeinwohl steht über dem des Einzelnen. Für die Stadt wäre es am besten, sie zu tortieren, bis die Wahrheit ans Licht kommt und sie sich selbst als Dämonin entlarvt. Oder ist jemand der Meinung, sie wäre keine Hexe?« Ohne die Antwort abzuwarten, fuhr er fort: »Anschließend soll sie brennen, und der Fall ist erledigt.«

Stalmann schüttelte den Kopf. Er war zu einer Entscheidung gekommen. »Nein, ganz so einfach ist es nicht. Ihr wisst selbst, Stadtrat Leberecht, dass ein Geständnis letztlich nur vom Druck der Daumenschrauben abhängt. Ich fühle mich dem Recht verpflichtet, auch wenn die Unterbrechung des Prozesses zum Problem geworden ist. Ich gebe zu, bevor der Magister seine Argumente vortrug, war ich dafür, die Verhandlung fortzusetzen, aber jetzt bin ich anderer Meinung. Ich denke ebenfalls, dass in ein paar Tagen Gras über die Sache gewachsen ist. Alles mag zunächst so weiterlaufen. Kommt Zeit, kommt Rat.«

Bevor dem Bürgermeister widersprochen werden konnte, fragte Lapidius schnell: »Wisst Ihr, wo die Tote sich jetzt befindet?«

»Nein.« Stalmann blickte in die Runde seiner Räte. »Oder ist einem von Euch der Ort bekannt? Auch nicht? Nun, Magister Lapidius, dann wendet Euch an Krabiehl.«

»Danke, Herr Bürgermeister.« Lapidius wollte die Unterredung so schnell wie möglich beenden. »Wenn die Herren gestatten, empfehle ich mich jetzt.«

»Tut das.« Stalmann nickte, während er einen seiner Ringe anhauchte und den Edelstein am Ärmel blank rieb. »Aber ich bestehe darauf, dass Ihr jedes unvorhergesehene, äh … Ereignis unverzüglich Richter Meckel zur Meldung bringt.«

»Gewiss werde ich das.« Lapidius deutete eine Verbeugung an. »Meine Herren …«

Dann verließ er rasch den Raum.

Als er gegangen war, lehnte Stalmann sich zurück. »Ich weiß, Stadtrat Leberecht, was Ihr sagen wollt. Ihr seid mit meiner Entscheidung nicht einverstanden. Aber glaubt mir, fürs Erste ist es am besten so. Alles Weitere findet sich.«

»So, meint Ihr.« Leberecht lächelte gequält. »Habt Ihr Euch eigentlich schon gefragt, warum der Herr Magister den barmherzigen Samariter bei der Säckler spielt? Das muss doch einen Grund haben. Und ist es nicht seltsam, dass er ein so starkes Interesse an der Toten hat, wo er sie doch gar nicht kennt? Oder kennt er sie am Ende doch? Steckt er mit der Hexe unter einer Decke? Ist er vielleicht selbst der Mörder? Fragen über Fragen! Ich sage Euch, der Mann hat es faustdick hinter den Ohren. Wir sollten Acht geben, was er tut. Denkt an meine Worte.«

»Hoho, Leberecht, jetzt geht der Gaul aber mit Euch durch!« Stalmann wünschte das Gespräch zu beenden. Er hatte an diesem Morgen noch anderes zu erledigen und wollte rechtzeitig vor Mittag am heimischen Herd sein. »Ihr habt Euch die Antwort doch selbst schon gegeben: Der Mann ist ein barmherziger Samariter.« Er blickte Leberechts zuckendes Lid an und war überrascht, dahinter ein Auge voller Missgunst zu erkennen.

»Nein, das ist er keineswegs«, beharrte der unscheinbare Ratsherr, »ich sagte, er ›spielt‹ den barmherzigen Samariter.«

Die Dienststube des Büttels lag nur einen Steinwurf vom Rathaus entfernt. Zum Glück fand am Sonnabend kein Markt statt, so dass Lapidius unbehelligt über den Platz schreiten konnte. Dennoch tat er es mit gemischten Gefühlen. Nur allzu deutlich war ihm klar geworden, dass es keineswegs ausreichen würde, Freyja Säckler zu heilen – zwingender denn je musste er auch ihre Unschuld beweisen.

Krabiehl saß breitbeinig an einem wackligen Tisch, angeregt mit einer dicken Frau schwatzend, die Lapidius den Rücken zukehrte. Vor sich hatte er weißes Brot und Räucheraal ausgebreitet, Leckerbissen, denen er kräftig zusprach. Seinen Hosenbund hatte er, der größeren Bequemlichkeit wegen, geöffnet. Gerade hielt er sich ein großes Stück Aal zwischen die Beine, lachte dabei anzüglich und steckte es sich dann in den Mund.

Lapidius musste daran denken, wie leichtfertig dieser Mund Freyja Säckler des Mordes und der Hexerei verdächtigt hatte, und beschloss, auf die üblichen Höflichkeitsfloskeln zu verzichten. »Ich komme direkt vom Rat der Stadt«, sagte er, bewusst Krabiehls Gespräch unterbrechend und die Tageszeit nicht entbietend. »Wo ist die unbekannte Tote vom Markt?«

Der Büttel schreckte zusammen. Ein weiteres Stück Aal, schon auf dem Weg, wurde zurückgelegt. »Äh ... ach, Ihr seid es, Magister.«

Die Frau, mit der Krabiehl geredet hatte, wandte sich um. Es war Auguste Koechlin. »Ich gehe dann, Krabiehl«, sagte sie, Lapidius feindselig musternd.

»Ja, tu das.« In des Büttels Stimme lag Vertrautheit. Er hatte sich von dem Schreck erholt. Wie zufällig streifte seine Hand das ausladende Gesäß der Bergmannsfrau.

»Wo ist die unbekannte Tote vom Markt?«, wiederholte Lapidius seine Frage.

Krabiehl bemühte sich um Haltung. »Ja ... nun«, kramte er seine Gedanken zusammen, »ich habe die Leiche zum Totengräber schaffen lassen. Auf den Gottesacker.«

»Gibt es etwas Neues zum Tod der Fremden?«

»Nein, nicht das Geringste.«

»Danke.« Ohne einen Gruß verließ Lapidius Krabiehls Revier und machte sich auf den Weg zum Kirchhof.

Als er wenig später dort eintraf, musste er sich erst einmal orientieren. Es dauerte eine Weile, bis er den schmalen Abschnitt für die Armengräber gefunden hatte. Ein frischer Erdhaufen und ein regelmäßig aus dem Boden auftauchendes Schaufelblatt verrieten ihm, wo der Totengräber arbeitete. Er trat an die Grube. »Guten Morgen, guter Mann. Wie ist dein Name?«

Die Schaufel verharrte mitten in der Bewegung. Der Totengräber, ein hutzeliges Männchen mit dem Kopf einer Schildkröte, blickte auf. »Krott, Herr.«

»Gut, Krott, ich wüsste gern, wo die Tote vom Markt liegt.«

»Die Tote vom Markt? Die is inner Kapelle.«

Lapidius' Augen folgten Krotts klauenartiger Hand, die auf ein steinernes Gotteshäuschen am Rande einer Fichtenreihe wies. »Danke. Ich möchte die Leiche untersuchen.«

»Oh, Herr, dassis schlecht.«

»Wieso?« Lapidius, schon halb unterwegs, hielt inne.

»Ich mein, essis nich nötich. Der Stadtmedicus hats schon gemacht.«

»So, nun ja.« Lapidius kramte nach einer Münze und reichte sie Krott in die Grube. »Ich würde die Leiche trotzdem gern noch einmal in Augenschein nehmen.«

»Ja, danke, Herr. Is gut, Herr.« Gewohnheitsmäßig biss der Totengräber auf die Münze, bevor er sie einsteckte. Lapidius sah, dass er nur noch wenige, stark angefaulte Zähne besaß.

»Es muss ja nicht unbedingt jeder wissen, was ich vorhabe, nicht wahr, Krott?«

»Is klar, Herr.« Der Totengräber grinste verständnisinnig.

Rasch ging Lapidius die wenigen Schritte zur Kapelle hinüber. Beim Eintreten schlug ihm kühle, feuchte Luft entgegen. Es roch nach Weihrauch, Nässe und muffigem Stoff. Die Tote lag auf einem steinernen Sockel, abgedeckt mit einem schlichten Tuch. Im Hintergrund befand sich ein kleiner Altar, darauf standen ein Weihwasserkessel aus Messing und zwei Kerzen. Links und rechts von Lapidius waren morsche Kirchenbänke aufgestellt. Eine mitleidige Hand, vielleicht Krotts, hatte ein paar späte Schneeglöckchen auf den Leichnam gelegt.

Lapidius empfand eine gewisse Scheu vor dem, was er zu tun beabsichtigte, aber es musste sein. Er tat die Blumen beiseite, schlug das Tuch vom Gesicht und – erstarrte.

Er blickte unmittelbar in eine blutverschmierte Speiseröhre, eine Luftröhre und mehrere Adern – Öffnungen, die wie abgeschnittene Schläuche aus einem Halsstumpf ragten. Der dazugehörige Kopf war fast gänzlich abgetrennt und stand in unnatürlichem Winkel von der Schulter ab, fast so, als hätte ein Anatom hier seine Studien machen wollen.

Aber Lapidius war kein Anatom. Würgender Brechreiz packte ihn. Er musste mehrmals schlucken, bis der Anfall vorbei war und er den Kopf wieder in die richtige Position rücken konnte. Der Schnitt in den Hals, das schien klar, war die Todesursache gewesen. Die Unbekannte hatte viel Blut verloren. Wangen, Kinn und Schulterbereich wiesen rot verkrustete Schmierstellen auf, ein Anblick, gegen den die Buchstaben in der Stirn geradezu friedvoll wirkten.

Lapidius wischte sich die Hände am Abdecktuch sauber und entfernte es vollends mit entschlossenem Ruck. Dann begann er die Kleider der Toten zu durchsuchen. Alsbald fand er ein paar Kreuzer, was dafür sprach, dass es sich bei der Tat nicht um einen Raubmord handelte.

Dem Unhold, der hier zugeschlagen hatte, war es nicht um Geld gegangen.

Lapidius forschte weiter. Es kostete ihn Überwindung, den Rock der Toten hochzuschieben und den Schambereich zu untersuchen. Aber er zwang sich dazu. Das Ergebnis entsprach seinen Befürchtungen: Die Frau war vergewaltigt worden. Spuren von getrocknetem Sperma ließen keinen Zweifel zu. Erschüttert machte Lapidius sich daran, Beine, Rumpf und Arme zu untersuchen, konnte jedoch nichts Auffälliges entdecken. Nur hier und da eine kleine Hautabschürfung oder einen blauen Fleck, Verletzungen, die alltäglich waren und die man sich überall zuziehen konnte.

Die Hände der Frau waren Arbeitshände mit den üblichen Schwielen und Schrunden. Die Nägel waren rissig und wirkten wenig gepflegt, Schmutz befand sich darunter, aber – wie Lapidius interessiert feststellte – keine Hautstückchen von jener Art, die entsteht, wenn Frauen sich kratzend einer Vergewaltigung erwehren wollen.

Mit einiger Anstrengung drehte Lapidius den Leib auf die Seite, damit er den Rücken untersuchen konnte. Sofort sprang ihm eine Auffälligkeit ins Auge: runde rötliche Druckstellen von unterschiedlicher Größe. Es waren Hämatome. Sie bildeten eine Art Muster, das an die Fünf auf einem Würfel erinnerte. Sie sahen hässlich aus, hatten aber mit Sicherheit nicht zum Exitus geführt.

Lapidius bettete die Frau wieder auf den Rücken, bedeckte ihre Blöße und richtete sich auf. Zum ersten Mal betrachtete er das Gesicht der Fremden näher. Es wirkte friedlich und jung, und es war schön, trotz des vielen Blutes. Weiße Zähne schimmerten durch die leicht geöffneten Lippen. Er schob ein Lid hoch und stellte fest, dass die Tote blaue Augen gehabt hatte. Abermals betrachtete er den Mund, und dann, einer plötzlichen Eingebung folgend, drückte er die Kiefer auseinander und senkte seine Nase in die Mundhöhle. Er schloss die Augen, um sich besser konzentrieren zu können, und sog zwei-, dreimal tief die Luft ein. Schließlich war er fast sicher, einen ganz bestimmten Geruch wahrgenommen zu haben – den Geruch nach Bilsenkraut. Er schob die Kiefer wieder zusammen und erschauerte. Ihm war eingefallen, dass es im Volksmund noch einen anderen Namen für Bilsenkraut gab:

Teufelsauge.

Lapidius stand vor dem ausgehobenen Grab und stellte sich die sterblichen Überreste der Toten darin vor. Eine junge Frau war ermordet worden. Anfang zwanzig war sie gewesen, höchstens. Und schön. Eine Frau, die das Leben noch vor sich gehabt hatte und die vielleicht irgendwo von jemandem vermisst wurde. Wehmut umfing ihn. Würde der Pfarrer ein paar Worte sprechen? Niemand konnte wissen, ob die Fremde rechtgläubig gewesen war oder sich schon der neuen Lehre des Doktor Martin Luther angeschlossen hatte. Manche Geistliche verweigerten den Segen, wenn ein Mensch den falschen Gott anbetete. Lapidius, der sich aus Glaubensstreitigkeiten strikt herauszuhalten pflegte, hoffte, dass der zuständige Pfarrer ein großmütiges Herz hatte, auch wenn es hier nur um ein Armenbegräbnis ging und keine Verwandtschaft da war, die ihm den einen oder anderen Taler für seine Bemühungen zustecken konnte.

Lapidius wandte sich an den Totengräber, der etwas abseits stand und sein Arbeitsgeschirr reinigte. »Sag mal, Krott, warst du es, der die Tote vom Markt hierher geschafft hat?«

Krott kam höflich einen Schritt heran. »Ja, Herr, habich, ich war grad in der Näh, un da habich sie aufn Wagen gepackt.«

»Aha.« Lapidius stellte sich die Situation vor. »War das der Wagen, unter dem sie frühmorgens von diesem … äh …«

»Holm, Herr. Der olle Holm, der hattse gefunden.«

»Holm, richtig, der Büttel erwähnte den Namen. Also, war das der Wagen, unter dem sie von Holm gefunden worden war?«

»Nee, Herr, hab sie mit meim eignen Karren gefahrn. Der andere, das war doch der vonner Säckler. Wusstet Ihr das nich, Herr?«

Lapidius stutzte, versuchte aber, sich nichts anmerken zu lassen. Der Todeswagen gehörte also Freyja. Wieso hatte Krabiehl ihm das nicht gesagt? Noch dazu, wo er, Lapidius, am Morgen ausdrücklich nach Neuigkeiten in dem Fall gefragt hatte? »Wo befindet sich der Wagen jetzt?«

»Weiß nich. Is wohl noch dort, Herr.«

»Nun gut.« Lapidius kam ein anderer Gedanke. »Hatte der *Rigor mortis* schon voll eingesetzt, als du die Leiche auf deinen Wagen hobst?«

»Der *Ri…* nee, Herr.« Krott guckte unsicher auf. »So was bestimmt nich.«

»Natürlich.« Lapidius schalt sich für seine unverständliche Ausdrucksweise. »Aber die Totenstarre hatte sich schon ausgebreitet, nicht wahr?«

»Oh, ja, Herr. Die Tote war steif wien Brett, als ich sie hochgewuchtet hab. Abers ging gut, nur mitm Kopp wars schwer, der war fast ab.«

»Ja, es scheint, die Tote wurde ermordet.«

»Ja, Herr.« Krott nickte scheu.

»Weißt du, wer es getan haben könnte?«

»Nee, Herr, wahrhaftich nich.«

»Danke.« Lapidius hatte keine andere Antwort erwartet. »Du hast mir sehr geholfen.«

»Gerne, Herr, schönen Tach noch.«

Lapidius schlug unverzüglich den Weg zum Gemswieser Markt ein, wo er wenig später ankam. Stalmann, der Bürgermeister, hatte gesagt, Unruhe, ja Aufruhr herrsche in der Stadt, aber Lapidius hatte kaum Anzeichen dafür bemerkt. Sicher, an einigen Hausecken hatten Weiber gestanden, die, seiner ansichtig geworden, augenblicklich die Köpfe zusammensteckten, und auch der eine oder andere Finger hatte sich auf ihn gerichtet, doch insgesamt schien alles seinen gewohnten Gang zu gehen.

Ein prüfender Blick sagte ihm, dass Krabiehl nicht in seiner Dienststube war. Nun gut, er würde den Büttel ein anderes Mal befragen. Sein Blick wanderte weiter, denn nur dreißig Schritte von dem alten Mauerbau entfernt hatte Freyja Säcklers Kräuterwagen gestanden.

Doch der war fort.

Lapidius eilte zu der Stelle und untersuchte sie. Schwarze Flecken zwischen den Pflastersteinen stachen ihm ins Auge. Kein Zweifel, das war eingesickertes Blut. Hier hatte die Unbekannte gelegen. Er richtete sich auf und schaute sich suchend um. Ein paar Fuß weiter entdeckte er einen zweiten Fleck und noch entfernter einen dritten. Die Richtung wies in die Schellengasse. Und die wiederum führte aus der Stadt hinaus. Das ließ nur einen Schluss zu: Die Tote war auf Freyja Säcklers Wagen transportiert und dieser, wahrscheinlich mitten in der Nacht, auf dem Marktplatz abgestellt worden. Anschließend hatte man die Frau unter den Wagen gelegt. Aber warum? Vielleicht hatte der Täter sie verstecken wollen, weil er gestört worden war? Vielleicht aber hatte sich alles auch ganz anders zugetragen.

Lapidius brach ab. Es hatte keinen Zweck. Doch schon wenige Augenblicke später begannen seine Gedanken wieder zu kreisen. Wo war der Wagen jetzt? Hatte ihn die Person, die ihn zum Markt gebracht hatte, auch wieder fortgeschafft? Oder war er von der Stadt sichergestellt worden?

Weiter grübelnd schlug er den Weg zur Böttgergasse ein. Wer war der Mörder, der so grauenvoll getötet hatte? Oder waren es gleich mehrere gewesen? Die Hämatome auf dem Rücken fielen ihm ein, und er versuchte sich vorzustellen, wie sie entstanden sein mochten. Blutergüsse, das wusste jeder, traten nach Druck oder Schlag auf, wobei hier nahe lag, dass sie durch Druck hervorgerufen worden waren, denn die Haut war unverletzt geblieben. Was konnte der Unbekannten so in den Rücken gedrückt haben? Da ihr Gewalt angetan worden war, hatte man sie wahrscheinlich auf den Boden gepresst. Ja, das mochte sein. Aber was war das für ein Boden, der solche Ausbuchtungen aufwies? Und in solcher Anordnung? Lapidius merkte, dass er auf diese Weise nicht weiterkam.

Der Todesschnitt. Was war mit dem Todesschnitt? War er vor oder nach der Schändung erfolgt? Wahrscheinlich danach, damit die Vergewaltigte nicht mehr reden konnte. Oder doch davor. Lapidius hatte schon von Männern gehört, denen es perverse Lust bereitete, Verkehr mit einer Toten zu haben. Davor oder danach … Auch hier tat sich eine Sackgasse auf.

Und was hatte es mit dem Bilsenkraut auf sich? Vielleicht war es Bestandteil eines Rauschtranks gewesen, der das Opfer willenlos gemacht hatte? Lapidius pfiff sich zurück, der Gedanke kam ihm zu spekulativ vor.

Auf jeden Fall, sagte er sich, war es ein Mord mit einzigartigem Merkmal – den Buchstaben F und S auf der Stirn. Und er war sicher: Da wollte jemand Freyja die Schuld in die Schuhe schieben. Der Totentransport auf ihrem Wagen bestätigte diese Annahme. Ja, jemand wollte sie unschädlich machen, gezielt und heimtückisch. Genau so, wie es durch die Verleumdungen vor Gericht schon versucht worden war.

Aber wer war dieser Jemand?

Auguste Koechlin und Maria Drusweiler hatten Freyja der Hexerei bezichtigt und dabei das Blaue vom Himmel gelogen. Waren sie die Mörderinnen? Schließlich hatten sie Bilsenkraut bei Freyja gekauft, und die Leiche hatte danach gerochen. Nach Teufelsauge … Nein, der Gedanke war absurd. Frauen vergewaltigten keine Frau. Frauen hatten kein Sperma. Also musste es ein Mann gewesen sein.

Als Lapidius mit seinen Überlegungen so weit gekommen war, empfand er ein Gefühl der Zufriedenheit. Immerhin schien nun klar, dass die Zeuginnen mit jemandem in Verbindung standen. Mit einem oder mehreren Unbekannten, die sich im Hintergrund hielten. Mit Unholden. Schlächtern. Bestien, die es zu finden galt.

Doch dann wich seine Zufriedenheit der Ernüchterung, denn er musste einräumen, dass seine Erkenntnisse ihn kein Jota weiterbrachten. Noch nicht jedenfalls.

»Was wollt Ihr essen, Herr?«, fragte Marthe in der Diele.

Lapidius schreckte aus seinen Gedanken auf.

Er hatte wie im Schlaf nach Hause gefunden.

Sechster Behandlungstag

Lapidius saß schnarchend auf seinem Lieblingsstuhl. Er hatte die Nacht darauf verbracht, nachdem er am Abend zuvor wieder einmal über der Arbeit eingeschlafen war. Vorher hatte er sich mit dem Großen Werk beschäftigt. Er hatte eine Reihe alchemistischer Nebenreaktionen geprüft, zu deren Herbeiführung ein kleiner Alambic nicht vonnöten war. Doch das Werk war ihm nicht gut von der Hand gegangen. Immer wieder waren seine Gedanken bei der unbekannten Toten gewesen und bei der Frage, wer sie ermordet hatte. Schließlich, gegen Mitternacht, waren ihm die Augen zugefallen.

»Herr, essis schon helllichter Tach!« Marthe stand in der Tür, einen Silberleuchter putzend. »Wollt Ihr nich aufstehn?«

Lapidius gab ein Grunzen von sich, schluckte, schniefte und öffnete blinzelnd die Augen. »Großer Gott, es ist ja schon ganz hell!«

»Sach ich doch, Herr. Ich hab Pfefferpilze un Speck inner Pfanne. Wie wärs damit?«

»Sehr gut.« Lapidius musste erst zu sich kommen. »Pfefferpilze und Speck, ja, sehr gut, sehr gut. Äh … halt, Marthe, bring die Speise noch nicht, ich will mich erst waschen.«

»Is recht.«

Wenig später saß Lapidius an seinem Experimentiertisch und ließ es sich schmecken. Die Pilze waren im vergangenen Herbst von Marthe eigenhändig gesammelt, getrocknet, kühl verwahrt und nun wieder gewässert worden. In Bauchspeck gebraten und stark gepfeffert, waren Morcheln, Ritterlinge und Edelreizker ein wahrer Gaumenschmaus.

Der Tag versprach schön zu werden. Sonnenstrahlen fielen durch die Fenster und brachen sich vielfach im Glas seiner Geräte. Frühlingsluft überdeckte den Geruch nach Sulfur und Metallum. »Marthe?«

»Ja, Herr? Schmeckts, Herr? Wollt Ihr noch was? Ich hätt noch ne Putterpomme.«

»Nein, ich bin satt.« Ein Aufstoßen unterdrückend, schob Lapidius den Teller von sich und tunkte abschließend Brot in sein Bier. »Wie geht es Freyja? Ist die Schmierschicht noch intakt?«

»Ja, Herr, is intakt.«

»Hast du den Schlüssel zur Türklappe bei dir?«

»Nee, Herr, aber ich hol ihn ausser Wand.« Die Magd übergab das Gewünschte. »Freyja ratzt noch tief un fest. Hab ihr gestern Abend was von dem Trankili... Trankidingsda gegeben.«

»Du meinst, von dem Tranquilium, das ich öfters herstelle?«

»So isses.«

»Großer Gott! Du hättest mich vorher fragen müssen!« Lapidius schnellte von dem Stuhl hoch. »Wie viel hast du ihr verabreicht? Doch hoffentlich nicht zu viel?«

»Nee, nee, Herr, wie immer.«

Aufs Äußerste beunruhigt, eilte Lapidius die Treppe zum Oberstock empor, wobei er fast über seine langen Beine gestolpert wäre. Er spähte durch die Türöffnung und sah seine Patientin leblos daliegen. »Freyja, Freyja!« Er sperrte auf und rüttelte sie an der Schulter. Ihr Körper gab willenlos nach. »Freyja, Freyja, so höre doch!«

Endlich, nach einer kleinen Ewigkeit, bewegte sie sich.

»Gott sei Dank!« Er war so froh, dass er nicht einmal mehr daran dachte, Marthe für ihr unbedachtes Handeln zu rügen. »Freyja!«

»Ich ... ich ...«

»Wie geht es dir?«

»Schlecht. Mir ist speiübel.« Mit einer matten Bewegung wischte sie sich über die Augen.

Er hastete hinunter und holte einen halben Becher Brunnenwasser, den er ihr an die trockenen Lippen setzte. Dann nahm er ihren Arm, um nach dem Puls zu fühlen. Die Schläge waren schwach, aber regelmäßig. Seine Besorgnis ließ nach. Marthe schien doch nicht zu viel von dem Tranquilium gegeben zu haben. Er begann den Ausschlag zu untersuchen. »Ich weiß, du hast Kopfschmerzen, als wollte dir der Schädel zerspringen, und Gliederreißen, als lägst du auf dem Rad, aber sieh her: Der Pustelschorf blättert schon teilweise ab, und darunter ist die Haut wieder gesund. Das ist ein gutes Zeichen.«

Lapidius war keineswegs sicher, ob er damit richtig lag, denn der Ausschlag war lediglich ein Symptom der Syphilis und sein Verheilen nicht gleichzusetzen mit einer Gesamtverbesserung, aber er wollte ihr Mut zusprechen. »Auch deine Daumennägel machen Fortschritte. In dir stecken starke Heilungskräfte.«

»Welcher Tag ist heut?«

»Sonntag. Hörst du die Glocken läuten? Der Gottesdienst in St. Gabriel beginnt gleich.« Sie blickte ihn an, und ihre Augen hatten an diesem hellen Morgen wieder die Farbe von Vitriol. Er fühlte Unsicherheit. »Äh ... ja, Gottesdienst. Ich nehme selten daran teil, weißt du, eigentlich nie.« Das stimmte in der Tat und lag daran, dass sein scharfer Verstand die vielen Widersprüche in der kirchlichen Lehre nicht akzeptieren wollte.

»Sonntag erst«, sagte sie.

Lapidius schob sich die Truhe heran, um nicht immerfort vor ihr knien zu müssen. »Wieso erst? Du hast bald eine Woche hinter dir. Dann fehlen nur noch zwei.«

»Der Mund tut mir weh, als wär ein Reibeisen drin. Alles ist wässrig und wund.«

»Was, wirklich? Großartig! Glaub mir, das Wundsein ist ein Beweis dafür, dass die Therapie anschlägt. Auch der verstärkte Speichelfluss spricht dafür. Er zeugt von der Kraft der Quecksilberschmiere. Sie muss so beschaffen sein, dass sie die kranken Säfte selbst aus den entferntesten Teilen des Leibes zusammentreibt. Ein Teil der Diskrasiesäfte fließt ins Hirn, die Hauptmenge jedoch sammelt sich im Mund und geht mit dem Speichel ab. Ich freue mich für dich.«

»Ihr habt gut reden. Ihr seid gesund.«

»Stimmt, aber ich helfe dir gern.«

»Das habt Ihr schon mal gesagt. Und warum tut Ihrs nun wirklich?«

Lapidius, der sich niemals, nicht einmal nachts, von seiner Samtkappe trennte, beschloss, für dieses eine Mal eine Ausnahme zu machen. Langsam beugte er den Kopf vor und nahm sie ab.

Freyjas Augen wurden groß. »Ihr … Ihr seid ja kahl! Kahl wie ein Kohlkopf.«

Lapidius lachte leise.

»Ihr habt … Ihr habt auch …?«

»Ja«, nickte er. »Auch ich hatte einst die Syphilis. Vor neun Jahren war es, im Nordspanischen. Die Krankheit offenbarte sich in einer Stadt namens León, und ich war so arm und schwach wie der Ärmste und Schwächste auf dieser Welt. Aber es gab jemanden, der mir half. Man nannte ihn Conradus Magnus, er war ein *Doctorus universalis*, der sich in den Künsten der Alchemie auskannte. Er nahm mich in sein Haus auf und pflegte mich, als wäre ich sein Sohn. Ich lag drei Wochen darnieder und durchlebte die Hölle auf Erden. Aber ich stand wieder auf und wurde gesund. Mein Herz war voll Dankbarkeit, und ich fragte Conradus, wie ich das jemals wieder gutmachen könne. Da antwortete er mir, ich solle, wenn es so weit wäre, nur ganz genau wie er handeln. Mehr nicht.« Lapidius setzte umständlich seine Kappe wieder auf. »Und wie du siehst, tue ich das jetzt. Und ich tue es gern.«

»Hm. Wenn Ihrs geschafft habt, kann ichs auch.«

Lapidius lachte abermals leise. Sie hatte wie erhofft reagiert. Er schloss die Türklappe wieder zu und fuhr, bevor sie protestieren konnte, schnell fort: »Die Syphilis ist eine Krankheit, an der man nicht gottgewollt sterben muss. Gewiss, in den ersten Jahren nach ihrem Auftreten raffte sie die Menschen zu Zehntausenden hin, denn die Wissenschaft hatte noch keine wirksame Behandlung gegen sie entwickelt. Aber das änderte sich, als die Heilkraft des Hydrargyriums erkannt worden war. Man muss nur kämpfen, dann ist die Syphilis zu besiegen.«

Lapidius war sich bewusst, dass seine Ausführungen nur

zum Teil der Wahrheit entsprachen, denn es gab unzählige Kranke, die gekämpft und verloren hatten, aber er hielt es für besser, das zu verschweigen. Nach seinen Schätzungen überlebten nur vier von zehn Kranken die Kur, und von diesen vier gesundete höchstens einer ganz. Dass er selbst dazugehörte, kam ihm wie ein Wunder vor, und er wünschte nichts sehnlicher als den gleichen Heilerfolg für seine Patientin.

»Ich will mein Haar nicht verlieren.«

»Du wirst es verlieren.« Eingedenk seiner Erfahrungen mit ihr wollte er nichts beschönigen. »Aber es wird nachwachsen wie bei den meisten Patienten. Nur in ganz wenigen Fällen, wie bei mir, geschieht es nicht. Im Übrigen kann sich glücklich schätzen, wer bei der Behandlung nur seine Haare einbüßt.«

»Wieso?«

Lapidius biss sich auf die Lippen. Freyja war zwar stark, aber es war besser, wenn sie nicht alles wusste.

Nach einer Weile, er dachte schon, sie sei wieder eingeschlafen, sagte sie: »Komischer Name, Syphilis. Ich kenn nur ›Franzosenkrankheit‹.«

»Wenn es dich interessiert, verrate ich dir, wie der Name entstanden ist.«

»Ja.«

Das klang nicht sehr wissenshungrig, aber er nahm es als Aufforderung. Vielleicht war es ganz gut, ihr darüber zu erzählen, weil es sie von den Schmerzen ablenkte. »Ein italienischer Arzt namens Fracastoro beschrieb vor siebzehn Jahren die Anzeichen der Franzosenkrankheit. Er tat es in einem Gedicht mit dem Titel *Syphilidis, sive morbi gallici libri III*. Seither setzt sich die Bezeichnung Syphilis immer mehr durch.«

»Ein Krankheitsgedicht? Nie gehört.«

»Es handelt sich um ein Lehrgedicht. Manche Medici wählen diese Art der Veröffentlichung. Es ist in eintausenddreihundertsechsundvierzig Hexametern geschrieben.« Gern wäre Lapidius näher auf Fracastoro und seine in Versform niedergelegten Erkenntnisse eingegangen, ebenso wie auf die Heilmethode mit Hilfe des Guajak-Holzes und auf die verblüffenden Thesen des Doktor Paracelsus, aber er merkte, dass er sie damit überfordern würde. Stattdessen sagte er vorsichtig: »Höre, Freyja, auf dem Gemswieser Markt ist eine Frau tot aufgefunden worden. Niemand kennt sie. Vielleicht weißt du ihren Namen, weil du mit deinem Wagen viel herumkommst.«

Freyja schwieg, aber in ihren Augen blitzte Interesse auf.

»Die Frau ist jung und ebenso blond wie du, aber etwas größer. Sie ist hübsch und hat noch alle Zähne.«

»Hm.«

Lapidius dachte an die Buchstaben auf der Stirn der Toten und daran, dass man sie unter Freyjas Wagen gefunden hatte, doch er unterließ es, darüber zu sprechen. Einzelheiten würden seine Patientin nur unnötig aufregen. »Sie hat blaue Augen und ein hübsches Gesicht.«

»Hm«, machte Freyja abermals. »Ich kenn eine, die so aussieht, ne Korbmacherin ists.«

»Eine Korbmacherin?«

»Ja, sie könnts sein.«

Lapidius spürte ein Kribbeln im Magen. Er sah die Ermordete wieder in der Kapelle liegen. Sie hatte schrundige Hände und eingerissene Nägel gehabt. Kleine Verletzungen, die durchaus zu einer Korbmacherin passten. »Wie heißt sie? Woher kommt sie?«

»Weiß nicht. Kenn sie nur vom Sehen. Kann ich noch Wasser haben?«

»Nein.« Es klang härter, als er es meinte.

»Warum nicht?«

»Wegen der Schmierkur. Ich habe es dir doch schon erklärt. Der Patient darf nur so viel Wasser erhalten, wie er wieder ausschwitzen kann. Du weißt also nicht, wie die Frau heißt?«

»Ich möcht Wasser.«

»Nein.«

»Dann eben nicht!« Trotzig starrte sie ihn aus ihrer Höhle an. Er kannte sie mittlerweile gut genug, um zu wissen, dass weitere Bemühungen, sie zum Reden zu bringen, zwecklos sein würden. Es blieb ihm nichts anderes übrig, als zu gehen. Er seufzte und sagte:

»Ich glaube dir ja, dass du den Namen nicht weißt. Es war nicht so gemeint.«

Im Laboratorium traf er Marthe bei der Arbeit an. Sie trällerte, ihm den Rücken zukehrend, fröhlich vor sich hin und wischte emsig Staub. Er blieb stehen, denn mehrere Gedanken schossen ihm gleichzeitig durch den Kopf. Vorausgesetzt, bei der Toten handelte es sich wirklich um eine Korbmacherin, so war es keinesfalls eine aus Kirchrode, sonst hätte man sie auf dem Marktplatz erkannt. Das war klar. Sie musste also aus einer anderen Gegend kommen. Aber woher? Wer konnte das wissen? Der Logik zufolge jemand, der nicht in der Stadt lebte. Und am ehesten eine Person, die denselben Beruf ausübte. Ja, das mochte sein. »Kennst du außerhalb von Kirchrode eine Korbmacherin?«, fragte er laut.

»Hooach! GottimHimmelhabtIhrmicherschreckt!« Marthe fuhr herum und presste die Hand auf ihren üppigen Busen. »Wassis, Herr?«

»Tut mir Leid.« Lapidius wiederholte die Frage, und zu seiner Überraschung sagte die Magd sofort:

»Ne Korbmacherin, die nich inner Stadt wohnt? Ja, Herr. Die schiefe Jule.«

»Die schiefe Jule?«

»Ja, Herr. Aufer Zirbelhöh hat sie ne Hütte, am Ensbacher Graben, drei Meilen über der Stadt. Warum, Herr?«

»Ach, nichts.« Lapidius ließ sich auf seinen Lieblingsstuhl fallen, nahm das Federmesser zur Hand und spielte damit, während die Magd weiter ihrer Arbeit nachging. »Marthe, ich bin über Mittag nicht da, vielleicht komme ich erst am Abend wieder. Pass in der Zwischenzeit auf den Athanor auf, das Feuer muss stetig brennen. Und sieh in einer Stunde nach Freyja, aber gib ihr nichts von dem Schlaftrunk, höchstens etwas Brunnenwasser. Hier ist der Schlüssel, für alle Fälle. So, und jetzt lass mich allein.«

»Aber Herr! Ich bin noch nich fertich, un Ihr müsst was essen. Ich hab …«

»Lass gut sein, Marthe.«

»Ich könnt Euch Putterpommen mitgeben …«

»Nein, lass mich allein.«

Marthe verschwand schmollend, und Lapidius verlor weiter keine Zeit, sondern begann augenblicklich, sich umzuziehen. Er wählte einfache Kleidung, wie die Leute auf der Straße sie trugen: eine alte Köperhose, ein vielfach geflicktes Hemd und ein blank gewetztes Lederwams. Es waren Stücke, die er auf seiner Wanderung durch Spanien getragen hatte – und an denen er, trotz ihres abgetragenen Zustands, sehr hing.

Er hatte beschlossen, der schiefen Jule einen Besuch abzustatten.

Lapidius lief der Schweiß aus allen Poren. Mühsam stapfte er Schritt für Schritt bergauf. Die Stadtwache am Osttor hatte ihm Auskunft gegeben, wie er am besten auf die Zirbelhöh kam, und zunächst war er zügig vorangekommen. Doch der Apriltag war ungewöhnlich warm, und die Sonne stand nahezu im Zenit. Je höher er stieg, desto mehr musste er sich eingestehen, dass er ein schlechter Kletterer war.

Nach einem guten Stück Weges, die Häuser von Kirchrode lagen bereits spielzeugklein unter ihm, entdeckte er eine Abkürzung, die rechter Hand durch den Fichtenwald direkt zur Spitze der Zirbelhöh führte. Eine einzelne riesige Buche stand dort oben und grüßte herunter. Er beschloss, den Pfad zu verlassen, um Zeit und Kraft zu sparen. Der Baum würde ein guter Anhaltspunkt sein.

Wenig später wusste er, dass er einen Fehler gemacht hatte, denn der Pfad verlor sich, und die Fichten umstanden ihn dicht an dicht wie feindliche Krieger, jegliche Sicht versperrend.

Lapidius verhielt und wischte sich den Schweiß von der Stirn. Sein Puls raste, während er bemüht war, seine Gedanken zu ordnen. Gut, er hatte sich verlaufen, aber musste er nicht einfach nur bergan gehen, um automatisch zur Spitze zu gelangen? Nein, das brachte ihn nicht weiter. Der Boden unter ihm zeigte durchaus nicht immer Gefälle, und an dieser Stelle war er nahezu eben. Bei der Abzweigung hatte die Zirbelhöh im Osten gelegen, erinnerte er sich, er musste also nur in diese Richtung marschieren, um ans Ziel zu kommen. Aber wo lag Osten? Irgendwann einmal hatte er gehört, dass Ameisen ihre Eier am Südrand des Hügels ablegten und dass die moosbesetzte Seite der Baumstämme nach Norden wies. Doch nirgendwo im Dämmerlicht des Waldes konnte er einen Ameisenhügel entdecken, geschweige denn eine moosige Rinde.

Eine Lichtung! Wenn er einfach weiterging, musste er irgendwann auf eine Lichtung treffen. Dort würde er sich orientieren können. Mit neuem Mut schritt er aus, doch die Füße schmerzten ihn, und die Zeit zog sich dahin. Irgendwann wusste er nicht mehr, wie lange er bereits wieder unterwegs war, aber nach seinem Eindruck mussten es Stunden sein. War er im Kreis gegangen? Die Bäume sahen alle gleich aus, und der Boden war stets von derselben Beschaffenheit: braun, federnd, nadelig. Und noch immer war keine Lichtung in Sicht. »Hilfe!«, rief er. »Hilfe! Hört mich jemand?«

Er marschierte weiter. Die Anstrengung ließ ihn mehr und mehr durch den Mund atmen, was ihm Zunge und Gaumen ausdörrte. Durst begann ihn zu quälen, und er wünschte sich sehnlichst einen Becher kühles Brunnenwasser. Freyja fiel ihm ein. Wie hatte er ihr diese Erfrischung nur verweigern können! An einem Becher mehr oder weniger konnte die Behandlung nicht scheitern. »Hilfe!«, schrie er abermals. »Hiiilfe!«

Ein Geräusch ließ ihn herumschnellen. Zweige hatten sich geteilt und einem Kerl Platz gemacht, der schwankend dort stand. Es war ein älterer Mann mit stoppeligem Bart und Triefaugen. Seine Rechte hielt einen Krug, den er, trotz seines Hin- und Herschwankens, mit jener Geschicklichkeit in der Senkrechten bewahrte, die auf langjährige Übung schließen ließ. Die Linke lag am Gemächt, wahrscheinlich, weil er gerade Wasser gelassen hatte. Mit dem stieren Blick des Betrunkenen musterte er Lapidius. »Wa… was schreistn so … Ku… Kumpel? Ha… haste Angst?«

Lapidius war im Widerstreit der Gefühle. Einerseits froh, endlich ein menschliches Wesen getroffen zu haben, andererseits die plump vertrauliche Anrede nicht gewohnt, trat er hastig einen Schritt zurück. Dann fiel ihm sein ärmlicher Aufzug ein. Natürlich, der Mann hielt ihn für seinesgleichen. Nun, vielleicht war das sogar von Vorteil. »Man nennt mich Lapidius«, sagte er. »Ich habe mich verirrt.«

»U… un ich bin der o… olle Holm.« Wieder schwankte der Alte wie ein Rohr im Wind, den Krug dabei eisern in gerader Position haltend.

»Holm?« Lapidius kramte in seiner Erinnerung. Dann wusste er es wieder. »Du bist der, der die Tote auf dem Gemswieser Markt entdeckt hat. Stimmts?«

»Sti… stimmt, Kumpel. Da… das war viel… vielleichtn Schreck, sach ich dir, hupps, da st… steht noch einer drauf, ko… komm mit.« Der Alte verschwand zwischen den Zweigen, und Lapidius beeilte sich, ihm zu folgen. Nach kurzer Wegstrecke blieb Holm vor einer armseligen Behausung stehen und verkündete voller Stolz: »M… mein Heim.«

Lapidius musste den Kopf wegdrehen, um Holms Bierfahne auszuweichen. »Äh … sehr schön.«

Der Alte ließ sich auf einen umgestürzten Baumstamm fallen und machte eine einladende Geste. Als Lapidius ebenfalls Platz genommen hatte, hielt er ihm den Krug unter die Nase. »Nimm auchn Schl… Schluck, Kumpel.«

Lapidius schob das Trinkgefäß mit der Hand zurück. »Nein, danke. Ich hätte lieber Wasser.«

»Wasser? … Pöhhh … Was… Wasser habich nich … habich nich, hupps.« Holm zuckte mit den Schultern, nahm selbst einen gewaltigen Schluck und sackte dann übergangslos zur Seite, den Krug noch immer wie eine Trophäe hochhaltend.

Lapidius staunte. Einem derart seltsamen Menschen war er sein Lebtag nicht begegnet, und er war weit in der Welt herumgekommen. Holm schnarchte jetzt in einer Lautstärke, die Tote erwecken konnte. Er nahm dabei eine Haltung ein, in der wohl nur Sturzbetrunkene schlafen können: halb liegend, halb sitzend, wobei der Oberkörper auf dem Baumstamm lag und die Beine dazu im rechten Winkel nach unten abstanden, die Füße akkurat nebeneinander gestellt.

Lapidius erhob sich und wand dem Alten den Krug aus

der Hand. Dann machte er sich daran, den Mann aus dem Land der Träume zurückzuholen. Doch alles, was er versuchte, war vergebens. Holm schlief wie ein Toter. Lapidius kam zu der Überzeugung, dass ihm nichts anderes übrig blieb, als eine Weile zu warten. Er betrat die Hütte. Drinnen empfing ihn ein Anblick aus Dreck und Verwahrlosung. Es roch nach Schweiß und Exkrementen. Lapidius rümpfte die Nase und wäre am liebsten wieder gegangen, aber die Hoffnung, irgendwo Wasser zu finden, ließ ihn bleiben. Sein suchender Blick erfasste einen Strohsack, schmutzig und löchrig und sicher von Flöhen durchsetzt; davor stand eine Kiste, die als Tisch diente, darauf ein Kerzenstummel sowie Stahl und Stein zum Feuerschlagen. Ein paar Kleider hingen an der Wand, daneben Drahtschlingen, die als Fallen Verwendung finden mochten.

In einer Ecke, halb umgekippt, lag ein hölzerner Kübel. Lapidius nahm ihn auf, aber kein einziger Wassertropfen befand sich darin. Enttäuscht suchte er weiter. An anderer Stelle entdeckte er Asche und verkohltes Holz, das musste die Feuerstelle sein.

Lapidius trat wieder ins Freie. Der Durst quälte ihn. Es hatte keinen Zweck, er musste irgendetwas trinken, und wenn es Bier war. Er griff zum Krug und nahm einen kleinen Schluck. Das Zeug schmeckte schwer und würzig. Es rann die Speiseröhre hinunter, breitete sich aus und wärmte den Magen. Lapidius stellte fest, dass er schon Schlechteres getrunken hatte. Er nahm einen weiteren Schluck. Das Wohlsein verstärkte sich. Er ließ sich neben dem Alten nieder und spürte, wie seine Glieder erschlafften. Der Kopf kippte ihm vornüber, und für einige Augenblicke übermannte ihn der Schlaf. Er riss sich zusammen, blinzelte, wollte wach bleiben, doch die Erschöpfung war stärker. Wieder fiel sein Kopf herab, und diesmal blieb er unten.

Als er wach wurde, wusste er nicht, wie lange er geschlafen hatte, aber die Erfahrung langer Experimentiernächte sagte ihm, dass es durchaus ein oder zwei Stunden gewesen sein konnten. Holm neben ihm schnarchte noch immer, wenn auch leiser und weniger angespannt. Lapidius stand auf, nahm den Bierkrug und kippte den Inhalt aus. Dann rüttelte er den Alten unsanft an der Schulter.

»Ja so, hupps, dammich noch mal, was … Wer bistn du?«

Lapidius atmete insgeheim auf. Holm war nicht nur wach geworden, er schien auch wieder halbwegs nüchtern zu sein.

Lapidius stellte sich nochmals vor und erwähnte, dass sie sich bereits kannten.

»Hmso, Lapidius, hupps«, sagte der Alte und blickte auf seine Rechte, in der sich kein Krug mehr befand. »Gottsakra, habichn Nachdurst.« Ohne seinen Gast weiter zu beachten, schlurfte er in seine Behausung, kam mit dem Holzkübel wieder hervor und verschwand im Wald. Lapidius, der annahm, dass Holm Wasser holen wollte, richtete sich auf eine längere Wartezeit ein, war aber umso angenehmer überrascht, als der Alte schon wenig später wieder auf der Bildfläche erschien. »Quellwasser«, erklärte er, »was Bessres gibts nich gegen Brand.« Suchend blickte er sich um und entdeckte den Krug. »Schon wieder, hupps, alle«, stellte er bedauernd fest, nachdem er hineingeäugt hatte. »Na, macht nix, will sowieso nich mehr saufen, jedes Mal nehm ichs mir wieder vor.«

Er goss aus dem Kübel Wasser in den Krug, und Lapidius kam es vor, als habe er niemals ein köstlicheres, frischeres Geräusch gehört. »Bedien dich, bist mein Gast.« Holm übergab großzügig die Kanne.

Lapidius nahm einen langen Zug und schloss dabei die Augen. Das Wasser war klar und eiskalt. Er spürte, wie die Lebensgeister in ihn zurückkehrten, und nahm sich vor, künftig nicht mehr ganz so streng bei der Zumessung von Freyjas Wasserrationen zu sein – selbst auf die Gefahr hin, dass sie sich einnässte. Abermals nahm er einen Schluck. Und noch einen. »Danke, das tat gut.« Er gab den Krug zurück. »Sag mal, Holm, kennst du die schiefe Jule?«

»Klar kennich die. Sin nurn paar hunnert Schritt zu ihr.« Der Alte wies vage in eine Richtung, bevor er selber trank. Er tat es glucksend und schmatzend, und das Wasser lief ihm dabei über das Kinn.

Lapidius glaubte nicht richtig gehört zu haben. Wenn es

stimmte, was Holm sagte, befand er sich in unmittelbarer Nähe seines Ziels. Und er hatte gedacht, es sei Meilen entfernt! Er war jetzt sicher, die ganze Zeit im Kreis gegangen zu sein. »Kennst du sie?«

»Die Jule? Kennen is zu viel gesacht. Wir gehn uns ausm Weg, wenndu verstehst, wassich mein. Sie mag keine Saufköppe.« Der Alte kicherte, rülpste und wischte sich mit dem Ärmel den Mund ab. »Wieso?«

»Ach, nichts weiter. Ich muss etwas mit ihr besprechen.«

»Ja, so. Na, geht mich ja auch nix an.«

»Kannst du mir sagen, wie ich zu ihr komme?«

»Wenns weiter nix is.« Holm erklärte, wie Lapidius gehen musste. Er tat es mit unerwarteter Präzision. Lapidius fragte mehrmals nach, und jedes Mal antwortete der Alte mit denselben genauen Angaben. Er musste sich im Wald hervorragend auskennen. Endlich war Lapidius sicher, den Weg nicht zu verfehlen. Er stand auf und sagte:

»Danke für das Wasser.«

Holm winkte ab und nahm noch einen Schluck.

Lapidius wollte schon gehen, da fiel ihm noch etwas ein. »Sag, Holm, kennst du auch die Koechlin und die Drusweiler aus Kirchrode?«

»Wer kennt die nich. Hab sie neulich erst gesehn.«

»Ach! Und wo in der Stadt war das?«

»Nich inner Stadt. Im Süden vom Ensbacher Graben wars, zum Otternberg rauf.«

Lapidius stutzte. Es war höchst ungewöhnlich, dass der Alte die Frauen im Wald angetroffen hatte. »Hast du mit ihnen gesprochen? Haben sie gesagt, was sie da oben wollten?«

»Nee, nee! Bloß wech, habich gedacht, als ich sie gesehn hab. Das sin vielleicht zwei Sumpfschnepfen! Haben Haare aufn Zähnen, weißte. Nee, nee, ich habse gesehn un mich schnell dünne gemacht.«

Lapidius versuchte, sich das Gelände vorzustellen. »Der Otternberg, liegt der nicht gegenüber der Zirbelhöh?«

»Ja, tut er, abers stehn kaum Tannen da oben, un höher is der Otternberg auch, viel höher.«

»Und wann hast du die beiden entdeckt?«

»Wann? Uii, du kannst Fragen stellen! Is wohl paar Wochen her.«

»Wie viele Wochen?«

»Hupps, tja.« Der Alte dachte angestrengt nach. »Kann sein, zwei Wochen … oder warens vier? Oder fünf?«

»Genauer weißt du es nicht? »

»Nee, Kumpel. Isses wichtig?«

»Nein, nein.« Lapidius kam zu der Erkenntnis, dass Holms Zeitgefühl wohl seiner Sucht zum Opfer gefallen war. Jede weitere Frage erübrigte sich. »Danke für alles, ich wünsche dir noch einen guten Tag.«

Lapidius verließ mit großen Schritten den Platz. Am Rand, kurz bevor er wieder ins Nadeldickicht eintauchte, blickte er noch einmal zurück. Der Alte saß noch immer auf dem Baumstamm, den Wasserkrug in der Hand haltend. Er äugte tief hinein und zuckte mehrmals mit den Schultern.

Holm sehnte sich nach neuem Bier.

»Hallo, ist da jemand? Hallooo!« Lapidius hatte, fast wider Erwarten, den Weg zur Zirbelhöh ohne Probleme gefunden. Jetzt stand er in der Tür einer geräumigen Holzhütte und versuchte, ins Innere zu blicken. Doch Korbwaren aller Art versperrten ihm die Sicht.

»Komm herein.« Die Frau, der die Stimme gehörte, trat unvermittelt zwischen zwei mächtigen Obstpflückerkörben hervor. Die Körbe waren größer als sie selbst und wiesen am Rückenteil zwei starke Stabilisierungsstangen auf, die weit über den Rand emporragten. Es handelte sich um kunstvolle Flechtarbeiten, deren makellose Ebenmäßigkeit sofort ins Auge fiel. Davor standen andere, kleinere Behältnisse aus Weidenruten, sorgfältig übereinander gestapelt und mit derselben Perfektion hergestellt. Lapidius erkannte Geflügelkörbe, Erntekörbe, Fischkörbe und viele andere. Sie alle bildeten einen krassen Gegensatz zu dem verkrüppelten Leib der Frau, deren Oberkörper in einem Maße abgeknickt war, als hätte der Schlagfluss sie getroffen.

»Ich bin Jule«, begrüßte sie ihn, »die ›schiefe‹ Jule, wie die Leute sagen. In der Tür ziehts, komm mit nach hinten.«

»Lapidius«, sagte Lapidius, der sich nicht ohne Mühe einen Weg durch die Körbe bahnte. Die schiefe Jule war jünger, als er gedacht hatte. Sie war nicht das erwartete alte Weiblein, auch wenn sie von kleinem Wuchs war, einen verkrüppelten Rücken hatte und sich auf einen Stock stützte. Er schätzte sie auf sein eigenes Alter.

Die Frau blieb vor einer Flechterbank stehen und schob allerlei Werkzeug, darunter Pfrieme, Klopfeisen und Korbmacherscheren, beiseite. Dann wies sie mit dem Stock auf den Schemel davor. »Setz dich. Meine Arbeit kann warten.« Sie selbst zog sich einen Schaukelstuhl aus Korb heran. »Was führt dich zu mir?«

Lapidius überlegte schnell. Er hätte es als unhöflich empfunden, sein Anliegen sofort vorzutragen, deshalb sagte er: »Du stellst wunderschöne Stücke her. Ich habe noch nie so viele und so unterschiedliche Körbe gesehen.«

»Das glaube ich dir.« Über Jules Gesicht huschte ein Lächeln, während sie ihn aus klugen Augen musterte. »Die Korbflechterei ist meine Passion. Ich habe nichts außer ihr. Keinen Mann und keine Kinder. Ich tue nichts als flechten, und das schon mein Leben lang.« Der Schaukelstuhl kam in Bewegung.

»Es ist großartig, wenn jemand sein Handwerk so meisterhaft beherrscht.« Lapidius dachte an seine eigene Profession und daran, wie unzulänglich er sich oftmals vorkam. Wie alle Alchemisten arbeitete er an dem Großen Werk, der Kunst, per Transmutation aus unedlem Metall Gold herzustellen. Doch dazu bedurfte es des Steins der Weisen, und eben diesen besaß er nicht. Noch nicht. Seine Theorie war, über die Abläufe während der Amalgamation den *Lapis mineralibus* aufzuspüren – immer in der Hoffnung, das Quecksilber möge am Endpunkt zum Stein der Weisen mutieren, zum *Roten Löwen*, wie die Eingeweihten ihn nannten, und das Maß der Goldgewinnung potenzieren.

»Glaube mir«, unterbrach die schiefe Jule seine Gedanken, »ich wäre gern eine weniger geschickte Handwerkerin und hätte dafür einen gesunden Körper. Was also willst du?«

Lapidius nahm eine Weidenrute von der Flechterbank und begann damit zu spielen. »Eine junge Frau wurde ermordet«, hob er an. »Niemand kennt ihren Namen. Ich weiß nur, dass sie Korbmacherin war.«

»Eine Korbmacherin?« Jules Schaukelstuhl schwang stärker aus. »Ermordet, sagst du. Und? Was hast du damit zu schaffen?«

»Nun.« Lapidius merkte, dass ihm keine andere Wahl blieb, als seinem Gegenüber reinen Wein einzuschenken. Schließlich wollte er etwas von Jule, also hatte sie auch ein Recht auf Offenheit. »Kannst du schweigen?«

Wieder musterten ihn die klugen Augen. »Wenn ich will, wie ein Grab.«

Er nahm das als Versprechen und erzählte von Anfang an. Er ließ nichts aus und fügte nichts hinzu. Und während er redete, fühlte er, wie gut es ihm tat, denn bislang hatte er niemanden gehabt, dem er sich mitteilen konnte. Seine Geschichte kam ihm mit jedem Satz seltsamer vor, und er fragte sich wiederholt, ob es richtig gewesen war, sich auf alles das einzulassen.

Als er geendet hatte, stand die schiefe Jule auf und holte ihm einen Becher Most. Sie stellte ihn auf die Flechterbank und sagte: »Trinkt erst einmal. So wie Ihr, Herr, hätte nicht jeder gehandelt. Ihr habt vorhin meine Arbeit bewundert, jetzt bewundere ich Euren Mut. Ja, ich denke auch, dass hinter der Koechlin und der Drusweiler jemand steht. Ein gefährlicher, listiger Mörder. Aber, Gott ist mein Zeuge, ich habe nicht die geringste Ahnung, wer es sein könnte. Der alte Holm jedenfalls nicht, der lebt nur noch im Suff.«

Lapidius nickte zustimmend. Er trank und nahm dann die Weidenrute wieder auf. »Schade, dass du die Tote nicht kennst. Ich dachte, du als Korbflechterin wüsstest vielleicht ihren Namen, schließlich hatte sie denselben Broterwerb.«

»Wer sagt, dass ich sie nicht kenne?«

»Was willst du damit sagen?« Lapidius, im Begriff, die Rute durchzubiegen, hielt inne.

»Dass ich zu wissen glaube, wie die Ermordete heißt. Ihr Name ist Gunda. Gunda Löbesam. Die Beschreibung von

Euch passt genau auf sie. Sie war ein gutes Ding. Früher zog sie mit ihrem Vater über Land und bot ihre Waren feil. Sie war nicht besonders geschickt im Flechten, weshalb sie meine Körbe gerne mitverkaufte. Drei, vier Male im Jahr kam sie den gefährlichen Weg vom Otternberg herüber und rechnete mit mir ab. Bei der Gelegenheit brachte sie regelmäßig frische Weidenruten, Haselnussgerten und Birkenreiser mit, Arbeitsmaterial, an das ich hier auf der Höh nur schwer herankomme. Vor ungefähr einem Jahr starb ihr Vater, seitdem habe ich sie nicht mehr gesehen.«

»Gunda Löbesam.« Nachdenklich sprach Lapidius den Namen aus. »Vielleicht war sie, als sie ermordet wurde, auf dem Weg nach Kirchrode?«

»Das glaube ich kaum«, entgegnete die schiefe Jule. »Gunda mochte die Stadt nicht. Sie war dort mehrere Male bestohlen worden, weshalb sie stets nur über Land zog und ihre Waren an die Bauern verkaufte.«

»Dann wurde sie außerhalb der Stadt getötet. Vielleicht hier in den Bergen.«

Der Schaukelstuhl kam abrupt zum Stillstand. »Ein bedrohlicher Gedanke!« Für einen Augenblick schien die Korbmacherin verstört. Doch dann schaukelte sie weiter. »Was soll ich mich sorgen. Ich bin nicht jung, ich bin nicht schön, und wegen ein paar Körben ist noch niemand gemeuchelt worden.«

»Ich hoffe, du hast Recht«, sagte Lapidius. »Ich werde sehen, ob mich der Name Gunda Löbesam weiterbringt. Vielleicht sehen wir uns einmal wieder. Für heute verabschiede ich mich. Es hat gut getan, mit dir zu reden.«

Die schiefe Jule erhob sich mühsam. »Danke, Herr. Auch für mich war es eine angenehme Abwechslung. Ich fürchte nur, ich konnte Euch kaum zu Hilfe sein. Nehmt den Hauptweg an der großen Buche entlang, dann könnt Ihr Euch nicht verlaufen, und Ihr seid noch vorm Dunkelwerden in der Stadt.«

»Danke. Und auf Wiedersehen.«

»Auf Wiedersehen, Herr.«

Lapidius nahm den ausgetretenen Pfad hinunter nach

Kirchrode, verirrte sich kein einziges Mal und war eine knappe Stunde später in der Stadt.

Er ahnte nicht, dass ein Augenpaar ihn aufmerksam beobachtet hatte.

Marthe schlief am Herdfeuer, als er in die Küche trat. Das Licht der Flammen tauchte ihre rosigen Wangen in ein deftiges Rot. Sie musste beim Brotschneiden eingenickt sein, denn in ihren Armen befand sich noch der Laib, den sie wie einen Säugling hielt. Dicke Scheiben lagen bereits auf dem Küchentisch. Die gute Seele! Normalerweise war sie um diese Tageszeit bei ihrer Mutter, doch heute hatte sie auf ihn gewartet. Ob sie sich Sorgen um ihn gemacht hatte? »Pssst, Marthe! Du hast dir doch keine Sorgen gemacht?«, fragte Lapidius leise, während sein Blick über den Tisch glitt und weitere Köstlichkeiten entdeckte, die ihm das Wasser im Munde zusammenlaufen ließen: ein Stück goldgelbe Butter, Schinken, Ziegenkäse und einen Zipfel Blutwurst.

Marthe schlief weiter.

Es beschloss, sie nicht zu wecken, sondern setzte sich und begann zu essen. Der Tag lief noch einmal vor ihm ab. Er hatte zwei Menschen kennen gelernt, wie sie unterschiedlicher nicht sein konnten: den alten Holm und die schiefe Jule. Beide waren auf ihre Art Sonderlinge. Hatten sie etwas mit dem Mord zu tun? Nein, der Gedanke war abwegig. Holm würde zwar sein letztes Hemd für eine Kanne Bier hergeben, aber töten würde er dafür nicht. Jedenfalls nicht eine Korbmacherin, die vermutlich weder viel Geld noch Bier bei sich gehabt hatte. Und Jule? Sie hätte in der Ermordeten eine unbequeme Konkurrenz sehen können, aber allein schon wegen ihrer Gebrechlichkeit kam sie nicht in Frage.

Lapidius schob ein Stück Wurst in den Mund und blickte sich nach etwas Trinkbarem um. Als er nichts fand, fingen die Grübeleien ihn wieder ein. Da waren die Gespräche mit Holm und Jule. Er bemühte sich, sie wie einen alchemistischen Prozess zu analysieren, und kam zu dem Schluss, dass sie im Kern nur wenig ergeben hatten. Doch dieses Wenige konnte von großer Bedeutung sein. Was beispielsweise hatte die Koechlin und die Drusweiler dazu gebracht, in den Wald zu gehen? Der Weg, das hatte er am eigenen Leibe gespürt, war lang und beschwerlich. Sie mussten einen besonderen Grund dafür gehabt haben. Einen wichtigen. Er suchte nach einer plausiblen Erklärung, doch er fand keine. Zu wenig wusste er über die Begleitumstände. Nicht einmal der ungefähre Zeitpunkt des Waldbesuchs war ihm bekannt.

Blieb der Name: Gunda Löbesam. Er sagte ihm nichts. Ihm nicht und auch sonst keinem. Außer Jule.

Niemand kannte die tote Korbmacherin. Niemand … halt! War das vielleicht ein Ansatz? Hatten die Mörder absichtlich eine Unbekannte als Opfer gewählt? Höchst abgefeimt, wenn dem so war. Aber vielleicht handelte es sich auch nur um einen Zufall.

Lapidius fühlte Hilflosigkeit. Das Problem kam ihm vor wie ein gordischer Knoten. Ihn zu durchtrennen, reichte die Schärfe seines Verstands nicht aus. Sein Wissen war zu gering. Er musste Thesen als Tatsachen voraussetzen, sonst kam er überhaupt nicht weiter. Dazu gehörte die Unterstellung, dass die Koechlin und die Drusweiler mit dem Mörder in Verbindung standen. Der Weg zum Mörder führte also über die Zeuginnen. Andererseits: Er war schon bei ihnen gewesen, und sie hatten ihn rausgeworfen wie einen Knecht.

Lapidius schüttelte den Kopf. Er hatte ein Gefühl, als schwirrten darin tausend Fliegen. Er kam nicht weiter. Leise stand er auf, schaute hinter den losen Ziegel, wo er den Schlüssel zur Hitzkammer vorfand, und strebte der Stiege zu, um nach Freyja zu sehen. Und wie bei allen Dingen im Leben, die man besonders gut machen will, gehen sie gründlich daneben: Mit größter Vorsicht setzte er den Fuß auf die unterste Stufe, doch kaum dass er sie berührt hatte, quietschte sie so laut auf wie ein ganzer Wurf Ferkel.

»Hooach! GottimHimmel!« Marthe fuhr hoch, als säße der Leibhaftige in ihr. Der Brotlaib fiel zu Boden und kullerte unter den Tisch. »Ihr seids, Herr! Ja, woher kommt Ihr … Habt mich schons zweite Mal heut zu Tode erschreckt! Hättet mich doch wecken können!« Um Fassung ringend, musste sie sich wieder setzen.

Lapidius ersparte sich die Erklärung, dass er den Versuch dazu unternommen hatte, und eilte nun festen Schrittes in den Oberstock. Auf ein Quietschen mehr oder weniger kam es nicht mehr an. »Freyja! Freyja?«

»Ja.« Ihre Antwort kam leise und glich eher einem Stöhnen.

»Wie geht es dir?« Er entzündete eine Kerze und stellte sie vor die Türklappe.

»Ich hab Durst.«

»Hat Marthe dir nichts gegeben?«

»Doch, aber …«

»Schon gut. Warte, ich hole Wasser.« Er dachte an die eigenen Qualen, die er bei seiner Wanderung durchlitten hatte, und hastete die Stiege wieder hinab. Marthe saß noch immer am Feuer. Sie hatte sich so weit gefangen, dass sie schon wieder in der Lage war, von seinem Essen zu kosten. Er kümmerte sich nicht darum, sondern lief an ihr vorbei in den hinteren Trakt des Hauses und nach draußen zum Hofbrunnen. Der große hölzerne Eimer stand neben der Winde. Er ließ ihn hinab und wunderte sich, wie viel Kraft vonnöten war, das Gefäß wieder an die Oberfläche zu kurbeln. Bevor er den Eimer in die Küche trug, trank er selbst in langen Zügen.

Wenig später war er wieder bei Freyja. Er schloss die Türklappe auf und hockte sich vor sie hin. Ein Schwall stickigheißer, verbrauchter Luft schlug ihm entgegen. Gern hätte er sie jetzt bei der Hand genommen und an die frische Luft geführt, aber die ehernen Behandlungsgesetze ließen das nicht zu. Er wusste es von sich selbst. Conradus Magnus war die Gutmütigkeit in Person gewesen, aber jedes Mal, wenn Lapidius gefleht hatte, ihn aus der Hitzkammer zu lassen, hatte er sich unnachgiebig wie ein Fels gezeigt.

Freyja blickte ihn hohlwangig an. Von der Verstocktheit am Morgen war nichts mehr in ihren Augen zu lesen. Er schob die Hand unter ihren Kopf, damit er den Becher an ihre Lippen setzen konnte. Sie trank gierig.

»Du bist sehr tapfer. Jetzt liegt schon der sechste Behandlungstag hinter dir«, sagte Lapidius. Er bettete ihren Kopf wieder auf die Matratze und schloss die Tür. Dann rückte er die Truhe heran, um sich darauf zu setzen. »Aber auch ich war nicht untätig. Ich weiß jetzt, dass die Tote Gunda Löbesam heißt. Sagt dir der Name etwas?«

»Nein.«

»Schade.« Lapidius sagte sich, dass Freyjas Antwort logisch war, denn sie hatte ja versichert, den Namen der Toten nicht zu kennen. Er betrachtete sie durch die schmale Klappenöffnung und bemerkte, wie ihr infolge der Flüssigkeitsaufnahme der Schweiß ausbrach. An vielen Stellen traten kleine Perlen durch die Quecksilberschmiere hervor. Er sah es mit Freude. Vom starken Schwitzen hing alles ab. Es war das A und O bei der Syphilisbehandlung.

»Ich bin zittrig. Den ganzen Tag schon.«

»Zittrig?« Ihm war bekannt, dass der Tremor mit der Kur einherging; Zittern und Zucken im Körper waren nichts Ungewöhnliches, sie hatten ihre Ursache in der Wirkung des Hydrargyriums. Beachtlich war nur, dass die Symptome so früh eingesetzt hatten. Aber jeder Patient mochte da anders reagieren. »Das Zittern ist eine normale Reaktion auf das Quecksilber. Es zeigt an, dass in deinem Körper etwas vorgeht.«

»Ja.«

»Nun«, er wusste nicht recht, was er noch sagen sollte, »hoffen wir, dass du weiter so gut auf die Therapie ansprichst. Morgen früh lässt Marthe dir die übliche Behandlung angedeihen. Ich gehe jetzt zu Bett.«

»Ja. Gute Nacht.«

»Gute Nacht.« Er stapfte die Treppe hinunter und stellte fest, dass auch die Magd sich schon zurückgezogen hatte. In seinem Laboratorium sah es aus wie immer. Die Geräte standen auf dem Tisch wie gläserne Soldaten und harrten weiterer Experimente. Ein vertrautes Gefühl durchströmte ihn. Erst jetzt war er wieder zu Hause. Rasch kleidete er sich aus und begab sich im Unterzeug zu Bett. Schon halb schlafend, hörte er plötzlich eine Stimme: »Wo kommt die Syphilis her?«, fragte sie.

Lapidius, der im ersten Augenblick gedacht hatte, er habe geträumt, erkannte, dass es Freyjas Stimme gewesen war. Sie hatte durch den toten Schacht zu ihm gesprochen. Er veränderte seine Lage im Bett, damit Mund und Ohr noch näher an die Sprechöffnung kamen, und antwortete: »Ich denke, du schläfst längst.«

»Ich kann den ganzen Tag schlafen. Und kanns auch wieder nicht. Fühl immer Schmerzen und Zittern. Tag und Nacht sind alleweil gleich. Wo ist die Syphilis her?« Freyjas Stimme klang hohl und fremd.

»Willst du das wirklich wissen?«

»Ich denk, ich muss. Wenn ich die Krankheit kenn, komm ich besser dagegen an.«

»Das leuchtet mir ein. Also höre: Soweit ich weiß, gibt es zwei Erklärungen. Die eine sagt, Kolumbus habe die Lustseuche von seiner ersten Reise aus Westindien mitgebracht. Du hast doch schon von Kolumbus gehört?«

»Ja. Hab ich.«

»Gut. Kolumbus' Männer, heißt es, hätten sich in der Neuen Welt mit der Lustseuche angesteckt. Und nachdem sie wieder zu Hause in Spanien waren, hätten sie dann, ohne es zu wissen, die Seuche weitergegeben.«

»Hm. Wieso heißts Franzosenkrankheit, wenns doch die Spanier waren?«

»Eine gute Frage. Dazu muss man wissen, dass die Seuche anschließend über ein Söldnerheer von Spanien nach Neapel in Italien gelangte. Das Heer stand unter dem Befehl des Franzosenkönigs Karl VIII. Von seinen Truppen aus verbreitete sich die Syphilis über ganz Europa. Deshalb spricht man von der Franzosenkrankheit.«

»Ach so.«

»Die andere Erklärung macht die Sterne für die Krankheit verantwortlich. Es ist da von einer astral bedingten Luftkonstitution die Rede. Die Syphiliskeime, so die These, kämen aus einer schmutzigen Luftfäule, die wiederum durch eine spezielle Konjunktion der Planeten Saturn, Jupiter und Mars bewirkt worden sei. Diese Konjunktion wurde anno 1484 am Himmel beobachtet, also vor dem Ausbruch der Seuche, der auf anno 1493 datiert wird.«

»Das Erste versteh ich. Das Zweite nicht.«

»Ich auch nicht, offen gesagt. Jedenfalls nicht ganz. Die zweite Erklärung ist übrigens von Fracastoro.«

»Ist das der mit dem Gedicht?«

»Ja, ganz recht.«

»Könnt Ihr was aufsagen?«

»Nein, leider nicht.« Lapidius merkte, dass sie danach trachtete, das Gespräch zu verlängern, aber er war so müde, dass ihm schon fortwährend die Augen zufielen. »Ich muss jetzt schlafen, und du solltest es auch. Gute Nacht.«

»Gute Nacht.«

Er zwang sich, noch eine Weile wach zu bleiben, bis er glaubte, über sich regelmäßige Atemzüge zu vernehmen. Dann drehte er sich auf die andere Seite. Der Schlaf kam nun vollends und machte ihm die Glieder schwer. Einzelne Gedanken gingen noch in seinem Kopf herum. Er verscheuchte sie. Doch zwei Buchstaben blieben. Es waren die Buchstaben F und S, und sie waren eingeschnitten in die Stirn der toten Gunda Löbesam.

Er veränderte seine Position. Seine Hand machte eine abwehrende Bewegung. Die Buchstaben blieben. Sie waren Zeugnisse dafür, dass die Mörder mit ihrer Tat auf Freyja zielten. Seine Patientin sollte als Hexe hingestellt werden. Aber warum? Warum war es für die Mörder so wichtig, dass sie als Dämonin verbrannt wurde? Darauf gab es nur eine logische Antwort: Freyja musste etwas wissen, das ihnen schaden konnte. Sehr schaden. Daraus folgte: Sie musste mit den Mördern in Verbindung gestanden haben.

Und sie kennen.

Lapidius tat in dieser Nacht kein Auge mehr zu.

Siebter Behandlungstag

In den Morgenstunden hatten die Koliken wieder eingesetzt. Sie waren über sie gekommen, hatten sie gepackt, gebeutelt und ihr die Luft aus den Lungen gepresst. Die Torturen waren so stark gewesen, dass Freyja glaubte, sie nicht mehr ertragen zu können. Doch dann war es irgendwie weitergegangen. Der Wall aus Schmerzen war nach und nach zum Einsturz gekommen, und sie hatte wieder atmen können. Das Zittern, das anschließend durch ihren Körper lief, war dagegen wie ein Labsal gewesen. Denn Zittern verursachte keine Pein. Es war nur unangenehm. Auch wenn es ihr zeigte, dass sie ihre eigenen Gliedmaßen nicht mehr unter Kontrolle hatte.

Ob es schon Tag war? Jeden Morgen fragte sie sich das, obwohl es in ihrer Situation einerlei war. Das Dämmerlicht unterschied sich kaum von jenem einer klaren Mondnacht. Nur die Klappenöffnung zu ihrer Linken spendete etwas Helligkeit. Blickte sie nach oben, sah sie in tiefe Schwärze, die erst nach einer Zeit der Gewöhnung Konturen annahm. Dann zeichneten sich ein paar Sparren ab – mehr erahnbar als erkennbar –, ein Längsbalken direkt über ihr, eine winzige Lichtritze zwischen den Dachschindeln.

Weil sie so wenig sah, achtete sie umso mehr auf das, was sie hörte. Niemals zuvor hatte sie Geräusche so intensiv erlebt: die Stimmen von Lapidius und Marthe, das Klirren von Glas im Raum unter ihr, das Zischen des Athanors, das Klappern von Töpfen in der Küche. Gelächter und Geschwätz, das von der Böttgergasse heraufdrang. Hammerschläge, singende Bohrer, kreischende Sägen aus Taufliebs Werkstatt. Es waren Laute, mit denen sich die Stunden des Tages verbanden. Stunden, die quälend langsam dahinschlichen.

Und immer der Durst. Er kam von der Hitze, die in der Kammer herrschte. Sie glaubte, dass die Hitze an allem schuld war. Sie trieb ihr den bohrenden Kopfschmerz ins Hirn, brannte ihr die Gelenke aus, lähmte ihre Gedanken.

Heute war der siebte Tag der Kur, denn gestern am Sonntag war der sechste gewesen. Lapidius hatte sie auf das Geläut der Glocken aufmerksam gemacht. Gottesdienst. St. Gabriel. Er ging nicht in die Kirche, hatte er gesagt. Genau wie sie. Und genau wie sie hatte er die Franzosenkrankheit gehabt, die er Syphilis nannte. Vor neun Jahren im Spanischen war es gewesen. Da hatte er sich die Seuche geholt. Er musste also bei einer Frau gelegen haben. Bei einer Spanierin wahrscheinlich. Freyja hatte keine Vorstellung davon, wie Spanierinnen aussahen, aber sie glaubte, dass sie schön waren.

Ob Lapidius sie schön fand? Jetzt sicher nicht mehr. Gleich am ersten Tag hatte er sie in dem großen Raum mit den gläsernen Tiergefäßen gefragt, mit wem sie in letzter Zeit zusammen gewesen war. Er hatte sehr ernst dabei dreingeblickt. Und deutlich gemacht, wie wichtig es war, denjenigen zu kennen. Und auch die anderen, bei denen man gelegen hatte. Damit alle behandelt werden konnten. So wie sie.

Die Schwierigkeit war nur, dass sie sich kaum erinnern konnte. Überhaupt war ihr, als hätten sich Nebelschleier über Teile ihres Gedächtnisses gelegt. Zwar glaubte sie, ab und zu Bilder aufblitzen zu sehen, doch jedes Mal, wenn ihr Verstand sie greifen wollte, waren sie wieder verschwunden.

Lapidius. Ein wenig besser kannte sie ihn mittlerweile. Ihr war nicht verborgen geblieben, wie er reagiert hatte, als sie ihm tief in die Augen sah: mit Unsicherheit. In diesem Moment hatte sie sich ganz als Frau gefühlt – und gleichzeitig so hilflos und hässlich wie niemals zuvor. Die verdammte Hitzkammer!

Ein heftiger Schmerz zog quer durch ihren Leib. Neue Koliken! Sie biss die Zähne zusammen, um sich der Anfälle zu erwehren. Sie kamen in Wellen, wieder und wieder, nagten an ihren Kräften, verbissen sich in ihrem Gedärm, doch nach einiger Zeit wurden sie schwächer und ebbten ab. Für einen Augenblick entspannte sie sich, gab nach, und da war es zu spät. Ein heißer Strahl übel riechender Wässrigkeit schoss ihr zwischen den Gesäßbacken hervor. Sie lag in ihrem eigenen Schmutz und kämpfte mit den Tränen. Sie wollte nicht weinen. Sie war stark! Stark! Stark! Aber schon hörte sie sich selber schluchzen. Niemand sollte sie so sehen. Niemand! Nur Marthe. Die konnte sie sauber machen. Ja, Marthe!

»Wie geht es dir heute Morgen?«, fragte Lapidius. Seine Stimme klang müde.

Freyja erschrak. Am liebsten wäre sie klaftertief im Boden versunken. Oder fortgelaufen. Aber das war unmöglich. Sie konnte nicht fort. Sie war eingeschlossen wie ein Stück Vieh. Und derjenige, dem sie das zu verdanken hatte, stand da draußen und fragte, wie es ihr ging. »Lasst mich in Ruh!«

»Nanu, warum so kratzbürstig? Ich habe dir doch nichts getan.« Lapidius' Kopf schob sich näher an die Türöffnung. Freyja erblickte ein übernächtigtes Gesicht. Sie zog es vor, nicht zu antworten. Doch dann sah sie, wie seine Nase sich kräuselte. Er hatte den Geruch bemerkt! Sie zwängte ihren Arm nach oben und versuchte, die Türöffnung abzudecken, aber es gelang nicht. Ihre Hand war zu klein.

»Was soll denn das! Ich ahne, was passiert ist. Glaub mir, es ist halb so schlimm. Marthe wird es nachher wegmachen. Im Augenblick allerdings ist sie bei ihrer Mutter. Die alte Frau hat das Zipperlein in den Händen.«

Sie hörte, wie er sich am Schloss zu schaffen machte. Dann sprang die Türklappe auf. Ein Schwall frischer Luft drang in die Hitzkammer und machte sie frösteln. Ihre Blöße! Rasch deckte sie ihre Brüste mit den Haaren ab.

»Gib mir deine Hand.« Er nahm ihre Linke und fühlte den Puls. »Hm, nun ja. Die Krankheit wirkt sich auch auf den Herzschlag aus. Das ist ganz normal.«

»Bei Euch ist immer alles ganz normal. Wenn ich krepier, ists auch normal, wie?«

»Nein, natürlich nicht«, kam es von draußen. »Das Quecksilber-Unguentum muss erneuert werden. Dein Daumennagel sieht im Übrigen schon wieder gut aus. Und der andere? Lass mal sehen. Ja, auch der. Glaube mir, ich unternehme alles, damit du gesund wirst. Und ich gebe mir sehr viel Mühe, die Verleumdungen gegen dich zu entkräften. Da ist es selbstverständlich, dass auch du etwas dazu beiträgst.«

Sie fragte sich, worauf er hinauswollte.

Er sperrte die Tür wieder zu. Sie wollte sich dagegen wehren, unterließ es aber, weil sie wusste, dass es zwecklos war. Er zog den Schlüssel ab. »Wir haben über die Koechlin und die Drusweiler gesprochen und darüber, dass sie ganz offensichtlich die Anschuldigungen gegen dich frei erfunden haben. Auch über Gunda Löbesam, die Tote vom Marktplatz, haben wir geredet. Was ich dir jedoch nicht erzählt habe, ist, dass sie getötet wurde und der Mörder ihr zwei Buchstaben in die Stirn geschnitten hat. Ein F und ein S. Buchstaben, die nicht Gunda Löbesam bedeuten können. Aber Freyja Säckler. Davon jedenfalls ist der Pöbel überzeugt. Er denkt, du wärst als Hexe durch die Lüfte geritten und hättest Gunda getötet. Kannst du mir so weit folgen?«

»Ja.« Sie spürte, wie sich ein Ring um ihre Brust legte. Ein Ring aus Angst.

»Natürlich ist das Unsinn. Aber es verstärkt meine Annahme, dass jemandem sehr daran gelegen ist, dich unschädlich zu machen. Höchstwahrscheinlich ist er es auch, der mit der Koechlin und der Drusweiler unter einer Decke steckt und sie beauftragt hat, die Anschuldigungen gegen dich zu erheben. Dieser Jemand – der Mörder von Gunda Löbesam – scheint alles daranzusetzen, dich als Hexe brennen zu sehen. Das wiederum lässt den Schluss zu, dass er in irgendeiner Verbindung zu dir steht. Vielleicht fühlt er sich sogar bedroht von dir. Alles andere wäre unlogisch. Er muss dich kennen. Und du ihn. Überlege einmal, wer könnte das sein?«

Freyja spürte, wie der Ring sich noch mehr verengte.

Was hatte Lapidius gesagt? Sie sollte mit einem Mörder in Verbindung stehen? Etwas so Närrisches hatte sie selten gehört. Natürlich kannte sie zahllose Menschen, in vielen Dörfern und Städten, das brachte ihr Gewerbe mit sich. Aber ein Meuchler war nicht darunter, da war sie sicher. Sie hatte ein gutes Gedächtnis für Gesichter – und für die Namen, die sich damit verbanden. Wenn es darauf ankam, konnte sie alle ihre Kunden hersagen und deren Aussehen bis ins Kleinste beschreiben. Woran das lag, wusste sie nicht. Vielleicht daran, dass sie den Leuten in die Augen sah. Die Augen bestimmten das Gesicht. Jede Falte, jeden Winkel, jede Eigentümlichkeit. Freyja fühlte, wie der Druck auf ihrer Brust nachließ. Doch da, plötzlich, fiel ihr der Nebelschleier wieder ein, der einen Teil ihrer jüngsten Erinnerung verdeckte, und etwas Seltsames geschah: Ein Augenpaar tauchte aus den Tiefen ihres Gedächtnisses empor, näherte sich ihr und blickte sie unverwandt an. Es waren nur Augen, zwei farblose Augen ohne Gesicht, dazu eine Stimme von freundlicher, zwingender Kraft. Und Hände. Sprechende Hände. Welch eine Erscheinung! Sie wollte mehr sehen, doch schon senkte sich der Schleier wieder.

Der Name. Wie war der Name zu diesem Augenpaar? Freyja musste sich eingestehen, dass sie ihn nicht wusste. Aber war das wichtig? Lapidius hatte nach einem Meuchler gefragt, nach einem Menschen aus Fleisch und Blut – und nicht nach einer Erscheinung. »Ich kenn keinen Mörder, und ich glaub nicht, dass einer mich kennt.«

»Bist du ganz sicher? Denk noch einmal nach.«

»Ganz sicher.«

»Nun, ich hatte es befürchtet.« Lapidius' Gesicht entfernte sich von der Türklappe. »Wenn Marthe wieder da ist, wird sie alles Notwendige für dich tun. Einstweilen fasse dich in Geduld und sei weiter so tapfer. Später am Tag werde ich noch einmal nach dir sehen. Und was unser Gespräch angeht: Am besten, du vergisst es.«

»Ja.«

Freyja war keineswegs sicher, ob ihr das gelingen würde.

Um die Mittagsstunde stand Lapidius in der Diele seines Hauses, am Kragen nestelnd und die Samtkappe zurecht rückend. Marthe umflatterte ihn wie ein Brutvogel und strich mit weit ausholenden Bewegungen seinen Mantel glatt. »Ne Schande isses, Herr. Immer wenns Essen fertich is, geht Ihr. Un ich hab so was Feines aufm Feuer!«

»Schon gut, Marthe. Ich weiß, dein ganzes Sinnen und Streben gilt den leiblichen Genüssen, aber es gibt ein paar Dinge im Leben, die wichtiger sind.«

»Wollt Ihr nich wenichstens ne Putterpomme …«

»Nein.« Lapidius befreite sich aus den Fängen der Magd und trat auf die Straße. Sich noch einmal umwendend, rief er ihr zu, dass er nicht wüsste, wann er zurück sei. Augenblicklich hob das Wehklagen wieder an:

»Wassollich bloß noch kochen? Gott is mein Zeuge, ich dien Euch gern, Herr, gern dien ich Euch, abers Essen wird alleweil schlecht, weil Ihr nie nich da seid, wenns aufn Tisch kommt. Ogottogott, ich weiß auch nich mehr!«

Er schüttelte ihren Redeschwall ab und lenkte seine Schritte automatisch in Richtung Rathaus, als ihm jählings einfiel, dass heute Montag war – und damit Markttag. Da er wenig Lust auf eine Begegnung mit den streitbaren Händlerinnen hatte, machte er einen Bogen um den Platz und traf entsprechend später an seinem Ziel, dem Gottesacker, ein. Wie erhofft war Krott auch heute bei der Arbeit. Die regelmäßig aus dem Erdreich auftauchende Schaufel war ein Zeichen dafür. Lapidius trat an die Grube und entbot freundlich die Tageszeit.

»Oh, einen guten Tach auch!« Der Totengräber legte die Schaufel aus der Hand und kletterte aus dem Loch.

Lapidius kam ohne Umschweife zur Sache. »Sag mal, Krott, wurde die unbekannte Tote, du weißt schon, die vom Markt, inzwischen der Erde übergeben?«

»Ja, Herr. Gestern wars.«

»Ich hoffe, der Herr Pfarrer hat ein paar Worte gesprochen?«

»Nee, Herr, hatter nich. Ich sollt die Frau man schon reintun, hatter gesacht. Habse über ne Rutsche runtergelassen, ging nich anners, war ja ganz allein. Hinterher wollt der Pfarrer noch was beten.«

»Und das hat er nicht getan?« Lapidius' Gesichtsausdruck verdüsterte sich.

»Nee, hab jedenfalls nix gemerkt.«

Eine Welle des Zorns schlug in Lapidius hoch. Hier hatte sich wieder einmal bewahrheitet, dass nur wer wohlhabend war des Himmelreichs teilhaftig wurde. Jedenfalls wenn es nach dem Willen der Kirche ging. Oder besser: derjenigen, die sich erdreisteten, Gottes Gebote auf Erden zu vertreten. Dabei war Jesus Christus selbst einer der Ärmsten gewesen, und nirgendwo in der Heiligen Schrift stand zu lesen, dass Armut dem letzten Segen entgegenstand.

»Ich stelle also fest, dass die Tote ohne die Worte des Herrn in der Erde liegt«, sagte er grimmig. »Nun, Krott, ich habe hier ein Papier, auf dem Namen und Todestag der Ermordeten aufgeschrieben sind. Sei so freundlich und lasse ein Holzkreuz mit diesen Angaben herstellen. Warte …« Lapidius kramte in der Manteltasche nach den Münzen, die er in den Kleidern von Gunda Löbesam gefunden hatte. Da er nicht sicher war, ob die Summe reichen würde, tat er noch einen halben Taler aus seiner eigenen Geldkatze dazu. »Hier, nimm.«

Der Totengräber bekam kugelrunde Augen. »Oh, Herr, dassis zu viel.«

»Wenn es zu viel ist, kannst du den Rest behalten.«

»Danke, Herr, oh, danke!« Mit einer geschickten Bewegung ließ Krott das Geld verschwinden, nicht ohne es vorher mit fauligem Zahn geprüft zu haben. Dann regte die Neugier sich in ihm. »Was stehtn aufm Papier drauf, Herr?«

»Ich lese es dir vor: ›Gunda Löbesam, geboren um 1520, gestorben 15. Aprilis 1547‹, darunter steht noch *Dormi in Deo,* das heißt ›Schlafe in Gott‹.«

»Ja, so.« Krott staunte, sein Mund ging auf und zu. Durch Lapidius' Großzügigkeit ermutigt, traute er sich, weitere Fragen zu stellen. »Un woher wisst Ihr den Namen, Herr, un dasssie am 15. totgemacht wurde?«

Lapidius fragte sich, ob er dem Mann so ausführlich Rede und Antwort stehen sollte, sah aber keinen Grund, es nicht zu tun. »Jemand kannte den Namen der Toten und hat ihn mir genannt«, sagte er. »Und zu deiner zweiten Frage: Du selbst hast mir erzählt, dass die Totenstarre bei Gunda Löbesam schon voll eingesetzt hatte, als du sie auf den Karren ludst. Da dies um die elfte Morgenstunde geschah und der *Rigor mortis* ungefähr acht Stunden braucht, um sich voll auszubilden, liegt es nahe, dass die Frau in den frühen Morgenstunden des 15. starb. Natürlich kann es auch sein, dass der Tod schon früher eingesetzt hat, denn die Starre hält sich bis zu zwei Tage und zwei Nächte, aber daran glaube ich nicht. Direkt nachdem die Frau tot war, wurde sie mit Freyja Säcklers Wagen zum Markt gekarrt, denn die Ermordete sollte noch am gleichen Vormittag entdeckt werden. Alles andere macht wenig Sinn.«

»Ja, Herr. Wenn Ihrs sacht.«

»Weißt du eigentlich, dass Gunda Löbesam geschändet wurde?«

»Nee, Herr, da hat der Medicus nix von gesacht.«

Lapidius schickte sich an zu gehen. »Nun gut, dann weißt du es jetzt. Mach dir weiter keine Gedanken darüber. Die Tote hat jetzt ihren Frieden. Vielleicht sprichst du beim Aufstellen des Kreuzes ein Gebet für sie, wenn schon der Pfarrer keine Zeit dafür fand.«

»Habs schon getan, Herr.«

»Du bist ein braver Mann.«

Lapidius lenkte seine Schritte stadteinwärts, zum Haus des Apothekers, denn ihm war eingefallen, dass ihm noch immer ein kleiner Alambic fehlte. Doch wie schon beim Mal zuvor traf er Veith nicht zu Hause an. Seiner Frau, einer unscheinbaren, blässlichen Person, war das sichtlich peinlich. Lapidius wehrte ab und betonte, es sei halb so schlimm, schließlich hätte er seinen Besuch ja nicht angekündigt. Sie kamen ein wenig ins Gespräch, und dabei stellte sich heraus, dass Veiths Frau ebenso wie Lapidius aus Braunschweig stammte. Diese Gemeinsamkeit war sein Glück, denn alsbald fasste die Frau sich ein Herz und beschloss, ihm das Glasgefäß auch ohne die Erlaubnis ihres

Mannes auszuleihen. Lapidius bedankte sich überschwänglich, zumal sie ihm noch einen Eierkorb als tragbare Schutzvorrichtung mitgab.

Solcherart bepackt steuerte er den Gemswieser Markt an, denn von den Händlerinnen drohte ihm kein Unbill mehr, da sie ihre Waren bereits wieder verstaut hatten und verschwunden waren. Aus dem *Querschlag* drang der Geruch nach kräftiger Fleischsuppe, und Lapidius konnte nicht umhin, dieser Verlockung nachzugeben. Er betrat das Wirtshaus und blickte sich aufmerksam um, denn er war zum ersten Mal hier. Was er sah, waren rohe Tische, ein paar Schemel und Sitzbänke. Ein Schankraum wie jeder andere, wenn man von den Lampen einmal absah. Sie waren von jener Art, wie sie auch im Berg Verwendung fanden.

Lapidius wunderte sich. Es war Montag, ein normaler Arbeitstag, und dennoch war die Zahl der Zecher nicht unerheblich, ja, einige von ihnen waren sogar schon berauscht und verlangten lauthals neues Bier aus dem Fass auf dem Schanktisch. Rechts daneben, an einem gesonderten Platz mit vier Stühlen, hatten es sich drei Gäste bequem gemacht. Sie hielten Löffel in der Hand, die sie in eine große Schüssel tauchten. Die Quelle des köstlichen Dufts!

Lapidius sah näher hin und erkannte in einem der Männer Krabiehl. Das traf sich gut. So konnte er zwei Fliegen mit einer Klappe schlagen: eine Stärkung zu sich nehmen und gleichzeitig den Büttel Mores lehren. »Einen guten Tag wünsch ich, ist es gestattet?« Ohne eine Antwort abzuwarten, setzte er sich auf den freien Stuhl und stellte den Eierkorb neben sich ab.

Krabiehl hielt mitten in der Bewegung inne. Die Erinnerung an seine letzte Begegnung mit Lapidius war ihm nicht angenehm. Langsam den Löffel ablegend, sagte er: »Äh … wir waren gerade fertig.« Die beiden anderen Männer blickten verständnislos. Der eine wollte etwas sagen, verzog aber plötzlich das Gesicht, da der Büttel ihm auf den Fuß getreten hatte.

»Aber wieso denn, Krabiehl? Eure Schüssel ist ja noch halb voll. Wollt Ihr am Ende die schöne Suppe zurückgehen lassen?« Lapidius' Gesicht strahlte Freundlichkeit aus, doch seine Stimme klang stählern.

»Nein ... ja. Ach so. Ich hatte gar nicht gesehen, dass noch so viel drin ist.« Die beiden anderen Männer schauten sich an. Sie ahnten, dass dies kein erbauliches Gespräch werden würde. Rasch standen sie auf und entfernten sich.

Der Wirt erschien und deutete eine Verbeugung an. »Ich bin Pankraz, Herr, der Besitzer. Was darf ich Euch bringen? Oder wollt Ihr beim Büttel mithalten?«

»Nein. Ich möchte meine eigene Suppe. Und Brot und eine Kanne Bier dazu.«

»Ich habe gutes Einpöckisches Bier. Es ist allerdings etwas teurer ...«

»Ja, bring mir das.«

Pankraz eilte davon, und während er sich anschickte, Lapidius' Wünschen nachzukommen, musterte dieser den Büttel mit strengem Blick. Krabiehl wurde zusehends unsicherer. Schließlich sagte er: »Äh ... ein schöner Tag heut.«

»Zweifellos.« Lapidius rückte den Eierkorb mit dem Alambic zur Wand, weil der Wirt fast dagegen gelaufen wäre. »Auch der Freitag letzter Woche war schön, wenn man davon absieht, dass an diesem Tag eine Frauenleiche auf dem Marktplatz lag. Die Frau wurde ermordet, wie Ihr wisst. Bürgermeister Stalmann teilte mir mit, Ihr wäret der Auffassung, für die Tat käme Freyja Säckler in Frage, wegen der Buchstaben F und S auf der Stirn. Woher wollt Ihr eigentlich wissen, dass die Säckler schreiben kann?«

»Äh ...«

Pankraz erschien und brachte das Bestellte. Lapidius nahm einen tüchtigen Schluck Bier, wobei er Krabiehl weiter scharf beobachtete. Dann kostete er die Suppe. Sie war wie erhofft mit großen Fleischbrocken durchsetzt und von kräftiger Würze. »Ich stelle fest, Ihr wisst nicht, ob Freyja Säckler des Schreibens kundig ist. Dennoch habt Ihr sie vor dem Rat der Stadt des Mordes beschuldigt.«

»Ja, aber ...«

»Habt Ihr inzwischen den Namen der Ermordeten ermittelt?«

»Nein, ich …«

»Ich stelle weiterhin fest, dass Ihr den Namen nicht kennt. Die Tote heißt Gunda Löbesam. Sagt Euch der Name etwas?«

»Äh … nein.«

»Die Tote wurde auf einem Karren zum Markt gefahren. Wisst Ihr, wem er gehörte?«

»Ja.« Krabiehl schien froh zu sein, endlich eine Antwort geben zu können. »Es war der Wagen der Säckler.«

Lapidius nahm zwei weitere Löffel Suppe und spülte sie mit Bier hinunter. »Soso. Warum habt Ihr mir das nicht gesagt, als ich am Sonnabend in Eure Dienststube kam und Eure traute Zweisamkeit mit der Koechlin unterbrach? Ich fragte Euch klar und deutlich, ob es im Mordfall etwas Neues gäbe.«

»Ich … ich hatte es vergessen.«

»Aha, vergessen. Eine andere Frage: Der Totengräber Krott hat die Ermordete auf seinem Karren zum Gottesacker gebracht. Das heißt, Freyja Säcklers Wagen blieb auf dem Marktplatz. Wo ist er jetzt?«

»Nun … äh, ich weiß es nicht. Irgendjemand muss ihn fortgeschafft haben.«

»In der Tat, diese Vermutung liegt nahe. Ich will Euch mal etwas sagen, Krabiehl: Dafür, dass Ihr nichts, aber auch gar nichts wisst, sitzt Ihr hier verdammt ruhig über Eurer Suppe. Ihr wisst so auffällig wenig, dass Ihr Euch schon verdächtig macht. Wieso habt Ihr so großes Interesse daran, der Säckler den Mord in die Schuhe zu schieben?«

Im selben Augenblick, da er die letzten Sätze ausgesprochen hatte, taten sie Lapidius schon Leid. Wenn der Büttel wirklich – und ausgeschlossen war das nicht – mit dem Mord etwas zu tun hatte, war er spätestens jetzt gewarnt.

Krabiehl war blass geworden. Mehrmals setzte er zum Sprechen an, bis er endlich einen Ton hervorbrachte. »Das … das ist unerhört!«, stammelte er. »Ich bin ein Vertreter der Stadt, so könnt Ihr nicht mit mir reden.«

»Ich habe lediglich Fragen gestellt, die Ihr mir nicht beantworten konntet. Und ich habe mir die Freiheit genommen, ein Fazit daraus zu ziehen.« Lapidius nahm die letzten Löffel Suppe. Das Gespräch hatte ihn nicht weitergebracht. Aber es hatte gut getan, die Dinge beim Namen zu nennen. Wie so viele Männer in öffentlichen Ämtern gehörte auch der Büttel zu den Wichtigtuern, die dem lieben Gott die Zeit stahlen, statt ihrer Arbeit nachzugehen.

Lapidius hatte nicht ernsthaft damit gerechnet, auf seine Fragen eine Antwort zu bekommen, nur der Verbleib von Freyjas Wagen hatte ihn wirklich interessiert. Es hätte von Wert sein können, das Gefährt auf Spuren zu untersuchen. Die Möglichkeit, es zu finden, schätzte er als gering ein. Kirchrode war eine große Stadt, mit vielen Höfen, Unterständen und Scheunen. Freyjas Wagen konnte überall stehen – vorausgesetzt, er befand sich überhaupt noch innerhalb der Stadtmauern. »Ich wäre Euch verbunden, Krabiehl, wenn Ihr in Zukunft die Augen offen hieltet, nur für den Fall, dass der Säcklerwagen irgendwo auftaucht.«

»Selbstverständlich. Ich kenne meine Aufgaben.«

Lapidius ersparte sich eine Entgegnung. Er warf zwei Münzen auf den Tisch, nahm seinen Eierkorb und verließ wortlos den Schankraum.

Der Büttel starrte ihm wütend nach.

Je näher Lapidius seinem Haus kam, desto mehr freute er sich auf einen Nachmittag geruhsamen Experimentierens. Doch kaum war er über die Schwelle getreten, spürte er, dass Unheil in der Luft lag. Marthes Stimme war zu hören, fragend und aufgeregt, und eine andere, mit der er zunächst nichts anzufangen wusste. Dann erkannte er sie. Es war Gorm, der da sprach, Taufliebs Hilfsmann. Er befand sich mit der Magd im Oberstock bei Freyja. Was hatte er da zu suchen?

Lapidius stellte den Eierkorb ab und eilte die Stufen empor. Oben angelangt sah er, dass Gorm drauf und dran war, die Klappentür zur Hitzkammer zu öffnen. Seine Hand hielt einen Schraubendreher, mit dem er den Schlossriegel schon nahezu entfernt hatte. »Halt!«, donnerte Lapidius. »Was hat das zu bedeuten?«

Marthe eilte heran. »Herr, oh, Herr, ich wusst nich, ob ichs Gorm erlauben sollt, aber er sacht, es is wichtich, un Meister Tauflieb hats auch gesacht, deshalb isser hier.«

»Was? Wie?« Lapidius' Blick wanderte von Gorm zu Marthe und wieder zurück. Gorm hatte, das sah er erst jetzt, einen blutigen Kratzer auf der Wange. »Was hat das zu bedeuten?«, wiederholte er.

Gorm richtete sich auf und grinste einfältig. »Sollt Schrauben tauschen. Gorm sollt Schrauben tauschen.«

»Warum das?«

»Nich lang genuch, die … sin nich lang genuch.«

»Wer sagt das?«

»Ich … öh, ja. Nich lang genuch, sacht der Meister.« Der Hilfsmann deutete auf das Werkzeug, als könne er damit die alten Schrauben größer machen. Dann lachte er unvermittelt auf.

Lapidius wich einen halben Schritt zurück. Gorm war ihm nicht geheuer. Der Mann hatte die Kraft eines Bären und das Hirn eines Spatzen. Er stand an der Schwelle zum Schwachsinn. Während er redete, blickte er immer wieder auf die Öffnung in der Türklappe.

Lapidius verstand. Wahrscheinlich hatte Gorm einen unschicklichen Blick auf Freyja werfen wollen und diese ihm dafür die Nägel durchs Gesicht gezogen. »Zeig mir die neuen Schrauben, die längeren.«

Gorms Mund ging auf und zu. »Öh … ich …«

Lapidius wusste jetzt genug. »Schraub den Riegel wieder fest!«, befahl er mit einer Stimme, die keinen Widerspruch duldete. Sogleich gehorchte der Hilfsmann. Er verrichtete die Arbeit mit jener Geschicklichkeit, die bei Menschen schlichten Geistes nicht selten ist.

Marthe rang die Hände. »Ogottogott, ich wusst, ich hätt ihn nich ins Haus lassen solln. Nich wahr, Herr?«

»Schon gut, Marthe. Geh wieder nach unten.«

Lapidius hatte einen Einfall. Wenn Gorm wirklich so erpicht darauf war, Freyja zu sehen, sollte er Gelegenheit dazu bekommen. Natürlich nur ihren Kopf, und auch den nur kurz. Auf die Reaktion des Hilfsmannes war er gespannt. Er holte den Schlüssel aus der Manteltasche und sperrte das Schloss auf. »Freyja«, sagte er, »ich denke, Gorm hat einen Grund, sich bei dir zu entschuldigen.«

Sie blickte ihn wortlos an. In ihren Augen stand Leere. Großer Gott!, dachte er. Was ist nur aus dieser Frau geworden! Ihr Gesicht erinnert mich an einen Bratapfel im Ofen. Die Haut zieht sich mehr und mehr zusammen. Sie verwelkt. Und der, dem sie das alles zu verdanken hat, bin ich. Aber es geht nicht anders. Wenn es eine bessere Behandlungsmethode gäbe, wäre ich der Erste, der sie nutzen würde.

Gorm hatte sich stumm vor den Türspalt gehockt. Sein Mund stand offen, ein Speichelfaden lief ihm über das Kinn, während in seinen Augen die unterschiedlichsten Gefühle zu Tage traten. Überraschung war darin zu lesen, dann Unverständnis, dann schiere Verzweiflung. Lapidius fragte sich, ob ein Geistesarmer solcher Empfindungen überhaupt fähig war, als er jählings einen unsanften Stoß erhielt. Der Hilfsmann hatte die Hände in die Luft gerissen und ihn dabei zur Seite geworfen. Aufspringend stieß er einen gutturalen Schrei aus und stürmte die Treppe hinunter. Einen Atemzug später krachte die Haustür hinter ihm zu.

Lapidius rappelte sich auf. Das Ganze war ihm wie ein Spuk vorgekommen.

Freyja flüsterte: »Ich hab ihm das Gesicht zerkratzt.«

»Es geschah ihm recht.« Lapidius fühlte plötzlich Unsicherheit. Er musste nachher mit Marthe sprechen. Sie durfte fortan niemanden mehr in seiner Abwesenheit einlassen. Aber das brauchte Freyja nicht zu wissen, es würde sie nur beunruhigen. »Ich nehme an, Gorm hat sich daran erinnert, wie … wie hübsch du bist, und in seinem schlichten Gemüt dachte er, er müsse nur irgendeine Arbeit vorschützen, um einen Blick auf dich werfen zu können.«

»Ich bin nicht mehr hübsch.«

»Du wirst es wieder sein. Nach der Kur.« Er prüfte ihren Puls und die Dicke der Quecksilberschmiere. Dann betrachtete er ihren Handrücken. Er nahm ein Stück Haut zwischen Daumen und Zeigefinger, zog es hoch und ließ wieder los. Es dauerte geraume Weile, bis die Falte verschwunden war – ein klares Zeichen für Dehydration. Freyja brauchte Wasser. »Hat Marthe dir zu trinken gegeben?«

»Ja.«

»Ich werde dir noch mehr geben. Du vertrocknest sonst. Hast du Schmerzen?«

Sie schloss die Augen.

»Hast du Schmerzen?«

»Ja.«

»Kannst du es noch aushalten?«

»J… ja.«

Aus ihrer Einsilbigkeit und der Art, wie sie antwortete, wurde ihm schlagartig klar: Das Maß dessen, was sie ertragen konnte, war voll. Er kannte den Zustand, wenn die Torturen sich im Körper summierten, wenn sie von überall herkamen, vom Kopf, vom Leib, von sämtlichen Gelenken, und sich vereinigten zu einer einzigen überwältigenden Pein. Er unterließ es, weitere Fragen zu stellen, eilte hinunter und kam alsbald wieder zurück, den üblichen Becher Brunnenwasser in der Hand und ein kleines braunes Fläschchen dazu. Er ließ sie die Hälfte des Wassers trinken, bevor er zehn Tropfen auf einen Löffel gab. »Laudanum«, sagte er. »Es ist für die Fälle, in denen du glaubst, es ginge nicht mehr.«

»Ja«, sagte sie abermals und nahm die Tropfen.

Er flößte ihr den Rest des Wassers ein, um den schlechten Geschmack zu vertreiben, und redete ihr dabei gut zu. Dann schob er sich die Truhe heran und setzte sich.

Er wartete. Ein Arzt hatte ihm einmal gesagt, die Wirkung eines guten Laudanums setze spätestens ein, nachdem man bis dreihundert gezählt habe. Er hatte gefragt, was passiere, wenn das nicht der Fall sei, und der Arzt hatte nur mit den Schultern gezuckt.

Lapidius war bei zweihundert angekommen, da sah er, dass Freyjas Gesicht wieder etwas Farbe bekam. Ihr Körper entspannte sich. Er machte die Faltenprobe an der Hand und sah, dass auch die Symptome der Austrocknung nachgelassen hatten. »Geht es dir besser?«, fragte er hoffnungsvoll.

Sie sagte nichts, aber ihre regelmäßigen Atemzüge waren Antwort genug. Sie war eingeschlafen, ohne ein weiteres Wort.

Erleichtert lehnte er sich zurück. Er wusste, dass nichts auf der Welt den Körper mehr erschöpfte als großer Schmerz. »Schlafe weiter«, murmelte er, »schlafe weiter.«

Leise schloss er die Türklappe ab und schlich hinunter in sein Laboratorium.

Variatio VII, die siebte Versuchsanordnung – der kleine Alambic des Apothekers Veith hatte sie endlich möglich gemacht. Sorgfältig übertrug Lapidius die Ergebnisse des Experiments in sein Büchlein. Sie waren nur ein kleiner Schritt auf dem langen Weg zum Großen Werk, aber Geduld war die hervorragendste Tugend eines jeden Alchemisten.

Das Wissen darum, dass Freyja keine Schmerzen mehr litt, hatte ihn bei der Arbeit beflügelt. Dennoch war der Nachmittag viel zu schnell vergangen. Er schlug das Büchlein zu, verstaute die Schreibfedern und entschied, sich für heute von der Wissenschaft zu verabschieden. Ob Freyja noch schlief? Auch er spürte Müdigkeit. Er beschloss, sich einen Augenblick hinzulegen. Ein Gespräch mit ihr würde auch vom Bett aus möglich sein.

»Freyja! Freyja, hörst du mich?«, rief er hinauf, als er vor der Sprechöffnung eine bequeme Lage eingenommen hatte.

»Ja«, kam es nach einer Weile von oben.

Er fühlte Freude. Ihre Stimme klang nicht mehr so klein und zerbrochen wie noch Stunden zuvor. »Was machen die Schmerzen?«

»Besser. Ich hab geschlafen. Die braunen Tropfen sind gut. Ich möcht Licht.«

»Warte.« Lapidius seufzte insgeheim. So sehr er die Besserung begrüßte, so wenig Lust verspürte er, schon wieder aufzustehen. Dennoch erhob er sich, nahm Stahl und Feuerstein, um die Öllampe im Oberstock entzünden zu können, und kletterte die Stiege empor. »Ich wusste gar nicht, dass es bei dir schon so dunkel ist«, rief er Freyja zu. »Die Lampe wird gleich brennen.« Er trat ans Fenster, denn er beabsichtigte, das Straßenlicht bei seiner Tätigkeit auszunutzen, und verhielt mitten in der Bewegung. Zwei Gestalten verließen gerade sein Haus. Sie riefen irgendetwas zurück und erhoben dabei den Finger. Das galt sicher Marthe. Dann fiel das Licht der Außenlaterne voll auf ihre Gesichter.

Es waren Auguste Koechlin und Maria Drusweiler.

Lapidius brauchte einen Augenblick, um zu begreifen, was er da gesehen hatte. Was machten die beiden Denunziantinnen in seinem Haus? Was hatten sie mit Marthe zu schaffen? Er zwang sich zur Ruhe und sorgte zunächst dafür, dass die Öllampe brannte. Im schwachen Schein ihres Lichts sah er Freyjas Kopf durch die Klappenöffnung. Noch immer wirkte sie entspannt. Er dankte der wundersamen Kraft des Laudanums und sagte: »Ich stelle die Lampe vor der Tür ab. Ich muss hinunter zu Marthe.«

»Ihr seid doch grad erst da.«

»Ja, schon.« Er wollte ihr nichts von seiner Entdeckung berichten. »Aber ich … äh … habe gerade etwas sehr Wichtiges bemerkt.«

Sie fuhr sich mit der für sie typischen Art über die Augen. »Bemerkt? Was?«

»Das zu erklären würde jetzt zu weit führen. Vielleicht sehe ich später noch einmal nach dir.« Er winkte ihr flüchtig zu und eilte die Treppen hinunter in die Küche.

Marthe stand am Feuer und stocherte in der Glut. Er bemerkte sofort, dass ihre Tätigkeit keinen Sinn machte, denn das Feuer brannte stetig und gut. »Was wollten die beiden Weibsbilder von dir?«, fragte er ohne Umschweife.

»Hooach! GottimHimmel!«, fuhr die Magd hoch. »Hab Euch nich kommen hörn, Herr. Habich mich erschreckt! Wollt Ihr nix essen? Ich hätt da noch was im Topf, was Feines …«

Lapidius war nicht danach zumute, über Speisen zu reden. »Ich will wissen«, unterbrach er, »was die Koechlin und die Drusweiler von dir wollten. Sie waren noch nie in meinem Haus. Was also führte sie hierher?«

Marthe stocherte angelegentlich in der Glut. »Es is Schweinernes, was ich Euch bieten könnt, Herr, kross gebraten, lecker un mit …«

»Marthe!«

»Ja, Herr, ja.« Lapidius bemerkte einen Funken Aufsässigkeit in ihren Augen, was ihn verwunderte, denn nie zuvor hatte er Ähnliches bei ihr gesehen. Doch dann sagte Marthe mit normaler Stimme: »Die Koechlin un die Drusweiler, die ham mir gesponnene Wolle gebracht, Herr. Ja, so wars. Konnt sie gut brauchen.«

»Gesponnene Wolle? Seit wann strickst du?«

»Äh … ich nich. Meine Mutter.«

»Das heißt, deine Mutter konnte die Wolle gut brauchen. Ich denke, sie hat das Zipperlein in den Händen? Da kann sie doch gar nicht stricken?«

»Nee, nee.« Marthes Stochern im Ofen wurde fahriger. »Zum Verschenken, Herr. Sie will die Wolle verschenken.«

»Also haben die Koechlin und die Drusweiler dir Wolle gebracht, damit du diese zu deiner Mutter tragen kannst, die sie wiederum verschenken will. Ich frage mich, warum die beiden Weibsbilder nicht direkt zu deiner Mutter gegangen sind, das wäre doch viel einfacher gewesen?«

»Ich … ich …«

»Lass nur.« Lapidius drang nicht weiter in sie. Es war offenkundig, dass die Magd ihn anlog. Das erste Mal. Er fühlte Ärger in sich aufwallen, Ärger und Enttäuschung, doch er ließ sich nichts anmerken. »Nun, ich habe keinen Hunger. Ich begebe mich zu Bett. Gute Nacht.«

Ohne ein weiteres Wort drehte er sich um und verließ die Küche. Über den Umweg in den Oberstock, wo er die Lampe löschte und feststellte, dass Freyja bereits wieder schlief, gelangte er wieder in die vertraute Umgebung seines Laboratoriums. Hier fühlte er sich geborgen, auch wenn der Gedanke an die Zeuginnen ihn beunruhigte. Was hatten sie wirklich von Marthe gewollt? Hatte sie jemand geschickt? Der Mörder? Die Mörder?

Lapidius kam sich vor, als stochere er mit einer Stange im Nebel. Eine Woche war bereits vergangen, und er hatte noch immer nicht die leiseste Ahnung, wie er die Unschuld von Freyja beweisen konnte.

Müde und voll ängstlicher Vorahnungen kroch er zu Bett, das Ohr nahe am Sprechschacht.

Achter Behandlungstag

Trotz der Kühle an diesem Dienstagmorgen stand Lapidius nur in Hemd und Hose auf seinem Hof, einen Hauklotz vor sich und die Axt in der Hand. Es galt, für den Athanor Feuerholz zu schlagen, denn der Ofen verschlang tagtäglich Unmengen an Brennmaterial, und seit Freyja in der Hitzkammer lag, war der Bedarf nochmals gestiegen.

Lapidius war im Holzhacken keineswegs geübt, was ihn veranlasst hatte, die Füße weit auseinander zu stellen, aus Sorge, bei einem Fehlschlag das eigene Schienbein zu treffen. Zudem war die Axt nicht besonders scharf und der Stiel zu kurz. Er mühte sich seit über einer Stunde und musste eine kurze Verschnaufpause einlegen. Schweiß rann ihm von der Stirn. Er wischte ihn ab und stellte fest, dass er aus einer kleinen Wunde an der Hand blutete. Es war nur ein Splitter. Er zog ihn heraus und warf ihn fort. Dann fiel ihm auf, dass auch am Axtstiel Blut klebte. Nicht viel, aber deutlich sichtbar.

Er schüttelte den Kopf. Ihm war, als könne er machen, was er wollte, irgendetwas schien es immer zu geben, das ihn an den Fall Freyja Säckler erinnerte. Und an seine Unfähigkeit, ihn zu lösen.

Ein Hauklotz und ein Axtstiel. Im Hof der Zeuginnen hatte es ebenfalls beides gegeben. Und einen Kräutergarten, von dem er nicht wusste, ob darin Bilsenkraut wuchs oder nicht. Überhaupt wusste er viel zu wenig! Immer noch kopfschüttelnd, packte er die Axt, schwang sie hoch über seinen Kopf und wollte sie niedersausen lassen, aber zu seiner Überraschung gehorchte sie ihm nicht. Der Stiel schien in der Luft festzustecken. Abrupt und unverrückbar.

»Harhar, das is lustich!« Gorm stand hinter Lapidius. Seine Pranke umschloss die Axt wie ein Schraubstock.

»Lass los! Ich will weitermachen.«

»Nich nötich. Gorm macht.« Der Riese hatte selbst ein Langbeil dabei, ein prachtvolles Werkzeug mit messerscharfer Schneide. »Gorm macht«, sagte er abermals, schob Lapidius wie einen Sack beiseite und begann übergangslos Scheite zu spalten.

Lapidius wunderte sich. Erst gestern hatte Gorm unter fadenscheinigem Grund sein Haus betreten, und heute war er schon wieder da. »Hast du keine Arbeit in der Schlosserei?«, fragte er.

Als Antwort nahm Taufliebs Hilfsmann ein mächtiges rundstämmiges Holzstück, das fast so groß war wie der Hauklotz, und zerschlug es mit einem einzigen Hieb. »Freyja«, brummte er, »wie is ihr heut?«

Lapidius hatte an diesem Morgen nur kurz mit seiner Patientin gesprochen, aber immerhin lange genug, um zu wissen, dass die Schmerzen wieder eingesetzt hatten. Auch waren ihr die Lippen rissig und wund gewesen. Marthe hatte sie mit Wollfett eingerieben. »Nicht so gut.«

Ein weiteres großes Holzstück zerbarst. »Was sacht Freyja?«

Lapidius verstand nicht. »Was soll sie sagen? Wozu soll sie etwas sagen?«

»Sie redet viel?«

»Nein, wieso?« Lapidius reichte Gorm weiteres Holz an.

»Nich gut. Reden nich gut.« Wieder ein gewaltiger Schlag. »Reden nich gut für … für Gesundheit.«

Lapidius fragte sich, was der Hilfsmann überhaupt wollte. Er war gekommen, um ihm beim Holzhacken zu helfen. Das stand fest, denn er hatte ein Langbeil dabeigehabt. Andererseits hatte er sofort die Sprache auf Freyja gebracht. Was reizte den Koloss an der Frau? Ihre Schönheit konnte es nicht sein. Nicht mehr. Aber vielleicht war es genau umgekehrt, vielleicht zog ihn ihr abstoßendes Äußeres an?

Gerade wollte Lapidius nachfragen, da erscholl die ärgerliche Stimme Taufliebs über den Hof: »Gorm, du Nichtsnutz! Was hackst du anderer Leute Holz! Komm sofort in die Werkstatt, hier gibts Arbeit genug!«

Unter den Schimpfworten seines Meisters duckte sich der Hilfsmann wie ein geschlagener Hund. Er nahm sein Langbeil über die Schulter und trollte sich umgehend. Lapidius stand bis zu den Knöcheln in gehacktem Holz. Wollte er den Hof verlassen, musste er die Scheite wohl oder übel stapeln. Er überlegte kurz, ob er Marthe dazu bitten sollte, aber die Magd war seit der gestrigen Begegnung mit den Zeuginnen wie umgewandelt. Von ihrer lebhaften, redseligen Art war wenig übrig geblieben. Sie hatte ihn am Morgen kaum begrüßt und – noch bedenklicher – nicht einmal gefragt, was er an Essen zu sich nehmen wolle. Lapidius bückte sich und begann die Scheite aufzuschichten.

Der Athanor musste brennen.

Zwei Stunden später stand Lapidius vor den Häusern der Koechlin und der Drusweiler. Das Geheimnis, das über den beiden Frauen lag, hatte ihm keine Ruhe gelassen. Außerdem wollte er wissen, wie sie auf den Namen Gunda Löbesam reagieren würden und was sie im Hochwald zu schaffen gehabt hatten. Er klopfte an die Tür der Koechlin und wartete.

Nichts geschah. Nur ein Geräusch war zu hören, ein polternder Laut, als wäre etwas umgefallen. Danach huschende Schritte. Jemand war zu Hause! Aber niemand öffnete. Lapidius klopfte abermals, diesmal kräftiger.

Wieder nichts.

Er versuchte es nebenan bei der Drusweiler, aber auch dort ging niemand an die Tür. »Ihr hockt hinter euren Fenstern und beobachtet jede meiner Bewegungen«, murmelte er. »Aber einlassen wollt ihr mich nicht. Nun gut, dann schaue ich mich wenigstens einmal um.« Er schritt auf den gemeinsamen Hof, wo sich der Kräutergarten befand. Jetzt im April blühte noch nichts, aber Lapidius war Kenner genug, um die Pflanzen auch so unterscheiden zu können. Er sah Majoran, Salbei, Minze, Bärlauch, Thymian und viele andere. Plötzlich stieß er einen Pfiff aus. Er hatte etwas entdeckt: die typischen buchtig-gezähnten Blätter des Schwarzen Bilsenkrauts. Gleich mehrere Pflanzen standen da. Das war der Beweis: Die Zeuginnen besaßen das giftige, berauschende Gewächs. Sie hatten nur zum Schein bei Freyja gekauft! Und das bedeutete: In Wahrheit hatten sie Freyja auf ihren Hof locken wollen, um … ja, um was?

»Was sucht Ihr, Herr?«, hörte er eine Stimme hinter sich. Eine breithüftige Frau mit hartem Gesicht schaute vom Nachbargrundstück herüber.

»Nichts, äh … ich wollte eigentlich zur Witwe Drusweiler. Oder zur Frau des Bergmanns Koechlin.«

»Wieso? Die sind doch daheim.«

»Es macht aber niemand auf.«

»Macht niemand auf?«, wiederholte die Frau und rieb sich nachdenklich die spitze Nase. »Komisch, ich hab sie vorhin noch gesehen. Na, die beiden sind sowieso ein merkwürdiges Gespann.«

»Ach ja?« Lapidius' Interesse war geweckt. Vielleicht konnte die Nachbarin ihm etwas über die Zeuginnen erzählen. »Ich muss die beiden einiges fragen, aber das scheint schwieriger zu sein, als ich dachte.«

Die Frau kam näher. Offenbar hatte sie gegen ein Schwätzchen nichts einzuwenden. »Schwieriger zu sein?«, wiederholte sie. »Komisch sind die. Glucken von morgens bis abends zusammen und gackern wie die Henne auf dem Ei.« Sie rieb sich abermals die Nase. Lapidius erkannte die Ursache: ein juckendes, nässendes Ekzem. »Sagen tun die unsereiner ja nichts, aber man bekommt trotzdem seinen Teil mit.«

»Ja, natürlich.« Lapidius gab sich verständig. »Was hört man denn so?«

»Was man so hört? Dass den beiden Geld zugewachsen ist, das hört man. Aber keiner weiß, woher. Walter Koechlin bringt nicht viel nach Hause, müsst Ihr wissen, und die Drusweiler hatte alleweil nicht das Schwarze unterm Nagel. Aber neuerdings sieht man sie in feinem Tuch, und neues Steinzeug hat sie angeschafft und eine wertvolle Truhe dazu.«

»Das geht doch nicht mit rechten Dingen zu!« Lapidius heuchelte Empörung. »Wie kommt denn so etwas?«

»Wie so etwas kommt? Weiß der Teufel. Von den Koechlins heißt es gar, sie wollten sich eine Kutsche kaufen. Eine Kutsche, Herr! Wo der Walter, dieser Strohkopf, nicht mal lesen und schreiben kann. Na, wahrscheinlich wollen die Herrschaften damit zur Kirche fahren und mächtig protzen, aber es wär das erste Mal, sag ich Euch, dass die sich in St. Gabriel sehen lassen. Gottlos sind die, gottlos! Fragt nur den Herrn Pfarrer, der meint das auch, obwohl er es nicht gesagt hat, aber dass er es auch meint, ist so sicher, wie auf Ostern Pfingsten folgt.«

»Aha. Nun ja.« Lapidius spürte, dass es Zeit war, zu gehen. »Danke für die Auskünfte. Ihr habt mir sehr geholfen. Ich wünsche Euch noch einen guten Tag.«

Schnell machte er, dass er weiterkam. Er schritt Richtung Gabrielsplatz, und die Worte der Nachbarin verfolgten ihn. Geld war den Zeuginnen zugewachsen, so hatte die geschwätzige Frau gesagt. Der Gedanke lag nahe, dass es von den geheimnisvollen Hintermännern kam, denen sie dienten. Ja, so musste es sein. Die Koechlin und die Drusweiler hatten Freyja gegen einen Judaslohn denunziert. Gottlos waren die beiden Weibsbilder – auch nach Meinung des Pfarrers. Vor Lapidius tauchte das breite Portal von St. Gabriel auf, und ein plötzlicher Gedanke ließ ihn seine Schritte dorthin lenken. Er wollte den Pfarrer kennen lernen. Jenen Mann, der andere für gottlos hielt, es aber selbst nicht für nötig hielt, einer armen Seele wie Gunda Löbesam den letzten Segen zu erteilen.

Pfarrer Vierbusch war allein in der Kirche. Er befand sich im östlichen Seitenschiff, wo er, vor einem Triptychon kniend, ins Gebet versunken war. Lapidius trat hinzu. Um den Geistlichen nicht bei seiner Zwiesprache mit Gott zu stören, nahm er geräuschlos in einer Kirchenbank Platz.

Vierbusch ließ sich Zeit. Offenbar hatte er eine Menge mit seinem Schöpfer zu besprechen. Endlich richtete er sich auf, was ihm nur mit einiger Anstrengung gelang, denn er gehörte weder zu den Jüngsten noch zu den Schlanksten im Lande. Mit seiner Sehkraft stand es ebenfalls nicht zum Besten, weshalb er, sich umwendend, Lapidius zunächst für eines seiner Gemeindemitglieder hielt. »Mein Sohn«, sprach er mit einer Stimme, die den geübten Prediger verriet, »was führt dich zu dieser Stunde in das Haus des Herrn?«

Lapidius erhob sich und tat einen Schritt auf den Gottesmann zu, was diesen sogleich seinen Fehler bemerken ließ.

»Oh, ich bitte um Vergebung, Herr. Ich kenne Euch nicht ...«

»Ich bin der Magister Lapidius und lebe erst seit kurzem in der Stadt.« Den zweiten Teil seiner Erklärung bereute Lapidius umgehend, denn er klang wie eine Entschuldigung dafür, dass er St. Gabriel noch keinen Besuch abgestattet hatte, und das war keineswegs beabsichtigt.

»Vierbusch, verehrter Magister, ich bin Hirte der hiesigen Gemeinde. Wenn Ihr erst kurz in der Stadt seid, so ist es nur natürlich, dass Ihr den Weg in mein Gotteshaus noch nicht gefunden habt, indes: Ich darf hinkünftig auf Euer Erscheinen zählen?«

Lapidius schwieg.

»Äh ... nun.« Vierbusch, der als Antwort selbstverständlich eine Bejahung erwartet hatte – etwas anderes war in Kirchrode undenkbar –, sammelte sich. Dann hakte er nach: »Ihr glaubt doch an Unseren erhabenen Schöpfer, an Jesum Christum Seinen eingeborenen Sohn und an die gebenedeite Jungfrau Maria?«

Lapidius hielt dem Blick des Geistlichen stand. »Ich glaube an Gott in seiner Ursprünglichkeit, Herr Pfarrer. Er bewirkt das Wunder des Lebens und die vielen Unbegreiflichkeiten, die uns an jedem Tag begegnen, in Erde, Wasser, Luft und Feuer. Doch wenn Ihr gestattet, würde ich Euch gern eine Gegenfrage stellen: Kennt Ihr die Bergmannsfrau Koechlin und die Witwe Drusweiler?«

Vierbusch zog die Brauen hoch. Es waren starke, mit grauen Haaren durchzogene Büschel, wie sie bei älteren Männern häufig vorkommen. »Ich bin Kirchroder. Niemand, der das von sich sagen kann, kennt die beiden nicht.«

»Was haltet Ihr von ihnen?«

»Was ich von ihnen halte? Nun, die beiden sind mir bekannt, wenn auch nicht sehr gut. Deshalb will ich lieber schweigen, denn wie heißt es so richtig: ›Du sollst nicht falsch Zeugnis reden wider deinen Nächsten.‹«

Eine derartige Antwort hatte Lapidius fast erwartet. Er war deshalb einen Schritt zur Seite getreten und wies nun mit der Hand auf einen hölzernen, mit einer Dornenkrone gezierten Opferstock. »Welch schönes Stück! Es muss eine wahre Künstlerhand sein, die so etwas zu fertigen in der Lage ist.« Das Poltern von Silbermünzen erklang. Sie hatten den Weg aus Lapidius' Hand in den Kasten gefunden.

»Äh … ganz recht, ganz recht.« Vierbusch faltete die Hände über seinem fülligen Leib. »Was nun die Koechlin und die Drusweiler anbetrifft, so kann ich von ihnen Gutes und Schlechtes berichten. Das Schlechte überwiegt allerdings. Die beiden sind säumige Kirchgängerinnen, so dass die Sorge um ihr Seelenheil mich ein ums andere Mal bewegt. Auch geben sie nicht gern, obwohl man hört, dass sie geben könnten.« Der Pfarrer machte eine beredte Pause. »Viel geben!«

»Was Ihr nicht sagt.« Lapidius stellte fest, dass der Geldsegen der Zeuginnen sich bereits bis zu Vierbusch herumgesprochen hatte. Kannte er auch die Quelle desselben? »Wie kommt es, dass die Frauen viel geben könnten?«, fragte er.

»Das weiß Gott allein, und was Gott weiß, das teilt er seinen Hirten auf Erden nicht immer mit. Das Gute nun, das es zu berichten gilt, ist die Tatsache, dass beide den Kampf gegen die Häresie unterstützen, indem sie die satanische Buhlschaft der Hexe Freyja Säckler zur Anzeige gebracht haben.«

Lapidius lag eine schroffe Erwiderung auf der Zunge, doch er beherrschte sich. »Sind sie die Einzigen, die den Beischlaf der Säckler mit dem Teufel beobachtet haben?«

Vierbusch hob entsagend die Hände. »Das entzieht sich meiner Kenntnis. Ich bin nur ein Diener im Herrn und dankbar für jede Stimme, die sich gegen die Ketzerei erhebt. Warum fragt Ihr die Frauen nicht selbst?«

Das würde ich gerne tun!, dachte Lapidius voller Ingrimm. Aber die zwei Lügnerinnen verstecken sich vor mir wie die Ratten im Loch. Und ich habe keine Möglichkeit, sie da herauszuholen. Weder Krabiehl würde mir dabei helfen noch der Stadtrat noch Richter Reinhardt Meckel. Sie alle glauben, was sie glauben wollen: dass Freyja eine Hexe ist. Sie glauben es aus den unterschiedlichsten Gründen, aus Dummheit, Engstirnigkeit, Oberflächlichkeit. Vielleicht auch aus Neid auf ihre Jugend. Und aus Geldgier – wie die Zeuginnen. Vor allem aber aus Bequemlichkeit, denn es ist viel einfacher, jemandem unter der Folter ein Geständnis abzupressen und ihn anschließend brennen zu lassen, als sich der Mühe zu unterziehen, seine Unschuld zu beweisen. Deshalb muss ich ihr helfen. Laut sagte er: »Nicht jeder, der als Ketzer angeklagt ist, erweist sich auch als ein solcher. Ihr könntet die Säckler in Eure Gebete einschließen.«

Der Pfarrer stutzte. Dann ging ein mildes Lächeln über seine Züge. »Ich bete, dessen kann ich Euch versichern, um jede arme Seele.«

»Es gibt eine Seele, für die Ihr noch nicht gebetet habt. Ich spreche von der Toten, die am 15. dieses Monats auf dem Gemswieser Markt gefunden wurde. Sie ruht mittlerweile in der Erde. Ihr Name ist Gunda Löbesam.«

»Wie? Oh! Ach ja, die Tote vom Markt.« Wenn Vierbusch sich über Lapidius' Direktheit ärgerte, so zeigte er es zumindest nicht. »Gunda ... wie hieß sie noch?«

»Löbesam.«

»Löbesam? Nie gehört.« Abermals zog das milde Lächeln auf des Pfarrers Gesichtszüge. »Aber was glaubt Ihr wohl, Herr Lapidius, was ich gerade tat, als Ihr in meine Kirche tratet? Richtig, ich betete für diese Tote, deren Name, wie Ihr sagtet, Löbesam ist. Nun, der tut nichts zur Sache, denn die unsterbliche Seele hat keinen Namen.« Vierbusch breitete die Arme in Richtung Triptychon aus. »Und wo ließe sich besser beten als vor diesem wunderbaren Werk des Malers Mathias Gothart-Nithart! Ich darf voraussetzen, dass Ihr um die Besonderheit eines Triptychons wisst?«

»Das dürft Ihr, werter Pfarrer.« Lapidius war im christlichen Glauben erzogen worden.

»Das Kunstwerk wird Gabriel-Triptychon geheißen, denn auf allen drei Bildnissen begegnet Euch der Erzengel.«

Lapidius betrachtete den Altar. Im mittleren Teil war der Engel allein abgebildet, über seinen blonden wallenden Locken befand sich die Inschrift: *Angelus Gabrielus.* Der linke Flügel zeigte ihn kniend vor Jesus, vereint mit ihm im stillen Gebet, dazu der Text: *Angelus Gabrielus orat cum JFD.* Rechts durchbohrte er mit dem Speer drei Teufel zu seinen Füßen, dazu stand in goldenen Lettern: *Angelus Gabrielus necaret FS.*

Lapidius spürte, wie die Abbildungen ihn fesselten. Besonders nach rechts, dorthin, wo die Teufel ihr Leben unter des Erzengels Füßen aushauchten, musste er immer wieder blicken. Natürlich konnte er den lateinischen Text übersetzen, wusste aber nichts mit den Buchstaben am Ende der Sprüche anzufangen. »Sagt, Herr Pfarrer, was bedeuten *JFD* und *FS?* Mir scheint, der Künstler wollte dem Betrachter ein Rätsel aufgeben.«

Vierbusch lachte. »Ein Rätsel? Gothart-Nithart? Wo denkt Ihr hin! Wisset, dass es ihm darum ging, den ureigenen Sinn eines Triptychons, nämlich die Verkörperung der Zahl drei, in möglichst großer Mannigfaltigkeit zu repetieren. Nicht nur durch die dreifache Abbildung des Engels, auch durch die Verdreifachung der Teufelsgestalt, durch den dreigezackten Speer, ja sogar durch die dreizeilige Abfassung des jeweiligen Textes auf den Flügeln. Wie Ihr sehen könnt, hat allerdings die dritte Zeile in ihrer Länge nicht mehr gereicht, um die letzten Worte des Spruches ausschreiben zu können. Gothart-Nithart war ein begnadeter Maler, aber ein weniger guter Typograph.« Der Pfarrer stellte sich auf die Zehenspitzen und deutete auf die linke Buchstabenkombination. »Seht her, die Lettern *JFD* stehen für *Jesu Filio Dei.* Der Gesamttext heißt somit ›Der Engel Gabriel betet mit Jesus, dem Sohn Gottes‹.«

Lapidius nickte. Weit mehr interessierte ihn die rechte Seite. »Und die andere Abkürzung?«

»Die Buchstaben *F* und *S*? Damit sind die ›Söhne des Teufels‹ gemeint, *Filii Satani.*«

»Filii Satani?« Lapidius schreckte innerlich zusammen. ›Der Engel Gabriel tötet die Söhne des Teufels‹, war der Sinn des Satzes. Er konnte es sich nicht erklären, aber im Klang der Worte schwang für ihn das Böse mit. Ungreifbar und doch vorhanden.

Vierbusch entgingen Lapidius' Gefühle. Er reckte sich noch ein wenig höher, wobei sein Gesicht rot anlief, nicht nur der Anstrengung wegen, sondern auch, wie seine nächsten Sätze zeigen sollten, vor Abscheu. »Etwas Unfassbares ist geschehen, Herr Lapidius, eine Schändung, wie ich sie nie für möglich gehalten hätte! Ein Fanal der Sünde! Schaut nur, eine Schurkenhand hat das rechte Bildnis verunziert: Der Hals des Engels wurde durch einen Schnitt entstellt – einen Schnitt, der zweifellos von einem Messer herrührt und so tief ins Holz geht, dass man meinen könnte, der Täter habe *Angelus Gabrielus* meucheln wollen.«

»Ich sehe ihn. Ihr habt Recht.« Lapidius empfand die Gegenwart des Bösen jetzt noch deutlicher, doch er schüttelte das Gefühl ab. Es musste einen Grund für diese Barbarei geben. Aber welchen? »Vielleicht geschah die Tat aus Zerstörungswut?«

»Aus Zerstörungswut? Das bezweifle ich. Wer ein Bild demolieren will, macht es ganz kaputt, gießt Säure darüber oder zündet es an. Nein, nein, daran glaube ich nicht.«

»Dann womöglich aus Rachegelüsten? Vielleicht fühlte der Täter sich mit den *Filii Satani* verbunden und wollte deshalb, dass *Angelus Gabrielus* ebenfalls zu Tode kommt?«

Vierbusch schnaufte. »Rache? Wer wollte an einem Erzengel Rache üben! Fest steht, dass derjenige sich vor Gott versündigt hat. Allmächtiger, nur ein Teufel in Menschengestalt ist zu so etwas fähig!«

»Oder ein Mensch, der sich als Teufel fühlt«, sagte Lapidius nachdenklich. Die Erinnerung an den Todesschnitt im Hals der Gunda Löbesam drängte sich ihm auf. Bestand hier eine Verbindung? Gab es Mörder, die sich »Söhne des Teufels« nannten und FS in die Stirn der Korbmacherin geschnitten hatten? Wenn ja, bedeuteten die Buchstaben *Filii Satani*, das war klar. Aber auch Freyja Säckler. Jedenfalls hatte der Pöbel sie so verstanden. War das gewollt? Oder war das nur Zufall? Konnte es überhaupt solche Zufälle geben? Lapidius schwirrte der Kopf. Wieder einmal spürte er, dass er nicht weiterkam.

Vierbuschs Gesicht gewann seine normale Farbe zurück. »Möge dem Hundsfott, der das getan hat, die Hand abfallen! Und gebe Gott, dass er bald dingfest gemacht wird. Allerdings ist auf die Fähigkeiten des zuständigen Büttels kein großer Verlass. Er hat das Bildnis zwar seinerzeit untersucht, aber seitdem nichts unternommen.«

»Ihr sprecht von Krabiehl?«

»Genau von dem.«

Lapidius saß nackt neben dem Athanor und rieb sich die steif gefrorenen Gliedmaßen. Auf dem Weg von St. Gabriel zur Böttgergasse war er in einen heftigen Hagelschauer geraten – nichts Ungewöhnliches zu dieser Jahreszeit, doch höchst unangenehm, wenn man zu leicht gekleidet war und die nackte Kopfhaut nur von einer alten Samtkappe geschützt wurde. Bohnengroße Eiskörner waren auf ihn niedergeprasselt, hatten ihn in wenigen Augenblicken durchnässt und zittern gemacht. Zu Hause angekommen, hatte er Marthe, die in seinem Laboratorium Staub wischte, als Erstes nach trockenen Kleidern geschickt und sich danach splitternackt ausgezogen.

Die Wärme tat ihm gut. Er war sein Leben lang empfindlich gegen Kälte gewesen und nach seiner Syphilisbehandlung durch Conradus Magnus nur umso mehr. Irgendetwas blieb eben immer zurück nach dem Auskurieren der Lustseuche. Er beugte sich vor, um den Zustand seiner Kappe zu überprüfen, die er, über einen Glaskolben gestülpt, nahe am Ofen trocknen ließ. Das Ergebnis stellte ihn zufrieden. Er setzte die Kopfbedeckung wieder auf und fühlte sich gleich um einiges wohler. »Freyja!«, rief er in Richtung Sprechschacht. »Hörst du mich?«

»Ja«, kam hohl und leise die Antwort.

»Wir müssen nachher miteinander reden.«

Freyja schwieg. Stattdessen klopfte es. Das musste die Magd sein. Halt! Wenn sie nun eintrat und ihn in seiner Blöße sah! Mit einem gewaltigen Satz sprang Lapidius zur Tür, öffnete sie eine Winzigkeit und rief: »Danke, Marthe. Gib mir die Kleider gleich hier durch den Spalt.«

»Ja, Herr, wieso ...?«

»Schon gut, schon gut. Danke.« Mit sanfter Gewalt drückte er die Tür wieder zu. Marthe gab etwas Unverständliches von sich, entfernte sich dann aber schlurfenden Schrittes. Aufatmend fuhr er in die frischen, nach Natronseife riechenden Wäschestücke, streifte Hose und Spitzenhemd über und abschließend ein Samtwams mit unzähligen Knöpfen. Wieder ein Mensch geworden, sah er als Nächstes nach der Glut im Athanor, befand den Hitzegrad für gut und stieg kurz darauf die Treppe in den Oberstock empor.

Freyjas Gesicht wirkte klein und grau im Licht der geöffneten Klappe. Sie hatte bereits vor zwei Tagen über Wundsein im Mund geklagt, und Lapidius sah, dass ihre Beschwerden stärker geworden waren. Geschwüre saßen auf den Innenseiten der Lippen, hässlich und bedrohlich. Er zwang sich, nicht darauf einzugehen, und schob die Truhe heran. »Da bin ich. Hat Marthe dir zu trinken gegeben?«

»Ja. Mir tut alles weh.«

»Ich werde dir Brühe machen lassen. Marthe soll etwas Pulver von der Weidenrinde hineingeben, das lindert den Schmerz. Ein altes Hausmittel.«

»Ich hätt gern was aus der Flasche.«

»Du meinst die braune Flasche mit dem Laudanum? Das geht nicht. Man soll diese Arznei nur im Notfall nehmen. Je öfter man sie verabreicht, desto schneller gewöhnt sich der Körper an sie und desto größer müssen die Mengen sein, um die gleiche Wirkung zu erzielen.«

»Ja.«

»Du schaffst es auch so. Sag mal, wusstest du, dass die Zeuginnen Koechlin und Drusweiler neuerdings zu Reichtum gekommen sind?«

»Nein.«

»Wer könnte ihnen Geld gegeben haben?«

»Weiß nicht.«

»Wirklich nicht?«

»Nein.« Ihre Stimme klang müde.

»Nun gut.« Lapidius sah ein, dass er nicht weiterkam. Die Denunziantinnen erwiesen sich in jeder Hinsicht als Sackgasse. Doch ein anderer, neuer Pfad hatte sich aufgetan: die *Filii Satani*. »Hast du schon einmal von den Söhnen des Teufels gehört?«

»Wie?« Freyja war eingenickt.

»Tut mir Leid, aber es ist wichtig. Die Söhne des Teufels – kennst du jemanden, der sich so nennt?«

»Nein.« Sie war jetzt wieder wach, drehte aber den Kopf zur Seite, so dass er ihr Gesicht nicht sehen konnte.

»Bitte, denke genau nach. Es ist von größter Bedeutung. Kennst du Personen dieses Namens?«

»Nein.«

»Und *Filii Satani?* Wie steht es damit?«

»Nein.«

Es fiel ihm schwer, das hinzunehmen. Wenn das FS auf Gunda Löbesams Stirn sowohl Freyja Säckler als auch *Filii Satani* bedeutete, musste es einfach Zusammenhänge geben. Wieso wusste Freyja von alledem nichts? »Kannst du dich wenigstens an etwas Ungewöhnliches in der letzten Zeit erinnern? An etwas, das anders war als sonst? Ein Ereignis, eine Begebenheit, irgendetwas?«

Freyja schwieg. Lapidius spürte Verärgerung. Er hatte das Gefühl, als wäre ihr sein Problem – das in Wahrheit das ihre war – völlig gleichgültig. »Wenn du mir nichts zu sagen hast, gehe ich jetzt die Brühe holen.«

»Da waren zwei Augen.«

Lapidius, schon halb auf den Beinen, setzte sich wieder. »Wie bitte?«

»Zwei Augen waren da.« Sie wandte ihm den Kopf wieder zu. »Komische Augen. So starr. Und die Stimme mit Händen.«

»Du sprichst in Rätseln. Was für Augen, welche Stimme mit Händen?«

»Mehr weiß ich nicht.«

»Nein?«

»Nein.«

Lapidius neigte schon dazu, das Ganze als Fieberwahn einer Kranken abzutun, als plötzlich wieder dieses Gefühl da war – dieses Gefühl, als stünde das Böse im Raum. Er beschloss, noch einmal nachzuhaken. »Aber du musst mehr wissen! Welche Farbe hatten die Augen?«

»Ich weiß nicht. Keine.«

»Zu den Augen gehörte doch ein Gesicht. Wie sah es aus?«

»Es gab keins. Nur die Augen. Und die Stimme mit Händen.«

Lapidius versuchte es anders. »Was sagte die Stimme denn? Und was taten die Hände?«

»Ich weiß nicht. Die Stimme war … war freundlich. Und fest. Ja, das war sie.«

»Und die Hände? Waren es Männerhände?«

»Ich glaub, ja.«

»Wieso glaubst du das nur? So etwas sieht man doch.«

»Nein … es war dunkel.«

»Gut, es war also dunkel«, nahm Lapidius den Faden auf. »Das spricht dafür, dass es Nacht war, als du die Begegnung mit den Augen, der Stimme und den Händen hattest. Weißt du noch, wo sie stattfand?«

Er sah, wie angestrengt sie nachdachte, und sie tat ihm Leid. Er wusste, wie es war, wenn das Gedächtnis einem Streiche spielte, wenn man sich das Hirn zermarterte, wenn einem Worte auf der Zunge lagen, die nicht ausgesprochen werden konnten, weil Erinnerungslücken einen Riegel davor schoben. Doch Freyja sprach weiter:

»Draußen wars, glaub ich. Vor der Stadt … die Stimme war freundlich, so freundlich. Und die Hände haben gezeigt, wohin ich gehen sollt. ›An einen warmen, wundervollen Ort‹, hat die Stimme gesagt. Immer wieder. Und ich bin gegangen. Gern gegangen.«

Lapidius fühlte, wie das Böse um ihn herum stärker wurde. Er fühlte es unmittelbar, und es bedrohte ihn. Aber er wollte jetzt nicht lockerlassen. Er wusste, dass es Wahrnehmungen gab, die unerklärlich waren und dennoch eine starke Wirkung ausübten. »Wohin bist du gegangen? Kamen die Augen und die Stimme und die Hände mit?«

»Ich … ich glaub, ja.«

»Und dann? Was geschah dann?«

Sie senkte die Lider, als könne sie sich dadurch besser sammeln. »Ich … ich weiß nicht. Die Stimme war da und die Hände, aber die Augen waren weg. Rot war da, viel Rot, auf und ab gings damit, auf und ab …«

»Und dann? Weiter!«

»Ich weiß nicht. Irgendwann wars so leer in mir. Die freundliche Stimme war weg, die Hände, alles … Angst hatt ich plötzlich. Da bin ich gerannt, gerannt wie noch nie, über Stock und Stein, wollt zu meinem Wagen. Und als ich ihn gefunden hatt, hab ich geheult, so froh war ich drüber.«

»Jemand hat dich also außerhalb der Stadt angesprochen, hat dich fortgelockt und an einen unbekannten Ort gebracht, wo dir die Farbe Rot in irgendeiner Form begegnet ist«, fasste Lapidius zusammen. »Wer das war, wissen wir nicht, aber ich denke, es wird ein Mensch gewesen sein, mit Augen, Händen und Stimme. Dass du nur die Augen und die Hände erkannt hast, mag an der Dunkelheit gelegen haben. Vielleicht trug der Fremde auch schwarze Kleidung. Sag, hast du weitere Personen bemerkt oder besser: weitere Augen und Hände?«

»Nein.«

»Bist du sicher?«

»Ja.«

»Nun gut. Wenn ich dich richtig verstanden habe, war die Begegnung zunächst angenehm, aber irgendwann später änderte sich das. Du spürtest eine Leere, hattest Angst und bist, wie du sagtest, über Stock und Stein fortgelaufen. Ich frage mich, was zwischen dem angenehmen Gefühl und dem Gefühl der Leere geschah.«

»Ich … ich weiß nicht. Mir ist, als hätt ich kein Gedächtnis dazwischen.«

»Hm. Und dann bist du zum Wagen gelaufen?«

»Ja.«

»Wie sah der Weg aus, den du gelaufen bist?«

»Ich weiß nicht. Bin bergab gelaufen. Immer bergab.«

»Aha. Fehlte irgendetwas auf dem Wagen?«

»Nein.«

»Schön. Demzufolge wurde nichts gestohlen. Was geschah dann?«

»Nichts. Hab Kräuter verkauft wie immer. Zwei, drei Tage lang. Dann ist der Büttel gekommen und hat gesagt, ich wär ne Hexe, und ab gings in den Kerker. Knall und Fall.«

»War das Krabiehl?«

»Ja ...« Abermals wandte sie den Kopf von ihm fort.

Er verstand. Sie war schwach, erschöpft, voller Schmerzen. Sie wollte nicht länger mit ihm reden. »Ich lasse dich jetzt in Frieden und kümmere mich um die Brühe. Nur noch eine Frage: Hattest du keine körperlichen Gebrechen nach der Begegnung? Ich meine, äh ... du weißt schon.« Sie hatte ihm zwar gesagt, sie wüsste nicht, ob sie mit einem Mann aus Kirchrode Verkehr gehabt hatte, aber es konnte nicht schaden, nochmals zu fragen.

»Nein. Ja ... ich hatt so einen Geschmack im Mund. Eklig war der. Bin ihn kaum losgeworden.«

»Einen Geschmack, sagst du?« Lapidius spürte Erregung. Das Bilsenkraut! Man konnte es Freyja eingeflößt haben, genau wie Gunda Löbesam. Wenn das stimmte, war es möglich, dass Freyja sich in einer ähnlich gefährlichen Situation befunden hatte wie die Korbmacherin. Er beugte sich vor und drehte ihren Kopf zu sich, damit er ihr in die Augen sehen konnte. »Sag, war das der Geschmack von Bilsenkraut?«

»Ich weiß nicht.« Sie wollte das Gesicht wieder fortdrehen, aber er ließ es nicht zu.

»Das musst du doch wissen! Als Kräuterhändlerin.«

»Nein. Ich weiß nur, wies aussieht. Habs nie probiert, bin nicht lebensmüde.«

»Nun ja, schon gut. Entschuldige.« Er ließ sie los und richtete sich auf. »Ich besorge jetzt die Brühe mit der Weidenrinde.«

Eine Stunde danach waren Freyjas Schmerzen halbwegs abgeklungen. Marthe hatte die Quecksilberschmiere am ganzen Körper überprüft und Kalkpulver auf die Lippen gegeben. Es ging der Patientin besser, und bald darauf schlief sie fest.

Lapidius war froh, dass Freyja auf diese Weise für ein paar Stunden die Krankheit vergessen konnte, denn er wusste: Das Maß ihres Leidens war noch lange nicht voll. Der Tag neigte sich dem Ende zu. Er schickte Marthe zu Bett und machte die abendliche Runde durch sein Haus, prüfte Schlösser, schob Riegel vor und vergewisserte sich, dass alle Fenster geschlossen waren. Seit dem Mord an Gunda Löbesam war etwas eingetreten, das er vorher niemals verspürt hatte: ein Gefühl der Unsicherheit in den eigenen vier Wänden. Er tat die Arbeit deshalb besonders sorgfältig. Dennoch glitten seine Gedanken immer wieder ab. Die Söhne des Teufels gingen ihm nicht aus dem Kopf. *Filii Satani.* Wenn es sie wirklich in Menschengestalt gab, dann waren es wahrscheinlich drei – genau wie auf dem rechten Flügel des Gabriel-Triptychons. Drei Altarfrevler. Und vielleicht drei Mörder, die in Kirchrode frei herumliefen und jede seiner Nachforschungen genau verfolgten.

Und sich dabei ins Fäustchen lachten.

Neunter Behandlungstag

Lapidius hatte immer gedacht, Apotheker seien die gesündesten Menschen der Welt, da sie steten Zugriff auf die besten Arzneien besaßen, doch an diesem Morgen wurde er eines Besseren belehrt. Herobert Veith sah leidend aus. Er hatte Hängebacken, Tränensäcke und jene scharfen Falten um den Mund, die für Magenkranke typisch waren. Seine Gesichtshaut stach ins Gelbliche und hatte damit etwas mit der Augenfarbe gemein. Es waren kleine, scharf beobachtende Augen, die sich hinter einem Brillengestell versteckten.

»Ich neige zur Weitsichtigkeit«, erklärte Veith mit seltsam heiserer Stimme, nachdem sie einander vorgestellt hatten. »Was mir nicht selten bei der Arbeit hinderlich war. Doch seit ich die geschliffenen Gläser trage, ist mein Augenlicht wieder wie in jungen Tagen. Fürwahr ein Segen, wenn man wie wir die Vierzig überschritten hat, was, haha! Doch wie ich sehe, braucht Ihr noch keine, Magister?«

Lapidius wollte antworten, dass dem leider nicht so sei, zumindest von Zeit zu Zeit, überlegte es sich aber anders. Er fühlte sich ein wenig gekränkt, da er noch keine vierzig war. »Äh … nein. Ich habe Euch den Alambic zurückgebracht. Er hat mir sehr geholfen. Eure Gattin war so freundlich, ihn mir auszuleihen.«

»Aber natürlich, natürlich. Ich weiß Bescheid. Ich habe ihn nur nicht gleich erkannt, da er in dem Eierkorb steckt. Stellt ihn nur dort ins Regal zu den Nuppenbechern und Trinkgefäßen. Und dann nehmt Platz. Ich sage immer, eine Apotheke, in der kein Platz zum Sitzen ist, ist keine Apotheke, was, haha!«

»Äh … ja.« Lapidius lächelte gequält und dachte, dass

Veith an allem Möglichen leiden mochte, aber sicher nicht an Einsilbigkeit. Er war einer von drei Apothekern in Kirchrode und seine Arzneien nicht besser und nicht schlechter als die seiner Kollegen. Wenn überhaupt etwas aus seinem Angebot Berühmtheit erlangt hatte, dann war es die Bitterkeit seiner Pillen – kunstvolle Kügelchen, die er mit großer Fingerfertigkeit und beachtlicher Schnelligkeit herzustellen verstand.

»Was kann ich für Euch tun?«

»Nun, ich bin nicht nur wegen des Alambics gekommen, ich wollte auch fragen, ob Ihr ein Mittel gegen aufkommende Erkältung habt.«

Veiths gelbe Augen blinzelten fröhlich. »Jaja, Frühlingszeit gleich Schnupfenzeit, wie ich immer zu sagen pflege. Ich hoffe, es hat Euch nicht allzu stark erwischt?«

Lapidius verneinte. Er fühlte sich nicht krank, obwohl ihn das nicht verwundert hätte nach dem gestrigen Gang im Hagelschauer. Es kam ihm lediglich darauf an, nicht gleich wieder gehen zu müssen. Apotheker hörten so manches, was normalen Bürgern verborgen blieb.

»Nun, dann rate ich zu einem Aufguss von Lindenblüten. Die Lindenblüte ist so segensreich bei drohender Erkältung, dass ich immer sage, sie müsste eigentlich ›Lindernblüte‹ heißen, haha! Am besten jedoch entfaltet sie ihre Wirkung in Pillenform. Was bevorzugt Ihr, verehrter Magister: Zimtgeschmack, Minzgeschmack oder Süßholzgeschmack?«

»Nun, vielleicht Minzgeschmack.« Lapidius ersparte sich, den Apotheker darauf hinzuweisen, dass Lindenblüten ein Allerweltsmittel zur Schweißbildung waren und nahezu jede Hausfrau ein paar Unzen davon verwahrte. Marthe machte da keine Ausnahme, was Freyja schon zugute gekommen war.

»Minzgeschmack. Sehr schön. Genügen Euch zwei Dutzend? Ich werde sie rasch herstellen. Es dauert nicht lange.«

»Äh … ja. Schön.« Damit hatte Lapidius nicht gerechnet. Er hatte angenommen, Veith habe die Pillen vorrätig, doch nun musste er wohl oder übel die ganze Prozedur mit ansehen.

Der Apotheker hatte schon damit begonnen, pulverisierte Lindenblüten mittels einer kleinen Handwaage abzumessen. Die Menge vermischte er mit hellem Lehm und Parfümstoffen, sodann mit einigen Tropfen Öl, um die Masse geschmeidig zu machen. Während dieser Tätigkeit redete er pausenlos und schilderte haarklein jeden seiner Schritte. Endlich gab er noch einige farbige Pflanzensporen hinzu, wobei er ein geheimnisvolles Gesicht zog.

Lapidius tat ihm den Gefallen und fragte: »Was sind das für leuchtende Ingredienzien?«

»Haha! Ich habe mir gedacht, dass Ihr das gerne wüsstet. Aber jeder Pharmazeut hat seine eigenen Rezepte, auf die er schwört und die er niemals preisgeben würde. So ist es auch bei mir. Nur so viel sage ich Euch: Die Pillen wirken Wunder! Ich habe eine Schwägerin, die im vorigen Jahr an Würgehusten litt, monatelang. Schrecklich war es, ganz schrecklich. Niemand konnte ihr helfen, kein Bader, keine Kräuterfrau, kein Medicus. Endlich kam sie zu mir, und ich riet ihr zu meinen Lindenblütenpillen, denn tüchtiges Schwitzen hat noch niemandem geschadet. Was soll ich Euch sagen, es verging keine Woche, da war die Schwägerin wieder gesund wie ein Fisch im Wasser. Da fragt man sich doch, warum sie nicht gleich zu mir gekommen ist. Man will sich ja nicht aufdrängen, aber ich sage immer: Lieber einmal mehr gefragt als einmal zu wenig …«

»Was macht Ihr da gerade?«

»Ich rolle die Masse aus.« Unter Veiths kundigen Händen hatten sich dünne, längliche Würstchen gebildet, die er quer auf eine gerippte Schneideplatte legte. Das Schneidebrett darüber ziehend, verkündete er: »Seht, schon ist die Rohform der Pillen entstanden.« In der Tat hatten sich durch den Ziehvorgang mehrere Dutzend kleiner, würfelförmiger Klümpchen gebildet, die Veith nun geschwind aus den Rillen herausklaubte. »Ich könnte diese Arbeit stundenlang machen, und um der Wahrheit die Ehre zu geben, ich tue es auch öfter. Natürlich nicht nur mit Lindenblüten. Viel mehr verarbeite ich Mandragora, Spanische Fliege und pulverisiertes Ziegenhorn, also Aphrodisiaka für die Herren der Schöpfung, haha! Ihr glaubt gar nicht, wie schwer es manchmal ist, an diese Substanzen heranzukommen. Nun ja, ich lasse es mir entsprechend bezahlen. Glaubt mir, nur die Reichen, wie der Bürgermeister, die Stadträte, der Richter, der Medicus und einige Kaufherren, sind in der Lage, derlei Pillen regelmäßig zu erwerben. Womit ich nicht gesagt haben will, dass sie es auch tun, beileibe nicht, haha! Und wie steht es mit Euch, wenn ich fragen darf? Habt Ihr Interesse? Ich mache Euch einen guten Preis.«

Lapidius antwortete nicht. Aber sein Blick sprach Bände.

»Es war ja nur eine Frage.« Veith gab die Klümpchen in den Pillenformer und strich mit der flachen Hand kreisend über sie hinweg. Kleine, runde Kugeln von hoher Ebenmäßigkeit entstanden auf diese Weise.

Lapidius kam ein Gedanke. Wenn der Apotheker sich nicht scheute, ihm taktlose Fragen zu stellen, konnte er es umgekehrt genauso tun. »Die Wirkung dieser teuren Pillen ist ja, äh ... etwas delikater Natur«, sagte er. »Kommt es vor, dass Ihr sie deshalb persönlich zum Haus des Käufers tragen müsst? Beispielsweise in den Abendstunden?«

Veith, der gerade die Kugeln in den Pillenbeschichter schütten wollte, unterbrach sein Tun. »Wie meint Ihr?«

»Nun, es wäre immerhin eine Erklärung, warum ich Euch am Abend des 15. nicht daheim antraf. Zu meinem größten Bedauern, wie ich hinzufügen möchte.«

»Äh ... der 15.? Ach ja. Natürlich, Freitagabend, haha! Tatsächlich, so war es.«

Lapidius stellte fest, dass einer schon ziemlich dumm sein musste, um nicht zu bemerken, dass der Apotheker log. Vielleicht war er bei seiner Geliebten gewesen oder bei irgendwelchen Zechkumpanen. »Wart Ihr womöglich auch am Abend zuvor schon dieserart beschäftigt?« Lapidius dachte daran, dass in der Nacht von Donnerstag auf Freitag der Mord an Gunda Löbesam geschehen war. Veith sah zwar nicht aus wie ein Meuchler, aber der Teufel hatte viele Gesichter, und die Tote hatte nach Bilsenkraut gerochen, eine Pflanze, die er mit Sicherheit feilhielt.

Der Apotheker tat zerstoßene Minze in den Pillenbeschichter, verschloss ihn mit der Halbkugel aus Buchsbaum und versetzte beides in kreisende Bewegungen, damit die Minzpartikel an die Kugeln gerieten und daran haften konnten. »Am Abend zuvor? Nicht dass ich wüsste. Hier, Eure Pillen. Sie sind fertig.« Er übergab sein Erzeugnis in einem Döschen.

»Ich danke sehr. Was bin ich Euch schuldig?«

Veith nannte eine beträchtliche Summe, doch Lapidius zahlte, ohne mit der Wimper zu zucken. Er nahm das Behältnis, erhob sich – und setzte sich gleich wieder. Ihm war noch etwas eingefallen. »Ich brauche ein wenig Bilsenkraut.«

»Bilsenkraut?« Veith pustete die Hängebacken auf. »Wofür?«

»Ich brauche nicht viel.«

»Die Menge hängt vom Verwendungszweck ab.«

»Sicher, sicher.« Lapidius fühlte, wie er ins Schwimmen geriet. Er gab sich einen Ruck. »Nun, warum soll ich es Euch nicht sagen. Ich brauche es für eine junge Frau, die seit kurzem unter meinem Dach wohnt. Die halbe Stadt spricht ohnehin davon. Sie ist unpässlich. Ich möchte ihr helfen.«

»Mit Bilsenkraut? Diese Pflanze, auch Teufelsauge genannt, darf lediglich in geringen Mengen verabreicht werden. Nur dann ist sie von harmloser, berauschender Wirkung. Bei zu hoher Dosis kann der Tod eintreten. Ist Euch das bekannt?«

»Ja, allerdings.«

»Gut, ich gebe Euch eine kleine Menge. Ihr spracht davon, die Frau sei unpässlich. Was fehlt ihr denn? Wurde ein Arzt hinzugezogen?«

»Ach, nichts weiter. Ich vermute, Frauenschmerzen. Allerdings in starkem Umfang. Sie sagte, sie sei Bilsenkraut gewohnt. Es würde ihr helfen.« Lapidius hoffte inbrünstig, dass ihm die Lüge nicht so ins Gesicht geschrieben stand wie seinem Gegenüber vorhin.

Veith überreichte eine fingerhutkleine, fein gemahlene Dosis. »Freyja Säckler heißt die Frau, nicht wahr? Ich kenne sie. Als Kräuterhändlerin mag sie mit Bilsenkraut vertraut sein. Seht Euch trotzdem vor. Kann die Kranke sprechen?«

»Sie redet kaum. Wie viel bekommt Ihr für das Kraut?«

Veith winkte ab. »Nichts, aber richtet der Frau aus, dass Reden ihrem Befinden nicht zuträglich ist.«

Lapidius nickte und verabschiedete sich. Als die Tür hinter ihm ins Schloss fiel, hatte er das Gefühl, als blicke Veith ihm unverwandt nach.

Zwei Döschen in der Hand – eines für die Pillen, das andere für das Bilsenkraut –, ging Lapidius gemessenen Schrittes nach Hause. Er hatte Veith aufgesucht, um ihm den Alambic zurückzugeben, und insgeheim gehofft, bei dieser Gelegenheit etwas zu erfahren, das ihm weiterhalf. Rückblickend überlegte er, ob das zutraf. Der Apotheker war zweifellos ein ungewöhnlicher Mann; ein Mensch mit zwei Gesichtern: einerseits geschwätzig, distanzlos, ja sogar albern, andererseits beherrscht und durchaus auf der Hut. Die Verwandlung, Lapidius erinnerte sich genau, war eingetreten mit seiner Frage, ob Veith am Vorabend des Mordes ebenfalls nicht zu Hause gewesen sei. Da hatte er geantwortet »Am Abend zuvor? Nicht dass ich wüsste ...« und die Pillen überreicht. Wieso wusste der Mann, was er am Freitagabend gemacht hatte, nicht aber, wo er am Donnerstagabend gewesen war?

Und dann war da noch eine Unstimmigkeit, die Lapidius spürte, aber gedanklich nicht fassen konnte. Er grübelte und kam eine ganze Weile nicht darauf, doch dann, plötzlich, wusste er es. Veith hatte am Schluss gesagt: »... richtet der Frau aus, dass Reden ihrem Befinden nicht zuträglich ist.« Das mochte ein hilfreicher Rat sein, denn wer krank war, tat niemals gut daran, viel zu sprechen. Vielleicht aber war es auch etwas anderes – eine Drohung. Ja, eine Drohung. Und wenn dem so war: Hatte Veith Sorge, Freyja könne etwas ausplaudern, das ihm schadete? Ihm und anderen?

Und noch jemanden gab es, der sich ganz ähnlich geäußert hatte. Gorm war es gewesen, beim Holzhacken. »Reden nich gut für ... für Gesundheit«, hatte er gebrummt.

Lapidius blieb stehen. Die Gedanken wühlten in seinem Kopf. Über Freyja lag ein Rätsel; sie hatte Dinge erlebt, an die sie sich nur bruchstückhaft erinnern konnte. Augen,

Hände, eine Stimme und die Farbe Rot spielten dabei eine Rolle. Die eigentliche Frage war: Was hatte sich während der Gedächtnislücken zugetragen? Waren es Schandtaten, begangen von Männern wie Veith?

War Veith ein *Filius Satani*?

Lapidius schnaufte und schritt wieder aus. Die Phantasie war mit ihm durchgegangen. Veith, der Pillendreher, mochte zwei Gesichter haben, aber ein Meuchler war er nicht.

Oder doch?

»Koste einmal von diesem Präparat.« Lapidius hockte vor der geöffneten Hitzkammer und hielt Freyja die Fingerkuppe mit Bilsenkraut hin. »Lecke es einfach ab.« Er vermied bewusst, ihr zu sagen, um was es sich handelte.

»Was ist das?«

»Lecke es nur ab.«

Sie tat es und verzog sofort das Gesicht.

»Ich weiß, es ist bitter. Erinnert dich der Geschmack an etwas?«

»Nein.«

»Nun gut.« Er nahm auf der Truhe Platz. »Vielleicht müssen wir einen Augenblick warten, bis der Nachgeschmack einsetzt.«

Freyja bewegte prüfend ihre vom Kalkpulver weißen Lippen. »Ich … ich glaub, ich weiß es!«, stieß sie nach einer Weile hervor. »Der eklige Geschmack von dem Abend ists, als ich zum Wagen gelaufen bin … nach der Sache mit den Augen und den Händen.«

Lapidius reichte ihr etwas Wasser, damit sie nachspülen konnte. »Es handelt sich um Bilsenkraut«, sagte er, und in seiner Stimme schwang Erregung mit. »Der Beweis ist erbracht. Die geheimnisvollen Hände, zu denen die Augen und die Stimme gehören, versetzten dich wahrscheinlich in einen rauschartigen Zustand, der deine Wahrnehmungen für eine bestimmte Zeit beeinträchtigte. Dennoch: Das allein erklärt kaum, warum es einen Zeitraum gibt, für den dir jegliche Erinnerung fehlt.«

Sie zuckte mit den Schultern.

Er schloss die Türklappe und fragte sich, wie er ihrem Gedächtnis auf die Sprünge helfen konnte. Er spürte: Wenn erst ihre Erinnerung wiederkam, würde er wissen, wer die Drahtzieher hinter all dem Bösen waren. Wer Gunda Löbesam getötet und wer die Zeuginnen zu ihren Falschaussagen verleitet hatte. Etwas anderes fiel ihm ein: »Ich soll dir von Apotheker Veith bestellen, dass Reden deinem Befinden nicht zuträglich ist.«

Sie blickte ihn aus großen Augen an, und er sah, dass sie kein Wort verstand. Vielleicht hatte er sich nur zu gewählt ausgedrückt? »Reden wäre nicht gut für deine Gesundheit«, versuchte er es noch einmal.

»Ja«, sagte sie nach einer Weile. »Ich kenn den Apotheker. Hab ihm Kräuter verkauft, weils mein Geschäft ist. Mag ihn nicht besonders. Was kümmerts ihn, wies mir geht?«

»Du hast Recht. Lassen wir das. Ich komme nachher noch einmal zu dir.« Lapidius sperrte zu, stieg mit eingezogenem Kopf die Treppe hinab und ging in die Küche. Marthe stand am Herd und zerstieß Pfeffer für eine Karottensuppe. »Das duftet köstlich«, sagte er und erwartete, dass sie sich über das Lob freute. Doch die Magd verzog keine Miene und erwiderte:

»Bissich fertich bin, dauerts noch ne Weile. Wollt Ihr ne Putterpomme vorwech, Herr?«

»Marthe, Marthe, was ist nur mit dir los?« Ganz gegen seine sonstige Art fasste Lapidius der Magd an die Schulter und rüttelte sie. »Seitdem diese beiden Frauen hier waren, bist du wie umgewandelt. Du singst nicht mehr bei der Arbeit, schwätzt kaum noch auf der Straße und schaust drein, als wäre dir eine Laus über die Leber gelaufen. Was hast du nur?«

Die Magd blickte zur Seite. »Nix, Herr. Essis nix.«

»Würdest du das auf deinen Eid nehmen?«

»Ogottogott, Herr, die Suppe wird nie nich fertich, wenn wir so viel reden.« Marthe wand sich aus Lapidius' Griff und ging zum Küchentisch hinüber, wo sie eine Brotscheibe von der harten Kruste befreite und anschließend dick mit Butter bestrich. »Hier, Herr, erst mal ne Pomme.«

Lapidius setzte sich, brach ein Stück Brot ab und steckte

es in den Mund. Marthe rührte bereits wieder in der Suppe. Er betrachtete ihre schneeweiße gestärkte Haube. Was ging in dem Kopf darunter vor? Die Magd legte ein Gebaren an den Tag, das nur den einen Schluss zuließ: Sie fühlte sich unsicher, wurde vielleicht sogar bedroht. Ebenso wie Freyja, die man auf den Scheiterhaufen bringen wollte. Wenn Freyja in Gefahr war, dann war der, der sie beherbergte, es nicht minder. Also er, Lapidius. Er schluckte krampfhaft einen viel zu großen Bissen hinunter, kam keuchend wieder zu Atem und versuchte, seine Gedanken zu ordnen. Das Bilsenkraut. Es schlug eine Brücke zwischen Gunda und Freyja. Beide hatten es bekommen. Von denselben Händen? Am selben Ort? Gunda war zudem vergewaltigt worden; Freyja hingegen wusste davon nichts, weil ihr für den entsprechenden Zeitraum die Erinnerung fehlte. Doch vielleicht gab es eine weitere Parallele zwischen den zwei Frauen. »Marthe?«

»Ja, Herr?«

»Hier ist der Schlüssel. Gehe hinauf zu Freyja und überprüfe ihre Einschmierung.«

»Wie? Wassolln das, Herr? Habs doch erst gestern gemacht.«

Lapidius' Ton wurde schärfer. »Gehe hinauf und überprüfe die Einschmierung. Besonders am Rücken.«

Marthe gab etwas Unverständliches von sich und rührte im Topf. »Wollts sowieso nich mehr machen mit der Pflegerei, Herr, bin Magd hier un nix anneres, nich? Suppe is fertich.«

»Marthe, jetzt reichts aber! Tu, was ich dir sage!«

»Ja, Herr, ja. Wenns denn sein muss.« Die Magd füllte einen Teller und stellte ihn auf den Tisch. »Ich geh ja schon.«

Lapidius griff zum Löffel, kostete und verbrannte sich prompt die Zunge. Er versuchte es erneut, heftig pustend. Die Suppe schmeckte kräftig nach Karotten und scharf nach Pfeffer, ganz wie er es liebte, doch war er nicht in der Stimmung, das zu würdigen. Zu sehr war er gespannt auf das, was Marthe ihm berichten würde.

Endlich erschien sie wieder auf der Stiege: zuerst die Füße in den Holzpantoffeln, dann der Rock mit Schürze und schließlich die ganze Magd.

»Hast du getan, was ich dir aufgetragen habe?«, fragte Lapidius gespannt.

»Ja, Herr.«

»Und? Ist dir am Rücken etwas aufgefallen?«

»Wieso, Herr?«

»Ja oder nein? Spann mich nicht so auf die Folter.«

»Nein, Herr.«

»Keine Wunden, keine Blutergüsse, nichts?«

»Nee, Herr, nix, nurn paar Flecke vom Liegen.«

»Es ist gut, Marthe. Gib mir den Schlüssel wieder.« Lapidius lehnte sich auf dem Küchenstuhl zurück. Gunda hatte Hämatome auf dem Rücken gehabt. Aber Freyja hatte so etwas nicht. Hieß das, sie war nicht geschändet worden? »Es ist gut, Marthe. Nun gehe deinem Tagewerk weiter nach.«

Statt zu antworten, schrie die Magd auf. Ein ohrenbetäubendes Krachen hatte das Haus im gesamten Gebälk erzittern lassen. Ein Gewitter! Ohne dass beide es bemerkt hatten, war es über Kirchrode aufgezogen, dunkel und dräuend, und sandte nun in rascher Folge Blitze und Donner zur Erde.

Marthe, die von Kindesbeinen an eine Heidenangst vor Gewittern hatte, sank auf die Knie und hielt sich die Ohren zu. »Ogottogott, Herr, dassis das Ende! Ogottogott, das Ende, das Ende!«

Die Augen, zu denen die Hände und die Stimme gehörten, blickten mit ruhiger Kraft auf die Frau am Boden. »Das Gewitter macht dir keine Angst, nein, gewiss nicht. Es macht dir keine Angst. Heute nicht und morgen nicht und niemals wieder. Das Gewitter macht dir keine Angst.«

Das Gesicht der schönen, jungen Frau entspannte sich.

»So ist es gut. Gut, gut … das Gewitter macht dir keine Angst. Im Gegenteil, du freust dich darüber. Das Gewitter ist gut, gut, gut …«

Die Frau war jetzt ganz ruhig.

»So ist es gut. Von nun an wirst du bei jedem Blitz rufen: ›Ich freue mich auf den Donner! … Ich freue mich auf den

Donner!‹ Genau das wirst du rufen: ›Ich freue mich auf den Donner!‹«

Die Augen musterten die Frau, in deren Gesicht ein erwartungsvoller Ausdruck trat. Als der nächste Blitz den geheimen Ort schwach erhellte, rief sie, ohne zu zögern: »Ich freue mich auf den Donner!«

Während des folgenden gewaltigen Himmelsschlags lächelte sie, als läge sie auf einer sonnigen Wiese – und nicht auf hartem Gestein.

»So ist es gut«, lobten die Augen.

Der Erste Sohn des Teufels war sehr zufrieden mit sich. Die Frau zu seinen Füßen war Wachs in seinen Händen, so wie er es liebte. Und wie er es schon oftmals herbeigeführt hatte. Bei anderen Frauen. Sie alle hatte er beherrscht und sich gefügig gemacht, damit er sie nehmen konnte. Geholfen hatten ihm dabei der Zweite und der Dritte Sohn des Teufels: jeder für sich ein Jämmerling, aber jeder auf seine Art von Nutzen. Man musste beide nur bei der Stange halten, damit sie spurten, und das tat er. Mit dem Ritual – und mit der Belohnung am Ende.

Der Erste Sohn des Teufels kicherte in sich hinein und begann einen Singsang aus dramatisch klingenden Beschwörungen. Der eiserne Topf auf dem Feuer dampfte. Die darin befindliche gründunkle Flüssigkeit war bereit. Er würde der Frau eine gehörige Portion davon geben, damit die Wirkung seiner Augenkraft sich nochmals vertiefte. Das war wichtig, damit nicht passierte, was mit Freyja Säckler geschehen war. Bei ihr hatte er geglaubt, seine Beeinflussung sei ausreichend, um die berauschende Menge klein halten zu können, doch hatte sich das als Fehler erwiesen. Freyja Säckler hatte sich seiner Kraft entzogen und war geflohen. Aber sie würde ihm nicht entkommen. Das Netz, sie zu fangen, war nahezu gesponnen. Und die letzte, tödliche Masche sollte noch in dieser Nacht geflochten werden.

Die Frau vor ihm trank gehorsam und erwartete geradezu freudig seine Befehle. Er gab sie ihr. Auf die Weise, die er im Laufe langer Jahre immer mehr verfeinert hatte:

ruhig, freundlich, sich häufig wiederholend. Unterstrichen von den Bewegungen seiner Hände.

Nun lag sie vor ihm, nackt, die Beine weit gespreizt. Im Schein des Feuers lockte die Schwärze ihres Schoßes. Erregung packte ihn. Diese Frau wollte ihm gehören, jetzt, sofort. Das wusste er. Doch er ließ sich Zeit. Umso großartiger würde nachher das Gefühl sein, wenn er sie besaß. Wie bei jener Frau, die vor Jahren gejammert hatte, sie könne keine Nacht mehr schlafen, weil der Zikadenlärm vor ihrem Fenster so ohrenbetäubend laut sei. Er hatte ihr gesagt, dass sie davon gewiss nichts hören würde, gewiss nicht, gewiss nicht, denn es gäbe fortan keinen Lärm mehr. Und die Frau hatte wieder ruhig schlafen können. Kein Laut, so versicherte sie am anderen Morgen, sei an ihr Ohr gedrungen. Dabei hatten die Zikaden wie immer gezirpt; jeder in der Nachbarschaft hätte es bestätigen können.

Nicht alle Frauen gehorchten der Kraft seiner Augen. Und von denen, die es taten, war nicht jede von der Art, die häufig und gern mit Männern schlief. Dann war er machtlos. Ganz anders hier …

Er würde die Frau nehmen, und der Zweite und der Dritte Sohn des Teufels würden es ihm anschließend gleichtun. Sie würden Luzifers Opfer umtanzen, und er würde, weil es sein Privileg war, die Maske abnehmen und seine Nase in die Achselhöhlen und die anderen herrlichen Körperöffnungen der Frau stecken. Er allein würde sich am Duft ihrer Jugend berauschen – bis er sie töten ließ. Und gemeinsam würden sie ihr Blut trinken, direkt aus der Kehle.

Doch zuvor würde sie ihm zu Willen sein, ihm und seiner Lust. Er bestieg die Frau. Schauer der Vorfreude rieselten durch seine Lenden. In dem Augenblick, als er in sie eindrang, schoss ein Lichtschimmer durch den Ort des Rituals. Ein Blitz! Und das Opfer unter ihm jubelte:

»Ich freue mich auf den Donner!«

Zehnter Behandlungstag

»Tirili … tirila … im *Querschlag* isses wunderbaaa …« Wieder einmal hatte der alte Holm ausdauernd in seiner Stammwirtschaft gezecht, so lange, bis auch dem gutmütigen Pankraz der Geduldsfaden gerissen war und er den Saufbold vor die Tür gesetzt hatte. Diesmal ohne eine Kanne Bier.

Der Morgen graute. »Tirili … tirila …« Holm, der nach dem Rausschmiss die Schellengasse zur Stadt hinaus hatte gehen wollen, fand sich unvermittelt im Kreuzhof wieder. »Nanu, hupps«, brummte er, sich an einer Hausecke festklammernd, »so be… besoffen bin ich do… doch gar nich! Hier mu… muss die Schesche… Sch… die Schellengasse sein, verdammich!« Verbissenen Blickes strebte er weiter in die falsche Richtung und landete alsbald in der Böttgergasse. Hier lief er ein paar Schritte, verlor das Gleichgewicht und stützte sich abermals an einer Hauswand ab. Langsam dämmerte seinem vernebelten Hirn, dass er völlig falsch war. »Hab mich ver… verlaufen.« Ratlos blickte er sich um, eine Bewegung, die er besser nicht gemacht hätte, denn sie brachte ihn so ins Schwanken, dass er unsanft auf dem Hosenboden landete. »Ojemine!«

Holm schüttelte den Kopf, als könne er dadurch den Alkohol aus den Ohren befördern, und sah nach oben – direkt in einen Frauenkopf. Er blinzelte und grunzte, denn dort, wo andere Frauen einen Körper hatten, hatte diese eine Tür. Eine Tür? Hoho! Er schüttelte sich abermals und wagte einen zweiten Blick. Und was er diesmal sah, war so grauenvoll, dass er zurückzuckte und mit dem Hinterkopf auf den Boden schlug.

Eine gnädige Ohnmacht umfing ihn.

Lapidius befand sich auf dem Gemswieser Markt, der an diesem Tage so voll war, dass es ihm fast die Luft abschnürte. Überall waren Stände aufgebaut, auf denen Quecksilbersalbe und Lindenblütenpillen feilgeboten wurden. Ein Meer von Salben und Pillen! Und mittendrin stand Veith und hantierte mit Schneidebrett, Former und Beschichter. Der Apotheker hier?

Beim nächsten Karren begegnete Lapidius dem Pharmazeuten schon wieder. Nanu? Es konnte keine zwei Veiths geben. Und doch war es so. Der zweite hielt Büschel von Bilsenkraut in der Hand und rief dazu immerfort: *»Hyoscyamus niger, Hyoscyamus niger!«* Der dritte Veith schwenkte den kleinen Alambic in der Hand und deutete damit auf Lapidius. Seine Gesichtszüge verzerrten sich vor Hass. »Das ist Freyja Säckler, die Hexe!«, schrie er, »die Hexe, die Hexe!«

Lapidius erstarrte, wollte das Missverständnis aufklären, doch schon giftete der Apotheker weiter: »Sie hat die Syphilis, ihr Leute, die Lustseuche, die Geschlechtspest, die Franzosenkrankheit! Wir müssen uns schützen!« Vor Lapidius' entgeisterten Augen zog er sich den Alambic über den Kopf und blickte mit seltsam hervortretenden Froschaugen durch das Glas. »Wir müssen uns schützen vor der Hexe!«, schrie er abermals, und die anderen Markthändler fielen mit ein. Ihre Stimmen klangen seltsam entfernt, was sicher an dem Alambic lag, denn nun hatten alle einen solchen über den Kopf gezogen und schrien aus Leibeskräften: »Hexe, Hexe, Hexe!«

Lapidius versuchte, sich zu behaupten, rief »Nein, nein, nein!« und wurde davon wach. Er war schweißgebadet und fühlte dennoch Erleichterung. Die Schreckensbilder waren nur ein Traum gewesen. Er befand sich im Bett und nicht auf dem Markt. Und Veith, der Apotheker, konnte nicht wissen, dass Freyja von der Syphilis geschlagen war. Allerdings ... Er horchte. Das Rufen war noch immer da. »Hexe, Hexe, Hexe!«, hallte es von der Böttgergasse herein, und es war zweifellos kein Traum.

Er sprang aus dem Bett, stürzte ans Dielenfenster und

prallte zurück. Dutzende von Menschen drängten sich in der engen Gasse und riefen immer wieder das furchtbare, brandmarkende Wort. Lapidius blickte in Gesichter, die nichts Menschliches mehr hatten, sah mordlüsterne Augen und ausgereckte Arme, die auf sein Haus wiesen, erkannte Münder, die schwarzen Höhlen glichen, und fühlte Angst. Nackte Angst. »Hexe, Hexe, Hexe!«

Vereinzelte Stimmen schrien jetzt etwas anderes: »Stecht die Hexe, stecht sie!« Der Ruf pflanzte sich fort. »Stecht sie! Holt sie raus und stecht sie! Holt sie raus und stecht sie …!«

Er hastete zurück in sein Laboratorium, wo die schwere Kiste mit den Gesteinsproben stand, schob sie unter Aufbietung aller Kräfte in die Diele und verrammelte damit die Tür. Er wusste, wenn man seiner Patientin erst einmal habhaft geworden war, konnte sie nichts mehr retten. Die aufgebrachte Menge würde ihren ganzen Körper nach jenem schmerzunempfindlichen Mal absuchen, das dem Volksglauben nach jede Hexe besaß und das von Luzifer persönlich aufgedrückt war. Das Mal galt als unsichtbar, weshalb so lange auf die vermeintliche Teufelsbraut eingestochen wurde, bis man die Stelle, an der sie nichts spürte, gefunden hatte. Gab es eine solche Stelle nicht, war die Unschuld der Verdächtigten erwiesen – was ihr jedoch meistens nichts mehr nützte. Welch eine bestialische Probe!, dachte Lapidius angewidert. Sie steht den Qualen in der Folterkammer um keinen Deut nach.

In fliegender Hast kleidete er sich an und sprach in den Sprechschacht. »Freyja, Freyja! Hörst du mich?«

»Ja«, kam es hohl zurück. »Was ist das für Lärm?«

»Pöbel! Der Pöbel ist draußen. Er hat sich zusammengerottet und will dich holen! Du musst fliehen! Versuche, aus der Hitzkammer zu steigen und … und …« Seine Gedanken rasten. »… und lauf hinten zum Haus hinaus, fort über die Höfe! Marthe ist auch schon in die Richtung davon, ich habe sie rennen sehen. Um Gottes willen, beeile dich!«

»Ich … ich kanns nicht, ich ….«

»Du musst!«

»N… nein, es geht doch nicht!«

»Nun, nun … gut. Mach dir keine Sorgen. Ich werde die Schreier beruhigen!« Er eilte zum Dielenfenster, riss es auf und blickte unmittelbar in die wogende Menge. »Leute!«, rief er, »Leute, so nehmt doch Vernunft an! Es ist …«

Ein derber Fausthieb hatte ihn an der Brust getroffen. Die Menge johlte. »Hexenbuhler!« Geschrei, Gelächter folgten. »Hexenbuhler, Hexenbuhler!«

Arme griffen nach ihm, zerrten an seinen Kleidern, Fingernägel versuchten, sein Gesicht zu zerkratzen. Er wehrte sich, stieß die Angreifer zurück. Mitten in dem geifernden Pack erkannte er die Zeuginnen Koechlin und Drusweiler. Sie machten lange Hälse und schrien aus voller Kehle mit. »Wartet nur, ihr Megären, die Stunde wird kommen, da ihr bezahlt!« Während er sie voll Zorn mit den Augen verfolgte, teilte sich jählings die brodelnde Menge. Der Pfarrer wurde sichtbar. Er ruderte mit den Armen und rief etwas Unverständliches. Lapidius versuchte, sich bemerkbar zu machen. »Pfarrer Vierbusch! Pfarrer Vierbusch, so beruhigt doch die Leute! Betet, stimmt ein Lied an, tut irgendetwas!« Doch der Gottesmann hatte ihn nicht gehört. Er war selbst nur ein Spielball der Gewalten. Und dort zur Linken! Das war doch Krabiehl! Er stand vor seinem Haus und mühte sich mehr schlecht als recht, die Menge zurückzuhalten. Warum unternahm er nicht mehr? Schon donnerten die ersten Schläge gegen die Tür. Feste Gegenstände erschienen in den Händen der Masse. Steine, Latten, Prügel. Ein baumlanger Kerl hatte ein Beil aufgetrieben, mit dem er wie von Sinnen auf das Türschloss einhieb. »Halt! Halt! Aufhören damit!«

Wieder traf ihn ein Fausthieb, sein Kopf flog zur Seite. Halb verlor er das Bewusstsein. Eine derbe Hand riss ihn am Kragen, wollte ihn nach draußen zerren. »Hexenbuhler! Hexenbuhler!«

Er schlug zurück, traf aber nicht. Augenblicke später gelang es ihm, sich der Arme und Hände, die wie Spinnenbeine um ihn herum waberten, zu erwehren, sie zurückzudrängen und das Fenster zu schließen. Sein Jochbein schmerzte, der Schlag war heftig gewesen. Doch für Selbstmitleid war keine Zeit. Unter dem Gewicht der Leiber bog sich die Haustür bereits nach innen. Mit einem hässlichen, metallischen Krachen ging draußen das Schloss entzwei. Der Bursche mit dem Beil hatte ganze Arbeit geleistet. Lapidius warf sich gegen die schwere Kiste, versuchte, der Tür damit Stabilität zu geben, doch es war vergebens. Der Druck war zu groß; das Holz gab nach. Eine Welle von Menschenleibern brach herein und brandete über ihn hinweg. Schon am Boden liegend, spürte er Tritte und Schläge am ganzen Körper, und dann, plötzlich, wurde es dunkel um ihn.

Als er wieder zu sich kam, war die Menge fort. Eine merkwürdige Stille lag über dem Haus. Die Tür hing in den Angeln. Lapidius befühlte sein Jochbein und die schmerzenden Glieder. Nichts schien gebrochen, gottlob! Mühsam erhob er sich und sah sich um. Die Kiste war umgestürzt, ihr Inhalt hatte sich über die gesamte Diele verteilt. Zinnober, Sulfurbrocken, Quarze, Blei und Erzgestein lagen kunterbunt herum. Gut, dass sie keinen Schaden genommen hatten; sie konnten einfach wieder eingeräumt werden. Halb beruhigt wanderte sein Blick nach hinten ins Laboratorium, und ein Schrei entrang sich seinen Lippen. Was er sah, konnte nicht sein. Durfte nicht sein! Ein Chaos tat sich vor ihm auf, ein Tohuwabohu aus Scherben, Glas und Splittern – die kümmerlichen Reste seiner Versuchsanordnungen! Der Experimentiertisch lag auf der Seite. Borde und Regale waren umgefallen. Einzig sein Lieblingsstuhl schien heil geblieben zu sein. Lapidius verspürte den Drang, sich zu setzen, doch siedend heiß fiel ihm Freyja ein. Wo war sie? Hatte sie sich retten können?

Er hastete die Stiege hinauf. Im Oberstock bot sich dasselbe Bild: eine einzige Wüstenei aus umgestoßenen Möbeln, herausgefallenen Schubladen und herumliegender Habe. Die Türklappe stand offen, und die Hitzkammer war – leer.

Er eilte empor ins Dachgeschoss, sah auch hier in jeden Winkel und musste schließlich einsehen, dass seine Suche sinnlos war. Lapidius konnte es nicht fassen. Wo war Freyja? Hatte sie fliehen können? Oder hatte der Pöbel sie aus dem Haus gezerrt, während er ohnmächtig war? Die zweite Möglichkeit war die wahrscheinlichere. Man hatte sie entführt und sicherlich schon zu Tode gestochen.

Verzweifelt wankte er die Treppe hinunter und fiel auf seinen Lieblingsstuhl. Was war nur in die Menge gefahren? Sie wusste doch seit langem, dass Freyja als Hexe angeklagt war. Wieso dieser plötzliche Ausbruch? Auch dass sie bei ihm wohnte, war sattsam bekannt. Die Leute zerrissen sich zwar das Maul darüber, aber das taten sie immer, und es erklärte noch lange nicht, warum man ihm die Tür eingerannt hatte.

Ein lautes Schluchzen unterbrach seine Gedanken. Marthe stand in der Küchentür, völlig aufgelöst. »Wie isses nur möchlich, Herr? Wassis nur los? Um Haaresbreite hättense mich erwischt. Wo ich doch nie nix getan hab! Nix, gar nix! Bin hinten durch Taufliebs Hof un hab mich dünnegemacht, ogottogott! Abgemurkst wiene Sau hättense mich, wiene Sau!« Die Magd schlug die Hände vors Gesicht.

»Ja, Marthe.« Lapidius war noch zu sehr mit sich selbst beschäftigt, als dass er eine gescheite Antwort hätte geben können. »Ja, Marthe«, wiederholte er abwesend und sah, wie eine massige Gestalt sich neben der Magd in den Raum schob. Gorm.

»Is Freyja gut?«, fragte der Koloss.

Lapidius war verblüfft. Was wollte Taufliebs Hilfsmann schon wieder? Es war bereits das dritte Mal, dass er sich ohne besonderen Grund sehen ließ.

»Is Freyja gut?«

»Ich hoffe, es geht ihr gut.« Lapidius durfte gar nicht daran denken, was passieren würde, wenn die Menge feststellte, dass Freyja die Franzosenkrankheit hatte. Die Symptome waren so weit fortgeschritten, dass jeder halbwegs Gebildete sie erkennen konnte. Jemand wie der Pfarrer. Oder Krabiehl. Oder Veith, der Apotheker. Lapidius umklammerte die Armlehnen so stark, dass seine Knöchel weiß hervortraten. Er musste sie finden, bevor ein Unglück geschah! Aber wo sollte er nach ihr suchen? Kirchrode war groß. Und selbst wenn es ihm gelang, sie aufzuspüren – es war dann mit Sicherheit zu spät.

»Will nach ihr kucken.«

»Nein! Sie schläft gerade.« Aus irgendeinem Grund verschwieg Lapidius, dass Freyja fort war. Vielleicht, weil er es nicht wahrhaben wollte. »Am besten, du gehst jetzt. Es ist mitten am Tag, und ich kann mir nicht denken, dass dein Meister dir freigegeben hat.«

»Hm, hm.« Der Hilfsmann grunzte. »Hm.« Man sah förmlich, wie es hinter seiner Stirn arbeitete. Endlich schien er den Sinn von Lapidius' Worten verstanden zu haben. Er drehte ab und verschwand durch die Küche in den Hinterhof, von wo aus er zwischen den Johannisbeersträuchern hindurch zu Taufliebs Hof gelangen konnte.

Lapidius befühlte sein Jochbein.

Marthe meldete sich: »Isses schlimm, Herr? Sollich was machen? Oder sollich erst zu Freyja rauf?«

»Nein.« Lapidius seufzte schwer. »Es ist sowieso alles egal. Kehre als Erstes die Scherben hier im Laboratorium auf. Ich kümmere mich dann um die Gesteinsproben in der Diele. Sie müssen nach einem Ordnungsprinzip eingeräumt werden, das du nicht kennst. Anschließend rücke ich die Kiste wieder vor die Tür, damit nicht jeder ungebeten hereinkommt.«

»Ja, Herr.«

»Wenn du mit den Scherben fertig bist, bereitest du uns eine Stärkung zu.«

»Ja, Herr, machich.«

Er verfiel ins Grübeln, während sie mit Kehrblech und Besen um ihn herumwuselte. Nach kurzer Zeit wurde es ihm zu unruhig. Er stand auf, ging in die Diele und begann die Steine einzusortieren. Draußen lief ab und zu ein Gaffer vorbei, starrte wie gebannt auf das Haus und steckte den Kopf zur Tür herein. Lapidius scherte sich nicht darum. Er überlegte, ob es richtig gewesen war, nicht nach Freyja zu suchen. Wenn sie gestochen worden war, dann mit großer Wahrscheinlichkeit auf einem öffentlichen Platz, wo die

Neugierigen und Lüsternen auf ihre Kosten kamen. Und derlei Plätze gab es nicht viele. Er hätte gehen müssen.

Ein Erzbrocken fiel ihm aus der Hand und landete polternd in den Tiefen der Kiste. Er bückte sich, und das Poltern setzte erneut ein. Wie konnte das sein? Ihm war doch nur der eine Brocken aus der Hand gefallen? Der Laut musste eine andere Ursache haben. Abermals ein Poltern! Jetzt wusste er es. Es kam aus den oberen Stockwerken. Hielten sich dort noch Häscher versteckt? Er nahm einen passenden Stein in die Faust und hastete die Stiege hinauf, immer zwei Stufen auf einmal nehmend. Wild entschlossen, sich nicht schon wieder überrumpeln zu lassen, langte er oben an – und trat in eine große Staubwolke. Sie kam aus der weit offenen Türklappe. Suchend blickte er sich um. Dann hörte er ein schwaches Husten und war mit zwei, drei großen Schritten vor der Hitzkammer.

»Sind sie weg?«, fragte Freyja.

»Großer Gott!«, war alles, was Lapidius hervorbrachte. »Großer Gott, wo warst du?«

Freyja schwieg. Sie lag gekrümmt auf der Seite; von ihrem Gesicht und den blonden Haaren war kaum etwas zu sehen, weil eine dicke Staubschicht alles bedeckte.

»Und ich dachte schon an einen neuen Überfall! Wo warst du nur?«

Langsam deutete ihre Hand nach oben. »Im Gebälk.«

»Im Gebälk? Ja, aber …«

»Konnt doch nicht raus hier. War verrückt vor Angst. Da bin ich die Sparren hoch.« Freyjas Stimme war nur ein Wispern.

»Großer Gott!«, murmelte Lapidius zum wiederholten Mal, denn ihm war klar geworden, dass er fast den folgenschwersten Fehler seines Lebens begangen hätte. Er hatte Freyja durch den Sprechschacht zugerufen, sie solle aus der Hitzkammer steigen und fliehen – und dabei vergessen, dass die Türklappe verschlossen war. Abgesperrt von ihm persönlich.

»Ich dacht, mein letztes Stündlein wär gekommen«, stöhnte Freyja. »Da bin ich die Sparren hoch, und irgendwie gings.«

»Gott sei Lob und Dank.«

»Das Schloss haben sie geknackt und ihre Köpfe zu mir reingesteckt. Spucken hätt ich auf sie können, so dicht waren sie unter mir. Habs aber nicht getan. Hab die Luft angehalten und gebetet.«

»Ich bin ein Hornochse, wie er im Buche steht! Ich glaubte, ich könnte den edlen Ritter spielen und dich vor dem anrennenden Pack schützen. Das ist mir gründlich danebengegangen.« Lapidius zog sich mit zitternden Knien die Truhe heran. Sie hatte an den Ecken schwere Eisenbeschläge und war deshalb heil geblieben. Er setzte sich.

»Wollt nicht weg da oben, bevor es dunkel ist. Aber ich konnt nicht mehr, bin runtergefallen.« Freyjas letzte Worte waren kaum noch zu hören. Ein Zucken ging durch ihren Leib, und Lapidius erkannte zu seinem Entsetzen, dass sie lautlos weinte. Tränen quollen aus ihren Augenwinkeln und zogen Bahnen in ihr staubbedecktes Gesicht.

»Um Himmels willen, du hast dir doch nichts getan?«

Die Tränen liefen weiter, aber sie schüttelte den Kopf.

»Wir … wir müssen sofort etwas unternehmen«, stammelte er. »Marthe! Marthe, hörst du mich?«

»Ja, Herr, wassis?«, kam von unten die Antwort.

»Bringe sofort Waschwasser, Tücher und Seife herauf. Auch Brunnenwasser zum Trinken. Und Brühe. Und die Quecksilbersalbe und das Kalkpulver.« Trotz des Staubs hatte er bemerkt, dass die Geschwüre um Freyjas Mund größer geworden waren. Sicher hatten sie sich auch in der Mundhöhle ausgebreitet. Sie gingen einher mit übel riechendem Speichelfluss, dem Anzeichen dafür, dass die krankheitsverursachende Materie ausgeschieden wurde.

»Bin hier noch nich fertich, Herr.«

»Dann lass die Arbeit liegen.« Er wiederholte noch einmal, was er brauchte.

Doch bis das Gewünschte den Weg in den Oberstock gefunden hatte, wurde seine Geduld auf eine harte Probe gestellt, denn die Magd musste dreimal gehen, weil sie immer wieder etwas vergessen hatte. Lapidius nahm es ihr nicht übel, nach allem, was geschehen war. Endlich hatte Marthe es geschafft, und er konnte seine Anweisungen geben. Freyja sollte zunächst einmal den Mund gut ausspülen und danach Brunnenwasser und Brühe zu trinken bekommen, sodann von Kopf bis Fuß gewaschen und anschließend mit dem Unguentum neu eingerieben werden. Auf die äußerlichen Geschwüre sollte eine doppelte Menge Kalkpulver kommen. Und noch etwas fiel ihm ein: Er befahl Marthe, auch das Stroh für die Matratze zu wechseln.

Nachdem er somit getan hatte, was getan werden konnte, blieb ihm nichts anderes übrig, als den Weg nach unten anzutreten, denn die Schicklichkeit verbot es, eine nackte Frau anzusehen. Vorher jedoch versprach er Freyja, ihr wie immer am Abend die Öllampe anzuzünden. Dann stapfte er die Treppe hinunter.

Er ging wieder in die Diele und verbrachte die nächste halbe Stunde damit, das restliche Gestein in die Kiste zu räumen. Als dies geschehen war, rückte er sie wieder vor die Tür. Abermals strich ein Pulk Menschen an seinem Haus vorbei und stierte herüber. Er kümmerte sich nicht um die Gaffer, sondern kehrte ihnen den Rücken und betrat sein Laboratorium. Das Herz tat ihm weh, als er sah, wie leer der Raum jetzt war. Marthe war schon fast fertig gewesen, als er sie fortgerufen hatte. Der Experimentiertisch stand wieder, und auch sein Bett befand sich am alten Platz. Jedoch mit abenteuerlich schiefer Liegefläche, weil ihm ein Bein fehlte. Ein derber Stiefel hatte es wohl abgetreten. Drei Glasgeräte, ein Pelikan, ein Bär und eine Wildgans, hatten der Zerstörungswut getrotzt und waren von Marthe auf dem Boden abgestellt worden. Der doppelschnablige, im eisernen Dreibein ruhende Alambic wies einen gewaltigen Sprung auf, aber gottlob in einem Bereich, der seine Funktion nicht beeinträchtigte. Auch ein paar Albarellos und tönerne Gefäße hatten überlebt.

Und der Athanor. Der Ofen des Alchemisten, Träger der immer währenden Flammen. Brannte er überhaupt noch? Lapidius riss die Feuerklappe auf und starrte angstvoll ins Innere. Ja, da war noch Glut, wenn auch nur wenig. Jetzt galt es, schnell zu handeln. Er sprang hinaus auf den Hof, lud sich einen Arm voll Kaminholz auf, griff sich einen Blasebalg und stand kurz darauf wieder am Ausgangsort. Mit Handgriffen, die er hunderte von Malen geübt hatte, leerte er die Asche aus dem Athanor, füllte ihn mit guten, abgelagerten, nicht zu starken Scheiten, betätigte fortwährend den Blasebalg und sprach zu dem Ofen wie mit einem Kind. Seine Bemühungen hatten Erfolg. Alsbald leckten die Flammen am Holz empor und begannen es zu durchglühen.

Die Spannung fiel von Lapidius ab. Er nahm Platz auf seinem Lieblingsstuhl. Abermals wanderte sein Blick über den Rest seiner Geräte. Mit ein wenig Geschick und Improvisationsgabe konnte er seine Arbeit fortsetzen. Allerdings musste die *Variatio VII* zunächst warten. Er würde andere Projekte vorziehen, simplere Versuche, bis neue Kolben und Tiegel aus Italien eingetroffen waren. Bis zu sechs Monate konnte das dauern, aber die Glaswaren aus Murano waren unvergleichlich, unvergleichlich, unvergleichlich ...

Er schreckte hoch. Für einen Augenblick musste er eingenickt sein. Er schalt sich dafür. Wie konnte er schlafen angesichts dessen, was passiert war! Andererseits: Was konnte er sonst tun? Er horchte nach oben. Marthe schwätzte irgendetwas, sie war wohl noch mit der Versorgung Freyjas beschäftigt. Nachher würde er nach seiner Patientin sehen. In der geöffneten Tür erkannte er schon wieder Neugierige, die um sein Haus herumstrichen und mit den Fingern darauf wiesen. Doch diesmal wollte er eingreifen. Er lief in die Diele und sprang über die Erzkiste hinaus auf die Gasse. »Kümmert euch um eure eigenen Angelegenheiten!«, rief er erbost und sah mit Genugtuung, wie die Gaffer eiligst verschwanden. Er wollte schon wieder hineingehen, da fiel ihm ein, dass die Leute ständig auf einen Punkt über seiner Haustür gezeigt hatten. War da etwas? Er blickte hoch – und stand wie vom Donner gerührt.

Er hatte in zwei tote Augen gesehen.

Die Augen gehörten zu einem Kopf, der wie eine schauerliche Galionsfigur mitten über seiner Tür hing. Es war der Kopf einer Frau, und er bot einen Furcht einflößenden Anblick, denn in der Stirn, links und rechts, steckten zwei Bockshörner. Dazwischen befanden sich, fast hatte Lapidius es erwartet, die eingeschnittenen Buchstaben F und S.

Ihm wurde übel. Mehrere Male musste er schlucken. Das also war der Grund für die ungeheuerlichen Geschehnisse vor seinem Haus! Er spürte, jetzt brauchte er all seinen Verstand, denn die Mörderbande, die dies verbrochen hatte, wartete nur auf seine Fehler. »Noch habt ihr Freyja nicht«, murmelte er grimmig, »noch nicht. Und mich auch nicht.«

Er sah sich um, aber niemand hielt sich mehr in der Gasse auf. Das kam ihm gelegen, denn so konnte er den Kopf unbeobachtet abnehmen. Als er ihn in seinen Händen hielt, überkamen ihn Ekel und Abscheu, und abermals wurde ihm übel, aber für Gefühle blieb keine Zeit. Rasch schlüpfte er zurück ins Haus.

»So, Herr, bin fertich mit Freyja!« Marthes Holzschuhe erschienen auf der Treppe und klapperten die Stufen herab.

Sie darf den Kopf nicht sehen!, schoss es Lapidius durchs Hirn. Sie ist sowieso schon voller Angst, und wenn sie das hier sieht, geht sie noch heute zu ihrer Mutter zurück. Weil ihm nichts Besseres einfiel, öffnete er hastig die Kiste und tat den Kopf hinein. Keinen Augenblick zu früh, denn Marthe war unterdessen schon zur Gänze erschienen und fragte:

»Sollich nu ne Stärkung machen, Herr? Ich hab aber nix Dolles, könnt Euch ne Putterpomme schmieren.«

»Nein«, sagte Lapidius.

»Aber, aber, vorhin solltich doch noch …«

»Das war vorhin. Ich habe keinen Hunger mehr.« Lapidius kramte in der Geldkatze an seinem Gürtel. »Hier ist ein Taler als Anzahlung. Gehe damit hinüber zu Tauflieb und entbiete ihm meinen Gruß. Er möge sofort kommen und die Schlösser reparieren. Es kann nicht sein, dass die Haustür über Nacht sperrangelweit offen steht.«

Marthe verschwand.

Lapidius nahm den Frauenkopf aus der Kiste. Wohin damit? Das war die Frage. In jedem Fall musste er kühl aufbewahrt werden, an einem Ort, wo ihn niemand finden konnte. Er überlegte rasch, dann wusste er es. Der sicherste Platz war die in den Boden unter der Küche eingelassene Vorratsgrube. Eine hölzerne Klappe führte in das Gelass, in dem man nur gebückt stehen konnte. Er schlug ein Tuch um den Kopf und schob ihn in die hinterste Ecke, zwischen tönerne Krüge mit allerlei sauer Eingemachtem.

Zu welchem Körper gehörte der Schädel? Wie hieß die junge Frau, die so grausam getötet worden war? Solche und ähnliche Fragen gingen Lapidius durch den Sinn, als er wieder auf ebener Erde stand. Da er nicht in der Küche bleiben wollte, ging er zurück ins Laboratorium und setzte sich auf seinen Stuhl. Kaum hatte er es sich bequem gemacht, erschien auch schon Tauflieb, Gorm im Gefolge.

»Das kostet extra«, knurrte der Meister, in der Dielentür Halt machend.

»Erst einmal guten Tag, Meister Tauflieb«, erwiderte Lapidius, der sich höflich hatte erheben wollen, nun aber, angesichts des barschen Tons, sitzen blieb. »Ich danke Euch, dass Ihr so schnell kommen konntet. Das Schloss in der Haustür muss repariert werden.«

»Das ist mir nicht entgangen«, blaffte Tauflieb. »Aber ich hab anderes zu tun. Wenn ichs mach, kostet es extra und ist mit einem läppischen Taler nicht abgetan.«

»Fangt nur schon an. Darüber reden wir später.«

Tauflieb schoss einen Blick ab, als habe Lapidius ihn tödlich beleidigt, grunzte und wandte sich um. Mit dürren Worten erklärte er Gorm, was zu tun war. Der Koloss fackelte nicht lange, packte die Eichentür und hob sie aus den Scharnieren, als sei sie aus Luft. Der Meister beugte sich darüber. Kopfschüttelnd untersuchte er die Reste des Schließmechanismus. »Die Reparatur lohnt nicht«, knurrte er, ohne Lapidius eines Blickes zu würdigen. »Das muss alles neu.«

Im Verlaufe der nächsten Stunde brachte er ein größeres Schloss an und ersetzte auch die herausgerissenen Schellen für die schweren Riegel.

Lapidius, der gerne zusah, wenn jemand seine Arbeit verstand, sagte: »Wo wart Ihr eigentlich, als der Pöbel heute Morgen mein Haus stürmte?«

Taufliеb blickte auf. In seinen Augen stand Wachsamkeit. »Soll das ein Verhör werden? Ich sags Euch, denn ich hab nichts zu verbergen: In meiner Werkstatt war ich, und Gorm war bei mir. Den hätt ich sehen mögen, der ungebeten in mein Haus kommen will! Hackfleisch hätt Gorm aus dem gemacht!«

»Harhar, Hackfleisch … das is lustich! Hackfleisch … harhar!«, machte der Hilfsmann.

Lapidius nickte. »Und darauf, dass Gorm mich, äh … gewissermaßen nachbarschaftlich hätte unterstützen können, darauf seid Ihr nicht gekommen?«

»Ich erwarte nichts von anderen, und andere haben nichts von mir zu erwarten.« Taufliebs Ton ließ an Patzigkeit nichts zu wünschen übrig. »Los, Gorm, setz die Tür wieder ein.«

»Ja, Tür einsetzen, ja.« Der Riese tat wie ihm geheißen.

»Was ist mit dem Schloss im Oberstock?«, fragte Tauflieb. »Marthe sagte, es wär rausgerissen und müsste auch repariert werden?«

»Ja, richtig.«

»Und wozu? Ich denk, der Vogel ist ausgeflogen?«

»Ihr habt, scheint es, genau darauf geachtet, was der Pöbel heute Morgen schrie.«

Der Meister zog es vor, nicht zu antworten. Stattdessen sagte er: »Geh mal rauf, Gorm, und guck nach, was zu tun ist.«

»Nein, Tauflieb! Ich wünsche nicht, dass Euer Hilfsmann das macht.« Der Gedanke, dass Gorm Blicke auf Freyja werfen könnte, behagte Lapidius ganz und gar nicht. »Kümmert Euch selbst darum.«

Der Meister zuckte mit den Schultern. »Wenn Eure Seligkeit davon abhängt, bitte sehr.« Er machte eine Bewegung mit dem Kopf, und der Koloss trabte folgsam zur Werkstatt zurück.

»Danke. Euer Hilfsmann gehorcht Euch aufs Wort.«

Tauflieb grunzte und ließ sich den Schlüssel zum Schloss

aushändigen. Dann verschwand er in den Oberstock. Lapidius blieb weiterhin sitzen. Seine Gedanken wandten sich Freyja zu. Sie hatte sich, trotz ihres Schwächezustands, in das Gebälk des Dachbodens retten können. Ein kleines Wunder. Todesangst schien tatsächlich Flügel zu verleihen. Auch über Schmerzen hatte sie nicht geklagt. Eine bemerkenswerte Reaktion des Körpers, die er an sich selbst auch schon festgestellt hatte: In höchster Not schien der Leib unempfänglich zu sein gegenüber jeglicher Tortur. Ob das auch auf dem Scheiterhaufen galt?

Hatte die Frau, deren Kopf in seiner Vorratsgrube ruhte, ebenfalls nicht gelitten? Er hoffte es für sie. Blond war sie gewesen, so blond wie Gunda Löbesam. Und wie Freyja. Doch Freyja lebte noch, gottlob.

Wieder waren die Buchstaben FS in einen Kopf geschnitten worden, einen Kopf, den man über seiner Tür aufgehängt hatte. Das ließ nur einen Schluss zu: Freyja Säckler sollte auch diesmal als Schuldige angeprangert werden – von Absendern, die sich die Mühe gemacht hatten, Hörner eines Ziegenbocks in die Stirn zu setzen. Waren es die *Filii Satani* gewesen? Lapidius nahm sich vor, bei nächster Gelegenheit den Kopf eingehend zu untersuchen. Ein interessanter Punkt würde sein, was für Spuren der Halsansatz aufwies.

Er musste an einen mehrschnabligen Alambic denken: Viele Enden traten da aus dem Glaskörper hervor, und jedes für sich hatte seine Bedeutung. Auch in diesem Fall war es so. Es gab viele Fährten, die man aufnehmen konnte, es gab Verdächtige, es gab Hinweise, es gab vermisste Gegenstände, aber früher oder später kam immer die Mauer, an der sämtliche Erkenntnisse abprallten. Wo war das Verbindungsglied, das alle Enden vereinte? Konnte es der gehörnte Schädel sein? Lapidius atmete schwer. Auch das bewährte Mittel beim Experimentieren, nämlich das Problem von einem anderen Standpunkt aus anzugehen, half hier nicht weiter.

Die Enden passten einfach nicht zusammen. Nirgendwo. Es war zum Verzweifeln.

»So, alles in Ordnung«, grunzte Tauflieb, der aus dem Oberstock zurückkam. »Eure seltsame Bewohnerin ist wieder hinter Schloss und Riegel.«

»Danke.« Lapidius nahm den Schlüssel, den der Meister ihm entgegenhielt, und fragte, was er noch schuldig sei. Tauflieb nannte die Summe. Lapidius hatte das Gefühl, dass der Meister sich bei der Bemessung des Preises nicht gerade zurückhielt, zahlte aber ohne ein weiteres Wort.

Der Schlossermeister ging und drehte sich noch einmal um. »Ach ja«, sagte er, als wäre es ihm just eingefallen, »Gorm gehorcht mir tatsächlich aufs Wort. Und ich denke, ich bin wohl der Einzige, bei dem er es tut.«

Lapidius wusste darauf nichts zu sagen. Er stand auf. Es ging bereits auf den Abend zu. Marthe war bei ihrer Mutter und hatte kein Essen vorbereitet. Nun gut, darauf konnte er verzichten. Er ging in die Küche und bereitete ein Tranquilium für Freyja zu. Dann stieg er zu ihr hinauf. Er gab ihr den Trank und plauderte ein wenig mit ihr, sprach aber nicht über seine Sorgen und Nöte. Heute war schon der zehnte Behandlungstag, und mit der Aufklärung des Falls war er kein Jota weitergekommen.

Als er sah, wie sie in den Schlaf hinüberdämmerte, ließ er wie immer das Öllämpchen brennen und stieg hinunter in die Küche.

Marthe war mittlerweile wieder da. Sie stand in gebückter Haltung über einem Becher Wasser und hielt einen nicht erkennbaren Gegenstand in der Hand. Als sie seiner gewahr wurde, zuckte sie zusammen.

»Warum erschreckst du dich so?«, fragte Lapidius freundlich.

»Ich … nix.« Die Magd versuchte, den Gegenstand zu verbergen. »Sollich was zu essen machen?«

»Nein, danke. Ich habe keinen Appetit. Was verbirgst du da vor mir?«

»Nix, Herr. Essis meins, un ich gebs nich her!«

Lapidius musste lächeln. »Gib schon.«

Widerstrebend legte die Magd ihm den Gegenstand in die Hand. Es war eine kleine goldfarben angemalte Madonna mit Jesuskind. Ihr Gewand wies deutliche Kratzspuren auf. »Nanu, was hat das zu bedeuten?«

»Essis ne Schluckmadonna, Herr. Man kratzt was ab un tuts in Wasser oder Wein un trinkts dann.«

Lapidius konnte nicht ganz folgen. »Du gibst die Kratzpartikel ins Wasser und trinkst sie?«

»Ja, Herr, essis ja ne Schluckmadonna, un wenn ich sie trink, nach un nach, kann mir nix Böses nich passiern.«

»Ich verstehe«, sagte Lapidius.

Dann gab er die Madonna zurück.

Elfter Behandlungstag

Wieder einmal schlug Lapidius einen weiten Bogen um den Gemswieser Markt. Es war Freitag, und wie immer an diesem Wochentag boten die Marktleute ihre Waren an. Unter ihnen, da war er sicher, befanden sich nicht wenige, die gestern sein Haus gestürmt hatten, um Freyja herauszuholen und zu stechen. Vielleicht sogar zu töten.

Eilig ging er die Hofstraße entlang, an den Fischteichen vorbei, immer wieder verstohlen durch die Quergassen blickend, an deren Ende einzelne Buden und Stände erkennbar waren. Als er das Altenauer Eck erreicht hatte, wusste er: Die nächste Gasse rechts musste die Speckgasse sein – wo Reinhardt Meckel ein Haus besaß.

Der Richter hatte in aller Herrgottsfrühe einen Diener zu Lapidius geschickt und um unverzüglichen Besuch gebeten. Den Grund dafür hatte er nicht genannt, so dass Lapidius nur Vermutungen blieben. Er nahm an, dass es um Freyja ging, und fragte sich, ob Nachricht von den hohen Räten aus Goslar eingetroffen war. Wenn ja, konnte das vielerlei bedeuten: Freispruch, Neuaufnahme des Verfahrens, Fortführung desselben, vielleicht auch die Bestätigung der Folterungen mit der Maßgabe, sie so lange fortzusetzen, bis das Geständnis vorlag. Er hoffte inbrünstig, dass seine Befürchtungen sich nicht bewahrheiteten, und beschleunigte seinen Schritt.

Gleich würde er es erfahren, denn schon tat sich vor ihm ein prächtiges Anwesen auf, ein herrlicher Fachwerkbau mit reichen Schnitzereien. Meckels Domizil.

Lapidius betätigte den löwenkopfförmigen Türklopfer. Ein Bediensteter öffnete und führte ihn ohne Umwege zu seinem Herrn.

Reinhardt Meckel, Richter zu Kirchrode und Stadtrat daselbst, trug noch sein Nachtgewand, als er Lapidius empfing. Er tat es in seinem Schlafzimmer, an einem Bocktisch sitzend und herzhaft gähnend. »Ich habe einen arbeitsreichen Tag vor mir, Magister Lapidius«, sagte er, und seine Stimme wirkte keineswegs müde, »deshalb bat ich Euch, mich noch vor dem Ankleiden aufzusuchen.«

»Ich verstehe«, antwortete Lapidius und hielt vergebens nach einem Stuhl Ausschau. Er begann sich zu ärgern. Ihn im Nachtgewand zu empfangen war schon eine Taktlosigkeit, ihm nicht einmal eine Sitzgelegenheit anzubieten, eine Frechheit.

»Ich will es kurz machen.« Meckel bückte sich und drückte einem Diener sein Nachtgeschirr in die Hand. »Trag das fort, Albrecht, und sorge dafür, dass wir nicht gestört werden. Nun«, er wandte sich wieder Lapidius zu, »wie gesagt, ich will es kurz machen. Wie Ihr sicher noch wisst, obliegt Euch die Verantwortung für Freyja Säckler. Ihr seid es, der dafür Sorge zu tragen hat, dass diese Person in sicherer Verwahrung ist, bis ihr weiter der Prozess gemacht wird. Nun allerdings ist die Hexe fort; sie befindet sich nicht mehr in Eurem Haus, und ich frage Euch, wo sie sich aufhält.«

Lapidius rang um Fassung. Er war keines Verbrechens angeklagt und befand sich ebenso wenig in einem Verhör, obwohl Meckels Gehabe ganz danach war. Er beschloss, den Spieß umzudrehen. »Woher wollt Ihr wissen, dass die Säckler sich nicht mehr in meinem Haus befindet?«, fragte er zurück. »Habt Ihr selbst nachgeschaut? Wart Ihr unter dem Pöbel, der sich gestern in der Böttgergasse zusammenrottete?«

»Nein, natürlich nicht.« Eine Unmutsfalte erschien über Meckels Nasenwurzel. Lapidius sah es mit Befriedigung. Doch schon glättete sich die Stirn wieder. »Ich habe meine Informationsquellen.«

»Wen?«

Der Richter trommelte mit den Fingern auf die Tischplatte. »Wenn Ihr es unbedingt wissen wollt: Krabiehl sagte es mir.«

»Das bedeutet: Der Büttel war in meinem Haus?«

»Sicher. Was fragt Ihr?«

Lapidius winkte ab. Krabiehl also. Der Büttel war zusammen mit der Masse in sein Haus gestürzt und hatte sich dort umgesehen. Vielleicht hatte er sich sogar an der Zerstörung seines Eigentums beteiligt – statt einzuschreiten, wie es seine Pflicht gewesen wäre. Aber die hatte er ja schon vernachlässigt, als er den Pöbel nicht entschlossen genug an der Haustür zurückgedrängt hatte. »Taugt Krabiehl eigentlich etwas als Büttel?«

Meckel stutzte. Sein Trommeln setzte aus. »Was soll die Frage? Natürlich. Der Mann ist die Zuverlässigkeit in Person.«

»Ich frage mich nur, warum er Euch dann belügt.«

»Wie? Was? Ihr scherzt!«

»Keineswegs. Ich versichere Euch, dass Freyja Säckler zu keinem Zeitpunkt mein Haus verlassen hat. Ich, äh ... habe sie nur vor dem Pöbel, der sie sonst bei lebendigem Leibe gestochen und verbrannt hätte, versteckt. Sie befindet sich jetzt wieder in ihrer Kammer, wo die Behandlung der Syphilis fortgesetzt wird. Ihr könnt Euch jederzeit selbst davon überzeugen.«

In Meckels Gesicht arbeitete es. Die Situation hatte sich geändert. Grundlegend geändert. Er war schon kurz davor gewesen, auch Lapidius öffentlich der Hexerei anzuklagen, und dieses morgendliche Gespräch sollte ein kleiner Vorgeschmack darauf sein. Immerhin wäre der Mann nicht der erste Alchemist gewesen, der sich mit bösen Mächten verband. Seton aus Sachsen war anno 1514 genau deshalb gefoltert worden, und Meckel hatte keinen Grund gesehen, warum sich das in Kirchrode nicht wiederholen sollte.

Doch nun war alles anders. Er würde, sowie es seine Zeit erlaubte, dem Büttel gehörig den Marsch blasen – und dafür sorgen, dass so etwas sich nicht wiederholte.

Der Richter entspannte sich. Wie gut, dass er den Fall nicht gleich an die große Glocke gehängt hatte. Wie gut, wie gut ... »Wie geht es der Säckler?«, fragte er.

Lapidius, der den Wechsel der Gefühle in Meckels Gesicht verfolgt hatte, stellte fest, dass der Richter sich wieder unter Kontrolle hatte. Seine Augen wirkten so kühl und abschätzend wie am Anfang der Unterredung. »Sie kämpft gegen die Krankheit.«

»Ich hoffe, äh … sie gewinnt den Kampf?«

»Ich tue, was ich kann.«

»Sicher, sicher. Spricht sie viel?«

»Warum fragt Ihr das?«

»Nun, wer viel spricht, könnte sich als Hexe entlarven. Sollte die Säckler auch nur andeutungsweise eine derartige Bemerkung machen, seid Ihr verpflichtet, sie mir unverzüglich mitzuteilen. Aber das muss ich wohl nicht betonen.«

»Nein.«

»Also? Spricht die Säckler viel? Und wenn ja, was?«

Meckels Augen waren jetzt unverwandt auf Lapidius gerichtet, und der fragte sich, ob es die Augen waren, die Freyja in den Bergen gesehen hatte. »Nein, die Säckler redet nicht viel. Ihr fehlt die Kraft dazu. Kann ich sonst noch etwas für Euch tun?«

»Äh … nein.«

»Dann darf ich mich empfehlen.«

Lapidius stand in seinem arg gelichteten Laboratorium und überlegte, was als Nächstes zu tun sei. Eben war er nach Hause gekommen und musste nun seinen Tag planen. Der Kopf in der Vorratsgrube fiel ihm ein. Ihn wollte er untersuchen, so schnell wie möglich. Doch dazu musste er allein sein. »Marthe! He, Marthe?«

Es dauerte eine Weile, bis die Magd aus der Küche heranschlurfte. »Wassis, Herr?«

»Heute ist Markt, wie du weißt. Geh hin und besorge ein Huhn. Jung und zart muss es sein. Mir steht der Sinn nach pfeffrig gebratenem Brüstchen in Honigsauce.«

Marthe, eben noch mit unwirschem Gesichtsausdruck, taute auf, da von Essen die Rede war. »Ja, Herr. Oh, Herr, wusst gar nich, dass Ihr Hühnchen mögt.«

»Dann weißt du es jetzt. Nun geh.«

Als die Magd verschwunden war, eilte Lapidius zu Freyja

hinauf und stellte erleichtert fest, dass sie schlief. Das Tranquilium tat noch seine Wirkung. Er stieg hinab in die Küche und holte den Kopf aus der Vorratsgrube. Ihn behutsam vor sich hertragend, brachte er ihn in sein Laboratorium und stellte ihn dort auf den Tisch. Angesichts des entseelten Blicks der Toten überkam ihn abermals Übelkeit. Er befahl sich, einfach nicht darauf zu achten und die Untersuchung direkt bei den Augen zu beginnen. Die Lider waren halb geöffnet und die Augäpfel, trotz des feuchten Klimas in der Grube, schon eingetrocknet und eingefallen. Die Hornhaut wirkte milchig wie bei nicht frischem Fisch. Er schloss der Toten die Augen und betrachtete ihr Gesicht zum ersten Mal genauer. Sie war eine sehr schöne Frau gewesen, mit klaren, ebenmäßigen Gesichtszügen. Ob sie ähnlich gute Zähne gehabt hatte wie Gunda Löbesam? Er war im Begriff, die Lippen zu öffnen, als es plötzlich laut an der Haustür pochte. Wer konnte das sein? Marthe jedenfalls nicht. Rasch deckte er den Kopf mit dem Tuch ab und stellte noch den gläsernen Bären davor. Dann schritt er zur Tür. Durch die Ereignisse des Vortags misstrauisch geworden, öffnete er sie nur einen Spaltbreit.

»Ich komme im Namen der Stadt«, sagte Krabiehl. Seine Stimme klang sehr dienstlich. »Ich habe Euch Fragen zu stellen.«

»So, habt Ihr das?« Lapidius sammelte sich. »Warum kommt Ihr dann nicht herein? Gestern seid Ihr doch auch hereingekommen. Allerdings ungebeten. Ihr habt zusammen mit dem Pöbel mein Haus gestürmt und meine Habe zerstört.«

Der Büttel verschränkte die Arme vor der Brust. »Woher wollt Ihr das wissen?«

»Ihr meint, weil ich ohnmächtig war, hätte ich das nicht mitbekommen, was?«

»Ich meine gar nichts. Fest steht: Ein Totenkopf hing gestern Morgen über Eurer Tür, entdeckt vom alten Holm. Der Kopf trug die Anfangsbuchstaben der Freyja Säckler auf der Stirn. Ein untrügliches Zeichen dafür, dass die Hexe erneut getötet hat. Ich frage Euch, wo der Schädel ist.

Er gehört zwar zu einer unbekannten Person, muss aber dennoch begraben werden.«

»Da gebe ich Euch Recht, Krabiehl. Ich denke, jemand hat den Frauenkopf abgenommen und fortgeschafft. Eine andere Erklärung gibt es nicht.«

»Ihr macht es Euch einfach, Herr. Ich frage Euch: Kennt Ihr die Tote?«

»Nein. Wenn es so wäre, hätte ich es Euch längst gesagt.«

Der Büttel wippte auf den Zehenspitzen, sich seiner Wichtigkeit bewusst. »Dann wisst Ihr sicher auch nicht, wer den Kopf jetzt hat?«

»Nun, Krabiehl, Freyja Säckler jedenfalls nicht. Wenn Ihr wollt, fragt sie doch selbst.« Lapidius ließ die Tür offen und ging zurück in sein Laboratorium. Dem Büttel blieb nichts anderes übrig, als ihm zu folgen.

»Äh … Freyja Säckler ist im Haus?«

Lapidius musste an sich halten, um nicht laut herauszulachen. »Natürlich, wie sollte sie nicht.«

»Aber …, aber …, ich habe doch alles durchs…« Der Büttel biss sich auf die Lippen.

»Ihr wolltet sagen, Ihr hättet alles durchsucht? Nun, dann habt Ihr Eure Arbeit schlecht gemacht.« Lapidius setzte sich auf das schiefe Bett und dachte: Du hast deine Nase in jeden Winkel meiner Räume gesteckt und anschließend dem Richter brühwarm gemeldet, dass Freyja verschwunden ist. Wahrscheinlich hast du mein Haus sogar weiter bespitzelt, vielleicht die ganze Nacht hindurch, weil du glaubtest, Freyja würde wieder zurückkommen. Doch das war nicht der Fall. Umso blöder ist dein Gesichtsausdruck jetzt. Das geschieht dir recht!

Krabiehl hatte seine alte Sicherheit wiedergefunden und sagte mit strenger Miene: »Ich glaube Euch nicht, Herr. Ihr könnt mir viel erzählen. Freyja Säckler ist fort, die Hexe ist entwichen, und Ihr, Ihr habt ihr dabei geholfen. Richter Meckel ist ebenfalls dieser Ansicht und wird Euch …«

Der Büttel brach ab, denn Lapidius hatte Einhalt gebietend die Hand gehoben. »Richter Meckel wird gar nichts. Er dürfte Euch noch heute ein paar unangenehme Fragen stellen. Und nun achtet auf das, was ich jetzt sage.« Er beugte sich zum Sprechschacht hin und rief: »Freyja! Freyja, hörst du mich? Freyjaaa!« Er schickte ein Stoßgebet zum Himmel, dass sie wach war.

»Ja.«

»Ich hoffe, es geht dir besser, nach allem, was gestern geschehen ist?«

»Die Saubande. Werds mein Lebtag nicht vergessen, wie sie gehaust hat.« Freyjas Stimme klang hohl und geisterhaft.

»Es ist ja vorbei. Ich komme gleich hinauf und bringe dir Wasser.«

»Ich hab Schmerzen. Der Mund tut mir weh, als säß ne Folterbirne drin.«

»Hab noch einen Augenblick Geduld.« Lapidius erhob sich vom Bett und blickte Krabiehl an. Was er sah, behagte ihm. In des Büttels Augen stand Angst. Helle Angst.

»Die Hexe … ich … ich … aber …«, stammelte Krabiehl.

»Freyja Säckler befindet sich im Haus, wie Ihr hört. Wollt Ihr sie sehen? Sie ist zwar gerade unpässlich, aber …«

»Nein!«

»Das dachte ich mir.« Lapidius schritt zur Tür. Abermals hatte der Büttel keine andere Wahl, als hinter ihm herzutrotten. »Sucht Euren Totenkopf woanders. Und wenn Ihr schon dabei seid, schaut Euch auch nach dem Karren der Säckler um. Er ist ihr Eigentum, und er ist von Wert. Ich nehme an, Ihr habt ihn noch nicht gefunden?«

Krabiehl drehte sich um und ging davon.

Lapidius flößte Freyja Brunnenwasser ein. Es ging nur langsam, denn das Schlucken fiel ihr schwer. Als sie ausgetrunken hatte, stieg er noch einmal nach unten und holte die vorbereitete Brühe. Sie war inzwischen genügend abgekühlt. Eigentlich sollte sie heiß sein, damit sie zusätzlich zum Schwitzen beitrug, aber Freyja mit ihrem wunden Gaumen war nicht in der Lage, die Flüssigkeit so aufzunehmen. Als auch die Brühe verabreicht war, sagte er: »Ich gebe dir noch etwas Kalkpulver auf die Lippen. Mach den Mund auf.«

Sie gehorchte.

Er bog ihre Lippen nach außen und betrachtete sie genau. Was er erwartet hatte, war eingetreten. Neben den Geschwüren, die sich überall breit machten, hatte sich der Zahnsaum blau verfärbt. Bald würden Freyja die ersten Zähne ausfallen.

Sie bewegte den Mund und wollte etwas sagen.

»Halt still.« Er gab das Kalkpulver auf die äußeren Geschwüre. »Die schorfigen Pusteln im Gesicht und am Körper sind fast gänzlich abgeheilt, und deine Daumennägel machen ebenfalls einen guten Eindruck. Wie stehts mit den Kopf- und Leibschmerzen?«

»Heut gehts. Bin nur furchtbar schlapp.«

»Schön.« Er bettete ihren Kopf so, dass er bequem auf der Strohmatratze lag. Als er die Finger fortnahm, bemerkte er, dass eine blonde Strähne daran haften blieb. Die ersten Haare gingen ihr aus. Viele, wenn nicht alle, würden folgen. Er versuchte, sich nichts anmerken zu lassen. »Ich sehe später noch einmal nach dir. Zur Nacht bringe ich dir wieder dein Licht.«

»Bleibt. Bitte.«

»Nein.« Er dachte an den Kopf, der seiner Untersuchung harrte. »Ich habe Dringendes zu erledigen.«

»Ja.« Sie wandte sich ab. Ihre Stimme klang enttäuscht.

»Glaub mir, ich habe wirklich keine Zeit.«

Sie antwortete nicht mehr.

Er zuckte mit den Schultern, schloss die Türklappe ab und ging hinunter, vergebens gegen sein schlechtes Gewissen ankämpfend.

Bald darauf jedoch hatte er Freyja vergessen, denn wieder saß er am Experimentiertisch, den Kopf vor sich. Er stellte fest, dass die Buchstaben F und S auf dieselbe Art in die Stirn geschnitten waren wie bei Gunda Löbesam. Das überraschte ihn nicht. Ob die Tote wohl den Geruch nach Bilsenkraut verströmte? Er nahm den Schädel auf und legte ihn mit dem Hinterkopf in ein kleines Dreibein. Dergestalt fixiert, fiel es ihm nicht schwer, die Zähne zu öffnen, zumal die Totenstarre sich schon gelöst hatte. Doch er war nicht sicher, ob er den typischen bitteren Duft wahrnahm. Andere Gerüche waren da, nach getrocknetem Blut, Schweiß, Feuchtigkeit. Und auch ein wenig nach – Süße. Wie bei zwei Tage altem Fleisch. Er schluckte. Speichel floss ihm im Mund zusammen, aber er unterdrückte den Brechreiz und versuchte es erneut. Nein, nichts. Vielleicht überdeckten die Gerüche das gesuchte Aroma.

Er nahm den Kopf wieder aus dem Dreibein, wobei sein Unterarm eines der beiden Hörner streifte. Die Hörner! Er untersuchte sie und kam zu dem Schluss, dass es Ziegenhörner waren. Der Größe nach die eines Bocks. Er betastete sie. Sie saßen sehr fest, doch durch vorsichtiges Hin- und Herdrehen konnte er sie aus dem Stirnbein herauslösen. Sie waren ziemlich spitz und am anderen Ende abgesägt. Er hielt sie ins Licht – und wurde von einem Geräusch unterbrochen. Es war ein Schimpfwort, und es kam von draußen. Es folgte eine Reihe von Verwünschungen, die ihm bekannt vorkamen. Richtig, niemand anders als Marthe stand vor seiner Haustür. Sie war in einen Kothaufen getreten und versuchte nun, sich des Drecks zu entledigen – lauthals dabei ihr Pech beklagend.

In fliegender Hast steckte Lapidius die Hörner in die Taschen seines Wamses, nahm den Kopf auf und eilte damit in die Küche, wo die Bodentür gottlob noch hochstand. So brauchte er nur wenige Augenblicke, um das Corpus Delicti wieder am alten Ort zu verstauen.

»Habts wohl nich abwarten können, was, Herr? Aber dauern tuts nochn bisschen mitm Huhn.« Die Magd stand in der Küchentür, einen Korb in der Hand, aus dem der Hals des toten Federviehs hing.

»Wie? Ach, Marthe, du bists.« Lapidius hatte noch mit knapper Not die Bodentür schließen können, stand aber nun halb aufgerichtet da.

»Is was, Herr?« Die Magd runzelte die Brauen.

»Nein, nichts.« Geistesgegenwärtig fasste Lapidius sich in die Seite und verzog das Gesicht. »Ein kleiner Hexenschuss, mehr nicht. Es geht schon wieder.«

»Hexenschuss hatt meine Mutter auch mal, zwei Jahre

isses glaubich her, war steif wien Brett, die Arme, konnt sich nich rücken un rührn …«

»Ja, Marthe, mach nur das Huhn.«

»Is gut.« Die Magd band sich eine Schürze um. »Wann sollich das Brüstchen denn fertich ham?«

»Brüstchen? Welches Brüstchen? Ach so, ja.« Gerade noch rechtzeitig war Lapidius eingefallen, welche Speise er sich gewünscht hatte. »Lass dir nur Zeit damit. Ich muss ohnehin noch einmal fort. Wann ich zurück bin, weiß ich nicht.«

Kaum hatte er das gesagt, wurde ihm bewusst, welchen Fehler er gemacht hatte. Die Reaktion der Magd kam prompt:

»Herr, oh Herr, so geht das nich! Gott is mein Zeuge, ich dien Euch gern, jedenfalls meistens, abers Essen wird alleweil schlecht, weil Ihr nie nich da seid, wenns aufn Tisch kommt. Ogottogott!«

»Schon gut, Marthe, sollte ich nicht rechtzeitig da sein, nimmst du das Brüstchen für deine Mutter mit.«

Lapidius machte, dass er aus der Tür kam.

Wenig später befand er sich auf dem Weg durch die Stadt. Abermals, wie schon am Morgen, ging er an den Fischteichen vorbei bis zum Altenauer Eck. Hier standen einige Bänke, und trotz des frischen Windes, der um die Hausecken pfiff, setzte er sich. Er musste seine Gedanken ordnen. Denn bevor er sich von Marthe verabschiedet hatte, war ihm eine Idee gekommen. Eine sehr einfache: Wenn es ihm gelang, einen Ziegenbock mit abgesägten Hörnern ausfindig zu machen, war er womöglich schon am Ziel – bei den Mördern der unbekannten Frau.

Die Schwierigkeit war nur, dass er nicht wusste, wo er seine Suche beginnen sollte. Es gab Ziegen von beträchtlicher Zahl in Kirchrode, in Ställen und Verschlägen, auf Höfen und Grasflächen, ja manch einer teilte sogar die Kammer mit ihnen. Vielleicht, überlegte er, war es am einfachsten, sich von der Stadtmauer aus kreisförmig nach innen vorzuarbeiten. Eine Methode, die den weiteren Vorteil hatte, dass er dort anfing, wo die Häuser nicht so dicht gedrängt standen und das Gelände übersichtlicher war. So weit, so gut. Voller Tatendrang stand er auf und strebte dem Stadtgürtel zu, wobei er scharf nach Ziegen Ausschau hielt. Doch schon nach wenigen Schritten merkte er, dass er einem Trugschluss aufgesessen war. Nirgendwo ließ sich ein solches Tier blicken, allenfalls ein Meckern war hier und dort zu hören. Kein Wunder, sagte er sich, ich befinde mich in der Stadt und nicht auf dem Land. In der Stadt leben die Tiere meist in geschlossenen Ställen, damit sie nicht fortlaufen.

Er musste es anders anfassen. Er musste zu den Leuten gehen und sie nach ihren Ziegen fragen. Aber wie? Er konnte schlecht sagen: Guten Tag, habt Ihr eine Ziege mit abgesägten Hörnern? Nein, so ging es nicht. Kurz entschlossen schritt er auf das nächste Haus zu und klopfte. Eine Magd mit zerknautschter Haube und missmutiger Miene öffnete ihm. Lapidius entbot die Tageszeit und setzte sein freundlichstes Lächeln auf: »Ich bin Wissenschaftler und brauche für meine Versuche die Hornspäne eines Ziegenbocks.«

»Ah, äh?«, machte die Magd.

»Deine Herrschaft hat doch Ziegen?«

»Nö.« Sie schlug die Tür zu.

Lapidius stand da und bemühte sich, seines Ärgers Herr zu werden. Wer dumm fragte, bekam dumme Antworten. Trotzdem: Wie ein Hausierer wollte er sich nicht abspeisen lassen. Er klopfte erneut.

Wieder erschien die Magd. Sie wollte etwas sagen, aber Lapidius kam ihr zuvor. »Wenn es in diesem Haus keine Ziegen gibt, weißt du wenigstens, wer hier in der Gasse welche hält?«

»Ah, äh?«, machte die Magd erneut. Sie hatte das Pulver nicht erfunden. Doch dann schien sie die Frage verstanden zu haben. Sie deutete auf mehrere Häuser und nannte die Namen der Familien.

Lapidius merkte sie sich. »Hast du zufällig gesehen, ob eines der Tiere mit abgesägten Hörnern herumläuft?«

»Ah, äh?«

»Es ist gut. Ich wünsche dir noch einen schönen Tag.«

Lapidius' Enttäuschung hielt sich in Grenzen. Er sagte sich, dass nicht jede Magd so begriffsstutzig war; überdies konnte er viel Zeit sparen, wenn er sich vorher erkundigte, wer Ziegen hielt und ob eine darunter keine Hörner hatte. Natürlich war die Wahrscheinlichkeit hoch, dass die Gefragten nichts Ungewöhnliches bemerkt hatten, aber dem wollte er begegnen, indem er möglichst viele Menschen ansprach.

Genau so verfuhr er in den nächsten Stunden. Es war ein mühseliges Geschäft, und oftmals holte er sich, trotz seiner standesgemäßen Kleidung, eine herbe Abfuhr. Wie ein Bettler kam er sich vor. Die Kirchroder gehörten nicht zu den Hilfreichsten im Harz. Irgendwann am späteren Nachmittag hatte er es satt. Er wollte aufgeben. Keinen Schritt wollte er mehr gehen und sich auch keine dummen Bemerkungen mehr anhören. Er blieb stehen und verschnaufte. Sein Blick fiel auf eine Hauswand, an der sich eine Kletterrose emporrankte. Ein gebeugtes Mütterchen stand davor und schnitt verholzte Zweige ab. Nun gut, sie sollte die Letzte sein, die er um Auskunft bat. Ohne sich etwas davon zu versprechen, ging er auf sie zu und stellte die Frage, die er schon hundertmal gestellt hatte.

Das Mütterchen legte den Kopf schief und äugte zu ihm empor. Es war runzlig wie eine Walnuss. »Eine Ziege mit abben Hörnern, jaaa … Eine Ziege mit abben Hörnern, jaaa …«

Lapidius räusperte sich. »Richtig, mit abgesägten Hörnern. Lasst Euch nur Zeit. Überlegt genau.«

»Jaaa. Jahaaa.« Die Alte kicherte. »Essis zu lustich, wie der Bock vom Nichterlein rumläuft, hihi!«

»Wollt Ihr damit sagen …?« Lapidius glaubte, sich verhört zu haben. »Ihr habt wirklich einen Bock ohne Hörner gesehen?«

»Hihi, jahaaa. Beim Hans Nichterlein, heut Morgen wars.«

Lapidius' Herz begann hart zu schlagen. »Wo wohnt dieser Nichterlein?«

Die knotige Hand der Alten zeigte auf ein bescheidenes

Haus ganz in der Nähe. »Da isses. Aber Nichterlein is nich da. Is noch nich vom Markt zurück. Verkauft Knöpfe, weil er doch Knopfmacher is. Isses wichtig mit dem Bock un den Hörnern?«

»Danke, äh … ja.« Lapidius war so froh über die Antwort, dass er dem Mütterchen ein Geldstück in die Hand drückte.

Wie sich herausstellte, war Nichterlein tatsächlich nicht im Haus, denn auf Lapidius' Klopfen hin meldete sich niemand. Er überlegte kurz und ging dann nach hinten auf den Hof, wo er einen altersschwachen Verschlag entdeckte. Die Tür war mit einem Vorreiber gesichert. Er drückte ihn nach oben und musste sich anschließend gehörig bücken, um hineinschlüpfen zu können. Als seine Augen sich an das Halbdunkel gewöhnt hatten, entdeckte er den Bock. Er stand mit zwei Ziegen in einer Ecke und kaute mit mahlenden Kiefern Stroh. Es war ein großer, kräftiger Bock, und er hatte – keine Hörner.

Lapidius wusste nicht, wie man mit Ziegen umging, deshalb näherte er sich dem Tier behutsam, dabei beruhigende Worte ausstoßend, die er eigentlich an sich selbst hätte richten müssen, denn das Herz schlug ihm bis zum Hals. Seine Vorsicht jedoch war unnötig. Der Bock ließ sich nicht aus der Ruhe bringen und kaute gemächlich weiter. »Zeig doch mal deine Hornstümpfe«, sagte Lapidius und fuhr mit der Hand über die beiden runden Flächen. »Ah, ich merke schon, an dir wurde herumgesägt, das trifft sich gut. Denn meine Hörner wurden ebenfalls abgesägt. Wollen doch mal sehen, ob sie passen.« Er wollte sie hervorholen, doch ein Laut ließ ihn herumschnellen.

In der Tür stand ein Mann. Er war von kleinem Wuchs, wirkte aber zu allem entschlossen, wie der schwere Knüppel in seiner Hand bewies. »Was habt Ihr hier verloren?«, knurrte er.

»Ich, äh …« Lapidius fiel darauf nichts Gescheites ein. Schließlich sagte er: »Seid Ihr Meister Nichterlein?«

»Allerdings.« Der Hausherr sprach mit überraschend tiefer Stimme. »Beantwortet meine Frage, oder ich lasse den

Stock auf Eurem Rücken tanzen!« So klein Nichterlein war, unter Selbstzweifeln litt er nicht.

Noch immer wusste Lapidius nicht, was er dem Mann antworten sollte. Schließlich konnte er ihn nicht einfach des Mordes an einer Unbekannten bezichtigen. »Nun, äh … Meister Nichterlein, Eure Erzeugnisse genießen einen ausgezeichneten Ruf, und da ich gerade ein paar neue Knöpfe brauche, schaute ich bei Euch vorbei. Ich klopfte und rief, aber Ihr schient nicht daheim zu sein. Nun, äh … ich wollte ganz sichergehen und habe deshalb auch hier im Verschlag nachgeschaut. Es hätte ja sein können, dass Ihr gerade Eure Ziegen füttert.«

»Wenn Ihr Knöpfe wollt, hättet Ihr nur zum Markt gehen müssen. Da stehe ich jeden Montag und Freitag.« Nichterlein klang schon halb besänftigt.

»Ich schätze den Markt nicht so sehr. Zu laut ist es dort, zu viel Trubel, wisst Ihr.«

»Hm, hm.« Nichterlein betrachtete im Zwielicht die Knöpfe an Lapidius' Wams. »Ihr braucht in der Tat ein paar neue. Kommt mit ins Haus, dort ist meine Werkstatt. Vielleicht habe ich passende zur Hand.«

»Ja, gern«, sagte Lapidius, der sich alles andere als neue Knöpfe wünschte.

Wenig später hielt der Meister ein Exemplar probehalber an. »Der hier würde passen, aber ich habe davon nicht genügend da.«

»Ach«, sagte Lapidius.

»Versuchen wir es mal mit diesem. Der ist hübsch. Meint Ihr nicht auch? Aber wie ich sehe, bin ich auch damit etwas knapp. Nehmt am besten den hier. Der ist reichlich da. Ihr habt doch nichts gegen Gelb?« Nichterlein hielt einen talergroßen mehrlagigen Seidenknopf hoch.

»Nein, nein.« Lapidius mochte nicht ablehnen, obwohl er sich gelbe Knöpfe auf seinem schwarzen Wams schwerlich vorstellen konnte. »Sagt, Meister, ist die Knopfform unter dem Stoff vielleicht aus Horn?«

»Aus Horn? Wie kommt Ihr darauf? Knopfformen werden aus Holz gemacht. Aus Eiche, Esche, Buche. Ich beziehe sie von einem Drechsler in Goslar. Am liebsten würde ich sie selber herstellen, aber Ihr wisst ja, wie streng die Zünfte sind.«

»Ja, ja«, sagte Lapidius.

Nichterlein hatte unterdessen sechzehn gelbe Seidenknöpfe abgezählt und in ein Tuch geschlagen. Er überreichte es Lapidius. »Geht damit zum Schneider. Es wird ihm ein Vergnügen sein, so schöne Knöpfe annähen zu dürfen.«

»Davon bin ich überzeugt«, sagte Lapidius und zahlte eine horrende Summe für Nichterleins Erzeugnisse. Er wurde den Gedanken nicht los, dass der Meister die Situation schamlos ausnutzte. Andererseits konnte man es ihm nicht verdenken, schließlich hatte er Lapidius wie einen Einbrecher ertappt. Aber nun galt es, dem Gespräch eine Wendung zu geben. Da ihm der zündende Gedanke für einen geschickten Übergang fehlte, fragte er rundheraus: »Wenn Ihr schon Eure Knöpfe nicht aus Horn fertigt, Meister, warum habt Ihr dem Bock dann die Hörner abgesägt?«

»Was?« Nichterleins Miene verfinsterte sich erneut. »Ihr wollt mich wohl auf den Arm nehmen?«

»Nein, nein, natürlich nicht.«

»Hört mal: Ich lasse gestern Morgen den Bock raus, und was sehe ich? Das Vieh hat keine Hörner mehr! Irgendein Hundsfott hat sie abgesägt. Warum, ist mir schleierhaft. Wenn ich den erwische! Ihr hättet die Nachbarn sehen sollen, totgelacht haben die sich. Besonders die alte Grete mit ihrem Rosenfimmel. Na, wer den Schaden hat, braucht für den Spott nicht zu sorgen.«

»Habt Ihr nichts von dem Frauenkopf gehört, der gestern in der Böttgergasse über einer Tür hing?«

»Dem Frauen…? Äh, ja, natürlich, die ganze Stadt redet doch davon! Warum?«

»Dann müsstet Ihr doch wissen, dass in der Stirn zwei …«, Lapidius machte eine bedeutungsvolle Pause, »Bockshörner steckten?«

»Zwei Bo…?« Nichterlein lachte plötzlich auf. »Ach ja, gewiss, das hatte ich ganz vergessen! Aber Ihr glaubt doch wohl nicht, dass die Hörner ausgerechnet von meinem Bock … hahaha! Nein, ich habe mit der Sache nichts zu tun. Nicht das Geringste. Will verdammt sein, dreimal verdammt, wenn es so ist!«

Lapidius gab sich verständnisvoll. »Ich glaube Euch ja. Aber wenn dem so ist, habt Ihr sicher nichts dagegen, dass ich es überprüfe.«

»Bitte sehr. Wenn Ihr es könnt.«

Lapidius zog die abgesägten Enden aus der Tasche.

Nichterlein bekam Stielaugen. Doch er fing sich rasch und begann zu Lapidius' Überraschung wie ein Rohrspatz zu schimpfen. »Deshalb also habt Ihr in meinem Stall herumgeschnüffelt! Von wegen Knöpfe kaufen! Ausspionieren wollte der feine Herr mich! Aber nicht mit Hans Nichterlein! Oder wart Ihr es vielleicht selbst, der dem Bock die Hörner abgemacht hat? Seid selbst der Mörder, was?« Urplötzlich hatte der Meister wieder den Knüppel in der Hand. »Fort aus meinem Haus, ehe ich den Büttel hole, fort!«

Der Peinlichkeit, Krabiehl unter diesen Umständen zu begegnen, wollte Lapidius unter allen Umständen entgehen. Deshalb gehorchte er. Aber in der Tür drehte er sich noch einmal um: »Sollten die Hörner passen, Meister Nichterlein, werde ich es herausfinden. Und dann werdet Ihr eine Menge Fragen zu beantworten haben. Mehr als Euch lieb ist.«

Täuschte er sich, oder hatte er beim Gehen Angst in des Meisters Augen aufblitzen sehen? Die Gasse hinunterschreitend und sich in Richtung Altenauer Eck orientierend, grübelte er über das Erlebte nach. Nichterlein war klein, gewiss, aber unerschrocken und wehrhaft – ungewöhnliche Eigenschaften bei einem Knopfmacher. Auch hatte er unsicher auf die Frage reagiert, ob er nichts von dem toten Frauenkopf gehört habe. Gut möglich also, dass die Hörner von seinem Bock stammten. Aber war er deshalb ein Mörder? Ein *Filius Satani*? Vielleicht hatte er die Hörner nur abgetrennt und einem anderen übergeben, und der hatte die Unbekannte getötet. Oder ein anderer hatte sie mit Nichterleins Wissen abgesägt und anschließend die Frau gemeuchelt. Oder, auch das war möglich, der Knopfmacher hatte mit alledem nichts zu tun, aber Angst, in den Mord hineingezogen zu werden. Lapidius merkte, wie seine Gedanken sich wieder einmal im Kreise drehten, und seufzte. Wenn man es genau nahm, hatte er nichts wirklich Greifbares dazugewonnen.

Nur sechzehn gelbe Seidenknöpfe.

Der Dritte Sohn des Teufels hatte den großen, hageren Mann, von dem er wusste, dass er Lapidius hieß, in Richtung Altenauer Eck gehen sehen. Nun musste er sich sputen, wenn das, was ihm vom Ersten Sohn des Teufels aufgetragen worden war, noch klappen sollte. Denn die Augen seines Meisters waren überall. Er hastete durch Parallelgassen, kam zum Eck und strebte von hier aus zu den Fischteichen, an deren Ufern einiges Gras wuchs. Das schnelle Laufen fiel ihm schwer, denn er zog den linken Fuß nach. Doch schließlich war er am Ziel: dem bescheidenen Holzhaus des Fischwächters. Aufmerksam spähte er nach allen Seiten. Nachdem er sicher war, dass keine Gefahr bestand, öffnete er den Stall und zog einen Ziegenbock hervor. Der Bock sträubte sich zunächst, doch als er das frisch sprießende Gras roch, ging er mit.

Der Dritte Sohn des Teufels band das Tier an einen Pfahl am Wasser, damit es sich nicht weiter entfernte. Dann verschwand er hinter einigen Weidenbüschen. Kaum hatte er seinen Posten bezogen, da erschien auch schon der große, hagere Mann. Er ging mit langen Schritten zur Hofgasse und schien tief in Gedanken versunken zu sein. Doch dann sah er den Bock. Und blieb wie angewurzelt stehen.

Der Dritte Sohn des Teufels freute sich, denn er wusste: Nun hatte er sich ein Lob verdient.

Lapidius wischte sich die Augen, aber das Bild vor ihm blieb: Er sah einen Ziegenbock, der keine Hörner trug. Einen zweiten! Im ersten Augenblick hatte er gedacht, es sei Nichterleins, aber dieser dort war kleiner und jünger.

Er trat auf das Tier zu, das friedlich an den Halmen zupfte. Kein Zweifel, auch seine Hornstümpfe zeigten Sägemerkmale. Er tastete in den Taschen nach den Hörnern, um wenigstens hier die Probe aufs Exempel zu machen, als plötzlich ein Mann mit rudernden Armen auf ihn zustürzte. Es war ein älterer, mit einer Fischschürze bekleideter Mann, und er rief: »Das ist mein Bock, Herr! Was habt Ihr mit ihm zu schaffen? Wie kommt Ihr überhaupt dazu, ihn aus dem Stall ... Ooohh!«

Der Alte hatte die Stümpfe entdeckt. Eine Verwandlung, ähnlich wie bei dem Knopfmacher, ging in ihm vor. »Ja, seid Ihr denn des Wahnsinns? Ihr müsst mir den Schaden ersetzen!«

»Ich habe nichts mit Eurem Bock angestellt.«

»Aber Ihr habt doch da an seinem Kopf herumgefummelt!«

Lapidius wollte seine Hörner hervorziehen, um zu erklären, was er beabsichtigt hatte, doch dann ließ er es bleiben. Wenn sie passten, würde kein Mensch der Welt ihm glauben, dass er sie nicht abgeschnitten hatte – am wenigsten der Alte. Und wenn sie nicht passten, was durchaus sein konnte, da es ja mittlerweile zwei Böcke mit kahlen Köpfen gab, würde er als jemand dastehen, der ein anderes Tier verunstaltet hatte. Welch eine Zwickmühle! »Ich kam nur zufällig vorbei und wunderte mich über den Anblick«, sagte Lapidius und wusste, wie unglaubwürdig seine Worte klangen. »Ich muss nun weiter.«

Rasch ging er fort, ohne auf die Proteste des Besitzers zu achten. Ein paar Schritte weiter schreckte er zusammen. Er hatte ein durchdringendes Meckern neben sich gehört. Es stammte von einem Ziegenbock ohne Hörner. Diesmal blieb er nicht stehen, sondern ging rasch weiter. Seine Erfahrungen mit Ziegenbock-Besitzern reichten ihm für heute. Langsam dämmerte es ihm: Wer auch immer den Frauenkopf mit den Hörnern präpariert hatte – er hatte damit gerechnet, dass Lapidius ihrer Herkunft nachgehen würde, und deshalb anderen Böcken ebenfalls die Hörner abgenommen. Verschleierung durch Vervielfältigung!

Auf seinem Weg in die Böttgergasse sah er noch zwei

weitere hornlose Böcke, und er fühlte es fast körperlich: Irgendwo in seiner Nähe war das Böse, das ihn zum Narren hielt. Hinter ihm, vor ihm, neben ihm. Das Böse, das nicht nur Freyja bedrohte, sondern auch ihn selbst. Und das Abgefeimte an der Bedrohung war, dass die Mörder sich niemals leibhaftig zeigten.

Doch halt! Woher hatten sie eigentlich wissen können, dass er ausgerechnet zu Nichterlein gehen würde? Er hatte es doch vorher selbst nicht geahnt? Darauf gab es nur eine Antwort: Sie hatten es nicht gewusst. Aber sie hatten viele Böcke präpariert. Und sie waren sicher gewesen: Irgendwo, bei irgendeinem Besitzer, würde er in Schwierigkeiten geraten. Ja, sie bedrohten ihn auf indirekte Art! Und sie durchschauten jeden seiner Gedankengänge.

Lapidius spürte die Hörner in seiner Tasche, und es war ihm, als wären sie glühendes Eisen. Er dachte, dass er sie am liebsten los wäre. Vielleicht sollte er sie Krabiehl geben, damit dieser weitere Nachforschungen anstellte, aber das verbot sich natürlich von selbst. Er hatte dem Büttel gesagt, er wisse nicht, wo der Frauenschädel sei, und weil das so war, konnte er jetzt schlecht mit den Hörnern zu ihm gehen.

Eine vertrackte Sache. Doch er hatte sie nun einmal begonnen, und er würde sie auch zu Ende führen.

Hammerschläge unterbrachen seine Gedanken. Er war vor seinem Nachbarhaus angekommen. Die Laute drangen aus Taufliebs Werkstatt. Tauflieb, der schroffe Mann. Auch er besaß einen Ziegenbock. Das Tier stand hinten auf dem Hof in einem Holzverschlag. Ob es ebenfalls hornlos war? Lapidius beschloss, das herauszufinden. Da ihm kein vernünftiger Grund einfiel, warum er den Schlossermeister bitten konnte, einen Blick auf seinen Bock werfen zu dürfen, versuchte er es so. Er schlich ums Haus herum und spähte durch eine Bretterritze in den Stall.

Der Bock war gesägt.

Lapidius hatte genug gesehen und wandte sich ab. Was bedeutete das? Dass Tauflieb zu den *Filii Satani* gehörte? Vielleicht ja. Vielleicht aber auch nein. Einer ganzen Reihe von Ziegenbesitzern waren die Tiere verunstaltet worden, und nicht jeder konnte ein Mörder sein. Zu ihnen mochte Tauflieb zählen. Oder auch nicht.

Mit diesen Überlegungen wollte Lapidius durch die Johannisbeersträucher auf seinen eigenen Hof hinüber schlüpfen, doch er hatte die Rechnung ohne den Bock gemacht. Der nämlich hatte gemerkt, dass etwas in seiner Umgebung nicht stimmte, und begann nun lauthals zu meckern. Schnell versuchte Lapidius zu entwischen. Doch nicht schnell genug.

»Was habt Ihr hier zu suchen?«, hörte er Taufliebs Stimme hinter sich.

»Ich bins nur«, erklärte Lapidius lahm.

»Ich sehe es. Und?« Der Meister schien keineswegs gewillt, seine Frage zurückzuziehen.

»Ich … äh, ich wollte Euch nur fragen, ob Ihr für das Schloss im Oberstock meines Hauses einen zweiten Schlüssel habt.«

Tauflieb verschränkte die Arme. »Nein, habe ich nicht. Wollt Ihr einen?«

»Äh … nein. Wenn ich es recht bedenke, brauche ich doch keinen. Nichts für ungut. Und einen schönen Tag noch.« Lapidius lachte verlegen, drehte sich um und schlüpfte zwischen den Sträuchern hindurch.

In seinem Rücken spürte er Taufliebs Blick.

Zwölfter Behandlungstag

Lapidius kam die Treppe aus dem Oberstock herab. Er hatte nach Freyja gesehen, die an diesem Morgen wieder von starken Gelenkschmerzen geplagt wurde. Auch die qualvollen Koliken waren erneut über sie hergefallen. Und zu allem Unglück hatte sie weiteres Haar verloren. Ganze Büschel waren in Lapidius' Fingern hängen geblieben, als er ihren Kopf angehoben hatte, um ihr den Weidenrindentrank einzuflößen. Er hoffte, die Arznei würde bald Wirkung zeigen. Wenn nicht, musste das braune Fläschchen mit dem Laudanum nochmals herhalten. Allerdings: Es barg nur noch wenig von dem helfenden Saft.

»Marthe! Marthe?« Er trat in die Küche. »Da bist du ja. Wie geht es deiner Mutter? Hat ihr das gebratene Brüstchen gestern gemundet?«

Die Magd war an diesem Tag wieder sehr verschlossen. Sie stand vor einem Bottich mit Wasser und spülte irdenes Geschirr. Endlich bequemte sie sich zu einem »Ja, Herr«.

Lapidius überging das unziemliche Benehmen. »Und was macht das Zipperlein? Plagt es die Mutter noch?«

»Ja, Herr, schlimm isses.«

»Dann solltest du nach ihr sehen. Gleich jetzt. Ich brauche dich heute Vormittag nicht.«

»Ja … aber, aber, ich hab noch nix gekocht.«

»Geh nur.« Lapidius schob die Magd mit sanfter Gewalt aus der Tür.

Wenig später war Marthe fort, und Lapidius hatte den Frauenschädel wieder hervorgeholt. Sein Zustand hatte sich nicht verschönert. Und sein Geruch auch nicht. Doch es half nichts, er musste die Untersuchung zu Ende führen. Schließlich konnte er den Kopf nicht für alle Zeiten in der

Vorratsgrube verwahren. Am besten, er würde ihn noch heute zu Krott bringen, in einem abgeschlossenen Kasten. Der Totengräber würde ein paar Kreuzer bekommen und den Kopf beerdigen. Ohne viel zu fragen.

Voller Ekel betrachtete Lapidius den Halsstumpf mit seinem Wirrwarr aus Knochen, Fleisch und getrocknetem Blut. Die Hautränder zeigten, dass der Schädel nicht abgeschlagen, sondern abgeschnitten worden war – wie bei Gunda Löbesam. Nun, das hatte er vermutet. Interessant würde sein, wie der Halswirbel durchtrennt worden war. Lapidius nahm den Knochen in Augenschein und entdeckte Sägespuren. Sägespuren wie bei den Ziegenböcken. Die *Filii Satani* ließen grüßen!

Grimmig untersuchte er den Kopf weiter, doch es fiel ihm nichts Nennenswertes mehr auf. Nur ein paar weiße punktartige Flecken im Fleisch des Stumpfs. Es waren Eipakete von Schmeißfliegen. Die Insekten mussten die Eier abgelegt haben, als der Kopf über seiner Tür gehangen hatte.

Lapidius' Sinne waren jetzt geschärft, und er entdeckte weitere winzige Eipakete. Sie versteckten sich in den inneren Augenwinkeln und in den Buchstaben auf der Stirn. Da er nicht wusste, ob die Maden noch schlüpfen würden, nahm er eine Pinzette und entfernte zur Sicherheit die Eier. Dann betrachtete er den Kopf noch einmal von allen Seiten. Mitleid und Wehmut bemächtigten sich seiner. Diese Frau hatte einmal gelacht, geliebt, gelebt wie jede andere auch, und jetzt war sie tot, ihr Antlitz leer, ihre Gesichtszüge entstellt. Unmenschlich sah sie aus mit den Löchern in ihrer Stirn.

Er überlegte, ob er die Hörner wieder einsetzen sollte, doch er unterließ es. Sie waren ein Fremdkörper und hatten in dem Antlitz nichts zu suchen. Wieder musterte er den Kopf, der ihm mittlerweile sehr vertraut war. »Ich werde dich noch nicht zu Krott schaffen«, murmelte er, »ich weiß nicht, warum, aber ich habe das bestimmte Gefühl, als würdest du noch ein Geheimnis bergen. Nimm deshalb vorerst noch einmal mit der Kühlgrube vorlieb.«

Nachdem Lapidius den Kopf fortgebracht hatte, sagte er sich, dass er von dem ewigen Kreislauf seiner Gedanken

Abstand gewinnen musste. Er ging ins Laboratorium, um sich weiter seinen alchemistischen Studien zu widmen. Da er in seinen Mitteln jetzt mehr als beschränkt war, musste er den Weg der Amalgamation verlassen und versuchen, auf andere Weise zum Ziel zu kommen.

Von den sieben hermetischen Prinzipien, die jedem Alchemisten bekannt waren, wollte er das dritte anwenden. Es besagte, dass nichts auf der Welt in Ruhe ist, sondern alles in Bewegung, also alles zu jeder Zeit schwingt. Die Veränderung der Schwingung, so hieß es weiter, brachte bei vielen Stoffen eine qualitative Verbesserung mit sich.

Da nun Gold eine höhere Schwingung als Quecksilber hatte, musste man das Hydrargyrium nur in entsprechende Bewegung versetzen, um das wertvollste aller Metalle zu gewinnen. Lapidius wusste, dass schon Generationen von Wissenschaftlern vor ihm diesen Weg gegangen waren und dass nur die wenigsten von ihnen Erfolg gehabt hatten. Doch der Versuch musste unternommen werden.

Von früheren Experimenten besaß er noch ein eisernes Rad mit Handkurbel. Betätigte man die Kurbel, wurde es in Drehung versetzt – ein einfacher Mechanismus, den er sich zunutze machen wollte. Im Verlaufe der nächsten Stunde brachte er hölzerne Kopfstücke auf der Felge des Rades an und befestigte darüber eine Holzplatte. Drehte er nun an der Kurbel, gab jedes Kopfstück einen winzigen Stoß an die Platte weiter. Als er so weit war, fühlte er eine tiefe Befriedigung, denn jetzt brauchte er nur noch ein gläsernes Gefäß mit Quecksilber auf der Platte zu fixieren, und der Versuch konnte beginnen.

Er nahm den bärenförmigen Alambic und gab eine kleine Menge flüssiges Hydrargyrium hinein. Dann betätigte er das Rad. Wie beabsichtigt, bekam der Alambic nun in regelmäßigen Abständen einen kleinen Anstoß. Das darin befindliche Quecksilber geriet in Bewegung.

Lapidius unterbrach seine Tätigkeit. Er wollte wissenschaftlich vorgehen. Das hieß, er musste die Anordnung des Experiments genau festhalten. Und natürlich die Variationen. Gottlob hatte sein Büchlein den Ansturm der Vandalen überlebt, so dass er die entsprechenden Eintragungen vornehmen konnte. Er schrieb mit spitzer Feder:

Pagina 20
Experimenta ad principium hermeticum III.
Variatio I –
Sonnabend, 23. Aprilis AD 1547

Außerdem brauchte er das Minutenglas. Er stellte es auf den Kopf und begann das Rad zu drehen. Gleichzeitig zählte er mit. Als die Minute verronnen war, hatte er achtundfünfzig Umdrehungen vorgenommen. Da auf der Felge des Rades insgesamt dreißig Kopfstücke saßen, hatte das Quecksilber in einer Minute achtundfünfzig mal dreißig, also eintausendsiebenhundertvierzig Schwingungsstöße erhalten.

Doch es hatte sich nicht verändert.

In der Folgezeit erhöhte und verlangsamte Lapidius die Umdrehungsgeschwindigkeit, änderte darüber hinaus die Drehdauer mehrmals und hielt alles peinlich genau fest. Bei der eintönigen Arbeit des Kurbelns glitten seine Gedanken immer wieder ab. Der Frauenkopf mit den beiden Hörnern stand ihm ständig vor Augen. Kein Zweifel: Da hatte jemand auf brutalste Weise deutlich machen wollen, dass Freyja einen Pakt mit dem Teufel eingegangen war – um sie erneut zu denunzieren und endgültig zu vernichten. Und ihn, Lapidius, gleich mit.

Gleichmäßig surrte das Rad weiter. Das Quecksilber schwang im Alambic hin und her … Wo hatte der Tod die Frau ereilt? Da gab es viele Möglichkeiten. Die wahrscheinlichste mochte sein, dass es in unmittelbarer Nähe seiner Haustür geschehen war, dem Ort, wo ihr Kopf gehangen hatte. Dies vorausgesetzt, war es nur logisch, dass auch der Bock, dessen Hörner verwendet worden waren, aus der nächsten Umgebung kam. Und ein solches Tier gab es: Taufliebs Bock.

Lapidius merkte nicht, dass er plötzlich viel zu schnell kurbelte. Tauflieb ein Mörder? Also doch! Je länger er darüber nachdachte, desto wahrscheinlicher kam es ihm vor. Alle Absonderlichkeiten des Mannes fielen ihm ein. Seine eigenbrötlerische Art, sein unhöfliches Wesen, sein Junggesellendasein und sein schwachköpfiger Hilfsmann Gorm. Gorm, den kein einziger Schlossermeister in Kirchrode hatte haben wollen – außer Tauflieb.

Mechanisch drehte Lapidius das Rad weiter. Wenn der Meister es getan hatte, wo war dann der Rumpf der Toten? Zu jedem Kopf gehörte ein Körper, und wenn alles mit rechten Dingen zugegangen war, musste dieser sich auffinden lassen. Befand auch er sich in unmittelbarer Nähe? Lapidius' Hand stockte. War er in Taufliebs Haus? Oder, welch unvorstellbarer Gedanke, gar in seinem eigenen?

Lapidius hatte keine Ruhe mehr. Nichts war ihm auf einmal gleichgültiger als das dritte hermetische Prinzip zur Gewinnung von Gold. Er würde das ganze Haus durchsuchen. Sofort. Jede Kammer, jeden Winkel, jede Ecke. Er würde das Unterste zuoberst kehren, und erst wenn er ganz sicher war, dass keine Leichenteile unter seinem Dach lagen, würde er wieder Frieden finden. Er sprang auf und setzte sein Vorhaben unverzüglich in die Tat um.

Doch so sehr er sich in den nächsten Stunden auch bemühte, er fand nichts. Nirgendwo.

Im Laufe der Zeit hatte sein Puls sich wieder normalisiert, und er konnte klarer denken. Wenn ein toter Körper in meinem Haus liegen würde, sagte er sich, dann hätte Krabiehl ihn vorgestern gewiss entdeckt. Warum bin ich nicht gleich darauf gekommen? Er beendete seine Nachforschungen und setzte sich, halbwegs beruhigt, wieder in sein Laboratorium.

»Ogottogott! Gehts Euch nich gut, Herr?« Marthe stand in der Tür. Sie war von ihrer Mutter zurück.

»Doch, doch. Ich habe nur etwas gesucht.«

»Was gesucht? Wars wichtich? So wie Ihr dreinkuckt, Herr, wars wichtich!«

»Nein, nein.« Lapidius wollte das Gespräch beenden. »Es hatte mit dem Frauenschädel zu tun.«

»Waaas? Ja, was issen mit dem? Die ganze Stadt zerreißt sichs Maul drüber. Wo is der überhaupt?«

Lapidius hätte sich selbst ohrfeigen können. Statt einfach

eine Ausrede zu erfinden, hatte er bei der Wahrheit bleiben wollen und auf diese Weise schlafende Hunde geweckt. »Mach dir darüber keine Sorgen. Der Büttel jedenfalls weiß es nicht.« Er stand auf und begann seine Versuchsanordnung fortzuräumen.

»Krabiehl? Nee, der weiß nix. Sonst hätt er mich nich gelöchert, wo der Kopp is, nich?«

»Ja, ja. Nun kümmere dich um das Essen.«

Doch Marthes Neugier war geweckt. Mit weiblicher Schläue fragte sie: »Vielleicht find ichs ja, Herr. Was isses denn? Sollich noch mal kucken?«

»Nein.«

»Wo habt Ihr denn gekuckt?«

»Überall. Nun mach dich an die Arbeit.«

»Ja, Herr. Neulich habich auch was gesucht, die große Kelle wars, die aus Kupfer, un nu ratet mal, wo ich die gefunden hab, inner Vorratsgrube wars, un ...«

Ein heißer Schrecken durchdrang Lapidius. Die törichte Magd brachte es fertig und stieg in sein Versteck hinab! »Los, nun ab mit dir, ich habe Hunger!«

»Ja, Herr. Ich mach Putterpommen, das geht fix.«

»Tu das nur.« Lapidius verfiel abermals ins Grübeln. Es war schwer, wenn nicht geradezu unmöglich, sich ein abschließendes Bild von Tauflieb zu machen. Vor ein paar Augenblicken war er noch sicher gewesen, in dem Schlossermeister einen der drei Söhne des Teufels entdeckt zu haben. Nun war er es wieder nicht.

Er zwang sich, noch einmal von vorne zu denken. Durch das F und das S auf der Stirn der toten Gunda Löbesam gab es eine Verbindung zu Freyja, die man auf diese Weise der Hexerei und des Mordes bezichtigen wollte. F und S hieß aber auch *Filii Satani*. Ob die Doppelbedeutung Absicht war, stand dahin. In jedem Fall war davon auszugehen, dass es die Söhne des Teufels gab und dass Freyja mit ihnen Kontakt gehabt hatte, auch wenn sie sich an Einzelheiten nicht erinnern konnte, da ihr Gedächtnis Lücken aufwies. Immerhin hatte sie sprechende Augen und Hände gesehen. Waren es Taufliebs Augen und Hände gewesen? Und, vielleicht noch wichtiger: Hatte Freyja des Schlossermeisters Stimme gehört?

An dieser Stelle blieb festzuhalten, dass Freyja nichts an Tauflieb wiedererkannt hatte, als dieser im Oberstock gewesen war, um das Schloss in die Türklappe zu setzen. Das sprach für den Meister. Und gegen Lapidius' Überlegungen. Andererseits durfte der schlechte Gesundheitszustand seiner Patientin nicht unberücksichtigt bleiben.

Lapidius' zermartertes Hirn kam zu einem Schluss: Wenn überhaupt, war Tauflieb nur einer von den drei Söhnen des Teufels.

Aber wer waren dann die beiden anderen?

Der Dritte Sohn des Teufels stand vor dem Bett der schwergewichtigen Frau. Er konnte nicht viel von ihr sehen, denn das Mondlicht, das durch ein schmales Fenster in die Kammer fiel, warf nur einen matten Schein auf ihre Massen. Dennoch erkannte er die Schlafende. Es war Auguste Koechlin. Die Bergmannsfrau lag ihm zugewandt, mit halb geöffnetem Mund, aus dem hin und wieder schmatzende Laute hervordrangen. Die Daunendecke, die ihren Leib verhüllte, war seitlich abgerutscht und gab den Blick auf eine nahezu entblößte Brust frei.

Der Dritte Sohn des Teufels spürte, wie es in seinen Lenden zu ziehen begann. Seine Hand schien ein Eigenleben zu bekommen, als sie sich vorstreckte, um die weißliche Wölbung zu betasten, doch im letzten Augenblick konnte er sie zurückziehen. Er war nicht gekommen, um sich an der Bergmannsfrau zu ergötzen.

Zusammen mit dem Zweiten Sohn des Teufels, der hinter ihm stand, hatte er einen Auftrag.

Einen sehr wichtigen Auftrag.

Walter Koechlin schlief schon seit Jahren nicht mehr im gemeinsamen Ehebett. Das hatte mehrere Gründe. Einer davon bestand darin, dass seine Frau der Fleischeslust nicht sonderlich zugetan war, jedenfalls die letzten Monate nicht. Ein zweiter war ihre Leibesfülle, die den Großteil des Lagers für sich beanspruchte, und ein dritter, sicherlich der wichtigste, war der Umstand, dass er ein schauerlicher Schnarcher war. Die Töne, die er beim Atmen in Mund und Rachen produzierte, waren so markerschütternd laut, dass sogar die Drusweiler von nebenan sich schon beschwert hatte.

Koechlin allerdings hörte davon nichts. Nur am Morgen fühlte er sich schlapp und unausgeschlafen, was daran lag, dass er nachts häufiger wach wurde, meistens, nachdem er geträumt hatte, er müsse ersticken – eine Folge der langen, qualvollen Atmungsaussetzer, die mit dem Schnarchen einhergingen.

In dieser Nacht war es wieder so. Koechlin rasselte und röchelte, rang nach Luft, schnappte wie ein Fisch auf dem Trockenen und wurde endlich, kurz vor dem Erstickungstod, wach. Sein Puls, durch die Luftknappheit alarmiert, raste. Er versuchte, ruhig zu atmen und wieder einzuschlafen. Doch da hörte er ein Geräusch. Es kam aus dem Nebenzimmer, in dem seine Frau schlief. Es war ein ungewohntes Geräusch, keineswegs eines, wie es zu den vertrauten der Nacht gehörte. Es klang, als habe ein Mann unterdrückt gehustet.

Voller Ahnungen erhob sich Koechlin. Es hatte in letzter Zeit Gerüchte in Kirchrode gegeben, die besagten, dass seine Auguste dem Büttel schöne Augen machte, aber er hatte darüber nur gelacht. Anfangs jedenfalls. Die Stimmen jedoch waren nicht verstummt, und mittlerweile war er soweit, dass er ihnen fast Glauben schenkte.

Er schlich zur angelehnten Tür und öffnete sie vorsichtig einen Spaltbreit. Nichts war zu sehen. Der Spalt musste vergrößert werden. Er tat es – und erstarrte. Der Leibhaftige stand vor ihm! Riesig im Mondlicht, mit Bockshörnern, Spitzbart und höhnischer Grimasse! Koechlin wollte um Hilfe rufen, aber sein Schrei erstarb unter einem furchtbaren Schlag. Er taumelte zur Seite, drehte sich um die eigene Achse und fiel mit dem Hinterkopf auf eine Tischecke. Von da aus sackte sein Körper zu Boden.

Doch das hatte er schon nicht mehr gespürt.

Er sollte nie wieder etwas spüren.

Als der Zweite Sohn des Teufels den aufgeschreckten Ehemann unschädlich machte, hatte der Dritte Sohn des Teufels nur kurz aufgeblickt. Er wusste, dass er sich auf seinen satanischen Bruder verlassen konnte. Nun wandte er sich wieder der Bergmannsfrau zu. Auguste Koechlin war durch den Lärm halb wach geworden, blinzelte kurzsichtig den dunklen Schatten vor ihr an und quäkte: »Wer … wer?«

»Pssssst«, machte der Dritte Sohn des Teufels, der sich in diesem Augenblick nicht mehr beherrschen konnte. Seine Hand stieß vor und umfasste die Brust der Bergmannsfrau, knetete sie, ertastete die Spitze und begann sie zu reiben. »Pssssst!«

Die Koechlin, anfangs stocksteif vor Angst, hielt jetzt ganz still. »Bist du es, Krabiehl?«

Der Dritte Sohn des Teufels rieb weiter und verstärkte seine Tätigkeit, bis es ihm kam und seine Hose feucht wurde. Dann ließ er von der Frau ab. »Nein«, sagte er und trat einen Schritt zurück, damit das Mondlicht voll auf ihn und den Zweiten Sohn des Teufels fallen konnte.

Die Koechlin stieß einen spitzen Schrei aus: »Jesus Christus! Die Bockshörnigen! Die Bockshörnigen!«

Der Dritte Sohn des Teufels kicherte unter seiner Maske. Der Erste Sohn des Teufels hatte wie immer Recht gehabt. Die Frau zitterte wie Espenlaub vor Angst. Sie würde fortan noch mehr tun, um ihnen erfolgreich zu dienen. »Der Erste Sohn des Teufels wollte, dass du uns leibhaftig siehst. Damit du merkst, wie ernst deine Lage ist.«

»Ja«, wimmerte die dicke Frau. In der Tat hatte sie ihre Auftraggeber noch nie zu Gesicht bekommen, nicht einmal damals im Wald, als die Stimmen von allen Seiten gekommen waren und ihr und der Drusweiler die Botschaft verkündet hatten. Die anderen Befehle waren über geheime Mitteilungen erfolgt, die sie nach dem Lesen sofort zu verbrennen hatte. Für den Fall der Verweigerung waren ihr sieben mal sieben Tode und das Höllenfeuer angedroht worden. Für tausend Jahre, tausend Fuß unter der Erde.

Wie groß war ihre Furcht damals gewesen! Und wie oft hatte sie verflucht, dass sie ein paar Worte lesen konnte!

Doch dann hatten sich die Verleumdungen als einträglich erwiesen. Sehr einträglich sogar. Für sie. Und ebenso für die Drusweiler. Beide hatten sie die Säckler angeschwärzt, sie der Hexerei geziehen und Geschichten von blutenden Axtstielen und gekochten Kinderfingern erfunden. Und fast hätte das die Kräuterhökerin schon auf den Scheiterhaufen gebracht. Wenn dieser Lapidius nicht gewesen wäre …

»Hat die Säckler sich inzwischen an ihre Zeit in den, äh … Bergen erinnert?«, fragte der Dritte Sohn des Teufels. Er beugte sich vor, so weit, dass die Maske direkt über der Koechlin schwebte.

»Ich … ich … nein, ich glaube nicht.«

Abermals fuhr die Hand zur Brust vor. Doch diesmal kniff sie unbarmherzig hinein.

»Autsch! Au, au, au … ich weiß es doch nicht. Wirklich nicht. Wir kommen nicht ran an die Hexe.«

Der Griff lockerte sich etwas. »Und was sagt Marthe? Ist sie bereit, mit uns zusammenzuarbeiten?«

»Sie sagt, die Säckler ist krank und braucht Pflege.«

»Mehr nicht? Redet sie nicht mit der Hexe?«

Die Koechlin versuchte, sich von der Hand, die ihre Brust umkrallte, zu befreien. Doch es war vergebens. »Sie sagt, nein. Sie sagt, sie hätte mit der Sache nichts zu tun.«

»Dann schüchtere sie ein. Drohe ihr. Es kann nicht sein, dass sie mit der Hexe unter einem Dach haust und nicht weiß, was diese spricht.«

»Ja … jahaaa.«

Langsam lockerte der Dritte Sohn des Teufels den Griff. Er tat es fast widerstrebend. »Setze alles daran, mehr herauszufinden. Es ist wichtig. Lebenswichtig. Auch für dich! Und denk daran: Wir kommen wieder.«

Er griff in sein Wams und förderte drei Münzen hervor, die er lässig auf die Daunendecke warf. »Das ist für dich. Verdiene es dir.« Ohne ein weiteres Wort machte der Dritte Sohn des Teufels kehrt, zog den Zweiten Sohn des Teufels mit sich und verließ hinkenden Schrittes das Haus.

Hinüber zu Maria Drusweiler.

Dreizehnter Behandlungstag

Da sein Bett nach dem Ansturm des Pöbels nur noch eine schiefe Liegefläche aufwies, hatte Lapidius die Nacht einmal mehr auf dem Lehnstuhl verbracht. Und auch wenn es sein Lieblingsstuhl war: Er hatte miserabel geschlafen.

Er stand auf und streckte sich. In der Küche war alles ruhig, Marthe hatte ihr Tagewerk noch nicht aufgenommen. Das kam ihm entgegen, denn so konnte er sich unbeobachtet am Waschzuber reinigen. Als er fertig war und sich angekleidet hatte, klopfte er an die Kammertür der Magd: »Marthe, bist du wach?«

Keine Antwort.

Ein ungutes Gefühl beschlich ihn. In den letzten Tagen war so viel geschehen, dass er bei jeder Gelegenheit schon die Flöhe husten hörte. Er klopfte abermals. »Marthe!«

»Ja doch, wassis?«, erscholl es von drinnen.

»Gott sei Dank, ich dachte schon, dir wäre etwas passiert.«

»Nee, nee. Hab doch die Schluckmadonna, Herr. Sollich mich eilen?«

»Nein, lass dir Zeit. Ich sehe derweil nach Freyja.«

Er nahm Wasser und Brühe vom Vortag und stapfte damit die Stufen empor. Vor der Türklappe setzte er beides ab und schloss auf. »Freyja?«

Sie lag in gekrümmter Haltung auf ihrer Strohmatratze, ihm den Rücken zukehrend. Er beugte sich hinab und fasste sie bei der Schulter. Erst jetzt hörte er ihr leises Wimmern.

»Freyja, Freyja, sage doch etwas.«

Sie fuhr herum, so plötzlich, dass er zurückschreckte. »Ich will nicht mehr, will nicht mehr! Halts nicht mehr aus!«

»Ja, aber du weißt doch …«

»Halts nicht mehr aus! Lasst mich raus, ich will raus, raus, raus, raus, raus …« Ihr Ausbruch ging in hemmungsloses Schluchzen über.

Lapidius war wie versteinert. Er kam sich vor wie der schlechteste Mensch auf Erden.

Und schon wieder flehte sie: »Helft mir! Lasst mich raus, bitte, bitte …«

Er fühlte Mitleid und Rührung und Hilflosigkeit zugleich. Er war schuld, dass sie dort lag. Er und kein anderer. Was sollte er nur sagen? »Was soll ich nur sagen?«, hörte er sich murmeln und wusste im selben Augenblick, dass seine Frage nicht mehr als eine Worthülse war.

Sie weinte weiter und kehrte ihm wieder den Rücken zu.

Da ging er hinunter und holte das Laudanum.

Als er mit dem Medikament zurück war, sah er, dass sie sich wund gelegen hatte. An der Unterkante der Schulterblätter zeigten sich deutlich rote Druckstellen. Sicher bereiteten sie ihr große Pein. Ebenso wie die Gelenke, das Gedärm und die Geschwüre im Mund. Er sagte: »Ich habe dir Laudanum gebracht, du weißt doch, die Tropfen aus dem braunen Fläschchen.«

Sie reagierte nicht, sondern stieß nur immerfort leise, wimmernde Laute aus.

Lapidius spürte, dass es so nicht weiterging. Er gab sich einen Ruck. »Heul noch lauter«, sagte er dann, hoffend, dass sein Ton die nötige Schärfe aufwies, »heul noch lauter, damit alle dich hören! Flenne der Welt etwas vor, damit sie weiß, wie dreckig es dir geht. Gib dich auf, bemitleide dich, ertrinke in deinen eigenen Tränen! Dann brauche ich das kostbare Laudanum nicht an dich zu verschwenden. Ich kann es fortkippen, verschenken oder verkaufen, denn ich benötige es nicht mehr.«

Das Wimmern verstärkte sich immer mehr. Lapidius dachte schon, er hätte alles verdorben, da endete es abrupt. Sie drehte sich ihm wieder zu. »Gebt es mir«, flüsterte sie.

»Ja, gut.« Er war so froh über ihre Worte, dass er sich beim Abzählen fast vertan hätte. Doch letztendlich waren es genau zehn Tropfen, die er ihr zugestand. Keinen mehr.

Heute war erst der dreizehnte Behandlungstag, und er wusste nicht, wie oft die segensreiche Arznei noch vonnöten sein würde. Ein guter Rest musste zurückbehalten werden.

Nachdem er ihr die Tropfen gegeben hatte, sagte er: »Zähle gemeinsam mit mir bis dreihundert. Du wirst sehen, dann geht es dir besser.« Sie taten es, und Lapidius vermerkte mit Genugtuung, wie die Beschäftigung sie mehr und mehr von den Beschwerden ablenkte.

Als sie fertig waren, sah sein geschultes Auge, dass ihr Körper sich entspannt hatte. Er jubelte insgeheim. »Nun, habe ich zu viel versprochen? Sind die Schmerzen fort?«

»Ja, leidlich.« Sie fuhr sich mit der Hand über die Augen.

»Großartig. Du, ich … ich habe es vorhin nicht so gemeint.«

Ein Lächeln huschte über ihr Gesicht. »Ich weiß.«

Lapidius zog sich die Truhe heran und begann Freyja mit Wasser und Brühe zu versorgen. Nachdem sie getrunken hatte, nahm er ihre Hand und prüfte den Austrocknungsgrad der Haut. »Du musst noch mehr Wasser trinken.« Er eilte hinab und brachte ihr einen weiteren Becher Brunnenwasser. Anschließend flößte er ihr den Rest der Brühe ein. Sie war kalt und fettig, aber Freyja versicherte, das sei halb so schlimm.

Dann machte er abermals die Faltenprobe. Diesmal fiel das Ergebnis zufrieden stellend aus. Freyja ließ die Hand ins Stroh zurücksinken, und er sagte wider besseres Wissen: »Weißt du, ich glaube, ich komme mit meinen Nachforschungen recht gut voran. Ich habe schon einen Verdächtigen, der hinter allem stehen könnte.« Er dachte an Tauflieb und wollte schon von seiner Vermutung sprechen, dass der Meister die beiden jungen Frauen getötet hatte, da fiel ihm ein, dass Freyja zwar von Gunda Löbesams Schicksal wusste, aber nichts von dem Frauenkopf über seiner Tür. Um sie zu schonen, hatte er kein Wort darüber verloren. Und auch Marthe hatte er gebeten, Stillschweigen zu bewahren.

Also sagte er: »Lass mich noch einmal zu deinen lückenhaften Erinnerungen kommen. Ich meine die Stunden oder

Tage, die dir im Gedächtnis fehlen. Du sprachst von Augen, deren Farbe du nicht erkennen konntest, von Händen, die wahrscheinlich Männerhände waren, und von einer Stimme, die fest und freundlich klang und dich an einen warmen, wundervollen Ort einlud. Dies, wenn ich mich recht entsinne, mehrere Male. Ich habe nun nachgedacht und bin zu dem Schluss gekommen, dass die Begegnung mit dem Unbekannten – oder besser: den Unbekannten, denn ich bin fast sicher, es waren drei –, dass diese Begegnung höchstwahrscheinlich in den Bergen stattfand, zumal du davon sprachst, später bergab gerannt zu sein. Das Problem nun ist: Kirchrode ist allseits von Gebirge umgeben. Die Suche nach dem Ort, an dem du aus dem, äh … Bann erwachtest, gleicht somit dem Forschen nach der Nadel im Heuhaufen. Dennoch ist der Ort von großer Wichtigkeit. Spuren, Beweise, Gegenstände könnten dort sichergestellt werden – Dinge, die mir helfen, die Täter zu entlarven. Versuche doch noch einmal, dich an Einzelheiten zu erinnern. An Begebenheiten, die vor dem Erwachen geschahen. Du erzähltest etwas von roten Tönen, die, glaube ich, ineinander verschwammen. War es nicht so, Freyja? Freyja …?«

Lapidius' Patientin war eingeschlummert. Das Laudanum hatte sie von den Schmerzen erlöst und in einen Erschöpfungsschlaf fallen lassen. Ihm war es recht. Er konnte seine Fragen auch später noch stellen. Jede Stunde, in der Freyja nicht litt, war eine gewonnene Stunde für sie. Er betrachtete ihre schmale Gestalt und stellte fest, dass die Hautflächen dringend neuer Quecksilberschmiere bedurften.

Er sperrte die Türklappe ab, klaubte die leeren Becher auf und stieg hinab in Marthes Reich. Die Magd stand am Tisch und bereitete Hasenpfeffer zu. Ein Sonntagsgericht und überdies eines von Lapidius' Lieblingsessen. »Freyja hat wunde Druckstellen am Rücken«, sagte er. »Nimm dafür die Salbe, die du auch deiner Mutter gegen das Zipperlein gibst. Und lege ein paar Kompressen auf.«

Marthe briet das Fleisch in einem eisernen Topf an. Sie nahm dazu Gänsefett. Es zischte gewaltig.

»Marthe!«

»Ja, Herr?«

»Hast du gehört, was ich gesagt habe?«

»Ja, Herr, ich tus gleich. Kannnich alles auf einmal.«

Das sah Lapidius ein. Auch wenn ihm, zum wiederholten Male, Marthes Ton als nicht angemessen erschien. »Und dann muss Kalkpulver auf die Geschwüre am Mund, und ein Diaphoretikum könnte auch nicht schaden, denn Freyja hat von mir viel Flüssigkeit bekommen. Das Wichtigste aber ist: Die Quecksilbersalbe muss erneuert werden.«

»Das Zeugs is alle, Herr.« Marthe schnitt Möhren, Zwiebeln und Äpfel klein.

Lapidius runzelte die Brauen. »Was? Schon? Nun gut, dann werde ich neues Unguentum herstellen. Erledige aber vorab schon die anderen Arbeiten.«

Wie sich nach dem Mittagsmahl zeigte, welches im Übrigen vorzüglich mundete, war das leichter gesagt als getan. Denn Lapidius besaß kein iodiertes Quecksilber mehr. So musste er nach alter Väter Sitte vorgehen und zunächst reines Hydrargyrium gewinnen, bevor er das Unguentum anmischen konnte. Das Unterfangen war nicht unkompliziert, und es kostete ihn mehrere Stunden intensiver Arbeit. Er begann damit, dass er einen eisernen Dreifuß mitten auf den Hof stellte. Der stabile Ring diente als Halterung für einen großen irdenen Topf, den Lapidius aus dem Schuppen hinter seinem Haus hervorholte. Dann schritt er zu der Truhe mit den Gesteinen und entnahm ihr einige dicke Brocken besten spanischen Zinnobers. Die tat er in den Topf. Anschließend gab er aus dem Athanor zwei Finger hoch Asche hinzu, die er mit einem runden Buchenscheit kräftig feststampfte. Damit war der erste Teil der Arbeit geschafft.

Lapidius gönnte sich eine Verschnaufpause und ging die Böttgergasse hinauf bis zu der Stelle, wo ein neues Fachwerkhaus entstand. Hier bat er den Bauherren um einen halben Eimer Lehm.

Auf seinen Hof zurückgekehrt, nahm er einen zweiten

Topf, dessen Öffnung um ein Geringes kleiner war, und setzte ihn über den ersten, gerade so, dass Öffnung auf Öffnung saß. Anschließend dichtete er die Verbindungsstelle sorgfältig mit Lehm ab. Nun schichtete er unter dem Dreifuß leichtes Anmachholz auf und entzündete es. Mit einem Blasebalg brachte er alsbald ein prasselndes Feuer zustande – wobei er seinem Herrgott dankte, dass es nicht regnete.

Mehrfach legte er Scheite nach, denn er wusste, es brauchte seine Zeit, bis das Zinnober das Hydrargyrium aushauchte, welches, durch die Asche hindurchdringend, in den oberen Topf wanderte. Von dort würde es sich, wenn alles gut ging, zu Kügelchen vereinigt auf der Asche des unteren Topfes niederschlagen.

Und es gelang. Ein Gefühl des Triumphes durchströmte ihn, als er die Kügelchen aus reinem Quecksilber in der Asche blitzen sah. Sie jetzt noch zu verwaschen war nicht mehr schwer. Er hatte schon immer gewusst, wie Hydrargyrium hergestellt werden musste, aber niemals zuvor war es von ihm versucht worden.

Die restlichen Schritte zur Gewinnung des Unguentums nahm er in seinem Laboratorium vor: Mit Hilfe des Athanors erhitzte er das Hydrargyrium dergestalt, dass rotes kristallines Quecksilberoxid entstand. Von ihm wusste er, dass es sich, ähnlich wie iodiertes Quecksilber, mit Wollfett zu einer Salbe verkneten ließ. Und: dass es zur Syphilisbehandlung taugte.

Als er die Schmiere fertig hatte, ging er hinaus auf den Hof und wusch sich am Brunnen die Hände. Dann, wieder ins Haus zurückkehrend, rief er nach Marthe.

»Wassis, Herr?«

»Das neue Unguentum ist bereit. Reibe Freyja damit ein.«

»Ich wollt grad zur Mutter, Herr.«

»Nun gut, dann verschwinde in Gottes Namen. Aber bleib nicht zu lange. Die Kräfte des Quecksilbers müssen ständig präsent sein und durch die Haut eindringen.«

»Is gut, Herr.« Marthe eilte davon.

Lapidius, von der körperlichen Arbeit erschöpft, setzte sich auf seinen Lieblingsstuhl. Die hergestellte Menge Quecksilberschmiere würde bis zum Behandlungsende reichen und, so Gott wollte, dazu beitragen, Freyja gesund werden zu lassen. Die Frage war nur, ob ihr das noch viel nützte, wenn Richter Meckel und seine Schöffen sie zum Feuertod verurteilten. Schon deshalb musste Freyjas Unschuld bewiesen werden, und das zweifelsfrei.

Der Frauenschädel, so viel stand fest, hatte ihn nicht wie erhofft weitergebracht. Zwar war er sich sehr klug vorgekommen, als er glaubte, die abgesägten Hörner und der dazugehörige Ziegenbock würden ihn wie von selbst zu den Mördern führen, doch die Wirklichkeit hatte ihn eines Besseren belehrt. Denn der Bock, selbst wenn er den richtigen ausfindig machte, war als Hinweis wertlos. Sein Besitzer musste nicht zwangsläufig der Mörder sein; jeder andere konnte die Hörner bei Nacht und Nebel abgesägt haben. Und selbst wenn der Besitzer es getan hatte, musste ihm das erst noch bewiesen werden. Was angesichts der zahlreichen hornlos herumlaufenden Böcke praktisch unmöglich war.

In jedem Fall, überlegte Lapidius weiter, war einiges Geschick erforderlich gewesen, um die Hörner im Schädel zu verankern. Geschick und Werkzeuge. Nicht nur eine Säge, sondern auch ein Bohrer. Ein großer Bohrer, um die Löcher für die Hörner zu schneiden. Ihm lief ein Schauer über den Rücken, als er sich vorstellte, wie ein solches Gerät in das Stirnbein der Toten gedrungen war. Doch halt! Der Bohrer! Konnte er nicht eine Fährte sein?

Lapidius sprang vor Erregung auf. Natürlich! Nicht jeder in Kirchrode besaß ein derartiges Werkzeug. Wenn man es genau nahm, sogar nur ganz wenige. Handwerker zum Beispiel, wie Zimmerer, Schmiede und Schlosser.

Er setzte sich wieder und ordnete seine Gedanken. Er dachte an seine Niederlage bei den Ziegenböcken und wollte denselben Fehler nicht noch einmal begehen. Vorausgesetzt, er fand bei verschiedenen Handwerkern einen passenden Bohrer vor, so kamen sie alle als Täter in Betracht – ähnlich wie die Besitzer der gesägten Böcke. Also eine Sackgasse? Ja. Er grübelte weiter. Wenn aber der Bohrer nun Spuren aufwies? Blutspuren? Hautreste? Dann sah die Sache schon anders aus. Lapidius blickte nach draußen. Seiner Schätzung nach würde es mindestens noch drei Stunden hell sein. Zeit genug, um die in Frage kommenden Meister aufzusuchen.

»Dassis doch fix gegangen, nich, Herr?« Marthe stand in der Tür, rosig im Gesicht und einen Schwall kühler Luft mit sich bringend. »Die Mutter lässt auch grüßen.«

»Danke.« Lapidius kam eine Idee. Er fragte die Magd nach den Namen der ansässigen Zimmerer, Schmiede und Schlosser und den Gassen, wo sie ihre Werkstatt betrieben.

»Wassolln das, Herr?«

»Frag nicht so viel. Antworte mir einfach.« Lapidius, in Ermangelung eines anderen Stück Papiers, griff zu seinem Büchlein und schlug eine leere Seite auf.

»Ja doch, ja, Herr.« Marthe begann unter vielerlei Stirnrunzeln ihre Aufzählung, und Lapidius schrieb jede ihrer Angaben genau mit. Am Ende hatte er neun Namen festgehalten; Namen von wohl angesehenen Meistern, die allesamt in nicht allzu großer Entfernung wohnten.

»Danke, Marthe.« Lapidius steckte das Büchlein ein, ging in die Diele hinaus und schlüpfte in seinen Mantel. »Ich bin zum Abendessen zurück.«

Die Magd rief hinterher: »Aber wassolln das mit den Meistern, Herr? Is was kaputt?«

»Ich sagte schon: Frag nicht so viel! Reibe lieber Freyja mit der Quecksilberschmiere ein. Den Schlüssel zur Krankenkammer hast du ja wohl noch. Und sorge dafür, dass keine Spinnen im Gebälk sind.«

Lapidius warf die Tür hinter sich zu. Als er auf die Gasse trat, fiel ihm ein, dass Sonntag war und er irgendeinen Vorwand brauchte, um die Meister aufsuchen zu können. Ein plausibler Grund musste her. Richtig: Die eiserne Halterung, die den unteren Topf getragen hatte – die stand noch auf dem Hof und hatte einen abgeknickten Fuß. Nichts, was die Funktion beeinträchtigte, aber den Schaden zu beheben bedurfte es eines Schraubstocks und eines schweren Hammers. Lapidius, der eine weitere Begegnung mit Marthe vermeiden wollte, ging außen um das Haus herum und holte den Dreifuß. Das Ding war schwer, weshalb er den Arm durch den Ring steckte und es sich auf die Schulter packte.

Der erste Handwerker, den er aufsuchte, war Anton Ehlers, seines Zeichens Neberschmied. Ehlers, ein Witwer, dem die Frau vor Jahren an Brustfraß gestorben war, machte gerade ein Nachmittagsnickerchen, als Lapidius mit seinem Anliegen erschien. Hilfsbereit wie er war, winkte er ihn sogleich in seine Werkstatt. »Früher hab ich so was mit der Hand zurückgebogen«, lachte er dröhnend, »aber der Zahn der Zeit nagt an uns allen. Gebt mal her.« Ehlers nahm den Dreifuß und betrachtete ihn genauer. »Ja, der muss eingespannt werden, anders ist er nicht zu richten.«

»Das dachte ich mir«, sagte Lapidius, der an alles Mögliche gedacht hatte, nur nicht daran. Rasch ließ er seinen Blick durch die Werkstatt schweifen, vorbei an Amboss und Esse und Abzug, hin zu den Werkzeugen, die an der Wand hingen. Als Neberschmied war es Ehlers' Aufgabe, Stangenbohrer herzustellen, und folgerichtig besaß er eine Menge davon. Einige mochten die Stärke eines Ziegenhorns haben. Doch wirkten sie neu und unbenutzt.

»Zwei, drei Schläge«, sagte Ehlers.

»Äh … wie meintet Ihr?«

»Zwei, drei Schläge«, wiederholte der Meister, »höchstens, dann ist der Fuß wieder gerade. Aber heute mach ichs nicht. Denn wie sagt unser Pfarrer Vierbusch immer? ›Du sollst den Sonntag heiligen‹, und ich finde, da hat er ausnahmsweise mal Recht.«

»Sicher, sicher.« Lapidius spähte nach weiteren Bohrern, konnte aber keine entdecken.

»Lasst den Dreifuß nur da. Kommt morgen wieder, dann ist er wie neu. Gottlob gibts ja noch keine Dreifußschmiede, so dass ich ihn Euch machen darf. Früher, sag ich Euch, durfte ein Schmied alles anfertigen, vom Nagel bis zur Pflugschar. Heute muss es für jeden Furz einen Extra-Schmied geben, was?« Wieder lachte der Meister dröhnend.

»Ja … ja.« Lapidius quälte sich ein Lächeln ab. Er hatte ganz vergessen, dass er auf keinen Fall den Dreifuß zurücklassen durfte, schließlich brauchte er ihn, um bei den anderen Meistern vorsprechen zu können. »Äh … mir fällt gerade ein, dass ich die Halterung heute noch für ein Experiment brauche, äh … Ihr wisst vielleicht, dass ich Wissenschaftler bin?«

»Ja, ja. Nun ja. Dann nehmt das Teil wieder mit. Und habt Verständnis dafür, dass ich Euch heut nicht helfen kann.« Ehlers spannte den Dreifuß wieder aus.

Hastig sagte Lapidius: »Ich danke Euch. Ich will sehen, dass ich morgen vorbeischauen kann.«

Als er wieder auf der Straße stand, ahnte er, dass er an diesem Tag noch öfter in Erklärungsnot kommen würde. Und er behielt Recht. Die Meister waren zwar durchweg hilfsbereit, trotz des Sonntags, wunderten sich aber regelmäßig, dass Lapidius den Dreifuß am Ende nicht aus der Hand geben wollte.

Er schalt sich selbst dafür. Ich renne mir die Hacken ab, schleppe das schwere Teil auf der Schulter und mache in jeder Hinsicht eine schlechte Figur!, sagte er sich ein ums andere Mal. Ich hätte eine Skizze von irgendeinem Kasten machen und damit zu den Meistern gehen sollen. Ich hätte sie fragen sollen, ob sie mir so etwas bauen können, und sie hätten Ja oder Nein gesagt. Derweil hätte ich mich in Ruhe umgesehen. Hätte der Mann mit Ja geantwortet, hätte ich gesagt, ich wolle noch einmal über den Preis nachdenken, hätte er mit Nein geantwortet, hätte ich sowieso gehen können. Stattdessen schleppe ich einen Dreifuß auf der Schulter und mache mich vor den Leuten zum Packesel!

Lapidius hielt an, um Luft zu schöpfen, und stellte die Halterung ab. Immerhin hatte er acht der neun Meister besucht, und drei von ihnen – Ehlers sowie ein Zimmerer namens Hartmann und ein Schlosser namens Voigt – verfügten über einen entsprechend starken Bohrer. Der letzte Name in seinem Büchlein war Tauflieb.

Mit dem Besuch bei dem grantigen Meister stand Lapidius etwas bevor, dennoch schulterte er den Dreifuß erneut und schritt wieder aus. Kurz darauf stand er vor der Tür seines Nachbarn und klopfte.

»Ja?«, war alles, was Tauflieb hervorquetschte, als er Lapidius öffnete. Er stand in Unterhemd, Hose und Pantoffeln in der Tür. Von besserer Kleidung, um den Sonntag zu heiligen, schien er nichts zu halten.

Lapidius brachte sein Anliegen vor, diesmal unbeschwerter, da es nun egal war, ob der Meister den Dreifuß bei sich behielt oder nicht.

»Und wegen so was kommt Ihr am Sonntag?«, grunzte Tauflieb, als er in die Werkstatt voranging.

»Nun, äh … ich bin, wie Euch bekannt ist, Wissenschaftler und gerade dabei …«

»Jaja, ich frage mich nur, warum Ihr den Dreifuß in der Gegend spazieren tragt, statt gleich damit zu mir zu kommen.«

»Äh … wie?«

»Ihr seid mit dem Ding doch die Gasse raufgekommen. Hab Euch gesehen.«

Lapidius fiel darauf nichts ein. Schließlich sagte er: »Könnt Ihr den Fuß richten?«

Tauflieb knurrte nur. Er hatte die Halterung bereits zwischen die Backen eines Schraubstocks gespannt. Nun bearbeitete er den Fuß mit einem Fäustel. Lapidius nutzte die Gelegenheit, um sich rasch umzublicken. Der Meister war zwar einer der Unfreundlichsten im Lande, aber in seiner Werkstatt herrschte Ordnung, das musste man ihm lassen. Über der Werkbank stand ein in roten Buchstaben abgefasster Spruch:

Jedwedes Ding bey seynem Orth
Ersparet Arbeith, Zeit und Wort.

In der Tat waren die Tauflieb'schen Werkzeuge wie die Soldaten auf Tischen und an Wänden ausgerichtet, tadellos in Schuss und der Größe nach geordnet. Deshalb brauchte Lapidius nicht lange, um den starken Bohrer zu entdecken, der ihm gegenüber von einem Bord herabhing. Er ging hinüber und betrachtete das Stück näher. Es wog schwer in der Hand, und an seiner Spitze befand sich eine dunkle, krustige Verfärbung, die da nicht hingehörte. Blut?

Des Meisters Stimme klang scharf herüber: »Lasst das!«

»Verzeiht, ich wollte nur …«

»Gutes Werkzeug gehört nicht in Laienhände.« Tauflieb nahm Lapidius den Bohrer aus der Hand und hängte ihn an seinen Platz zurück. »Nehmt lieber Euren Dreifuß, ich habe ihn gerichtet.«

»Äh … danke.« Verdattert durch die Abfuhr nahm Lapidius die Halterung entgegen und empfahl sich. Als er aus der Tür ging, hörte er den Meister etwas grummeln, es klang wie:

»Als ob das nicht bis morgen Zeit gehabt hätte.«

Irgendwo bellte hartnäckig ein Hund, als Lapidius zu nächtlicher Stunde in Taufliebs Haus einbrach. Er hatte lange überlegt, ob er diesen ungesetzlichen Schritt wagen sollte, aber schließlich keine andere Möglichkeit gesehen, um an den Bohrer heranzukommen. Das Werkzeug, wenn an ihm wirklich Blut klebte, konnte den Meister überführen, und nur das zählte.

Lapidius hielt eine abgedeckte Laterne in der Hand, von der er hoffte, sie würde ihm genügend Licht spenden. Denn er brauchte nicht nur den Bohrer, er wollte auch den Körper zum Kopf der toten Frau finden. Beides, da war er sicher, würde zu einer Verhaftung des Meisters ausreichen. Und dann wäre Freyja gerettet.

Das Eindringen durch die hintere Tür erwies sich als lächerlich einfach. Sie war nicht verschlossen, und Tauflieb als gewissenhafter Handwerker hatte die Scharniere so gut geölt, dass sie nicht quietschten. Dennoch schlug Lapidius das Herz bis zum Hals, als er sich behutsam zur Werkstatt vortastete. Seine Ängste erwiesen sich als unbegründet. Das Haus strahlte tiefen Frieden aus; alles schien fest zu schlafen. Selbst der Hund, der in der Ferne gebellt hatte, war verstummt.

Und da hing der Bohrer auch schon. Lapidius packte ihn

an den Griffen und schob ihn sich wie ein Messer unter den Gürtel. Allerdings war er größer, bald zwei Fuß lang, und entsprechend schwer und sperrig. Durch den ersten raschen Erfolg beflügelt, begann Lapidius sich umzusehen. Wenn der Frauenkopf hier mit Hörnern versehen worden war, lag es nahe, dass auch der dazugehörige Rumpf sich in der Nähe befand. Aber wo? Ein mannshoher Schrank lud förmlich zu einer Untersuchung ein. Doch er enthielt nur Schaufeln und Besen – Gerät, das im Winter zum Schneeschippen gebraucht wurde.

Ähnlich erging es Lapidius mit einer Abstellkammer und einer Abseite. Konzentriert suchte er weiter. Er fühlte sich mittlerweile sicherer und bewegte sich schnell und lautlos. Neben der eigentlichen Werkstatt, so fand er heraus, lag eine weitere von geringerer Größe. Hier sah er sich besonders sorgfältig um, denn der Raum war ihm unbekannt. Er enthielt ebenfalls eine Werkbank, dazu verschiedenes Schlosserwerkzeug. Es gab noch eine weitere Bank mit kleinem Schraubstock, und fast hätte Lapidius einen Pfiff ausgestoßen, als er gewahr wurde, was an dieser Stelle gefertigt wurde: Es waren Radschlösser für Pistolen und Musketen. Tauflieb war also, wie viele seiner Zunft, nicht nur Schlosser, sondern auch Schlossmacher.

Dass Lapidius' Feststellung richtig war, unterstrichen mehrere Halterungen, in denen Musketen senkrecht stehend aufbewahrt wurden. In einer Ecke befand sich etwas Sonderbares. Ein Fremdkörper in einer Werkstatt wie dieser. Es handelte sich um ein Exemplar der riesigen Erntekörbe, wie Lapidius sie bei der schiefen Jule gesehen hatte. Der Korb reichte ihm bis zur Schulter, was beachtlich war, denn Lapidius maß nahezu sechs Fuß. Allerdings enthielt er nichts.

Lapidius ließ von dem ungewöhnlichen Gegenstand ab und setzte seine Suche nach dem Frauenrumpf fort. Er kam in einen weiteren Raum und stellte fest, dass es die Küche war. Sie sah anders aus als Marthes Reich und wirkte kaum benutzt. Wahrscheinlich, weil keine Frau im Haus war. Doch auch hier gab es einen Stollenschrank, einen Tisch, Borde und Regale. Ob es auch eine Vorratsgrube gab?

Mit unendlicher Vorsicht hob Lapidius den Küchentisch an und setzte ihn an die Wand neben die Feuerstelle. Dann leuchtete er die Dielen ab. Und tatsächlich: Eine Tür war in den Boden eingelassen. Da befand sich auch schon der Griff. Bevor Lapidius daran zog, lauschte er noch einmal angespannt, doch das Haus vermittelte nach wie vor den Eindruck tiefster Ruhe.

Ihm fiel ein, dass dies der Ort war, an dem noch am ehesten der gesuchte Körper verwahrt werden konnte – nicht umsonst hielt auch er den Frauenkopf bei sich im Erdreich versteckt –, und zog die Tür nach oben. Er musste es langsam tun und häufig Halt machen, denn diese Scharniere schien Taufliеb in seinem Pflegebedürfnis übersehen zu haben. Immer wieder knarrten sie leise, aber endlich war es geschafft. Lapidius öffnete die Tür weiter als einen rechten Winkel und lehnte sie an den Küchentisch.

Dann, mit pochendem Puls, ließ er sich auf die Knie nieder und leuchtete in das Erdloch hinein. Was er sah, waren Spinnweben und einige alte Töpfe. Wasser hatte sich an den Stützpfeilern niedergeschlagen, winzige Tröpfchen, die im Schein seiner Laterne wie Diamanten glitzerten. Und sonst sah Lapidius – nichts.

Noch einmal leuchtete er alles ab und erhob sich dann enttäuscht. Gerade wollte er die Tür wieder herablassen, da bellte der Hund erneut. Seine angespannten Nerven ließen ihn herumfahren. Und dann geschah es: Durch die Bewegung schlug die Bohrerspitze gegen die Tür, die dadurch ihres Halts beraubt wurde, herabfiel und krachend in den Boden sauste. Mit einem Aufschrei sprang Lapidius zurück und geriet an den Stollenschrank. Der kam ins Wanken. Große und kleine Teller, Krüge und Kannen lösten sich aus den Halterungen und polterten zu Boden. Ein infernalischer Lärm erfüllte das gesamte Haus.

Lapidius machte, dass er fortkam. Er eilte zurück in die kleine Werkstatt und von da aus in die große, hetzte nach draußen und hörte hinter sich Taufliebs Stimme:

»Halt! Halt! Haltet den Dieb! Warte nur, Spitzbube, ich komme! Haaalt!«

Lapidius war schon bei den Johannisbeersträuchern und glaubte sich in Sicherheit, als ihm einfiel, dass Tauflieb ihn sofort erkennen würde, wenn er zu seinem Hof hinüberlief. Es blieb ihm deshalb nichts anderes übrig, als sich tief ins Gesträuch zu hocken. Er schickte ein Stoßgebet zum Himmel, dass der Meister ihn nicht entdecken möge, und wagte kaum zu atmen.

»Wo bist du, du Halunke?« Tauflieb erschien auf der Schwelle, wild um sich blickend, doch nichts erkennend, denn es leuchtete nur ein schwacher Mond. Er hielt einen Feuerhaken in der Hand, der einen Ochsen hätte fällen können. »Wo bist du, du Hundsfott? Komm zurück, wenn du kein Feigling bist!«

Lapidius dachte nicht daran.

Der Meister beruhigte sich langsam. Offenbar dämmerte es ihm, dass auch für ihn die Situation nicht ganz ungefährlich war, denn er bewegte sich nun vorsichtig, schritt auf dem Hof herum und schaute in alle Ecken und Winkel.

Lapidius dankte dem Herrgott, dass Tauflieb keine Laterne dabeihatte und dass seine eigene von selbst verloschen war.

»Wenn ich den erwische«, hörte er den Meister, dessen Schritte sich bedrohlich näherten, »Hackfleisch mache ich aus dem! Zu dumm, dass Gorm nicht im Haus ist. Zu dumm, zu dumm! Wo steckt der Junge bloß wieder? Mitten in der Nacht? Nichtsnutz, der!«

Tauflieb stand jetzt so nah bei Lapidius, dass dieser ihn ohne Probleme ins Bein hätte zwicken können, was natürlich Unsinn war, aber für einen Augenblick überlegte er ernsthaft, ob er den Meister zu Fall bringen sollte, um ihm danach kräftig eins überzuziehen. Dann wäre Zeit genug zur Flucht. Doch Lapidius wusste: Er war nicht in der Lage zu solch gewalttätigen Handlungen.

»Ich werde noch ein Weilchen hier warten«, sprach Tauflieb noch immer wütend zu sich selbst. »Manchmal kommt der Dieb an die Stelle zurück, wo er was klauen wollte. Na, der kann was erleben! Dass Gorm auch nicht da ist. Der würde leicht fertig mit dem Halunken …«

Es dauerte eine gute halbe Stunde, bis der Meister endlich aufgab und sich brummend in sein Haus zurückzog. Lapidius fielen Mühlsteine vom Herzen. Er hätte es keinen Augenblick länger ausgehalten. Die Beine waren ihm eingeschlafen, ihn fror gottsjämmerlich, und zu allem Übel plagte ihn ein Niesreiz, den er nur unter Aufbietung sämtlicher Kräfte unterdrücken konnte.

Aber nun war alles überstanden.

Und er hatte den Bohrer.

Vierzehnter Behandlungstag

Die Glocken von St. Gabriel hatten schon zur Mitternacht geläutet, als Lapidius auf leisen Sohlen sein Haus betrat. Er bewegte sich ähnlich geräuschlos wie in Taufliebs Werkstatt, denn er wollte Marthe nicht wecken. Die Magd brauchte von seiner nächtlichen Exkursion nichts zu wissen.

Sein Laboratorium betretend, nahm er sich vor, sie auch an diesem Morgen wieder fortzuschicken, damit er den Bohrer in Ruhe untersuchen konnte. Ob das Werkzeug ihn zu den Mördern führen würde? Lapidius unterdrückte einen Seufzer. Es wurde höchste Zeit, den Geheimnissen um Freyja auf den Grund zu gehen.

Das kalte Stück Stahl an seiner Seite klirrte leise. Er lockerte den Gürtel und zog den Bohrer heraus. Wohin damit? Die Vorratsgrube kam nicht in Frage; fürs Erste hatte er genug von sperrigen, herabkrachenden Bodentüren. Am besten, er bewahrte das Stück an einem Ort auf, wo Marthe nicht Staub wischte. Er überlegte rasch, dann hatte er es. Unter seinem Experimentiertisch befanden sich mehrere Klemmen, die er einst für einen Versuch hatte anbringen lassen. Nun kamen sie ihm ein weiteres Mal zustatten, denn er konnte sie nutzen, um den Bohrer unsichtbar unter der Platte zu befestigen.

Als dies getan war, beschloss er, sich zur Ruhe zu begeben, was nichts anderes bedeutete, als dass er wieder einmal auf seinem Lieblingsstuhl Platz nehmen musste, um den Rest der Nacht sitzend zu verbringen. Er hoffte, er würde nach all den Anstrengungen übergangslos einschlafen können, doch das Gegenteil war der Fall. Er fühlte sich wach wie selten. Das Mysterium um Freyja ließ ihn nicht los. Ereignisse und Begegnungen standen ihm vor Augen, als wären sie erst gestern geschehen. Bilder hatten sich in seine Netzhaut eingebrannt. Menschen und Gesichter. Es gab so viele Personen, die mehr oder weniger verdächtig waren: zuallererst Tauflieb, der barsche Mann, dem alles zuzutrauen war, aber auch Gorm, dessen Besuche sich in letzter Zeit seltsam häuften. Krabiehl, der so bemerkenswert wenig wusste oder wissen wollte. Nichterlein, der Knopfmacher, der einen Ziegenbock ohne Hörner besaß und vorgab, keine Ahnung zu haben, warum. Die Zeuginnen Koechlin und Drusweiler, die veranlasst worden waren, Freyja zu verleumden. Dann der alte Holm, der beide ermordeten Frauen als Erster entdeckt hatte – ein Zufall? Oder steckte mehr dahinter? Dazu Richter Meckel, der den Büttel für sich arbeiten ließ und der vielleicht mehr wusste, als er zu erkennen gab. Gesseler, der Stadtmedicus, der seinen Dienst in der Folterkammer nicht angetreten hatte, weil er unter Fallsucht litt, diese aber nicht behandelte. Pfarrer Vierbusch, der es nicht für nötig befunden hatte, Gunda Löbesam den Letzten Segen zu erteilen, aber höchst empört war über die Verunzierung des Engels Gabriel auf seinem Triptychon.

Und schließlich war da noch Herobert Veith, der Apotheker, den es an manchen Abenden nicht zu Hause hielt, der Bilsenkraut feilbot und der sich erkundigt hatte, ob Freyja viel redete – ebenso wie es Meckel, der Richter, getan hatte und Gorm, der Schwachkopf. Letzterer gleich mehrfach.

Überhaupt die Oberhäupter der Stadt: Stalmann, der Bürgermeister, der – wirklich oder nur scheinbar? – dem Gesetz Genüge tun wollte, dann Stadtrat Kossack, der in seinem Verhalten blass geblieben war und vielleicht gerade deshalb beobachtet werden musste, ferner der Stadtrat Leberecht mit dem zuckenden Augenlid, der Freyja lieber heute als morgen auf dem Scheiterhaufen gesehen hätte.

Und die schiefe Jule. Von ihr glaubte er am allerwenigsten, dass sie es getan haben könnte, schon ihres körperlichen Gebrechens wegen. Viel eher kamen da die Handwerker in Frage, die einen Bohrer in ihrem Besitz hatten. Ehlers, Hartmann und Voigt hießen sie. Und – Tauflieb. Immer wieder Tauflieb. Ein Stöhnen drang an sein Ohr, und er glaubte zunächst, es stamme von ihm, gewissermaßen als Ausdruck seiner wirbelnden Gedankenströme. Doch dem war nicht so, denn das Stöhnen wiederholte sich, und es klang wie »Nein!«.

Nein?

Schlagartig wurde ihm klar, dass die Laute von oben durch den Sprechschacht zu ihm drangen. Freyja musste die Urheberin sein. Rief sie ihn, oder träumte sie?

»… eiiin!«

Sie musste träumen, etwas Schreckliches träumen! Was sollte er tun? Er war im Zweifel. Wenn er nach oben eilte, um ihre Worte besser zu verstehen, lief er Gefahr, Wichtiges nicht mitzubekommen. Blieb er unten, konnte er nur raten, was sie sagte. Er tastete in seinen Taschen nach dem Schlüssel und fand ihn natürlich wieder nicht. Also rannte er in die Küche, um unter dem Ziegel in der Wand nachzuschauen. Es war ein ewiges Hin und Her mit dem vermaledeiten Schlüssel, mal hatte Marthe ihn und mal er, aber er wollte unbedingt vermeiden, dass es einen zweiten gab. Gott sei Dank, da lag er ja! Er rannte die Stiege empor, entzündete in fliegender Hast die kleine Öllampe und öffnete die Türklappe. Freyja schlief unruhig, warf den Kopf hin und her, als wolle sie einer Gefahr von oben ausweichen.

»Stein … neiiin … das Gesicht … Stein …«

Wie gebannt lauschte er ihren Worten, wartete auf weitere Äußerungen, doch sie blieben aus. Enttäuscht wollte Lapidius Freyja schon wecken, da ging es wieder los:

»Nein … Zahn … Zähne … Stein … scharf, so scharf.« Sie schlug mit den Händen um sich, verzweifelte, unverständliche Laute ausstoßend. Dann schwieg sie wieder, atmete unruhig, keuchte und stöhnte wie schon am Anfang.

Lapidius wartete auf einen neuen Ausbruch, aber er wartete vergebens. Freyja beruhigte sich immer mehr, und bald darauf verrieten tiefere Atemzüge, dass die Traumbilder in ihrem Hirn verblassten.

Lapidius spürte, er musste handeln. Er rüttelte sie an der Schulter. »Freyja. Freyja! Wach auf!«

Nur langsam kam sie an die Oberfläche der Wirklichkeit. Verstört blickte sie um sich und blinzelte mit den Lidern, bevor sie Lapidius erkannte. Dann schloss sie wieder die Augen.

»Freyja! So wach doch auf!«

Endlich wandte sie sich ihm zu. »Ja?«

»Was hast du da eben geträumt? Es könnte von größter Wichtigkeit sein!«

»Geträumt? Ich … ich …«

»Was war es? Was hast du geträumt?«

»Ich … alles war dunkel, dann scharf und spitz … ich weiß nicht.«

»Höre, ich nenne dir jetzt Wörter, die du eben im Schlaf gesprochen hast, vielleicht kommt dir dann die Erinnerung wieder.« Lapidius konzentrierte sich, um die wenigen Sinn machenden Silben der Reihe nach zu wiederholen. »›Stein‹ konnte ich als Erstes heraushören, vielleicht hieß es aber auch ›nein‹, ich bin nicht sicher, dann ›Gesicht‹ und, warte, ›Zahn‹ und ›Zähne‹ und ›scharf‹, irgendetwas muss scharf gewesen sein. Scharf oder spitz. Könnte das sein?«

»Ich … ich …« Sie mühte sich redlich, aber sie konnte aus den Worten keine Bilder formen.

»Stein, Gesicht, Zahn, Zähne, scharf«, wiederholte Lapidius fast beschwörend. »Das muss dir doch etwas sagen!«

»Ich … ja … nein.«

»Stein, Gesicht, Zahn, Zähne, scharf?«

»Ich … ich glaube, da war ein Gesicht … aus Stein.«

»Ein Gesicht aus Stein? Wo?« Er beugte sich tief zu ihr hinunter, um nur ja keines ihrer Worte zu überhören.

»Ich weiß nicht.«

»Gut, lassen wir das Gesicht aus Stein. Was ist mit dem Zahn oder den Zähnen? Und was könnte das Wort ›scharf‹ bedeuten? Bezieht es sich vielleicht auf einen Zahn? Waren Zähne scharf, vielleicht sogar spitz? Du erinnerst dich: Als ich dich eben weckte, sagtest du auch das Wort ›spitz‹. Also: Scharfe, spitze Zähne – könntest du so etwas im Traum gesehen haben?«

Sie schüttelte den Kopf. »Die Zähne … ich weiß nicht … ich weiß nicht.«

»Was weißt du nicht? So sage doch: Was weißt du nicht?«

»Die Zähne … lacht mich nicht aus … waren aus Stein, auch aus Stein, wie das Gesicht.«

Lapidius lehnte sich zurück. Er war im Widerstreit der Gefühle. Einerseits war es gelungen, Gegenstände ihres Traums festzuhalten, andererseits musste das gar nichts bedeuten, es konnten genauso gut Zerrbilder einer üppigen Vorstellungskraft sein – nichts, was jemals in der Wirklichkeit stattgefunden hatte. »Sag, hältst du es für möglich, dass dieser Traum nicht nur ein Traum war, ich meine, dass du die Zähne und das Gesicht aus Stein wahrhaftig gesehen hast?«

»Ja.«

Ihre Antwort war so schnell gekommen, dass er noch einmal nachfragen musste. »Ja?«

Sie nickte.

»Das ist ja großartig! Dann ist ein Teil deiner Gedächtnislücken im Traum geschlossen worden. Gut möglich, dass deine gesamte Erinnerung sich in weiteren Träumen offenbart. Aber vielleicht können wir das Ganze abkürzen: Weißt du, wo du dem Gesicht aus Stein begegnet bist? Oder den steinernen Zähnen? Lass dir Zeit, wir wollen nichts überstürzen, sammle dich und sage es mir.«

»Ich … ich …« Sie schüttelte den Kopf.

»Stein, Gesicht, Zahn, Zähne, scharf! Du musst dich doch an mehr erinnern! Stein … Gesicht … Zahn … Zähne … scharf?«

»Nein … ich … ich …«

»Kannst du das Gesicht aus Stein beschreiben? Die Augen, die Nase, die Lippen? War es ein weibliches Gesicht oder ein männliches? War es groß oder klein? Schön oder hässlich? Alt oder jung? War es grau, schwarz oder braun? War es ein dir bekanntes Gesicht?«

»Ich … ich …«

»Die spitzen Zähne – gehörten sie zu dem Steingesicht, oder hast du sie woanders gesehen? Wie lang waren die

Zähne, wie viele waren es? Gehörten sie zu einem Mund? Kannst du die Form beschreiben?«

»Ich … ich … könnts nicht sagen … ich weiß doch nichts, nichts, nichts, und wenns mich das Leben kosten würd.« Sie schlug die Hände vors Gesicht und begann zu weinen.

»Um Gottes willen, weine nicht, hörst du? Es ist doch wichtig, so wichtig!«

Sie weinte weiter, wimmerte und schluchzte und drehte ihm den Rücken zu.

Er wagte nicht, weiter in sie zu dringen, und fühlte grenzenlose Enttäuschung. Er war so nahe dran gewesen, und dann hatte das Gedächtnis sie doch wieder im Stich gelassen. »Höre, Freyja, du kannst ja nichts dafür, es ist nur so schwer für mich zu verstehen, dass dir nicht mehr einfallen will.«

Das Weinen ließ nach, aber ihre Schultern zuckten weiter.

»Vielleicht ist es so, wie Conradus Magnus mir einmal sagte: Die menschliche Natur neigt dazu, manche Erlebnisse einfach beiseite zu schieben, besonders die wenig angenehmen. Es ist dann so, als wären sie nie geschehen; demzufolge kann man sich nicht an sie erinnern.«

Sie schien sich zu beruhigen.

»Wer weiß, was alles dir an diesem ›warmen, wundervollen Ort‹ widerfahren ist? Paracelsus, ein berühmter Arzt, berichtet von Mönchsärzten, die Kranke in Kristallkugeln schauen ließen, woraufhin diese in einen tiefen Schlaf fielen. Der Schlaf wurde dazu genutzt, den Patienten beeinflussende Worte für die Genesung zuzuraunen. Manche von ihnen konnten sich hinterher nicht mehr an das Geschehene erinnern. Höre, Freyja, vielleicht hat man mit dir Ähnliches gemacht, um dich zu, äh … Dingen zu verleiten, die du sonst nicht getan hättest? Vielleicht hat man dir sogar einen berauschenden Trank verabreicht, der die Wirkung der Kristallkugel noch verstärkte? Einen Trank aus Bilsenkraut? Vielleicht, vielleicht, vielleicht … Es ist so vieles möglich, und du solltest dir keine Vorwürfe machen.«

Sie antwortete nicht, und an der Art, wie sie atmete, erkannte er, dass sie wieder schlief.

Sie sollte weiter ruhen. Um nichts in der Welt hätte er sie nochmals geweckt. Er drückte die Türklappe zu und schloss ab. Dann löschte er die Öllampe und gab sich, in der Dunkelheit grübelnd, seinen Gedanken hin. »Stein, Gesicht, Zahn, Zähne, scharf …« Diese Worte murmelte er immer wieder vor sich hin. Ein steinernes Gesicht und steinerne, scharfe, spitze Zähne – das war es, woran Freyja sich erinnerte. Dazu schwebten ihr rote Farben vor, in sich verschwimmend und sich bewegend.

Was hatte das alles zu bedeuten?

Stein. Steinern. Wo gab es Steine? Natürlich, in den Bergen. Im Gebirge. Aber ein Gesicht aus Stein? Das gab es dort nicht. Und steinerne Zähne? Auch nicht. Nein. Steinformen, die scharf und spitz waren, gab es dort nicht. Nicht auf den Bergen.

Und in den Bergen?

Halt! Ein Gedanke kam ihm, so verwegen, dass er ihn sofort wieder verwarf. Doch er kehrte wieder. Und er setzte sich in seinem Hirn fest. Stalaktiten! Tropfsteinzapfen, die von der Decke einer Höhle herabwuchsen. Mit einiger Fantasie konnte man sie als Zähne bezeichnen.

Lapidius sprang von der Truhe. Es gab ein dumpfes Geräusch, als seine Füße auf den Dielen landeten. Rasch setzte er sich wieder. Freyja war gottlob nicht erwacht.

Hatte sie Stalaktiten gesehen? Wenn ja, war sie in eine Höhle gelockt worden. Welch ungeheurer Gedanke! Lapidius musste einräumen, dass seine Vermutung mehr als vage war, denn die weiteren Stichwörter, wie ›wundervoll‹, ›warm‹ und ›verschwimmendes Rot‹, machten in diesem Zusammenhang keinen Sinn.

Dennoch: Der Gedanke, es könnte sich bei den steinernen Zähnen um Stalaktiten handeln, ließ ihn nicht los.

Er ging nach unten und setzte sich auf seinen Lieblingsstuhl. Stalaktiten. Nach unten wachsende Tropfsteinzapfen …

Mit diesem Gedanken schlief er ein.

Am gleichen Morgen zeigte Marthe sich nicht wenig überrascht, als Lapidius ihr schon wieder befahl, zum Markt zu gehen. Diesmal sollte sie Schweinernes kaufen. Nicht zu fett, nicht zu viel, nicht zu teuer. Und Zeit sollte sie sich lassen. Es eile durchaus nicht, sagte Lapidius, der mit einem Auge schon zum Experimentiertisch schielte.

»Es eilt nich? Ihr seid gut, Herr! Un wer machts Haus sauber, wennich nich da bin?«

»Ja, ja, nun geh.«

Als die Magd fort war, legte Lapidius als Erstes Taufliebs Bohrer auf den Tisch, anschließend holte er den Frauenkopf herbei. Aber noch konnte er mit seiner Untersuchung nicht beginnen. Der Grund war der Gestank des Kopfes. Der Schädel roch mittlerweile so Ekel erregend, dass dem empfindlichen Lapidius fast die Sinne schwanden. Es half nichts. Er musste das Übel ertragen, wollte er zu weiteren Erkenntnissen kommen. Nach kurzer Überlegung band er sich ein Tuch vor Nase und Mund und konnte nun endlich anfangen.

Zunächst führte er den Bohrer in eines der Stirnlöcher ein. Dass diese Maßnahme seine erste war, lag auf der Hand, denn wenn die Spitze nicht passte, brauchte er gar nicht erst weiterzumachen. Dann war Tauflieb schuldlos. Und er musste zu den anderen Handwerksmeistern laufen, um ihnen unter irgendeinem Vorwand ihre Bohrer abzuschwatzen.

Doch die Spitze passte.

Sie war nicht zu breit und nicht zu schmal, sondern fügte sich genau in das Loch ein, so genau, wie ein Bohrer nur in ein Loch hineinpassen konnte. Lapidius, der vor Spannung die Luft angehalten hatte, atmete erleichtert aus. »Tauflieb, ich habe dich«, murmelte er erleichtert. »Du ahnst es noch nicht, aber ich habe dich. Und mit dir deine Satansbrüder. Denn die wirst du mit Sicherheit verraten – allein schon, um deinen eigenen Kopf zu retten. Freyja wird entlastet sein.«

Doch so weit war es noch nicht. Der Leichengestank holte ihn in die Wirklichkeit zurück. Es wurde Zeit, den Frauenkopf fortzubringen. Das Corpus Delicti musste wieder in die Vorratsgrube zurück. Allerdings nicht, ohne es vorher zu verpacken. Die Gefahr, dass Marthe den Leichengeruch durch die Bodentür wahrnehmen würde, war zu groß. Nach einigem Suchen fand Lapidius ein großes, altes Kompassgehäuse, in das er den Schädel tat. Erleichtert entledigte er sich des Schutztuchs, verstaute das Gehäuse in der Grube und beschäftigte sich erneut mit dem Bohrer. Wieder betrachtete er die Spitze. Sie war der Dreh- und Angelpunkt seiner Beweisführung. Er hatte schon in Taufliebs Werkstatt dunkle Schmierstellen an ihr bemerkt, und auch jetzt war die Verfärbung auf dem metallenen Grund deutlich zu erkennen. Er roch daran, konnte nichts Ungewöhnliches feststellen und dachte: Nun gut, der Beweis, dass es sich um getrocknetes Blut handelt, kann auf diese Art schwerlich erbracht werden. Es verströmt bekanntermaßen keinen Duft; jedes Kind, das einmal eine verschorfte Wunde hatte, weiß das.

Aber es gab andere Methoden, das Geheimnis der dunklen Verfärbung zu lüften, und Lapidius wandte sie mit der gebotenen Gründlichkeit an.

Nach der Riechprobe kam die Wasserprobe: Dazu kratzte er einige Bröckchen des braunschwarzen Belags ab und tat sie in ein Schälchen. Anschließend gab er etwas Wasser hinzu. Er wusste, dass er bei dieser Überprüfung nicht mit einer schnellen Reaktion rechnen konnte, weshalb er das Behältnis beiseite stellte und gleich mit der dritten Methode weitermachte.

Es war die Kupferprobe. Zu ihrer Durchführung bedurfte es einer salzartigen Verbindung des Cuprums, die er sorgfältig auf einen Teil der Verfärbung applizierte. Anschließend wischte er mit einem Lappen über die Fläche. Der Belag verschwand und gab den Blick auf die ursprüngliche Metallfarbe frei. Lapidius schnaufte zufrieden. Kupfersalz war bekannt dafür, dass es Blutspuren beseitigen konnte. Vielleicht, das musste eingeräumt werden, war es auch imstande, andere Substanzen verschwinden zu lassen, aber die Wahrscheinlichkeit sprach hier für Blut.

Die vierte Methode kostete Lapidius einige Überwindung. Es war die Geschmacksprobe. Wieder löste er einige Krümel von der Bohrerspitze und steckte sie sich in den Mund. Er schloss die Augen, um sich besser konzentrieren zu können, dann drückte er die Bröckchen mit der Zunge gegen den Gaumen. Er tat dies, weil er sie verformen und auflösen wollte. Als es ihm nicht schnell genug ging, zerkaute er die Krümel. Schließlich glaubte er ihn auf der Zunge zu spüren: den typischen Geschmack von Blut. Er spuckte den Schleim in das Schutztuch und wandte sich nunmehr wieder der Wasserprobe zu.

Auf den ersten Blick schien in dem Schälchen nicht viel geschehen zu sein, doch bei näherem Hinsehen konnte er kleine rosafarbene Wölkchen neben den im Wasser liegenden Krümeln entdecken. Ein Zeichen dafür, dass sich die Substanz auflöste. Und dafür, dass sie selbst ursprünglich Wasser enthalten hatte. Lapidius war bekannt, dass Blut Wasser enthielt, wie überhaupt der menschliche Körper zu einem Großteil daraus bestand. Schon Thales von Milet hatte gesagt, dass alles Leben aus diesem Element hervorgegangen war.

Lapidius fasste zusammen. Von vier Proben, die er durchgeführt hatte, war die erste, die Riechprobe, ergebnislos geblieben, die drei anderen jedoch sprachen für Blut. Gewiss, keine der Methoden hatte den wissenschaftlich einwandfreien Beweis erbracht – einen solchen gab es auch gar nicht –, aber die Tatsache, dass nicht weniger als drei Prüfungen auf Blut hinwiesen, machte das Ergebnis mehr als wahrscheinlich. Ja, so musste es sein: Taufliebs Bohrer wies an der Spitze Blutspuren auf.

Plötzlich spürte Lapidius bleierne Müdigkeit. Er hatte wenig geschlafen, und die Natur forderte ihr Recht. Sollte er noch einmal nach Freyja sehen? Nein, das konnte er später tun. Sollte er seine Erkenntnisse schon dem Rat der Stadt mitteilen, damit Tauflieb verhaftet wurde? Nein, auch das hatte noch Zeit. Der Meister lief ihm nicht weg, und überdies schien es klüger, zunächst die Höhle mit den Stalaktiten ausfindig zu machen. Wenn es denn eine solche gab.

Also klemmte Lapidius den Bohrer wieder unter den Tisch und schlief augenblicklich ein.

Wenig später war Marthe vom Markt zurück. Geräuschvoll schloss sie die Haustür hinter sich und rief: »Essis nich zu glauben, Herr, was Schweinernes nu kostet, sollichs Euch verra… ohhh! Tschuldigung, tschuldigung …«

Auf Zehenspitzen entfernte sie sich in die Küche.

Als Lapidius erwachte, war es schon später Nachmittag. Zu spät, um noch die Stadt zu verlassen und in den Bergen nach einer Höhle zu suchen. Er streckte die steifen Glieder und begab sich in die Küche. Marthe war gerade dabei, die Bratensoße abzugießen. Lapidius schnupperte: »Donnerwetter, das riecht aber köstlich!«

»Hooach! GottimHimmelhabtIhrmicherschreckt!« Die Magd fasste sich, nach Luft japsend, an den Busen.

»Tut mir Leid, Marthe. Aber es riecht wirklich verführerisch. Hast du die Speise auch nach den spagyrischen Erfordernissen zubereitet?«

»Hä … Herr?«

»Ich habe es dir doch schon häufig erklärt: Am bekömmlichsten ist Nahrung, wenn sie nach den Vorschriften der Spagyrik hergerichtet wird – einer Tochterwissenschaft der Alchemie. Schweinerner Braten muss danach so behandelt werden, dass er sämtlichen Saft behält, was ein Anbraten unter starker Hitze bedingt und anschließendes Garen bei geringerer Wärme. Unterbrochen von mehreren Güssen mit blutwarmem Honigwasser.«

»Ja, ja, Herr.« Marthe lutschte sich geräuschvoll einen Finger ab.

»Hast du die Gewürze für die Marinade auch gemörsert?«

»Ja, Herr. Un Pfeffer habich massich genommen.«

»Schön.« Lapidius wusste, dass die Körner der Molukken nicht zu stark vertreten sein durften im Zusammenspiel der Kräfte, da ihr Aroma sonst Nelken, Kümmel, Koriander und Rosmarin überdeckte und für Diskrasie sorgte, aber er war, wie so viele seines Standes, den scharfen Samenfrüchten verfallen. »Dann ist der Spagyrik ja Genüge getan.«

»Nennts, wie Ihr wollt, Herr, ich nenns Braten. Wollt Ihr mal kosten?«

»Nein, ich werde die Speise später probieren, nachdem ich mit Freyja gesprochen habe.« Unter Marthes Lamentieren, der Braten würde kalt werden, und es wäre doch schade darum, stieg er die Treppe in den Oberstock empor und sperrte die Türklappe auf. Seine Patientin war wach, wie er sofort sah, und hatte Tränen in den Augen. »Hast du wieder Schmerzen?«, fragte er teilnahmsvoll.

»Nein, es geht.«

»Was fehlt dir dann? Ach ...« Neben ihrer Schulter hatte er mehrere blonde Büschel im Stroh entdeckt – die letzten Haare, die sie noch gehabt hatte. Das also war der Grund für ihre Verzweiflung. Er nahm die Haare und sagte betont forsch: »Ich werde sie aufheben, genauso wie ich die anderen Strähnen für dich verwahrt habe.«

Sie wischte sich über die Augen. »Wieso ...?«

»Nur für den Fall, dass dein Haar nicht nachwächst, aber glaube mir: Es wird schon wieder sprießen. Und wenn nicht, können wir immer noch eine Perücke daraus machen lassen. Niemand wird dann merken, dass du kahlköpfig bist.«

»Meine Zähne«, stöhnte sie leise.

»Deine Zähne? Lass sehen.« Er nahm das Öllämpchen, hieß sie den Mund öffnen und leuchtete hinein. Die obere und untere Reihe sorgsam befühlend, brummte er. »Ja, es ist so. Die Syphilis fordert weiteren Tribut. Drei deiner unteren Schneidezähne sind sehr locker. Ich werde sie extrahieren, aber mach dir keine Sorgen: Es wird kaum bluten. Ich weiß, es ist nicht schön, Zähne zu verlieren, aber bei dir sind es nur untere, nicht die oberen, die man beim Lachen sieht, und auch keine Backenzähne ...«

Während er beruhigend auf sie einredete, zog er die Beißwerkzeuge mit Daumen und Zeigefinger heraus. Es kostete ihn einige Mühe, und er wunderte sich einmal mehr über Freyjas Tapferkeit. »Ich werde sie ebenfalls für dich aufheben. Hat es sehr wehgetan?«

»Nein.«

»Fühlst du dich jetzt besser?«

»Ja.«

»Es gibt Schlimmeres als ausgefallene Zähne. Bei meiner eigenen Syphilisbehandlung verlor ich nicht weniger als zwölf. Da ich vorher schon eine ganze Reihe eingebüßt hatte, blieben mir nur die oberen Schneidezähne, zwei Eckzähne unten und drei Backenzähne. Nicht viel, aber es reicht, um Nahrung zu zerkleinern.«

Lapidius zog sich die Lippen auseinander, damit Freyja einen Blick auf die Reste seines Gebisses werfen konnte. Er hatte so etwas noch nie getan, sich vielmehr stets darum bemüht, nur zu lächeln und keinesfalls zu lachen, doch heute wollte er eine Ausnahme machen. Das Grinsen, das er dieserart künstlich erzeugte, sah so grimassenhaft-komisch aus, dass Freyja, trotz ihrer Gemütsverfassung, kichern musste.

Lapidius freute sich, sie zum Lachen gebracht zu haben. »Ich habe dich noch nie lustig gesehen.«

Sie kicherte weiter, endlich einmal Schmerz, Kummer und Sorgen vergessend. »Machs noch mal!«

Er beeilte sich, ihrer Bitte nachzukommen, und bemerkte kaum, dass sie ihn zum ersten Mal geduzt hatte.

Abermals löste seine Grimasse Heiterkeit aus.

»Lachen ist gesund, heißt es. Ich müsste öfter für Kurzweil sorgen, dann ginge es dir besser.«

»Ich kannte mal einen, der konnt genauso Faxen ziehen. Drei Monate fuhr er mit Mutter und mir.«

»Ah ja? Erzähle.«

»Kann ich Wasser haben?«

»Ja, natürlich. Ich hole rasch welches. Und den Weidenrindentrank dazu, warte.« Eilig holte er zwei Becher mit dem Versprochenen aus der Küche, dabei Marthe, die für ihren Braten gelobt werden wollte, nicht beachtend. Wieder zurück, flößte er Freyja beides ein. »Du kanntest also einmal jemanden, der so ähnlich aussah wie ich, wenn er Faxen machte, und der mit dir und deiner Mutter ein halbes Jahr lang fuhr«, setzte er das Gespräch wieder in Gang.

»Hans hieß er. Tat schön mit mir, aber wollt am Ende

nur klauen. Na, egal, jedenfalls konnt er lustig blöd kucken, genau wie … oh, oh, entschuldige … ich meine, entschuldigt.«

Lapidius winkte ab. Sein Herz tat einen Freudensprung. Was machte es schon, dass sie ihn duzte, wo sie doch endlich einmal aus sich herausgegangen war, sich natürlich zeigte und wieder lebensfroher wirkte. »Sag ruhig ›du‹ zu mir, schließlich sind wir so etwas wie ein … äh … Zweierbund gegen das Böse, nicht wahr? Hans also konnte ›lustig blöd gucken‹, wie du sagst. Was hat er euch denn gestohlen?«

»Alles Geld, wohl über anderthalb Taler. Im Jahr 35 wars. Mutter war Hebamme und Kräuterfrau. Sie hat immer gesagt: ›Der Teufel ist überall, gerade da, wo keiner glaubt, dass er ist, ist er.‹ Und in Hans war er auch. Das wusste sie gleich vom ersten Tag an. Hatte es nur vergessen gehabt.«

»Das muss ja ganz schrecklich für euch gewesen sein.«

»Iwo. Mit so was muss man rechnen. Irgendwer haut einen immer übers Ohr, wenn man fährt. Man weiß bloß nicht, wanns passiert. Mutter tat nicht lange jammern und hat gleich am Abend drauf ein Kind auf die Welt gezogen. In Stassfurt wars, östlich vom Harz. Da gings uns wieder gut, weil der Vater dankbar war. Überhaupt gings uns immer gut oder schlecht, aber nie lange gut. Mutter war die beste Hebamme, die ich je gesehen hab. Aber es gibt ne Menge weise Frauen, jedes Dorf hat eine, und deshalb tat Mutter auch Kräuter verkaufen, ›tausenderlei Kräutlein‹, hat sie immer gesagt, ›welche zum Kinderkriegen und welche zum Kinderwegmachen‹. Aber das mit den Kräutern, das kam erst später, als ich da war.«

»Freyja ist ein ungewöhnlicher Name«, sagte Lapidius.

»Ja. Ist er. Hab ihn Erik zu verdanken.«

»Erik?«

»Ja. Mutter hat erzählt, im Jahr 26 wär ein reicher Handelsherr nach Halberstadt gekommen. Der hatte eine Leibwache, und einer davon war Erik. Mutter war auch gerade in Halberstadt und hat ihn kennen gelernt. Erik war

Schwede. Blond, groß, breite Schultern, und Mutter hat sich gleich in ihn verliebt. Aber es waren keine drei Tage um, da fuhr der Handelsherr weiter, und Erik musste natürlich mit. Einen Monat später hat Mutter gemerkt, dass sie was unterm Herzen trug. Sie hätt mich wegmachen können, mit Früchten vom Sadebaum, aber sie wollts nicht, weil sie Erik doch immer noch zugetan war. So bin ich auf die Welt gekommen.«

»Und was hat Erik nun mit deinem Namen zu tun?« Lapidius hatte bemerkt, dass sich noch ein Rest Brunnenwasser im Becher befand, und gab ihn seiner Patientin.

Freyja schlürfte mit Genuss die letzten Tropfen. »Mutter hat Erik noch mal wiedergesehen, oben in Braunschweig wars. Da war ich schon ein halbes Jahr alt. Erik hat sich mächtig gefreut über mich und wollt wissen, wie mein Name wär, und Mutter hat gesagt ›Frauke‹. Da hat er gelacht und gesagt, das bedeutet ja ›Frauchen‹ und dass er nicht will, dass ich so heiß. Er wär mehr für ›Freyja‹. Das würd ›Herrin‹ auf Nordisch heißen, und das wär das Richtige für mich.«

»So also bist du zu deinem Namen gekommen.«

»Ja, und als Mutter tot war und ich allein den Wagen gefahren hab, sind eine Menge andrer Namen dazugekommen: Kräuterfreyja, Truttnerfreyja, Hexenfreyja.«

Lapidius fuhr hoch. »Hexenfreyja auch?«

»Ja, hab den Namen schon ewig. Weil ich auch das Lebenselixier verkauft hab, und weil ich gesagt hab, es hätt Zauberkräfte. Das Rezept ist noch von Mutter: Safran, Myrrhe, Aloe, Manna und Enzianwurzel sind drin.«

»Hm.« Lapidius hatte den letzten Sätzen seiner Patientin nicht mehr gelauscht. Er war noch bei den Namen davor. »Da scheint jemand in jüngster Zeit das Schimpfwort ›Hexenfreyja‹ sehr wörtlich genommen zu haben«, murmelte er. »Vielleicht sind die Verleumder deshalb auf dich gekommen.«

»Ja«, sagte Freyja, die während ihrer Erzählung ganz ruhig mit geschlossenen Augen dagelegen hatte.

»Ja«, sagte auch Lapidius.

Beide hingen ihren Gedanken nach. Schließlich meinte er: »Wie es der Zufall will, komme ich aus Braunschweig. Mein Vater war Gewürzhändler dort. Er betrieb ein Kontor am Burgplatz und hatte Verbindungen in alle Welt. Seine große Leidenschaft war das Geld – er konnte nie genug davon bekommen. Sein großer Kummer hingegen war die Sorge um seine Nachfolge, denn von den drei Brüdern, die ich hatte, starben alle schon im Kindesalter.«

»Ohhh ... wie traurig.« Freyja klang ein wenig schläfrig.

»Sein ganzes Augenmerk galt deshalb mir. Auf mich setzte er seine ganzen Hoffnungen. Ich sollte dereinst seine Geschäfte übernehmen. Die Sache hatte nur einen Haken: Ich verspürte nicht die leiseste Lust, in seine Fußstapfen zu treten. Ich konnte mir nicht vorstellen, tagein, tagaus dem Mammon hinterherzujagen, und ich sagte es ihm auch. Fortan hatte ich die Hölle daheim. Kein Tag verging, ohne dass Vater nicht auf mich einredete, kein Tag, an dem Mutter nicht weinte. Um des lieben Friedens willen trat ich schließlich eine Lehrzeit bei einem befreundeten Kaufherrn in Hannover an. Bei ihm zu arbeiten war wie eine Geißel für mich, denn in mir brannte die Sehnsucht nach der Wissenschaft. Ich wollte mich mit Astrologie und Philosophie beschäftigen und nicht mit Banken und Buchhalten. Dennoch beendete ich die Lehrzeit mit Erfolg und ging anschließend wieder nach Braunschweig in mein Elternhaus zurück.«

Lapidius unterbrach sich und betrachtete Freyja. Sie hielt noch immer die Augen geschlossen, und er fragte sich, ob sie eingeschlafen war. Das Reden tat ihm gut. Niemals zuvor hatte er so ausführlich über sich gesprochen.

»Es folgte die vielleicht schönste Zeit meiner Jugend. Vater zeigte sich zufrieden mit mir, und Mutter konnte wieder lachen. Doch je mehr Monate ins Land gingen, desto unruhiger wurde ich. Ich hielt es nicht mehr aus hinter dem Schreibpult; es zog mich fort, ich musste studieren. Und diesmal wollte ich mich nicht davon abbringen lassen.

Als ich Vater mein Vorhaben eröffnete, hing der Haussegen sofort wieder schief. Er fluchte, tobte, flehte, ja er drohte sogar allen Ernstes, mich zu enterben. Es war die schlimmste Strafe, die er sich vorstellen konnte. Armer Vater! Er ahnte nicht, wie egal mir das war.

Ich zählte einundzwanzig Jahre, als ich Braunschweig verließ, nur auf mein Glück vertrauend. Vorher hatte Mutter mir noch unter Tränen ein paar Taler in die Tasche gesteckt, als äußersten Notnagel. Ich wandte mich nach Thüringen, ging zuerst nach Erfurt, später nach Padua ins Oberitalienische und viel später nach Toledo.

Zwischen den Semestern legte ich immer wieder lange Pausen ein, um mein Brot zu verdienen und Geld für das Studium zurückzulegen. Auf diese Weise lernte ich auch Conradus Magnus kennen. In León war es, einer Stadt in Nordspanien. Er suchte damals einen Gehilfen für sein Laboratorium, und ich hatte das Glück, dass er mich nahm. Er war es auch, der mich in die Alchemie einwies und meine Leidenschaft für diese Wissenschaft weckte. Conradus war damals noch an Jahren jung, aber seine Erfolge hatten ihm schon den Beinamen ›Magnus‹, das heißt ›der Große‹, eingebracht.

Nächtelang experimentierten wir zusammen und diskutierten über die hermetischen Prinzipien, die Transmutation, den Stein der Weisen, über Spagyrik, Kabbala, Gnosis und vieles mehr.

Er wurde mit der Zeit zu einem brüderlichen Freund, dem ich mich in jeder Hinsicht anvertrauen konnte. So hatte er auch Verständnis dafür, als ich eines Tages sagte, ich wolle in den Süden gehen, nach Toledo, um dort weitere Studien zu treiben. Alles, was er daraufhin erwiderte, war: ›Ich bin ja da.‹

Und ich ging. Unerfahren wie ich war, hielt ich mit meinem Wissen nicht hinter dem Berg, im Gegenteil: Ich fürchte, ich prahlte das eine oder andere Mal gehörig damit. Umso mehr wunderte ich mich, als die Häscher der Inquisition mich prompt verhafteten. Ich wusste damals noch nicht, dass man als Alchemist immer mit einem Bein im Kerker steht, weil die Kirche ständig in Sorge ist, man könne die göttliche Allwissenheit anzweifeln. Nun, ich will dir nichts vorjammern, nur so viel: Ich habe die Torturen der Folter am eigenen Leibe erfahren, weiß also, was du durchlitten hast. Wie es mir gelang, der Inquisition zu entfliehen, ist eine eigene Geschichte. Erspare mir die Einzelheiten. Jedenfalls glückte es mir.

Ich gelangte nach Toledo und studierte dort weitere Jahre. Als ich glaubte, mein Wissen genügend vervollkommnet zu haben, fasste ich den Entschluss, in meine Vaterstadt zurückzukehren. Vorher allerdings wollte ich Conradus Magnus einen Besuch abstatten, schließlich musste ich meinem Lehrmeister noch einmal Lebewohl sagen. Auf der Reise nach León ist es dann passiert: Ich geriet in schlechte Gesellschaft und wurde mit der Syphilis geschlagen. Ich merkte es zunächst nicht, sondern frönte weiter dem leichten Leben, zwei ganze Monate lang – vielleicht verständlich nach all den Jahren klausnerischen Lernens. Irgendwann jedoch war ich die Nichtsnutzigkeit leid, und ich fand endlich den Weg zurück zu Conradus.

Als ich über die Schwelle seines Hauses trat, sah ich, wie seine Augen sich vor Schreck weiteten. Er hatte sofort die schorfigen, nässenden Pusteln erkannt, die für ein fortgeschrittenes Stadium der Syphilis typisch sind. So schonend wie möglich brachte er mir bei, welch tödliche Seuche mich angefallen hatte. Es war mir, als hätte jemand den Boden unter meinen Füßen fortgezogen. Ich fühlte mich so arm und schwach wie der Ärmste und Schwächste auf dieser Welt. Aber Conradus pflegte mich, als wäre ich sein eigener Sohn. Als ich ihm dankte, sagte er abermals nur den Satz ›Ich bin ja da‹. Drei Wochen lag ich darnieder und durchlebte die Hölle in der Hitzkammer. Aber ich stand wieder auf und wurde gesund.«

»Das hast du schon erzählt.«

»Wie?« Lapidius fuhr zusammen. Freyja war die ganze Zeit so still gewesen, dass er angenommen hatte, sie wäre eingeschlummert. »Ja, du hast Recht, ich erinnere mich. Nun, viel mehr ist auch nicht zu berichten. Als ich mich von der Krankheit gänzlich erholt hatte, nahm ich schweren Herzens Abschied von Conradus, denn ich wusste, ich würde ihn niemals wiedersehen. ›Ich gehe nun‹, sagte ich, und er antwortete mir zum dritten Mal ›Ich bin ja da‹. Ich denke, er wollte damit zum Ausdruck bringen, dass er immer an meiner Seite ist, nicht im körperlichen, sondern vielmehr im geistigen Sinne. Und in der Tat ist es so, dass der Gedanke an ihn mir Zuversicht verleiht, besonders in der letzten Zeit.

Der Rest ist schnell erzählt. Wieder in Braunschweig, erfuhr ich vom Tod meines Vaters. Er hatte mich tatsächlich enterbt, und ich würde heute mittellos dastehen, wenn nicht meine Mutter gewesen wäre. Sie entstammte einer reichen Augsburger Kaufmannsfamilie und hatte eigenen Besitz. Als sie zwei Jahre später starb, hinterließ sie mir alles. Ich nahm das Geld und verließ meine Vaterstadt. Ich wollte nichts mehr mit dem Gewürzhandel zu tun haben, sondern nur noch meiner Wissenschaft dienen. Ich ließ mich in mehreren Städten nieder, musste aber jedes Mal feststellen, dass Alchemisten alles andere als wohlgelitten sind. Ja, es ist leider so: Wir Jünger der Geheimlehre leben gefährlich. Schließlich, vor etwa einem halben Jahr, kam ich nach Kirchrode. Die Stadt strahlte Ruhe und Frieden aus, und man war mir beim Finden eines Hauses behilflich. Ich zog ein und begann mit meinen Forschungen, ohne zu ahnen, was alles sich in Bälde zutragen würde … Siehst du, Freyja, das ist meine ganze Geschichte. Freyja?«

Nun schlief sie doch.

Lapidius lächelte. Er erhob sich von der Truhe und blickte auf seine Patientin herab. Im gelben Licht des Öllämpchens glitzerten unzählige Schweißtröpfchen auf ihrem kahlen Kopf. Sie musste noch diesen und sechs weitere Tage schwitzen, bevor er sie aus den Klauen der Kur befreien durfte. Sechs Tage. Für sie eine kleine Ewigkeit; für ihn nur eine kurze Spanne Zeit – vielleicht zu kurz, um die *Filii Satani* dingfest zu machen. Er ertappte sich dabei, wie er ein Gebet für sie murmelte:

»Gottvater im Himmel,
es heißt in der Schrift:

›Wer unter euch ohne Sünde ist,
der werfe den ersten Stein auf sie‹,
doch mir will scheinen,
die Kirchroder kennen diese
Jesusworte nicht.
Gib ihnen die Erkenntnis,
die sie besonnen macht,
gib mir die Kraft, die Meuchler
zu fassen, und
gib vor allem, dass Freyja
die Syphilis besiegt.
Amen.«

Er hatte seit Jahren nicht mehr gebetet und war erstaunt über sich selbst. Die Worte an seinen Schöpfer hatten ihm Trost und Zuversicht gegeben. Leise schloss er die Türklappe und stieg hinab ins Erdgeschoss.

Marthes Braten wartete.

Fünfzehnter Behandlungstag

Nee, Herr, das geht nich. So lassich Euch nich raus. Geschneit hats die Nacht, wie wenn der Winter noch mal von vorn anfangen wollt. Ihr müsst was Warmes untern Mantel drunterziehen, nich nur das dünne Wams.«

Lapidius ging nicht auf Marthe ein. »Hast du Freyja heute Morgen schon versorgt?«

»Ja, habich. Sie is ganz guter Dinge. Hat nach Euch gefracht, die Arme. Wie lang musssie denn noch oben schwitzen?«

»Bis die Kur beendet ist.« Lapidius wollte nicht näher auf die Frage eingehen. Je weniger die Magd wusste, desto weniger konnte sie ausplaudern. »Ich mache mich jetzt auf den Weg.«

»Un Ihr wollt nich sagen, wohin? Wirklich nich?«

»Gib Freyja vorsorglich etwas von dem Weidenrindentrank und sorge dafür, dass sie auch sonst genügend Flüssigkeit zu sich nimmt. Überprüfe die Dicke der Quecksilberschmierung. Und behandle ihre Lippen nochmals mit Kalkpulver. Mir ist gestern aufgefallen, dass die Geschwüre wieder aufgegangen sind.«

»Ja, Herr.«

»Und pass auf, dass keine Spinnen in der Kammer herumkriechen.«

»Ja, Herr, wassis mit Essen?«

»Wenn ich zurück bin, nehme ich etwas kalten Braten. Trage also nicht gleich den ganzen Rest zur Mutter.«

»Nein, Herr.«

»Gut, dann gehe ich.«

Lapidius lenkte seine Schritte unverzüglich in die Schellengasse, die zum Osttor führte. Hier verließ er die Stadt und ging bergauf in Richtung Zirbelhöh. Er tat dies nicht ohne Absicht, denn er hatte sich überlegt, es könne von Nutzen sein, dem alten Holm einen Besuch abzustatten. Wieder nahm er die Abkürzung durch den Fichtenwald und hatte sich alsbald, wie schon beim ersten Mal, verlaufen. Er verwünschte seinen schlechten Orientierungssinn und begann zu rufen: »Holm! Holm, hörst du mich? Hoooolm!«

Es dauerte nicht lange, da teilte sich das Unterholz, und der Alte erschien tatsächlich. Lapidius fühlte Erleichterung, zumal Holm einigermaßen nüchtern schien. Seine Triefaugen wirkten an diesem Tag nicht ganz so wässrig, und seine Haltung war frei von jeglichem Schwanken. »Ich wollte einmal nach dir sehen«, sagte Lapidius näher tretend, »wir kennen uns ja.«

»Was? Ich kenn Euch nich, wills, hupps ... auch gar nich.« Wie allen dem Alkohol Verfallenen ging es auch Holm im nüchternen Zustand miserabel, was sich entsprechend auf seine Laune niederschlug. »Wills auch gar nich«, wiederholte er und wollte wieder im Wald verschwinden.

»Halt, natürlich kennst du mich! Ich bin Magister Lapidius.« Lapidius hielt den Alten an einem Zipfel seines löchrigen Umhangs fest. »Ich war vor ein paar Tagen schon einmal hier. Wir trafen uns und redeten, allerdings warst du ziemlich ...« Er verstummte, denn er wollte Holm nicht zu nahe treten.

»Ich kenn Euch nich, verdammich!«

Lapidius hielt den Alten noch immer fest. Wieso erkannte der ihn nicht? War er so sturzbetrunken gewesen? Nein, es musste etwas anderes sein. Richtig. Die Kleidung! Er, Lapidius, hatte an jenem warmen Tag seine alten Sachen aus der Spanienzeit getragen, und heute, da es so bitterkalt war, hatte er standesgemäßes Tuch an. »Erkennst du denn nicht meine Kappe? Ich trage sie immer, auch neulich hatte ich sie auf. Wir saßen vor deiner Hütte, und ich bat dich um Wasser, aber du hattest keines. Dann schliefst du ein, und ich ...«

»Hui, ja, jetzt weiß ichs wieder, Kumpel! Siehst ganz anners aus. Bist zu Geld gekommen, wie? Na, der olle Holm, hupps … gönnts dir. Mann, habichn Brand, komm, wir gehn ins Warme.«

Die Hütte des Alten sah ganz so aus, wie Lapidius sie in Erinnerung hatte. Eine armselige Behausung, windschief, zugig, undicht. Davor lag noch immer der umgestürzte Baumstamm.

»Komm rein, hupps …«

»Ich würde lieber draußen sitzen.«

»Wieso? Drinnen isses wärmer, habn Feuerchen an, aber von mir aus.«

»Danke.« Lapidius setzte sich auf den Stamm.

»Wart mal.« Holm verschwand in der Hütte. Eine Weile verging. Lapidius war schon drauf und dran, nach dem Alten zu sehen, da erschien er wieder, mit kreuzunglücklichem Gesicht. »Irgendwo hatt ich doch … willn Besen fressen, wenn sie nich mehr da is … aber wo issie?«

»Suchst du etwas?«

»Ja, Kumpel, tu ich.« Holm begann sich mit verzweifelter Gründlichkeit vor der Hütte umzusehen. Er guckte hinter den Baumstamm, spähte in eine alte Regentonne, untersuchte den Waldrand. Seine Bewegungen wurden immer fahriger. Schließlich stieß er einen Schrei der Erleichterung aus: »Da issie ja, ich wusst, dass noch was drin is!« Aus dichtem Farnkraut zog er eine Bierkanne hervor, setzte sie an und nahm ein paar tiefe Züge. Er tat es mit geschlossenen Augen, den Kopf weit im Nacken. Sein Adamsapfel wanderte dabei emsig auf und ab. »Verdammich, das war nötich!«

Holm wischte sich mit der Hand über den Mund. Seine Augen blickten jetzt klarer, sein Gesicht gewann etwas Farbe. »Ich brauch öfter maln anständigen Schluck, weißte. Willste auch?«

»Nein! Nein, danke. Wenn du hast, etwas Wasser.«

»Wasser? Pöhhh, sowas habich nich.«

»Das dachte ich mir fast.«

»Wie? Ach so, ja.« Holm sprach erneut der Kanne zu.

Seine Laune wurde sichtlich besser. »Schöner Tach heut. Bisschen kalt, aber schöner Tach, hupps … wunderschöner Tach.«

Lapidius verspürte wenig Neigung, mit dem Alten über die Reize dieses Tages zu sprechen, obwohl der Wald um ihn herum mit seinen schneebedeckten Wipfeln einen atemberaubenden Anblick bot. »Sag einmal, Holm, du hast doch die tote Frau auf dem Marktplatz gefunden, stimmts?«

Der Alte, der sich unterdessen an Lapidius' Seite gesetzt hatte, antwortete: »Ja, habich. Wieso?«

»Und ein paar Tage später hast du doch den Frauenkopf über einer Tür in der Böttgergasse entdeckt?«

»Mann, ich dacht, so besoffen könnt ich doch nich … doch nich, hupps … nich sein, nich? Abers warn toter Kopf, mit Hörnern dran. Hab schon gedacht, ich wär zur Hölle gefahrn … abers war nich so, warn toter Kopf, tot warer, mausetot.« Holm schüttelte sich.

»Was mich nun wundert, ist, dass ausgerechnet du beide Male die Toten gefunden hast, du und niemand sonst, wo Kirchrode doch Hunderte von Bürgern hat. Findest du das nicht auch seltsam? Erst die Ermordete auf dem Markt, dann den Frauenkopf über der Tür …« Lapidius schwieg bedeutungsvoll.

In Holms Gesicht arbeitete es. Er versuchte, das Gesagte zu verstehen. Dann, plötzlich, fiel ihm die Kinnlade herab. »Gottsakra, Kumpel, glaubste, ich find nochne dritte? Glaubste das? Nee, das haltich, hupps … nich aus, nich aus haltich das, hupps!«

Lapidius schwieg noch immer. Er beschränkte sich darauf, Holm scharf zu beobachten.

Der nahm einen Schluck. Allmählich setzte die vertraute Wirkung des Alkohols ein. Er beruhigte sich. »Meinste, da, hupps … da will mir ei… einer was anhängen, Kumpel?«

Lapidius war mittlerweile zu der Überzeugung gekommen, dass es tatsächlich Zufall sein musste, was Holm widerfahren war. Es schien unvorstellbar, dass dieses menschliche Wrack zwei derartige Morde geplant haben sollte.

Und ebenso unmöglich, dass es sie ausgeführt hatte. Auch nicht für andere. Nein, Holm war nur ein harmloser alter Säufer, dem das Schicksal übel mitgespielt hatte. Mehr nicht. »Ich bin sicher, du warst nur zweimal zur falschen Zeit am falschen Ort.«

»Hä …?«

»Du brauchst dir keine Sorgen zu machen. Es ist alles in Ordnung.« Lapidius wandte den Kopf zur Seite, denn Holms saurer Atem schlug ihm zum wiederholten Male ins Gesicht, und auf die Dauer war das nicht auszuhalten. In die andere Richtung sprechend, fragte er: »Gibt es in dieser Gegend eigentlich Höhlen?«

»Höhlen?«

»Ja. Du kennst dich hier oben doch gut aus. Gibt es so etwas und wenn ja, wo?«

Holm nahm einen Schluck. Es war der letzte. »Höhlen, hupps … türlich gibts die. Jede Menge.«

Lapidius sank das Herz. Wenn es so viele Höhlen gab, war die Wahrscheinlichkeit gering, dass er die richtige fand. Zumal es nicht genügte, sie zu finden – er musste sie auch rechtzeitig aufspüren. Rechtzeitig genug, um Freyja zu retten. »Und du kennst alle?«

Der Alte stierte auf die nun leere, von ihm kerzengerade gehaltene Kanne, schnaufte und warf sie zu Boden. »Da kannste einen drauf la… lassen.«

»Und wo befinden sie sich?«

»Essis die Toter-Mann-Höhle, die, hupps … Wasserthalhöhl, die Grotte aufm Grat, die, die Meijersche Höhle un, un …« Holm schwieg abrupt. »Ja, die sins.«

Lapidius, der zunächst seine Frage nach dem Wo wiederholen wollte, beließ es dabei. Es war ihm nicht entgangen, dass der Alte etwas verschwiegen hatte. »Ich glaube, du hast eine vergessen.«

Holm senkte den Blick und knetete die Hände.

»Du wolltest doch noch eine nennen, war es nicht so?«

»Ja … ja. Aber die kennich nich.«

»Das macht nichts. Sage nur, wie sie heißt.«

»Essis die Sa… Sa… hupps … Sabbathöhle.« Dem Alten

fiel es – ob durch den Alkohol oder aus anderen Gründen – sichtlich schwer, den Namen über die Lippen zu bringen.

»Hat es mit ihr etwas Besonderes auf sich?«

»Nee, nee.«

»Nun gut.« Lapidius wandte sich Holm wieder voll zu. Mit abgewandtem Gesicht war auf die Dauer kein Gespräch zu führen. Die Bierfahne musste ertragen werden. »Wo befinden sich die Höhlen?«

Der Alte sträubte sich noch ein wenig, beschrieb aber dann die Örtlichkeiten genau.

»Das waren vier. Wo ist die Sabbathöhle?«

Wieder das Zögern. Lapidius wartete gespannt. Endlich meinte Holm: »Die is im Otternberg, hu... hunnert Fuß unterm Gipfel. Die höchste von allen. Wenndu oben bis, da isn dicker Felsbrocken, kugelrund un ... un so dick, dass zehn Mann nich mitn Armen rumkommn. Den musste finden un dich so stelln, dassde inner Flucht mit der Buche vonner Zi... Zirbelhöh stehst, dann sins neununzwanzich Schritt hinterm Felsbrocken, hupps ... musste dir merken, sonst fi... findste den Eingang nich.«

»Gut, ich danke dir.« Lapidius wandte sich wieder ab. Für einen Augenblick fragte er sich, warum der Alte sich mit den Angaben zur fünften Höhle so schwer getan hatte, dachte dann aber daran, wie er die Hinweise am besten verwerten konnte. Wenn Freyja von den unbekannten Augen und Händen in eine Höhle gebracht worden war – wohlgemerkt: wenn –, dann konnte es theoretisch jede sein. Es sei denn, es gelang ihm, die Möglichkeiten einzugrenzen. Natürlich! Fast hätte Lapidius sich vor den Kopf geschlagen. Warum hatte er nicht gleich nach einer Höhle mit Steingesicht und Stalaktiten gefragt? So dumm wie er konnte kein Zweiter sein. »Hör mal, birgt eine der Höhlen so etwas wie ein Steingesicht?«

»Hä?«

Der Alte glotzte so verständnislos, dass Lapidius sich weitere Fragen in diese Richtung ersparte. »Oder Stalaktiten? Weist eine Stalaktiten auf?«

»Hupps ... nee.«

»Du weißt doch, was Stalaktiten sind?«

»Ja, ja, weißich.«

Lapidius fühlte herbe Enttäuschung. Die ganze Zeit hatte er den Alten ausgequetscht, und noch immer wusste er nicht, wo er mit seiner Suche beginnen sollte. Keine der Höhlen wies Tropfsteinzapfen auf. Das hieß, keine kam für seine Nachforschungen in Frage. Keine? Halt! Hatte Holm nicht gesagt, er kenne die Sabbathöhle nicht? Richtig, von ihr wusste er nur, wo der Eingang war, mehr nicht. Das bedeutete: In dieser Höhle konnte es Stalaktiten geben. Und vielleicht auch das Steingesicht.

»Sag einmal, Holm, könntest du mich hinaufbringen zur Sabbathöhle?«

»Nee, kannich nich.« Der Alte knetete wieder die Hände.

»Warum nicht?«

»Ich kanns nich.«

Lapidius holte einen Taler hervor und hielt ihn Holm unter die Nase. »Es wäre mir auch etwas wert.«

»Ich kanns nich, ich kanns nich, ich kanns doch nich!« In des Alten Gesicht tobte ein Sturm. Sicher malte er sich aus, wie viel herrliche Kannen Bier er für einen Taler im *Querschlag* bekäme. Und dennoch schlug er ihn aus. Es musste ein furchtbarer Grund sein, der ihn so handeln ließ.

»Sage mir, warum du es nicht kannst.« Das Geldstück lockte weiter.

»Essis … Essis nich möchlich«, krächzte der Alte, der jählings nicht mehr alkoholisiert zu sein schien. »Dort spukts, die Hexen gehen um, Besenreiterinnen, Unholde, Trolle …«

Lapidius steckte die Münze wieder ein. »Lass gut sein, Holm. Ich kann dich nicht zwingen. Vielleicht sehen wir uns nachher noch einmal.« Er stand auf, und zu seiner Überraschung erhob sich auch der Alte. Lapidius dachte schon, Holm hätte es sich anders überlegt, als er dessen verzweifelten, verlangend auf den Krug gerichteten Blick gewahr wurde.

Da gab er ihm den Taler doch.

Die Tür zum Haus der schiefen Jule stand weit offen, weshalb Lapidius ohne zu klopfen eintreten konnte. Er hatte sich entschlossen, nach der verkrüppelten Frau zu sehen, da ihre Holzhütte direkt auf dem Weg zum Otternberg lag. »Hallo!«, rief er. »Hallo?«

Die schiefe Jule gab keine Antwort. Vielleicht hielt sie sich hinter dem Haus auf.

»Hallooo?«

Irgendetwas stimmte hier nicht. Lapidius blickte sich um. Und dann fiel ihm auf, dass einer der beiden Obstpflückerkörbe mit den überlangen Stabilisierungsstangen fehlte. Ein Diebstahl!, war das Erste, was ihm durch den Kopf schoss. Unsinn!, sein nächster Gedanke. Er schalt sich für seine überspannten Sinne. Die schiefe Jule stellte ihre Waren her, um sie zu verkaufen, und nichts deutete darauf hin, dass mit dem verschwundenen Korb etwas anderes geschehen war. »Hallooo?«

Lapidius schob sich an dem verbliebenen Korb-Ungetüm vorbei ins Innere der Hütte und blieb plötzlich wie angewurzelt stehen. Er wusste jetzt, was aus dem fehlenden Stück geworden war: Es stand unten in Kirchrode. In Taufliebs Werkstatt. Taufliebs, immer wieder Taufliebs! »Hallooo, Jule, bist du da?«

Sie war da. Sie lag halb unter der Flechterbank, und sie war tot. Lapidius stieß einen unterdrückten Schrei aus. Er wollte nicht glauben, was er sah. Aber seine Augen trogen ihn nicht.

Er musste sich erst einmal setzen und sank auf den Arbeitsschemel, während tausend Gedanken in seinem Kopf rumorten. Die schiefe Jule. Er hatte sie gemocht. Sie war ruhig, freundlich und gescheit gewesen. Sie hatte sich das Leben nicht verbittern lassen, trotz ihrer leiblichen Unzulänglichkeit. Doch nun lag sie entseelt da, und vieles sprach dafür, dass sie nicht eines natürlichen Todes gestorben war.

Lapidius raffte sich auf und begann mit der Untersuchung. Vorsichtig zog er den Körper hervor und drehte ihn so, dass er in das bleiche Gesicht blicken konnte. Panik stand darin. Bevor sie starb, musste die schiefe Jule Todesängste ausgestanden haben. Ihre Gliedmaßen, so stellte er fest, ließen sich leicht bewegen. Hatte die Totenstarre noch nicht eingesetzt? Oder hatte sie sich bereits wieder gelöst? Die Antwort gaben Jules aufgerissene Augen. Ihre Beschaffenheit sagte ihm, dass sie schon länger als ein paar Stunden tot war. Die Stirn war glatt. Niemand hatte die Buchstaben F und S in sie hineingeschnitten. Dafür fand sich eine hässliche Schlagwunde am Schläfenbein mit viel verkrustetem Blut. Sie mochte für den Tod verantwortlich sein. Aber wo war der Gegenstand, der die Wunde verursacht hatte?

Nach kurzer Suche hatte Lapidius ihn gefunden. Es war Jules Stock. Sie war mit ihrer eigenen Krücke erschlagen worden, denn das untere Ende wies Blut- und Haarspuren auf.

Lapidius setzte sich wieder. Er musste kühlen Kopf bewahren. Eines war klar: So konnte er die Tote nicht verlassen. Es lag nahe, nach Kirchrode zurückzulaufen, um jemanden zu holen, der sie beerdigte. Krott zum Beispiel. Doch gewichtige Gründe sprachen dagegen. Erstens die Tatsache, dass man ihm den Mord in die Schuhe schieben würde. Und zweitens die Zeit. Er würde Stunden verlieren und heute nicht mehr nach der Sabbathöhle suchen können.

Die Schlussfolgerung aus diesen Überlegungen war einfach: Er selbst musste der Toten ein Grab schaufeln. Aber wo? Jules Holzhaus war auf festem Gestein erbaut. Nur bei der Buche, die nicht weit entfernt stand, gab es genügend tiefen Erdboden. Dort mochte ein schöner Platz für die letzte Ruhe sein.

Während Lapidius nur in Hose und Wams arbeitete – es war eine schweißtreibende Tätigkeit, denn die Krume war noch teilweise gefroren –, kehrten seine Gedanken immer wieder zu dem fehlenden Obstpflückerkorb zurück. Wenn er sich recht erinnerte, hatte er das Stück in der vorletzten Nacht bei Tauflieb entdeckt. Und da die schiefe Jule gewiss länger tot war, konnte ihr Ableben mit dem Verschwinden des Korbs durchaus zusammenhängen.

Und mit dem Schlossermeister.

Hatte er die verkrüppelte Frau getötet? Gut möglich, aber was in aller Welt wollte er mit dem Riesenkorb?

Eine weitere Frage drängte sich auf: Wenn Tauflieb ein *Filius Satani* war, warum hatte er diesmal nicht versucht, durch das F und das S den Verdacht auf Freyja zu lenken?

Lapidius schüttelte den Kopf und tat die letzten Spatenstiche. Zwei Dinge jedenfalls standen unumstößlich fest: Der fehlende Obstpflückerkorb befand sich in Taufliebs Werkstatt. Und die schiefe Jule war tot.

Wenig später hatte er ihren Leib in das Erdloch gebettet und den Krückstock dazugelegt. Während er das Grab zuschaufelte, kam ihm ein Gebet über die Lippen, das eher einer Anklage glich:

»Gottvater im Himmel,
ich weiß, es steht geschrieben,
die Reichen sollen den Armen geben.
Aber auch den Lahmen, den Blinden
und den Verkrüppelten.
Du selbst hast dieser Frau
nicht viel gegeben.
Sie war allein, und sie war schief,
und am Ende hast Du es zugelassen,
dass sie brutal erschlagen wurde.
Dabei war sie noch nicht einmal alt.
Ich verstehe Dich nicht, Herr.
Sie war ein guter Mensch.
Unzählige andere hättest Du statt ihrer
abrufen können.
Ich verstehe Dich nicht, Herr.
Und wenn Du dieser Frau zu alledem
auch noch das Himmelreich
verwehren solltest, so würde ich
überhaupt nichts mehr verstehen.
Gib, dass sie ewigen Frieden findet.
Amen.«

Er legte den Spaten aus der Hand und zog seinen Mantel wieder über. Innerhalb kurzer Zeit hatte er ein zweites Mal gebetet, aber diesmal fühlte er sich danach nicht besser. Sterben war so sinnlos. Bei einer Frau wie Jule. Und erst recht bei einer jungen Frau wie Freyja.

Alles musste getan werden, damit wenigstens sie am Leben blieb.

Eine gute Stunde später stand Lapidius nach Atem ringend vor dem kugelförmigen Fels, von dem der alte Holm behauptet hatte, es brauche zehn Männer, ihn zu umfangen. Unter ihm lag die Zirbelhöh mit der riesigen Buche, deren grünendes Geäst vom Schnee noch einmal weiß gefärbt worden war. In ihrem Schatten, uneinsehbar, lag das Grab der schiefen Jule.

Als sein Herzschlag halbwegs zur Ruhe gekommen war, zog Lapidius mit den Augen eine Linie zwischen der Buche und dem Fels und verlängerte sie in Richtung Berg. Er merkte sich den Punkt und umrundete den massigen Stein. Dabei fiel ihm auf, dass es mit dem Fels eine besondere Bewandtnis hatte, denn so gewaltig seine Ausmaße waren, so klein war die Fläche, auf der er ruhte. Sie maß wohl kaum einen Fuß im Quadrat. Ein oder zwei starke Männer konnten ihn wahrscheinlich von seinem Sockel stoßen.

Auf der anderen Seite angelangt, tat sich vor Lapidius eine Überraschung auf, denn der Berg stieg nicht weiter an, wie er vermutet hatte, sondern fiel zunächst leicht ab, bevor er wieder an Steigung gewann. Von hier aus sollten es nur noch wenige Schritte bis zum Höhleneingang sein. Doch er konnte keine Öffnung erspähen. Stattdessen bemerkte er Spuren. Stiefelspuren. Sie kamen von der anderen Seite des Ensbacher Grabens. Männer waren hier gegangen, drei an der Zahl; die Größe und die Unterschiedlichkeit der Abdrücke zeigten es an. Lapidius hockte sich nieder, um mehr herauszufinden. Die Spuren waren nicht mehr frisch, aber von einer hauchdünnen Lage weiteren Schnees bedeckt. Da es heute nicht geschneit hatte, musste es der Niederschlag der vergangenen Nacht sein. Vielleicht auch der des gestrigen Tages. Das hieß, die Abdrücke waren mindestens vierundzwanzig Stunden alt. Oder auch älter, denn wann, wo und wie oft es im Oberharz über Kirchrode schneite, wusste niemand genau zu sagen. Allenfalls Holm, aber der würde keine Hilfe sein. Der saß jetzt mit Sicherheit im *Querschlag* und versoff den Taler, den er, Lapidius, ihm in seiner Gutmütigkeit geschenkt hatte.

Das Unwissen verwünschend, mit dem er ständig zu kämpfen hatte, beugte Lapidius sich noch tiefer über die Spuren. Er stellte fest, dass sie in Richtung Bergspitze führten und von dort wieder hinunter. Die Männer waren also gekommen und anschließend gegangen. Und dann bemerkte er etwas Ungewöhnliches: Einer der Unbekannten hinkte. Sein linker Stiefel drückte sich auswärts und nach vorn tiefer ein, was bewirkte, dass die Sohle nicht vollständig sichtbar war. Daraus konnte man schließen, dass er ein verkrüppeltes Bein hatte.

Langsam folgte Lapidius den Spuren. Schritt für Schritt zählte er mit, durch die Senke und wieder bergan, und als er bei neunundzwanzig angelangt war, machte er Halt. Viele Abdrücke tummelten sich hier, aber von einer Öffnung im Berg war weit und breit nichts zu sehen. »Sabbathöhle, wo ist dein Eingang?«, sprach Lapidius zu sich selbst. »Irgendwo muss er doch sein!«

Immer wieder blickte er nach oben – und sah nichts Besonderes. Nur ein paar armselige, sich unter dem Wind beugende Büsche. Und dann, weil es gar keine andere Möglichkeit gab, wusste er, dass die Öffnung sich hinter dem Gesträuch befand.

Und so war es auch. Der Eingang lag hinter dichtem Zweigwerk, war höchstens vier Fuß hoch und eine Elle breit. Lapidius hatte Mühe, hineinzuschlüpfen. Drinnen angekommen, stand er in gebückter Haltung da und starrte in die Finsternis. Feuchter, moosiger Geruch schlug ihm entgegen. Er nestelte in seinen Taschen, ertastete die Ziegenhörner, die er noch von seinem Ausflug zum Knopfmacher Nichterlein bei sich trug, forschte weiter und fand endlich das, was er suchte: eine kleine Öllampe von der Art, wie sie auch bei Freyja brannte, dazu Stahl und Stein. Er entzündete die Lampe, stellte sie am Boden ab und förderte als Nächstes ein Wollknäuel zu Tage, dessen Ende er an einen kräftigen Zweig vor der Höhle band. »Der Ariadnefaden, mit dem Theseus ins Labyrinth eindrang, war sicher feiner«, murmelte er, »aber ein Spinnfaden von Marthe wird es genauso tun.«

Er nahm die Lichtquelle auf und ging vorsichtig ins Innere, das Knäuel ständig dabei abspulend. Rasch wurde der Gang höher, und Lapidius atmete auf. Nach zwanzig Schritten, es ging, wie er glaubte, leicht bergab, kam er an eine Gabelung. Er hatte sich schon vorher überlegt, wie er sich in einer solchen Situation verhalten wollte, und beschlossen, sich grundsätzlich nach links zu wenden. Feuchtes, bizarres Gestein umgab ihn, ab und zu unterbrochen von tief herabhängendem Fels. Er musste scharf Acht geben, um sich nicht zu stoßen. Vorsichtig tastete er sich weiter. Er ging jetzt langsamer, weshalb die Kälte ihm unaufhaltsam in die Knochen kroch. Flüchtig musste er an Marthe denken, die ihm wärmere Kleidung hatte aufdrängen wollen. Nun bereute er, nicht auf sie gehört zu haben.

Abermals eine Abzweigung. Auch diesmal hielt er sich links. Er hatte sich vorgenommen, seine Schritte ständig mitzuzählen, aber es mittlerweile vergessen. Verärgert über sich selbst, strebte er voran, den Faden immerfort abspulend. Das Knäuel war schon bedrohlich klein geworden. Viel länger durfte sein Ausflug nicht werden. Bei der dritten Gabelung verfuhr er wie bisher, stand aber bald darauf vor einer Wand. Der Gang endete hier. Lapidius hielt die Lampe hoch, um besser sehen zu können. Winzige Insekten und Spinnen krabbelten im Schein der Flamme, allesamt kaum oder gar nicht pigmentiert.

»Lichtscheues Getier«, brummte Lapidius, »kein schöner Anblick.« Er drehte um und rollte im Zurückgehen das Knäuel wieder auf. Es war ein mühevolles Unterfangen, denn eigentlich brauchte er dazu drei Hände. Zwei zum Wickeln und eine weitere Hand, um die Lampe zu halten. Er behalf sich, indem er die Lichtquelle immer erst ein paar

Schritte voraus abstellte und anschließend mit dem Knäuel folgte.

An der zuletzt passierten Gabelung sagte der Faden ihm, aus welcher Richtung er gekommen war. Er wandte sich nochmals nach links und begegnete schon nach wenigen Schritten einer neuen Abzweigung. Lapidius unterdrückte eine Verwünschung. Die Höhle schien nur aus Gängen und Gabelungen zu bestehen! Doch unbeirrt hielt er sich an seinen eingeschlagenen Weg. Wenig später war sein Knäuel aufgebraucht. Sollte er zurückgehen? Nein. Jetzt, wo er so weit gekommen war, wollte er nicht kehrtmachen. Er legte das Fadenende am Boden ab und bewegte sich weiter vorwärts. Zehn Schritte, fünfzehn, zwanzig …

Und mit jedem Schritt, den er vordrang, fühlte er deutlicher, dass es wieder da war: das Böse. Das Ungreifbare und Unbegreifliche. Irgendwo in seiner Nähe war es. Hinter ihm, vor ihm, neben ihm. Und wo eben noch steinerner Fels gewesen war, erblickte er jetzt – nichts. Schwarzes Nichts.

»Allmächtiger!«, entfuhr es ihm, unwillkürlich zurücktretend, denn der Widerhall seines eigenen Wortes hatte ihn erschreckt. Er kämpfte seine Beklommenheit nieder und hielt die kleine Lampe in alle Richtungen. Es schien, als wäre er in einer großen Felsenhalle angelangt, einem Höhlendom.

Zögernd tat er ein paar Schritte vorwärts und erkannte jetzt eine Wand vor sich, von der zwei Wege abgingen. An seinen schlechten Orientierungssinn denkend, bewegte er sich sofort zurück und kennzeichnete den Gang, aus dem er gekommen war, mit einem Kreuz. Sich wieder zur Mitte bewegend, versuchte er, ein genaueres Bild von der Höhle zu gewinnen. Sie maß vielleicht zwanzig mal dreißig Schritte, wobei dies nur eine grobe Schätzung sein konnte, da ihre Fläche keineswegs rechteckig war, sondern mehr oder minder starke Ausbuchtungen aufwies.

Unversehens meldete Lapidius' feine Nase ihm eine Veränderung – es roch nach Weihrauch. Wie konnte das sein? Er schloss die Augen, um sich ganz auf die Wahrnehmung konzentrieren zu können. Nein, ein Zweifel war ausgeschlossen: Intensiver Weihrauchgeruch lag in der Luft. Er öffnete die Augen wieder und schrie vor Schreck auf.

Er hatte das Steingesicht gesehen.

Es war eine Reliefbildung im Fels, die sich zwischen den beiden gegenüberliegenden Gängen befand. Eine hässliche, sich in ihrer Bedrohlichkeit nur aus einem ganz bestimmten Blickwinkel offenbarende Erscheinung. Lapidius vergaß den Weihrauchduft. Probehalber ging er drei Schritte vor, drei zurück und drei zur Seite, und jedes Mal verschwand das Steingesicht wie von Zauberhand. Wer nicht an Truttner und Dämonen glaubte, der konnte es spätestens hier lernen.

Zoll für Zoll begann Lapidius nun den Boden abzuleuchten, was zunächst nichts erbrachte. Dann aber erkannte er fünf Erhebungen im Fels, abgeflachte, gelbliche Kegel, mit denen er nichts anzufangen wusste. Eine Laune der Natur? Nachdenklich richtete er sich auf und zuckte zusammen. Ein Wassertropfen war ihm in den Nacken gefallen. Ein Tropfen, so dick, dass er ihm den halben Kragen durchnässt hatte. Wo kam der her?

Lapidius hielt die Öllampe hoch und spähte in die Dunkelheit. Und was er diesmal sah, erkannte er sofort: Es waren Tropfsteinzapfen, die da über ihm hingen, dräuend und nadelspitz. Ebenfalls fünf an der Zahl.

Stalaktiten! Steinerne Zähne. Ihr Sickerwasser hatte die kegelförmigen Stalagmiten am Boden entstehen lassen.

Lapidius setzte sich auf den nackten Fels, ohne die Kälte zu beachten. Auf einmal schien alles klar. Er war am Ziel. Dies musste die Höhle sein, in die man Freyja gelockt hatte. Hier, in der Sabbathöhle, war es gewesen, wo sie das Steingesicht und die steinernen Zähne gesehen hatte.

Auch Gunda Löbesam hatte man hergebracht. Dafür gab es einen Beweis, der sich allerdings erst bei näherem Hinsehen erschloss: Es war die Anordnung der Stalagmiten. Sie erinnerten, genau wie die Hämatome auf dem Rücken der Korbmacherin, an die Fünf auf einem Würfel. Ja, Gunda Löbesam war hier niedergedrückt worden, bevor man sie geschändet und gemordet hatte!

Wieder kam ein Tropfen herab. Er landete auf einem der Kegel und spritzte nach allen Seiten fort. Lapidius wusste, dass er eine unvorstellbar winzige, für das Auge unsichtbare Menge Kalk hinterlassen hatte. Sein Interesse als Wissenschaftler war geweckt. Er wartete auf den nächsten Tropfen und musste sich lange gedulden. Als er schließlich fiel, platzierte er die nächste Menge Kalk auf der Kegelkuppe. Wie lange mochte es dauern, bis dieserart ein Stalagmit aus dem Felsboden gewachsen war? Zehntausend Jahre? Hunderttausend Jahre? Unmöglich, wenn man der heiligen Mutter Kirche glaubte, denn ihrer Lehre nach war die Erde in sechs Tagen erschaffen worden und nur wenige tausend Jahre alt. Konnte das wirklich sein?

Lapidius schob seine ketzerischen Überlegungen beiseite. Freyja fiel ihm ein. Er sagte sich, dass ihr Rücken keine Blutergüsse aufgewiesen hatte, was ein Hinweis darauf sein mochte, dass sie der Vergewaltigung entronnen war. Er hoffte es inbrünstig und widmete sich erneut dem Boden. Schrumpelige schwärzliche Weihrauchreste waren das Nächste, was er entdeckte. Seine Nase hatte sich also nicht geirrt.

Er leuchtete weiter und bemerkte dunkle Flecken nahe der Stalagmiten. Blut. Das überraschte ihn nicht. Gunda Löbesam war grausam die Kehle durchschnitten worden. Danach hatte man sie nach Kirchrode geschafft und in Freyjas Wagen durch die Stadt gekarrt. Welch eine dämonische Energie steckte hinter all diesen Taten!

Lapidius näherte sich dem Steingesicht und entdeckte davor die Asche eines Feuers. Dazu, etwas entfernter, eine gehörige Menge Scheitholz. Und dann sah er einen eisernen Topf. Was hatte es damit auf sich? War in der Höhle gekocht worden? Des Rätsels Lösung ergab sich, als Lapidius den Inhalt untersuchte. Er bestand aus einer schwarzdunklen Masse. Lapidius steckte den Finger hinein, spürte eine verkrustete Oberfläche und darunter glitschige, klebrige Verklumpungen. Und dann, übergangslos, wurde ihm schlecht. Denn was er ertastet hatte, war altes, eingedicktes Blut.

Er kämpfte gegen den Brechreiz, aber konnte ihn nicht

unterdrücken. In mehreren qualvollen Schüben übergab er sich und fühlte sogleich Erleichterung, obwohl er sich für seine Schwäche schämte. Er hatte schon ganz andere Dinge in seinem Leben gesehen und dennoch nicht erbrechen müssen. Den Kopf der unbekannten Toten beispielsweise. Der war kein schöner Anblick gewesen. Nein, beileibe nicht. Der dazugehörige Körper, das ließ sich mit Sicherheit sagen, befand sich nicht im Höhlendom. Allerdings ebenso wenig in seinem wie in Taufliebs Haus. Wo konnte er sein?

Lapidius ließ die Frage offen, denn er musste sich um seinen blutverschmierten Finger kümmern. Er brauchte irgendetwas, womit er ihn abwischen konnte. Aber er hatte kein Schnupftuch. Schließlich steckte er ihn in die Asche der Feuerstelle und drehte ihn ein paar Mal hin und her.

Leidlich wieder sauber, setzte er seine Nachforschungen fort. In einer Ecke der Höhle stieß er auf mehrere Fackeln, einige davon abgebrannt, die anderen noch unbenutzt. Sie lehnten aufrecht an der Wand und verdeckten fast eine kleine, am Boden stehende Flasche mit Becher. Lapidius nahm das gläserne Behältnis auf, löste den Wachspfropfen und roch daran. Er hatte den Geruch von Bilsenkraut erwartet, war sich seiner Wahrnehmung aber nicht ganz sicher. Sollte er das Fläschchen einstecken, um daheim seinen Inhalt bestimmen zu können? Nein. Die Herren der Höhle, wer immer sie auch waren, würden den Verlust sofort bemerken und wissen, dass ihnen jemand auf die Schliche gekommen war. Andererseits hatte er sich erbrochen, und die Spuren waren schwerlich zu beseitigen. Sie würden ihn ohnehin verraten. Also steckte Lapidius das Fläschchen ein und trat den Rückweg an.

Natürlich hätte er sich verlaufen, wäre nicht das Kreuz gewesen, mit dem er den Ausgang gekennzeichnet hatte. So aber fand er alsbald sein Fadenende wieder und konnte zügig ins Freie streben.

Frische, kalte Bergluft schlug ihm entgegen, als er sich an den Abstieg machte. Den gewaltigen Kugelfelsen hinter sich lassend, kletterte er zu Tal. Immer wieder blickte er sich um, doch nichts als eine verschneite, menschenleere Bergwelt umgab ihn. Als er das kleine Stück durch den Ensbacher Graben bewältigt hatte, kam er auf die Zirbelhöh mit der riesigen Buche, dem Haus und dem Grab der schiefen Jule. Von hier aus führte der Hauptweg hinunter nach Kirchrode. Lapidius atmete tief durch. Nun konnte er sich nicht mehr verirren.

Und niemand hatte ihn gesehen.

Die Augen lachten lautlos, während sie den sich entfernenden Lapidius musterten. Sie hatten ihn beobachtet, wie er aus der Höhle getreten war. Sie hatten gesehen, wie er sich umdrehte, die Gegend absuchte, ja geradezu in alle Richtungen sicherte wie ein ängstliches Wild. Lapidius, du Ahnungsloser!

Der Erste Sohn des Teufels kicherte in sich hinein. Lapidius, Lapidius! Du dünkst dich sehr gescheit, glaubst, deinem großen Ziel, mich zu besiegen, wieder ein Stück näher gekommen zu sein, nur weil du Luzifers Höhle gefunden hast. Nichts hast du! Noch immer tappst du im Dunkeln, wer dich und die Säckler tödlich bedroht. Und das wird auch so bleiben. Niemals wirst du erfahren, wer ich bin, und wenn, dann wird es zu spät sein für dich. Dann wird sich die Kraft meiner Augen mit deinem Verstand messen, und es wird sich zeigen, wer obsiegt. Meine Augen, meine Stimme, meine Hände – sie werden dich mir zu Willen machen, und wenn du dich dagegen sträubst, wird ein bittersüßer Trank nachhelfen.

Nicht jeder gehorcht mir, nicht jeder folgt meinen freundlichen Worten, das weiß ich wohl; ich habe es manches Mal erfahren, seit ich vor Jahren die geheimen Kräfte in mir entdeckte. Auch ist es so, dass ich die Erinnerungen im Menschen nicht für alle Zeiten auslöschen kann, weshalb ich die Säckler beobachten lasse, seit sie mir aus der Höhle entwischte. Von Marthe, die sich allerdings etwas widerborstig zeigt. Nun, sie wird ihre Aufgabe erfüllen, ebenso wie die Zeuginnen, sonst …

Doch du, Lapidius, bist mein. Schon jetzt.

Wenn du wüsstest, dass ich es bin, den du suchst; wenn dir klar wäre, dass ich dich durchschaut habe in allem, was du tust, dann würdest du heulen und mit den Zähnen klappern und dich mir freiwillig ausliefern. Du würdest ablassen von deinen lächerlichen Bemühungen, die Säckler zu schützen!

Ich habe dich gesehen, als du auf den Gemswieser Markt eiltest und die Tote mit ihrem F und S auf der Stirn dich in höchste Bedrängnis brachte. Ich habe dich gesehen, als du dein Haus vor dem anstürmenden Pöbel verteidigen wolltest – nicht ahnend, worum es ging. Ich habe dich gesehen, als du den Totenkopf über deiner Tür entdecktest und bei seinem Anblick fast in Ohnmacht gefallen wärst. Ich habe dich gesehen, als du durch Kirchrode irrtest, um nach einem Ziegenbock ohne Hörner zu suchen – und ich fand es höchst erheiternd. Ich habe dich gesehen, als du einen Alambic ausleihen wolltest und unverrichteter Dinge wieder abziehen musstest. Ich habe dich viele Male gesehen.

Aber du hast mich nicht gesehen.

Du bist klug, Lapidius, trotz allem. Deshalb weiß ich, wir werden einander spätestens in vier Tagen begegnen. Nachts. In der Sabbathöhle, die wir, die Söhne des Teufels, Luzifers Höhle nennen. Es wird die Stunde deines Verderbens sein. Denn es ist beschlossen, dass du stirbst. Ebenso wie Freyja Säckler, die auf dem Scheiterhaufen gerichtet werden wird. Viele leben, aber viele müssen auch sterben. Und manchmal ist das Sterben sogar unnötig – wie bei der schiefen Jule. Ich danke dir, Lapidius, dass du ihr ein Grab geschaufelt und damit alle Spuren beseitigt hast.

Der Erste Sohn des Teufels sah mit Befriedigung, dass Lapidius langsam aus seinem Gesichtskreis verschwand. Nun konnte er aus seinem Versteck hervorkommen und selbst die Höhle aufsuchen, um das große, das endgültige Ritual vorzubereiten. Nochmals kicherte er wild.

Manchmal glaubte er wirklich, der Leibhaftige zu sein.

Als Lapidius sein Haus erreichte, hatte die Dunkelheit schon eingesetzt. Er trat den Schnee von den Stiefeln, hängte den Mantel über einen Haken und ging auf Strümpfen in die Küche. Nachdem er den ganzen Tag in klirrender Kälte verbracht hatte, war er durchgefroren und hungrig wie ein Wolf. Er freute sich auf die Reste des Bratens. Vielleicht konnte die Magd ihm das Schweinerne sogar noch einmal anwärmen. »Marthe?«, sagte er leise, eingedenk ihrer Schreckhaftigkeit.

Die Magd antwortete nicht. Sie kniete mit gefalteten Händen vor einem Stuhl und schien ins Gebet versunken. Vor ihr, auf der Sitzfläche des Stuhls, stand ein mit Jesusbildern geschmücktes Transparent – ein kleines Kunstwerk, das in Form eines Triptychons gefaltet war.

»Marthe!«

»Ogottogott, Herr! Ogottogott!«

»Ich habe dich doch nicht schon wieder erschreckt? Was hast du denn da auf dem Stuhl?«

Marthe schniefte und nahm die Hände auseinander. »Das isn Taschenaltar, Herr, den habich jetzt immer dabei. Da kann man beten, wo man will, wie inner Kirche. Ogottogott, essis alles so furchtbar!«

»Du bist in letzter Zeit sehr fromm, Marthe. Erst die Schluckmadonna, jetzt der Taschenaltar. So kenne ich dich gar nicht.« Lapidius' Gedanken wandten sich wieder weltlicheren Dingen zu. Bei der Vorstellung an das köstliche Bratenfleisch lief ihm das Wasser im Munde zusammen. »Kannst du mir von dem Schweinernen etwas warm machen?«

»Essis alles so furchtbar, Herr. Der Brunnen im Hof, der Brunnen, er is vergiftet!«

»Wie, was?« Lapidius' Gedanken lösten sich notgedrungen von den Genüssen des Leibes. Ein Brunnen stellte einen großen Wert dar. Wer einen hatte, konnte sich glücklich schätzen, weil er nicht auf die öffentlichen Quellen angewiesen war. Für Lapidius war dieser Vorteil ein wesentlicher Grund gewesen, das Haus zu kaufen, denn frisches, reines Wasser war oftmals Bestandteil seiner Experimente. »Vergiftet, sagst du? Unser schöner Ziehbrunnen?«

Marthe faltete den Taschenaltar zusammen und barg ihn unter ihrer Schürze. »Ja, Herr, essis nich zu fassen. Ich habs gar nich gemerkt, habn Eimer hochgeholt un stehn lassen, weilich noch zu Traute rüberwollt. Traute, die Frau vom Hanseken Schott, aufer annern Seite vonner Gasse, die wolltn Rezept von mir ham, wie man Karnickel mit Klößen macht, weil die Klöße, die wern immer nix bei ihr, fallen immer zusammen, die Dinger, un da habich ihr …«

»Marthe, schweife nicht ab!«

»Ja, Herr, ja. Jedenfalls, wie ich wiederkomm, is da ne tote Katze, die war aufn Eimer gesprungen un hat getrunken un dann warse tot. Muss einfach umgefallen sein. Das Wasser is vergiftet, Herr, ich sags Euch. Essisn hübsches Kätzchen, grau un schwarz gestreift, aber keiner kennts, auch Traute nich. Ogottogott, Herr, essis alles so furchtbar! Isses möglich, dass Ihr das Kätzchen vielleicht kennt?«

Lapidius hatte Marthes letzte Worte schon nicht mehr gehört, denn er war sofort überzeugt, dass hier ein Mordanschlag auf ihn und Freyja verübt worden war. Und auf Marthe. Und dass sie ihr Leben nur dem Durst eines kleinen Kätzchens verdankten. Was bedeutete das?

Lapidius versuchte, logisch zu denken. Es konnte Zufall sein, dass die Mieze auf seinen Hof gesprungen war, um zu trinken. Oder aber, auch das war möglich, jemand hatte das Kätzchen hierher gebracht und dafür gesorgt, dass es trank – und starb. Die zweite Überlegung schien Lapidius wahrscheinlicher, denn das Tier war in der Nachbarschaft unbekannt. Er atmete innerlich auf. Wenn er richtig vermutete, hatte er es nur mit einer Warnung zu tun und nicht mit einem ernst gemeinten Anschlag auf sein Leben. Er stellte fest, dass die Fälle, in denen man ihn und sein Haus bedrohte, sich mehrten. Nun, er würde sich nicht einschüchtern lassen. Die Jagd nach den *Filii Satani* ging weiter. Er war ihnen heute entscheidend auf die Spur gekommen, wusste, wo sie sich versammelten, wo sie gemordet und mit Feuern und Fackeln den Sabbat gefeiert hatten. Er brauchte sie dort nur zu stellen. Allerdings, das war leichter gesagt als getan, denn er war allein gegen drei. Und er konnte nicht auf Hilfe hoffen. Von wem auch!

Lapidius merkte, wie seine Füße mehr und mehr erstarrten. Die Kälte des Dielenbodens kroch unbarmherzig durch seine Strümpfe. »Marthe, hole mir meine Hausschuhe und tische den Braten auf. Du brauchst ihn nicht mehr warm zu machen. Während ich esse, gehst du zum Brunnen am Ende der Gasse und holst frisches Wasser. Ich will nachher noch rasch zu Freyja hinauf. Vielleicht möchte sie etwas trinken. Gib mir mal den Schlüssel.«

»Der is doch inner Wand, wie Ihrs gesacht habt. Ich soll ihn doch nich ham, wenn Ihr wech seid, un ich …«

»Schon gut, gib ihn mir … danke. War etwas Besonderes mit Freyja?«

»Ja, Herr, nein, Herr, ich mein, sie isn armes Ding, hat alleweil geschrien vor Schmerzen, die Arme, wie sollas nur noch wern! Hab ihrn Trank vonner Weidenrinde gemacht, der alte war nämlich alle, da gings. So, un nu laufich rasch hin zum Brunnen, binja so froh, Herr, dassich nich mehr allein bin, weil die beiden Zeuginnen wieder, oh … äh …«

Lapidius, der es sich bereits am Küchentisch bequem gemacht hatte, bekam plötzlich große Ohren. »Ja? Was ist mit den beiden Zeuginnen? Waren sie wieder da, so wie neulich, als sie dir angeblich gesponnene Wolle gebracht haben?«

Die Magd wurde puterrot. »Nee, nee, Herr, ich … ich …«

»Haben die Koechlin und die Drusweiler dich auszufragen versucht? Haben sie dir gedroht? Waren sie oben bei Freyja? Haben die beiden unseren Brunnen vergiftet? Antworte!«

»Nee, Herr, ogottogott, Herr, ich … ich …«

»Antworte! Es ist viel wichtiger, als du denkst!«

»Ich … ich hol jetzt schnell das Wasser.«

Später, nachdem Lapidius gegessen hatte und wieder zu Kräften gekommen war, versuchte er noch mehrfach, Marthe zum Sprechen zu bewegen, doch die Magd zeigte sich stumm wie eine Auster. Er ermahnte sie eindringlich, fand ungewohnt strenge Worte, ließ sogar anklingen, sich von ihr trennen zu wollen, allein: Marthe schwieg eisern.

Schließlich gab er es auf. Er schickte sie zu Bett, nahm einen Becher Brunnenwasser und spülte die Mahlzeit hinunter. Das Nass aus der Böttgergasse schmeckte nicht so gut wie das vom eigenen Hof, aber er hatte keine Wahl. Nachdem er den Becher erneut gefüllt hatte, stieg er leise die Treppe zu Freyja empor. Die kleine Öllampe vor der Türklappe zur Hitzkammer grüßte herüber. Sie kam ihm vor wie ein ewiges Licht. In ihrem Schein sah er, dass seine Patientin schlief. »Ruhe weiter«, murmelte er unhörbar, »in wenigen Tagen hast du es geschafft.«

Er zog die Truhe ein wenig heran und setzte sich, denn es verlangte ihn nach Freyjas Nähe. Nach einer Weile spürte er, wie die Augen ihm schwer wurden. Er ging wieder nach unten und ließ den Becher auf der Truhe stehen. Wenn sie durstig wurde, konnte sie nun an das Trinkgefäß herankommen.

Nachdem er seinen Rundgang gemacht und zur Sicherheit noch die schwere Gesteinskiste vor die Haustür geschoben hatte, begab er sich zur Ruhe.

Er hoffte, er würde in dieser Nacht besser schlafen.

Sechzehnter Behandlungstag

Das Zittern war wieder da. Es zog sich durch den ganzen Körper, begann oben an den Augenlidern und endete unten an den Zehen. Freyja versuchte sich zu strecken, doch das Zittern blieb. Mit Mühe blickte sie durch die Öffnung in der Türklappe. Der Tag war schon angebrochen. Sie erkannte die Truhe, die Lapidius als Sitzmöbel diente und die an diesem Morgen zum Greifen nah vor der Hitzkammer stand. Darauf: ein Becher.

Plötzlich spürte sie stechenden Durst.

Ob der Becher Wasser enthielt? Sie sammelte all ihre Kräfte und schob die Hand durch die Öffnung, packte das Gefäß am Henkel und zog es zu sich in die Dunkelheit. Der Becher enthielt tatsächlich Wasser, denn beim Anfassen hatte sie einen Teil verschüttet. Das verdammte Zittern! Sie nahm einen Schluck, spülte damit ihren vom Speichelfluss übel riechenden Mund aus und trank gierig weiter, bis der letzte Tropfen geleert war. Der Becher fiel ihr aus der Hand und landete polternd auf den Dielen des Oberstocks.

Die Tätigkeit des Trinkens hatte sie sehr erschöpft. Doch gottlob hörte das Zittern allmählich auf. Sie ließ sich zurücksinken und dachte an Lapidius. Bestimmt war das Wasser von ihm. Er hatte es gestern Abend für sie in Reichweite hingestellt. Sehr anständig. Überhaupt begegnete er ihr stets mit Achtung. Niemals nutzte er die Situation aus, um einen Blick auf ihre Blöße zu werfen. Nie wieder hatte er sie gefragt, wann und wie oft sie bei Männern gelegen hatte. Sie hätte ihm auch keine Antwort geben können. Seit der Zeit, da sie allein mit dem Kräuterwagen fuhr, hatte sie es zwei- oder dreimal mit einem Burschen getan, und sie konnte sich weder genau an die Namen noch an die Orte erinnern, nur daran, dass man ihr vorher Schnaps aufgenötigt hatte. Wenn ihre Mutter noch gelebt hätte, wäre ihr das gewiss nicht passiert. Aber es war geschehen. Jedes Mal hatte es scheußlich wehgetan und war keineswegs so schön gewesen, wie immer behauptet wurde. Und die Burschen waren, kaum dass sie ihre Lust gehabt hatten, wieder verschwunden.

Ganz anders dagegen Lapidius. Er war ein Mann des Wissens und der feinen Manieren. Und er sah gut aus. Allerdings war er schon alt, sehr alt.

Eines ihrer Augen fing an zu jucken. Sie kniff es zusammen und verspürte einen heftigen Schmerz. Er rührte von einer Wimper her, die sie stach. Nach mehreren Versuchen gelang es ihr, das Härchen zu entfernen. Doch das unangenehme Gefühl wollte nicht weichen. Abermals forschte sie nach und bemerkte, dass ihre Augenlider völlig haarlos waren. Alle Wimpern waren ihr ausgefallen. Und die letzte hatte sie gestochen – wie zum Hohn. Hastig tastete sie nach ihren Brauen und fand heraus, dass auch diese nackt waren. Sie kämpfte mit den Tränen. Erst hatte sie ihr langes blondes Haar verloren und nun auch noch Brauen und Wimpern.

Sie begann ihr gesamtes Gesicht zu untersuchen, befühlte ihre Haut, spürte die fast verheilten Syphilispusteln, strich über die Geschwüre an den Lippen und im Mundraum, rüttelte an den Zähnen – und hielt plötzlich eines ihrer Beißwerkzeuge zwischen den Fingern. Sie wunderte sich, dass sie kaum einen Schmerz verspürt hatte, und vermutete, es müsse daher kommen, dass ihr Zahnfleisch ohnehin immerfort brannte. Wieder fiel ihr Lapidius ein. Er hatte ihre Haare aufgehoben und ihre Zähne. Wozu? Sie würde ohnehin niemals wieder so aussehen wie früher. Am besten, sie nähme sich das Leben – ein Gedanke, mit dem sie in ihrer Verzweiflung schon häufiger gespielt hatte, der aber mittlerweile nicht mehr durchführbar war. Ihr fehlte dazu einfach die Kraft. Eine Flucht hinauf ins Dachgebälk, wie sie ihr noch vor wenigen Tagen geglückt war, würde ihr keinesfalls mehr möglich sein. So schwach und hilflos und hässlich, wie sie war …

Sie fuhr zusammen, denn direkt neben ihr drehte sich der Schlüssel im Schloss, und die Türklappe flog auf.

»Haste den Becher runtergeschmissen?«, fragte Marthe.

Freyja schwieg. Das helle Licht blendete sie.

»Na, macht nix. Essis wieder so weit. Der Herr sacht, du sollst versorcht wern.« Die Magd stellte einen Korb ab, in dem allerlei Arzneien untergebracht waren, darunter Kalkpulver und Quecksilbersalbe. »Is schon ne komische Sache mit deiner Krankheit. Hat die nichn Namen?«

Freyja schwieg noch immer. Sie hatte Lapidius versprochen, nicht über ihre Syphilis zu reden, und daran hielt sie sich.

Marthe schob die Truhe beiseite, um besser arbeiten zu können. »Zieh mal die Beine an. So isses gut. Nu zerr ich dich raus … das kennste ja schon. Ja, sooo … Haste dichtgehalten heut Nacht? … Gut. Dann mussich das Stroh nich neu machen. Ich setz dich aufe Truhe.«

Freyja ließ alles mit sich geschehen. Sie genoss die plötzliche Freiheit, den Platz, die Möglichkeit, Arme und Beine in jede Richtung ausstrecken zu können.

Marthe fragte: »Willste Wasser? Ich hab was mit. Essis vom Böttgerbrunnen, weil der unsre vergiftet is. Ach … das hättich vielleicht nich sagen solln. Aber isja egal. Erfährstes ja doch.«

Freyja trank in großen Zügen aus dem Becher, den die Magd ihr an die Lippen hielt. »Vergiftet?«, fragte sie zurück.

»Ja, essis nich zu fassen.« Marthe rieb mit einem Lappen die verbliebenen Quecksilberreste von Freyjas Haut ab. »Sach mal, irgendwas is doch faul mit dem Leiden, dasde hast. Da steckt doch was hinter? Alle Welt redet drüber, auch Traute Schott, das is ne Freundin von mir, un keiner weiß nich, was los is. Un die Koechlin un die Drusweiler sin dauernd bei mir am Drücker, aber ich sach nix … weiß ja auch nix.«

»Nein«, sagte Freyja, die Mühe hatte, sich aufrecht zu halten.

»Sach mal, kanns sein, dass die beiden gestern hier warn? Hier oben bei dir?«

Freyja schwieg. Die Bilder des vergangenen Tages kamen

wieder hoch, und sie sah die beiden Zeuginnen vor sich, wie sie abwechselnd durch die Türklappe zu ihr sprachen.

»Bitte sachs mir.« Die Magd begann Freyja mit dem Unguentum einzureiben. »Bin nämlichn bisschen eingenickt nachmittachs, braucht keiner nich zu wissen, erst recht nich der Herr, un wie ich aufwach, seh ich die beiden inner Küche bei mir rumstehn. Un eh ich noch was sagen kann, löchernse mich schon, was nu mit dem Leiden von dir wär un was du so erzählen tätst. Un wie ich sach, ich wüsst nix, wernse auf einmal richtich pampich, wie neulich schon mal. Na, die habich hochkantich rausgeschmissen, hättste sehn sollen! Bitte, warn die nu bei dir oder nich?«

»Ja«, sagte Freyja.

»Erzähl!«

Freyja wusste nicht, ob es gut war, über die Begebenheit zu sprechen, aber Marthe bat so inständig, dass sie sagte: »Ja, die beiden waren da. Ich wollts zuerst nicht glauben, aber sie waren leibhaftig da. Taten schön, die zwei, und redeten rum, von wegen, sie hätten mich nicht angeschwärzt, niemals, und alles wär nur ein Irrtum.«

»Wasde nich sachst!« Die Magd hörte so gebannt zu, dass sie darüber das Einreiben vergaß.

»Sie fragten, ob ich was von ›Geschehnissen‹ in den Bergen wüsst.«

»Gescheh... was?«

»Sie sagten ›Geschehnisse‹, ob ich mich an was erinnern tät, und ich sagte, nein, sie sollten mich in Ruh lassen.«

»Ach! Un kannste dich an was erinnern?« Marthe verteilte die rötliche Salbe weiter auf Freyjas Haut.

»Nur an Augen und Hände. Und an eine Stimme.«

Wieder hielt Marthe inne. »Ogottogott! Wie grauslich! Warns Hexenaugen un Hexenstimmen un so?«

»Nein. Mehr weiß ich nicht.« Freyja tat es schon fast Leid, darüber gesprochen zu haben. »Leg mich wieder in die Kammer, bitte. Kann nicht mehr sitzen.«

»Ja doch, armes Ding. Warte, ich tu noch Kalkpulver aufen Mund. Sooo ... Musst viel durchgemacht ham. Na, vielleicht biste bald gesund. Wollens hoffen. Richtich gesund siehste noch nich aus, wirklich nich. Na, isja jetzt auch nich wichtich, ich tu dich wieder rein, nee, lass, ich heb dich runter un schieb dich rein … siehste, so … un sooo.«

»Danke.« Freyja streckte sich in der Hitzkammer aus, deren Wärme ihr gut tat, da sie draußen bereits zu frösteln begonnen hatte.

»Ich tus ja gern. Sach, das mit der Koechlin un der Drusweiler bleibt unter uns, nich? Sonst kommts noch raus, dassich geschlafen hab, un der Herr is sowieso so komisch zu mir inner letzten Zeit.«

Freyja nickte. Sie war jetzt zu Tode erschöpft.

»Dann is gut. Der Herr wollt nachher noch kommen un dir Brühe bringen.« Marthe packte ihre Sachen zusammen und schloss die Türklappe ab. Schweren Schrittes stapfte sie die Stiegen hinunter.

»Ogottogott. Wo sollas bloß noch alles hinführn.«

Lapidius streute Löschsand auf den Brief, den er soeben beendet hatte, pustete hilfsweise auf die Tinte und kippte schließlich den Sand fort. Es war ein Schreiben an die Glasmanufaktur in Murano, mit dem er eine stattliche Menge neuer Geräte orderte. Eigentlich wollte er die Bestellung schon lange fortgeschickt haben, doch die Ereignisse der letzten Tage hatten ihn immer wieder daran gehindert. Er stand auf und ging in die Küche, wo die Magd mit der Zubereitung des Mittagsmahls beschäftigt war. »Marthe, hast du Freyja versorgt?«

»Ja, Herr, habich. Is schon ne Ewichkeit her.«

»Geht es ihr gut?«

»Es geht. Wenns nich so wär, hättichs bestimmt gesacht.«

Lapidius überging die unziemliche Antwort und blickte hinter den lockeren Ziegel. »Wo ist der Schlüssel zu ihrer Kammer?«

Die Magd fasste in ihre Schürzentasche. »Hier, Herr.«

»Ich habe dir doch gesagt, wenn ich nicht im Haus bin, soll der Schlüssel stets in der Wand versteckt sein. Das heißt im Umkehrschluss, wenn ich daheim bin und du hast ihn, händigst du ihn mir natürlich aus.«

»Ja, Herr. Habs vergessen. Gibt heut Suppe mit Hühnchen.«

Lapidius grunzte, füllte eigenhändig einen Becher Brühe ab und machte sich auf in den Oberstock. »Ich bringe dir Brühe, hoffentlich ist sie nicht zu heiß«, sagte er, als er vor der Türklappe stand.

Freyjas Antwort blieb aus.

Erst jetzt erkannte er, dass sie schlief. »Oh«, murmelte er, »ich will dich nicht wecken«, und wandte sich wieder der Treppe zu. Da hörte er unvermittelt ihre Stimme:

»Hab wieder einen Zahn verloren.«

»Einen Zahn?«

»Und Wimpern und Brauenhärchen. Sämtlich weg.«

Lapidius eilte zurück und schloss auf. »Ja, ich sehe es. Sei nicht traurig. Die Haare wachsen bestimmt nach, und den Zahn will ich verwahren. Wo ist er denn?«

»Ich weiß nicht.«

Er öffnete die Klappe, so weit es ging, und bemühte sich, dabei an ihren Brüsten vorbeizusehen. »Ich will einmal nachschauen.« Nach kurzer Suche hatte er das Beißwerkzeug im Stroh entdeckt.

»Ein oberer Schneidezahn.«

»Ja«, sagte sie. »Ich werd immer hässlicher.«

Lapidius hielt den Zahn gegen das Licht. »Unsinn. Ich hebe ihn auf wie die anderen. Vielleicht sitzt er irgendwann wieder an alter Stelle. Es gibt da Möglichkeiten.«

»Bitte, mach die Tür wieder zu.«

Er spürte, dass er rot wurde. »Entschuldige, natürlich.«

»Wie würd das denn gehen?«

»Bitte?«

»Wie würd das denn gehen, dass ich wieder Zähne hab?«

»Ach so.« Lapidius zog die Truhe heran, stellte den Becher darauf und setzte sich daneben. »Der Wunsch nach heilen Zähnen ist so alt wie die Sehnsucht nach ewiger Jugend. Ich habe gelesen, dass manch einer sich deshalb Jahre hindurch nur von Gras, Ampfer und Möhren nährte – wie ein Kaninchen.«

»Wie ein Kaninchen?«

»Ja, weil diesem die Vorderzähne immer wieder nachwachsen.«

Freyja lachte leise.

»Der Mensch kommt auf die absurdesten Einfälle, wenn es um seinen Körper geht. Aber ich weiß auch von ernsthafteren Versuchen, das Gebiss wieder herzustellen. Man fertigt dazu Zähne aus den unterschiedlichsten Materialien an. Aus Elfenbein, Rinderknochen oder Hartholz. Am besten eignet sich Elfenbein. Kunstvoll zurechtgeschnitzt unterscheidet es sich kaum von einem Menschenzahn. Der Nachteil ist nur, dass alle diese Dentes sich nicht im Kiefer verankern lassen.«

»Richtige Zähne auch nicht?«

»Auch die nicht. Was einmal ausgefallen ist, wächst nie wieder an. Deshalb dienen die verbliebenen Beißwerkzeuge als Halterungen für die neuen. Man befestigt sie miteinander durch Drahtschlingen, durch Spangen, durch Klammern, aber, um die Wahrheit zu sagen, alle diese Apparaturen lockern sich früher oder später und müssen stets erneuert werden. Will man sich das Ganze ersparen, gibt man sich zufrieden mit dem, was man noch hat.«

Freyja nickte. »So wie du.«

»So wie ich.« Lapidius machte wieder die schauerlich-komische Grimasse, die sie schon kannte.

Abermals lachte Freyja. »Dann will ich auch keine falschen Zähne.«

»Schön. Willst du wenigstens ein bisschen Brühe? Sie ist allerdings schon ziemlich kalt.«

»Ja, gern.«

Lapidius gab ihr welche. Und alsbald schlummerte sie wieder ein. Er blieb noch eine Weile neben ihr sitzen und ging dann nach unten.

»Deinen Zahn hebe ich trotzdem auf«, sagte er.

Lapidius drückte das Petschaft mit seinem Siegel auf den zusammengefalteten Brief, steckte ihn in eine durable Leinentasche mit der Anschrift der italienischen Glasmanufaktur, versiegelte auch die Tasche, knüpfte einen starken Faden darum, prüfte noch einmal dessen Sitz und schritt endlich zur Haustür, wo sein Mantel schon am Haken auf ihn wartete. Gerade wollte er das Kleidungsstück überwerfen, da trat die Magd aus der Küche.

»Essen is fertich, Herr. Hab noch tüchtich Pfeffer ins Süppchen getan, frisch gemörsert, so wie Ihrs gern habt.«

Lapidius verwünschte seine Langsamkeit. Hätte er sich nur ein wenig mehr beeilt, wäre er schon aus der Tür gewesen. »Danke, Marthe, ich esse später. Ich muss vorher noch schnell etwas erledigen.«

Der Mund der Magd öffnete und schloss sich in raschem Wechsel. Vor Empörung fehlten ihr die Worte. »Herr! Wassoll das nu wieder? Ich tu, ich mach, ich sorg für Euch, un Ihr esst nie mein Essen nich. Kannsja gleich ausm Fenster kippen, wenn Ihrs nich wollt! Ich sach Euch: Nie wieder koch ich für Euch, nie nich, un wenn Ihr mich auf Knien anflehn tut!«

»Ja, ja, schon recht.« In der Hoffnung, dass die Magd ihm nicht allzu lange gram sein würde, machte Lapidius sich aus dem Staub. Draußen schlug ihm der altbekannte Gestank aus Urin und Abfällen entgegen, denn in der Nacht hatte Tauwetter eingesetzt. Die Sonne schien, die Vögel sangen, und ein warmer Frühlingswind wehte von den Bergen herab. Lapidius versuchte, flach zu atmen, stapfte vorbei an Müll und Schneeresten und erreichte alsbald den Gemswieser Markt, von wo aus an diesem Tag die Postkutsche über Innsbruck ins Norditalienische fuhr. Nach einigem Herumfragen hatte er den Fahrer ausfindig gemacht, der sich im *Querschlag* bei einem Bier für die gefährliche Reise stärkte. Lapidius übergab die Leinentasche, schärfte dem Mann ein, sie wie seinen Augapfel zu hüten, und entrichtete die Beförderungsgebühr.

Als er wieder auf dem Marktplatz stand, war ihm wohler, denn jetzt konnte er sich um den Hinkenden kümmern, jenen Burschen, dessen Fußabdrücke er am gestrigen Tag vor der Sabbathöhle entdeckt hatte. Am nahe liegendsten, überlegte er, war es, einfach im Rathaus nachzufragen, doch er entschied sich dagegen. Der Gedanke an Meckel, den Unverschämten, und die voreingenommenen Stadträte, denen er womöglich bei dieser Gelegenheit begegnen würde, hielt ihn davon ab. Stattdessen schlug er den Weg nach St. Gabriel ein.

Vierbusch und sein Küster befanden sich in der Sakristei, wo sie die schweren silbernen Leuchter mit neuen Altarkerzen bestückten. Sie waren so in ihre Aufgabe vertieft, dass sie Lapidius' Eintreten gar nicht bemerkten. »Die Honigkerzen stehen immer noch nicht gerade, Jakobs. Habt Ihr denn keine Augen im Kopf?« Die Stimme des Pfarrers, sonst salbungsvoll und fromm, klang ungeduldig. »Tretet drei Schritte zurück, dann seht Ihr es!«

Lapidius räusperte sich.

»Oh, der Magister! Gott zum Gruße, was führt Euch in mein bescheidenes Haus? Gewiss der Wunsch nach stiller Zwiesprache mit Eurem Schöpfer?« Vierbuschs Ton war wieder der gewohnte.

Lapidius geriet in Verlegenheit. Mit dieser Frage hatte er nicht gerechnet. »Nun, äh … um offen zu sein, wollte ich Eure Hilfe erbitten. Ich suche einen Mann, einen hinkenden Mann. Wahrscheinlich ist er aus Kirchrode.«

Der Pfarrer runzelte die Brauen. »Kennt Ihr seinen Namen nicht?«

»Leider nein.«

»Wisst Ihr sonst etwas über ihn?«

»Lasst mich überlegen … der Mann dürfte im besten Alter stehen und so gesund sein, dass er trotz seines Hinkens weite Strecken gehen kann.«

»Ein ungewöhnlicher Wunsch. Ich gestehe, die Neugier regt sich in mir, aber Ihr wollt mir wohl nicht sagen, was dahinter steckt?«

»Ganz recht. Nur so viel: Wenn ich den Mann finde und das erreiche, was ich will, habe ich ein gottgefälliges Werk getan.«

»So muss ich Euch natürlich helfen.« Vierbusch winkte den Küster, der die ganze Zeit versucht hatte, die Kerzen zu richten, zu sich heran. »Jakobs, holt mir die Sterbebücher. Bringt sie hinüber zum großen Altar, darauf ist Platz genug, sie aufzuschlagen.«

Während Vierbusch seine Hand unter Lapidius' Arm schob und mit ihm die Sakristei verließ, erklärte er: »Die Sterbebücher könnten genauso gut Geburtenbücher heißen oder Taufbücher oder Hochzeitsbücher, denn alle diese Ereignisse sind darin festgehalten.«

»Auch Missbildungen oder sonstige Auffälligkeiten?«

»Nicht immer, aber meistens. Wir sind alle nur Menschen, und wo Menschen etwas verrichten, schleichen sich Fehler ein. Ah, da seid Ihr ja schon, Jakobs. Danke, Ihr könnt jetzt bei den Kerzen weitermachen. Nun, Magister Lapidius, ich fürchte, ich habe nicht die Muße, Euch Einblick in sämtliche Sterbebücher zu gewähren, die vielen Pflichten ...« Vierbusch schaute angelegentlich auf den Opferstock.

Lapidius verstand und warf ein paar Münzen hinein. Es klimperte geräuschvoll.

»Nun, fangen wir immerhin an. Niemand soll mich mangelnder Hilfsbereitschaft zeihen.«

Die nun folgende Suche zog sich über geraume Zeit hin, wie das Stundenglöckchen im Turm über ihnen anzeigte. Am Ende waren es dreizehn Männer, hinter deren Namen und Geburtsdatum nicht *gesund* stand, sondern ein entsprechender Vermerk zu finden war. *Linker Fuß verkrüpp.* hieß es da beispielsweise oder *Zehen d. rechten Fußes zusammengew.* oder einfach nur kurz *Klumpfuß rechts.*

»Ich denke, wir können alle, die das rechte Bein nach sich ziehen oder dort eine Missbildung haben, ausschließen«, sagte Lapidius, der sich noch einmal das Spurenbild vor Augen geführt hatte. »Der Mann hinkt links.«

»So sei es«, stimmte der Gottesmann zu, »aber habt Ihr eigentlich daran gedacht, dass es auch Hinkende gibt, die nicht als solche das Licht der Welt erblickten, will sagen, die sich erst später die Behinderung zuzogen, durch einen Unfall oder Ähnliches? Derlei Strafen durch Gott den Allmächtigen sind hier natürlich nicht festgehalten.«

»Ja, das habe ich. Aber das Risiko muss ich eingehen. Ich

kann nicht die ganze Stadt nach jedem Hinkenden durchkämmen.«

»Das verstehe ich.« Vierbusch klappte zwei der Bücher zu. »Dann bleiben aber immer noch sieben Männer, die in Frage kommen.« Er nannte die Namen, überlegte kurz und verbesserte sich dann: »Das heißt, Reinhard Grote können wir ebenfalls streichen, er ist mit Bluthusten ans Bett gefesselt, wohl schon ein halbes Jahr. Friedrich Leiendecker ist neunundsechzig Jahre alt und verlässt seine Wohnung so gut wie nie; er scheidet deshalb auch aus, genauso wie Adalbert Kuntz, der, wie ich weiß, seit Jahren nicht mehr in Kirchrode wohnt. Man sagt, er sei mit Weib und Kind in den Kölner Raum gezogen. Allerdings, es bleiben noch immer vier.«

»Ja«, sagte Lapidius, dem beim Letztgenannten ein Gedanke gekommen war. »Sind alle Verbliebenen verheiratet?«

Vierbusch schaute in die Unterlagen und verneinte dann. »Nur drei, Herr Magister. Es sind …«

»Lasst nur, wie heißt der Unverheiratete?«

»Wilhelm Fetzer.«

»Wilhelm Fetzer«, wiederholte Lapidius langsam. Die Tatsache, dass der Mann nicht verheiratet war, machte ihn höchst verdächtig, denn Lapidius konnte sich schwerlich vorstellen, dass ein braver Familienvater die Gräueltaten in der Höhle mitzuverantworten hatte. »Wie alt ist Fetzer?«, fragte er.

»Zweiunddreißig«, antwortete der Pfarrer, nachdem er kurz gerechnet hatte.

»Und kennt Ihr ihn?«

»Ja, flüchtig. Er arbeitet als Stadtschreiber im Rathaus.«

»Aha, als Stadtschreiber«, sagte Lapidius. Und dann fasste er sich an die Stirn. Was war er nur für ein Hornochse! Er selbst war dem Mann schon begegnet, vor Tagen, als er ins Rathaus zitiert worden war, um sich die haltlosen Beschuldigungen gegen Freyja anhören zu müssen. »Ich werde ihn dort aufsuchen. Danke.«

»Da dürftet Ihr kein Glück haben. Fetzer hat eine Nachbarin, eine gottesfürchtige Frau, die täglich in mein Haus kommt, um den Herrn zu preisen; eben diese sagte mir gestern, er läge derzeit mit einem Schnupfen zu Bette.«

»Aha. Nun ja.« Lapidius überlegte. »Da Ihr die Nachbarin kennt, wisst Ihr sicher auch, wo Fetzer wohnt?«

Vierbusch faltete die Hände über seinem fülligen Leib. »Ich weiß es, oder vielmehr: Ich wusste es. Dem Herrn in seinem unerfindlichen Ratschluss hat es gefallen, in letzter Zeit mein Gedächtnis schwächer werden zu lassen ...« Er blickte auf den Opferstock.

Lapidius fütterte erneut das Sammelbehältnis.

Vierbusch nannte langsam die Gasse, so, als müsse er sich gewaltig dabei konzentrieren.

»Ich danke Euch«, sagte Lapidius. »Ich wusste, Ihr würdet mich nicht enttäuschen.«

Lapidius mochte Kinder. Er liebte ihre leuchtenden Augen, ihre schniefenden Nasen, ihre ständige Neugier, ja mitunter sogar ihr Geschrei. Was er weniger schätzte, war, wenn er von ihnen angebettelt wurde, erst recht, wenn es so dreist geschah, wie die halbwüchsigen Jungen vor ihm es gerade taten.

»Gebt uns ein paar Kreuzer, Herr, gebt, gebt, gebt!« Der Größte zerrte Lapidius so heftig am Ärmel, dass dieser fast den Halt verlor.

»Ihr habt schon etwas bekommen!« Lapidius riss sich los. »Und ich kann dafür die Auskunft erwarten, um die ich euch bat. Wo also wohnt hier der Stadtschreiber Fetzer?« Er befand sich in einer Gegend Kirchrodes, in der die Armut vorherrschte. Heruntergekommene, schmale Häuser bestimmten das Bild – Bauwerke, die vor Familien überquollen. Mit blinden Fenstern und rußigen Fassaden, zwischen denen Leinen voller Wäschestücke hin und her liefen. Gestank, noch unerträglicher als in der Böttgergasse, schwängerte die Luft.

»Gebt, gebt, gebt!«, schrie der Größte unbeirrt. Es machte ihm sichtlich Freude, einen vornehmen Bürger in Bedrängnis zu bringen.

»Nein, zum Donnerwetter! Verschwinde, oder es setzt ein paar Maulschellen!«

»Alter Geizhals!«, lachte der Bursche hämisch, »Geizhals, Geizhals!« Doch wich er vorsichtshalber zurück.

»Wer hat da meinen Namen gerufen?« In einiger Entfernung war eine Tür aufgestoßen worden. Auf der Schwelle stand ein Mann, dessen Äußeres von jener Art war, die sich nur schwerlich einprägt. Er trug einen fransigen Schnauzbart, der seine Oberlippe fast verdeckte, hatte kleine, kurzsichtig blinzelnde Augen und eine halbe Glatze. Seine Kleidung war wenig bemerkenswert, aber sauber.

»Ich war es«, sagte Lapidius, der sich einen Augenblick lang vorzustellen versuchte, wie der Kerl mit zwei Hörnern auf der Stirn aussah. Der Versuch misslang.

»Ihr?« Die Augen des Mannes zogen sich fragend zusammen, während er mit einer Handbewegung die Jungen verscheuchte. Er trat dabei zwei Schritte vor, und Lapidius bemerkte sein Hinken.

»Ja, ich. Wir sind einander schon einmal begegnet. Im Rathaus war es. Ihr seid doch Wilhelm Fetzer, der Stadtschreiber?«

Der Mann nickte misstrauisch.

Lapidius überlegte rasch, wie er das Gespräch am besten weiterführte, um Fetzer auszuhorchen. Sollte er den Harmlosen spielen, der wie zufällig fragte, oder sollte er die Dinge beim Namen nennen? Er entschloss sich, wohl auch aus Verärgerung über die bettelnden Burschen, alle Höflichkeiten beiseite zu lassen. »Nun, ich beglückwünsche Euch zu Eurer schnellen Genesung, denn wie ich hörte, fesselt Euch ein Schnupfen ans Bett. Sicher wart Ihr gerade auf dem Weg ins Rathaus, um Eure Arbeit wieder aufzunehmen?«

Fetzer schwieg.

Hinter einer Hausecke erscholl der Ruf: »Geizhals, Geizhals!«

Lapidius achtete nicht darauf. Er ahnte, dass sein Vorgehen nicht gerade geschickt gewesen war, konnte nun aber nicht mehr zurück. »Oder wart Ihr auf dem Weg zu einer gewissen – Höhle?«

In Fetzers Gesicht zuckte es. Dann schaute er wieder unbeteiligt.

»Ihr wisst, von welcher Höhle ich spreche?«

»Nein, weiß ich nicht.« Der Stadtschreiber sprach mit leiser, etwas quäkender Stimme.

»Warum habt Ihr Euch dann eben erschreckt?«

»Ich … ich habe mich nicht erschreckt.«

Lapidius merkte, dass er so nicht weiterkam. »Ich schlage vor, wir gehen in Eure Kammer, nicht jeder muss hören, worüber wir sprechen.«

Nun kam wieder Leben in Fetzer. Er hinkte rückwärts in seine Tür zurück und quäkte: »Ich habe Fieber, Herr, hohes Fieber. Und ich weiß nicht, wovon Ihr redet.«

»Dann will ich Euch von Eurer Unwissenheit befreien. Und ich will es laut tun, damit jeder hören kann, was ich sage: Ich glaube, dass Ihr ein Mörder seid. Ich glaube, dass Ihr ein Sohn des Teufels seid, denn ich …«

»Geizhals!«, wurde Lapidius schon wieder unterbrochen.

»… denn ich bin Euch auf die Spur gekommen, was Ihr getrost wörtlich nehmen könnt, oben auf dem Otternberg war es, als ich den Eingang …«

Abermals rief es hinter der Hausecke »Geizhals!«, und diesmal wurde es Lapidius zu bunt. Er fuhr herum und wollte sich die Frechheiten endgültig verbitten, als er ein Zischen hörte und einen kräftigen Luftzug in seinem Nacken spürte. Was war das gewesen? Er wandte sich dem Stadtschreiber wieder zu und bemerkte ein Messer, das zitternd in einem Pfosten von Fetzers Tür steckte und das ihn, wäre er nicht abgelenkt worden, mit Sicherheit getroffen hätte.

Lapidius wurden die Knie weich.

Fetzer war verschwunden.

Lapidius blickte sich um, konnte aber niemanden entdecken. Und dann rannte er fort, so schnell ihn seine Beine trugen. Und während er rannte, wurde ihm eines zur Gewissheit:

Der Stadtschreiber Wilhelm Fetzer war tatsächlich ein *Filius Satani*.

Lapidius befand sich im Laboratorium und ärgerte sich, wie er sich noch nie in seinem Leben geärgert hatte. Alles hatte er falsch gemacht. Wie ein dummer Junge war er vorgegangen und hatte die Befragung verpatzt. Statt Fetzer für sich einzunehmen, hatte er nur dessen Verstocktheit herausgefordert – und war selbst dabei fast zu Tode gekommen. Andererseits: Er konnte den Stadtschreiber nicht zu einem Geständnis zwingen, und die Möglichkeit, den Mann für weitere Befragungen hinter Gitter zu bringen, war ebenfalls auszuschließen. Zu dürftig waren die Anklagepunkte: Die Spur des Hinkers vor der Sabbathöhle – sie war sicher längst getaut. Das nach ihm geworfene Messer – es war sicher längst entfernt. Nein, es half nichts. Fetzer durfte sich weiter seiner Freiheit erfreuen.

Lapidius seufzte und erhob sich von seinem Lieblingsstuhl. Er musste Geduld haben und Baustein auf Baustein setzen, um das Beweisgebäude gegen die Mörder unumstößlich zu errichten. Dazu gehörte die Überprüfung des Fläschchens aus der Sabbathöhle. Er holte es hervor, entfernte den Pfropfverschluss und roch daran. Wie schon beim ersten Mal konnte er den Geruch nicht richtig einordnen. Zwar erinnerte er ihn an Bilsenkraut, aber er war seiner Sache nicht sicher. Dann kam ihm ein Gedanke. Er hatte ja noch die Bilsenkrautprobe von Veith, dem Apotheker. Er nahm sie ebenfalls zur Hand und steckte seine Nase hinein. Ja, eine Ähnlichkeit war da, zweifellos. Wahrscheinlich bestand der Trank im Fläschchen nicht nur aus *Hyoscyamus niger*, sondern auch aus anderen Stoffen.

Lapidius musste es genau wissen. Deshalb entschloss er sich zu einem Eigenversuch. Er wollte von dem Trank kosten, um zu sehen, welche Wirkung er zeitigte. Die Frage war nur, wie groß die Menge sein sollte. Er schloss die Augen und nahm einen Schluck. Der Trank schmeckte so bitter, wie er roch. Trotzdem nahm er zwei weitere Schlucke und pfropfte danach das Fläschchen wieder zu.

Dann wartete er auf die Wirkung. Doch die blieb aus. Jedenfalls zunächst. Eine Gänsehaut lief ihm über den Rücken, als er an das Messer dachte, das ihn so knapp verfehlt hatte. Wieder ein Schauer. Der Messerwerfer hatte zweifellos einen Grund gehabt, ihm nach dem Leben zu trachten, denn er, Lapidius, war drauf und dran gewesen, den geheimen Ort der Teufelsrituale preiszugeben. Wer mochte die Klinge geschleudert haben? Die frechen Jungen? Nein, sie hatten auf der entgegengesetzten Seite gestanden. Wahrscheinlich jemand, der ihn die ganze Zeit beobachtet hatte … In seine Überlegungen hinein drang Gorms tiefe Stimme vom Hof. Lapidius konnte nicht verstehen, was er sagte, hörte aber Marthe gleich darauf schelten:

»Wassis los, was willste schon wieder? Hau ab!«

Lapidius trat nach draußen. Gorm und Marthe standen sich am Ziehbrunnen wie zwei Kampfhähne gegenüber. Als der Riese Lapidius gewahr wurde, sagte er:

»Is Freyja gut?«

»Ich denke, ja.«

Gorm drückte die Magd wie eine Schiebetür beiseite und trat näher. »Un was sacht Freyja?«

Lapidius schüttelte den Kopf. »Das hast du doch neulich schon wissen wollen. Warum?«

»Sie redet viel?«

»Wer hat dir befohlen, diese Fragen zu stellen?«

»Reden nich gut für … für Gesundheit.«

Lapidius hatte einst in Spanien einen Papageien gesehen, ein possierliches Tier, das es verstand, Sätze in immer gleicher Tonlage zu wiederholen. An diesen Vogel fühlte er sich jetzt erinnert. Auch Gorms Stimme klang so. Oder bildete er sich das nur ein? Der Hilfsmann schien ein wenig auf ihn zuzukommen, schob sich dann aber wieder fort. Lapidius hatte das Gefühl, er müsse der Bewegung folgen, und bemühte sich, stehen zu bleiben. Es gelang nicht ganz. Der Vorgang wiederholte sich. Lapidius fand das erheiternd. Gorm, der große, dräuende Koloss, wirkte an diesem Tage ebenfalls erheiternd, so erheiternd …

Lapidius nahm sich zusammen. Er war dabei, dem Einfluss des Tranks nachzugeben, und das durfte nicht sein. Gorm war da, und die Gelegenheit musste genutzt werden. »Marthe, geh in deine Küche … ja, gleich jetzt. Und nun,

Gorm, sag mir einmal, was der große Korb in eurer Werkstatt soll, du weißt doch, der Obstpflückerkorb?«

Gorm sah jetzt gar nicht mehr erheiternd aus. In seinen primitiven Zügen arbeitete es sichtlich. »Solltich holn«, sagte er endlich und schlug sich, kaum dass die Worte heraus waren, die Hand vor den Mund.

»Hast du den Korb von der schiefen Jule? Du weißt sicher, was mit ihr geschehen ist?«

»Ich … ich … sach nix.« Gorm drehte den Kopf zur Seite.

Lapidius versuchte es anders. »Ich verstehe, dass du mir nichts sagen darfst. Aber das, was der Meister gesagt hat, das kannst du mir doch verraten, nicht wahr? Hat er gesagt ›Gorm, hole einen großen Erntekorb von der schiefen Jule‹?«

Der Hilfsmann stierte dumpf vor sich hin. Ganz so dumm, wie sein Gegenüber dachte, war er nun auch wieder nicht.

Lapidius fühlte sich plötzlich wie auf Wolken, doch er stemmte sich dagegen, indem er sich breitbeinig hinstellte. Ihm kam ein anderer Gedanke. »Hat Meister Tauflieb gesagt ›Gorm, frag mal drüben, ob Freyja viel spricht, vielleicht von einer – Höhle‹?«

Der Riese schluckte.

»Hat er gesagt ›Gorm, vergifte den Brunnen von Lapidius‹?«

»Ich sach nix, un … un … der Meister is sowieso nich da.«

Erneut lief Lapidius ein Schauer über den Rücken. Er fragte sich, ob der Trank dafür verantwortlich sein mochte oder aber der Einfall, der ihm gerade gekommen war: Wenn Tauflieb nicht in seiner Werkstatt war, dann musste er sich irgendwo in der Stadt aufhalten. Vielleicht mit einem Messer …

Zu Lapidius' Schauern im Rücken kam ein unangenehmer Druck hinter der Stirn. Und Zorn. Es war gut möglich, dass der Hilfsmann seinen Brunnen vergiftet hatte, und wenn dem so war, dann konnte er ihn auch wieder reinigen. Er deutete auf den bereitstehenden Holzeimer. »Bist du stark genug, den hundert Mal voll hochzuziehen?«

Gorm brauchte einen Augenblick, um die Herausforderung zu begreifen. Dann hellte sich sein Gesicht auf. Die Muskeln beherrschte er besser als die Zunge. »Hunnert is viel, wie? Ho … ja!«

Die Art, wie der Hilfsmann »Hunnert is viel, wie?«, sagte, fand Lapidius wieder sehr erheiternd. Er nahm sich zusammen und befahl: »Dann schöpfe und achte darauf, dass du alles, was das Wasser trübt, hervorholst. Laub, Abfälle, tote Tiere, was auch immer. Kippe das schlechte Wasser zwischen die Johannisbeersträucher. So lange, bis es wieder klar ist.«

»Ho … ja!«

Lapidius ließ den Riesen stehen und ging ins Haus. Der Kopfschmerz hatte sich verstärkt. Er strebte durch die Küche geradewegs in sein Laboratorium, um sich dort auszuruhen, doch die Magd hielt ihn davon ab. Sie saß am Tisch und heulte – vor sich die Schluckmadonna und den Taschenaltar.

»Was ist denn nun wieder los?«, fragte Lapidius leicht gereizt.

Marthe schniefte. »Ogottogott, Herr. War drüben bei Traute Schott, nurn kurzen Moment, wirklich, nurn kurzen Moment. Un sie hat was erzählt, wassich nich wusst, alle wusstens, nur ich nich, nur ich nich, un Traute hat gelacht, weil sie dacht, ich wüssts, aber ich wussts nich, weilich immer nur für Euch putz un koch, komm ja kaum raus, hör nix, krieg nix mit …«

»Ja, Marthe, zur Sache.«

»Also, der Koechlin ihr Mann, Walter heißter, is tot, vorn paar Tagen wars, da hamse ihn gefunden. Mausetot. Besoffen soller gewesen sein, un er hatte den Krug noch inner Hand.«

»Was ist daran so ungewöhnlich? Er wäre nicht der Erste, der sich zu Tode getrunken hat.« Lapidius massierte seinen dröhnenden Schädel.

»Er is kein Säufer nich gewesen, hat nie nich getrunken, das isses, Herr. Komisch, nich? Un man sacht, die Leiche hatter Büttel wechgekarrt, un die Leute sin sicher, dasser mit der Koechlin was hat un dasse deshalb auch nich trauert un so. Oh, was steckt da bloß alles hinter! Essis so furchbar. Huuu … huuu!«

Lapidius fragte sich, was Marthe wohl mehr zu Herzen ging: der mysteriöse Tod des Bergmanns oder der Umstand, dass sie erst heute davon erfahren hatte. Wenn man bedachte, wie schnell sich die Leute das Maul zerrissen, mochte das Dahinscheiden des Walter Koechlin allerdings sehr wohl mit rechten Dingen zugegangen sein. Der Pöbel neigte zu Übertreibungen und sah Dinge, die es nicht gab. Wer sagte denn, dass der Bergmann nicht getrunken hatte! Nicht jeder, der dem Alkohol verfallen war, zeigte dies so ungeniert wie der alte Holm.

Bedenkenswerter schien die Behauptung, dass Auguste Koechlin eine Liebschaft mit Krabiehl eingegangen war. Hatte er die beiden nicht selbst gesehen, eng miteinander turtelnd und Krabiehls Hose bereits geöffnet? In des Büttels Dienstraum war es gewesen. Lapidius erinnerte sich genau daran. Gab es Verbindungen zwischen den Zeuginnen und Krabiehl und den Söhnen des Teufels? War der Büttel ein *Filius Satani*? Der dritte neben Tauflieb und Fetzer?

»Marthe«, sagte Lapidius, der sich nach seinem Lieblingsstuhl sehnte, »mach dir nicht so viele Gedanken. Und frage mich bitte nicht, ob ich jetzt etwas essen will. Ich muss mich ausruhen.«

Lapidius wurde von lauten Rufen geweckt. Er fuhr von seinem Stuhl hoch, leidlich erfrischt, wenn auch nicht vollends frei vom Kopfschmerz. Da ertönte das Brüllen wieder. Jemand rief Gorms Namen.

Er stand auf, eilte durchs Haus in die Küche und trat ans rückwärtige Fenster, von wo aus er Tauflieb auf dem Hof entdeckte. Einen wütenden Tauflieb, der seinen Hilfsmann am Ärmel vom Brunnen fortzerrte.

Gorm hatte die ganze Zeit geschöpft!

Der halbe Platz stand unter Wasser. Fast hätte Lapidius aufgelacht. Er hätte wissen müssen, dass Gorm nicht in der Lage war, bis hundert zu zählen, und einfach immer weitermachen würde. Wie ein Automat.

Der Meister und sein Hilfsmann verschwanden hinter den Johannisbeersträuchern. Lapidius kehrte in sein Laboratorium zurück. Wo war Marthe? Nun, wahrscheinlich brachte sie ihrer Mutter das Essen. Den Kopf voller Gedanken, setzte er sich. Plötzlich wurde es abermals laut. Fäuste schlugen gegen die Hoftür. Was war das nun wieder? Jemand rief nach ihm. Tauflieb? Lapidius ging in die Küche und sah den Meister wutschnaubend auf dem Hof herumspringen. Was wollte der Mann? Sollte er öffnen und ihm auf den Kopf zusagen, dass er ein Teufelssohn war? Nein, eingedenk des ungeschickten Verhaltens, das er bei Fetzer an den Tag gelegt hatte, und seines noch immer schmerzenden Schädels kam das nicht in Frage. Mochte der Meister so lange klopfen, wie er wollte – er würde nicht öffnen.

Lapidius suchte wieder seine vertrauten Gefilde auf und setzte sich. Von Tauflieb war mittlerweile nichts mehr zu hören, sicher hatte er sich getrollt. Tauflieb. Und Fetzer. Und vielleicht Krabiehl. Bei den beiden Ersten glaubte er sicher zu sein, in ihnen die Mörder von Gunda Löbesam und der geköpften Frau erkannt zu haben. Beim Büttel jedoch bedurfte es weiterer Nachforschungen. Unter anderem war zu klären, mit welchem Wagen er den toten Walter Koechlin fortgeschafft hatte. Wenn es Freyjas Karren gewesen war, kam das schon fast einem Schuldbeweis gleich. Überhaupt die Beweise. Wie blauäugig war er doch an die ganze Sache herangegangen! Er hatte gedacht, es genüge, herauszufinden, wer sich hinter den *Filii Satani* verbarg; jetzt sah er ein, dass es damit noch lange nicht getan war. Er musste sie auch überführen, möglichst vor Zeugen. Ein Unterfangen, das ihm schier unmöglich schien.

Und zu alledem kam noch eins: Bevor er jemanden überführen konnte, musste er ihn zweifelsfrei als Mörder erkannt haben. Traf das auf Tauflieb, Fetzer und Krabiehl zu? Wenn er ehrlich war, nein. Es gab durchaus andere höchst verdächtige Personen. Immer noch.

Lapidius stöhnte. Er hatte doch schon so viel herausgefunden! Half das alles denn nicht weiter? Gab es überhaupt etwas, das ›zweifelsfrei‹ feststand?

Die Antwort lautete Ja und war erschütternd. Das Einzige, was unverrückbar feststand, war die Ermordung zweier Frauen. Mehr nicht. Danach fingen seine Vermutungen schon wieder an, denn er wusste noch nicht einmal, ob beide droben in der Sabbathöhle zu Tode gekommen waren. Die eine, Gunda Löbesam, hatte man auf den Gemswieser Platz geschafft. Die andere, deren Namen niemand kannte, war zerstückelt worden. Ihr Kopf hatte über seiner Tür gehangen; ihr Körper war bisher nicht aufgetaucht. Aber irgendwo musste er sein. Wenn er nicht in der Höhle war, nicht in seinem Haus und auch nicht in Taufliebs, wo war er dann? Lapidius grübelte hin und her und kam zu einem Entschluss.

Er würde noch einmal zum Otternberg hinaufgehen.

Siebzehnter Behandlungstag

»Meister Tauflieb hat gefracht nach Euch, Herr. Hat geschnaubt wien Bulle un geschimpft wien Rohrspatz. Wassis denn passiert?«

Lapidius rieb sich die Augen. Er war noch nicht ganz wach.

Marthe stand in der Tür zu seinem Experimentierzimmer und musterte ihn neugierig. »Hab ihm gesacht, der Herr schläft, un ich kann ihn nich stören, da isser wieder wech.«

»Gut gemacht. Ich werde mit Meister Tauflieb dann sprechen, wenn ich es für nötig halte.« Lapidius streckte sich ausgiebig und stellte fest, dass es ihm an diesem Morgen weit besser ging. Im Gegensatz zu sonst hatte er recht gut auf dem Stuhl genächtigt, und seine Kopfschmerzen waren fort. Die Wirkungen des Rauschtranks schienen überwunden. Im Nachhinein war zu konstatieren, dass der Inhalt des Fläschchens Gleichgewichtsstörungen hervorrief, Schädeldröhnen, Veränderung der Stimmenwahrnehmung und darüber hinaus unbegründete Heiterkeit. »Gieß mir ein wenig heißes Wasser ins Waschgeschirr, und dann ab mit dir in die Küche. Ich habe Hunger auf Spiegeleier und Putterpommen. Und einen Krug Bier.«

»Ja, Herr!« Von der Hoffnung beflügelt, Lapidius möge endlich einmal wieder etwas von ihr Zubereitetes essen, machte sich Marthe an die Arbeit. Wenig später saß der Hausherr bei ihr am Küchentisch und ließ es sich schmecken. Marthe schwamm im Glück und häufte weiteres Ei auf Lapidius' Teller. »Isses auch genuch, Herr? Ich kann noch mehr machen.«

»Um Gottes willen, ich platze bereits!«

»Dassis gut, Herr! Ich mein, essis schön, dasses Euch

schmeckt. Habichs schon gesacht? Der Brunnen is wieder gut. Gorm hat zwei Ratten rausgeholt, vergiftet warn die. Un nu isses wieder gut, das Wasser. Heut Morgen war son oller Köter da, der hat ausm Eimer gesoffen, un dem is nix passiert. Is wieder gut, das Wasser.«

»Schön.« Das war mal eine erfreuliche Nachricht. »Sag, warst du schon bei Freyja oben?«

»Nee, Herr. Ihr habt dochn Schlüssel.«

»Ach ja.« Um der Magd eine Freude zu machen, zwang Lapidius sich die letzten Bissen hinein. Dann spülte er sie mit Bier hinunter und stand auf. »Ich schaue mal nach unserer Patientin.«

Oben vor der Türklappe bemühte er sich um einen munteren Ton. »Hallo, Freyja, der siebzehnte Tag deiner Behandlung bricht an, nur noch drei Tage, dann ist es geschafft.«

Ein leises Stöhnen war die Antwort.

»Freyja?« Hastig schloss Lapidius auf. Und prallte zurück. Die Kranke lag in unnatürlich gekrümmter Haltung im Stroh. Der Kopf, die Arme, die Schultern, schweißglänzend und nackt, zuckten in unregelmäßigen Abständen. Weinte sie? Oder war es der mit der Schmierkur einhergehende Tremor? »Freyja! So höre doch!« Er hielt ihr den mitgebrachten Becher Wasser entgegen. »Freyja!«

»Ich will ... sterben.« Ihre Worte waren nur ein Wispern.

»Unsinn.« Er setzte das Gefäß ab und kniete sich vor sie hin. »Hast du nicht gehört? Nur noch drei Tage, dann ist es überstanden, nur drei Tage!«

»Nein ...«

»Aber, aber, gestern warst du doch noch recht guter Dinge, jedenfalls hat Marthe das gesagt, hast dich mit ihr unterhalten, dich einschmieren lassen ...« Lapidius hielt inne. Es war ein Kennzeichen der Krankheit, dass sie das Gemüt ähnlich beutelte wie den Leib. Mal fühlte man sich leidlich gut, mal war man zu Tode verzagt. Man musste die Täler der Verzweiflung durchwandern, denn nach jedem Tal folgte wieder ein Berg. Das jedenfalls war der Trost, den Conradus Magnus ihm einst gegeben hatte. Lapidius biss sich auf die Lippen. Warum fiel es ihm nur immer so schwer, die rechten Worte zu finden? »Freyja …«

Plötzlich schluchzte sie hemmungslos und begann seltsam krabbelnde Verrenkungen zu machen.

Er nahm an, dass die Schmerzen der Grund dafür waren, und überlegte ernsthaft, ob er die letzten Tropfen des Laudanums holen sollte, da sah er, dass ihre Bewegungen Methode hatten. Ihr Kopf und ihre Schultern entfernten sich langsam von der Klappenöffnung – fort an der inneren Wand entlang. Sie wollte sich seinen Blicken entziehen!

Wollte sie wirklich sterben? Ungesehen, wie ein Tier, das sich im Wald verkroch?

Ohne recht zu wissen, was er tat, streckte er die Hände aus und streichelte ihren Hinterkopf. »Freyja, Freyja, bleibe bei mir.« Was sollte, was konnte er nur tun? Ein Lied aus Kindertagen fiel ihm ein, eines, das seine Mutter ihm an der Wiege gesungen hatte. Er kannte es nur noch bruchstückhaft, aber er wusste um seine beruhigende Wirkung. Er begann zu singen, laut und ziemlich falsch, und kam sich ungeheuer lächerlich dabei vor, doch er sang weiter, denn er merkte, auch ihn beruhigte die alte Weise, und während seine Lippen die Worte formten, streichelten seine Hände unentwegt über Freyjas Kopf.

Sie bewegte sich nicht mehr.

»Freyja, Freyja.« Er beugte sich in die Kammer, immerfort singend, und zog sie behutsam wieder an den alten Platz. »Du gehörst zu den Lebenden. Du gehörst ans Licht. Du gehörst zu mir.«

Sie wandte sich ihm zu, und was er sah, erschütterte ihn erneut bis ins Mark. Noch nie hatte er ein so jammervolles, ausgezehrtes, dem Tode nahes Gesicht gesehen. Ihre Augen, vor wenigen Tagen noch geheimnisvoll und vitriolfarben, waren leer. »Ich kann nicht mehr«, hauchte sie, »die Schmerzen … will sterben, nur sterben …«

Da küsste er sie auf den Mund.

»Wollt Ihr rüber zu Meister Tauflieb, Herr?« Marthe kam die Treppe vom Oberstock herunter. Sie hatte Freyja die letzten Tropfen des Laudanums gegeben, hatte sie gepudert und gefüttert und Lapidius während aller dieser Tätigkeiten lautstark auf dem Laufenden gehalten. So wusste er, dass es der Kranken an Leib und Seele besser ging.

»Nein, ich laufe dem Meister nicht hinterher. Ich habe einen anderen Gang vor.«

»Wohin denn, Herr?«

»Du fragst zu viel. Der Schlüssel zu Freyjas Kammer bleibt hier, falls sie noch etwas braucht. Hast du auch nach Spinnen geschaut?«

»Ja, Herr, habich. Sollich ne Kleinichkeit …«

»Nein, bereite nichts Essbares vor, ich weiß nicht, wann ich zurück bin. Und halte das Haus verschlossen, lass niemanden ein.«

»Ja, Herr, ich … ich hab sonne Angst allein.«

Lapidius hatte es jetzt eilig. Er warf sich den Mantel über und sagte: »Schieb die Gesteinskiste vor die Haustür, so wie ich es die letzten Abende auch getan habe.«

»Die is zu schwer.«

»Aha, hm. Dann schließ ab und riegle von innen vor, das muss genügen.«

»Aber …«

»Kein Aber. Ich bin bald zurück.«

Rasch ließ Lapidius sein Haus hinter sich. Er wollte die Sabbathöhle noch vor der Mittagsstunde erreichen. Auch heute schien die Sonne; es versprach ein schöner Tag zu werden. Die letzten Schneereste waren getaut. Überall spross neues Grün. Lapidius ging schnell und stetig, und er spürte mit Genugtuung, dass die Märsche der vergangenen Tage seine Beine gestählt hatten. Er nahm den Hauptweg zur Zirbelhöh, denn er hatte Sorge, sich wieder zu verlaufen und abermals auf die Hilfe des alten Holm angewiesen zu sein.

So kam es, dass er nicht einmal zwei Stunden brauchte, um den Höhleneingang zu erreichen. Hier oben wehte ein kräftiger Wind, der seinem erhitzten Körper Kühlung brachte. Er blickte sich um. Niemand war zu sehen. Zu seinen Füßen schimmerte der nackte Fels, hier und da von einigem Moosbewuchs überzogen. Die Spuren im Schnee, die ihm den Weg zum Eingang gezeigt hatten, waren restlos verschwunden. Lapidius bedauerte das, denn beim letzten Mal hatten sie ihm verraten, dass die Höhle leer war. Aber es half nichts. Wenn er zu weiteren Erkenntnissen kommen wollte, musste er hinein. So oder so.

Wenig später stand er in dem halbdunklen Gang und entzündete die kleine Öllampe. Diesmal hatte er auf einen Wollfaden als Orientierungshilfe verzichtet, denn er wusste, er hatte sich immer nur links zu halten, um den großen Höhlendom zu erreichen. Und immer nur rechts, um zurückzufinden.

Langsam strebte er voran, passierte drei Weggabelungen – und landete prompt wieder in dem blinden Gang. Er verwünschte seine Gedankenlosigkeit, kehrte um, hielt sich abermals immer links und erreichte endlich die Felsenhalle. Unterwegs hatte er sich schon überlegt, wie er vorgehen wollte, um den vermissten Torso aufzuspüren. Es gab nur eine Möglichkeit: Vorausgesetzt, er hatte den Boden beim ersten Mal gründlich abgesucht, und das hatte er, konnte der kopflose Leib nur in einem der beiden gegenüberliegenden Gänge liegen.

Lapidius setzte nun behutsam Schritt vor Schritt – und blieb abrupt stehen.

Jemand war hier vor ihm gewesen!

Dafür sprachen die Dinge auf dem Boden: eine Schüssel mit Weihrauchklumpen, daneben ein paar kräftige Stricke und ein Messer, dessen Klinge im matten Licht des Lämpchens blitzte.

War es das Messer, das ihn fast getötet hätte? Er hob es auf und erkannte, dass es sich um einen Hirschfänger handelte. Die Waffe war spitz und scharf und hatte einen Griff aus Horn. Darauf eingeritzte Buchstaben. Lapidius fühlte sich fatal an die Stirn von Gunda Löbesam erinnert, stellte aber fest, dass er es hier mit anderen Lettern zu tun hatte:

D R J O

entzifferte er, wobei der letzte Buchstabe auch ein G sein konnte. Die Abkürzung sagte ihm, trotz angestrengten

Nachdenkens, nichts. Er legte die Waffe wieder ab und entdeckte eine Säge. Es war kein Werkzeug, wie Zimmerleute es benutzten, sondern eine Knochensäge. Waren damit die Halswirbel der Ermordeten durchtrennt worden?

Zwei eiserne Töpfe rückten in sein Blickfeld. An den blutgefüllten Topf bei seinem ersten Besuch denkend, schaute er vorsichtig hinein. Gottlob waren beide leer.

Lapidius ging weiter und kam an den Fackeln vorbei. Er konnte sich täuschen, aber er hatte den Eindruck, es seien mehr geworden. Schließlich gelangte er zur Öffnung des linken gegenüberliegenden Ganges. Er schlüpfte hinein, langsam und dabei aufmerksam nach allen Seiten spähend. Ein paar Pferdedecken tauchten aus der Dunkelheit auf, nachlässig zusammengefaltet und übereinander gelegt. Wer immer in der Höhle seine Rituale abhielt, er mochte hier geschlafen und sich damit gewärmt haben.

Dann endete der Pfad.

Lapidius tastete sich zurück und betrat ohne große Erwartungen den anderen Gang. Dort tat sich ein ähnliches Bild auf: holperiger Boden vor ihm, feuchte Wände neben ihm und dann und wann ein davonhuschendes Insekt. Fünfundzwanzig oder dreißig Fuß weiter versperrten ihm schwere Steine den Weg. Kurz dahinter endete auch dieser Gang. Lapidius war enttäuscht. Insgeheim hatte er doch gehofft, den Torso hier zu entdecken. Aber er bemerkte nichts, das ungewöhnlich gewesen wäre.

Bis auf den Geruch.

Er lag auf einmal in der Luft, und je näher er den Steinen kam, desto stärker wurde er. Er kannte diesen widerwärtigen Geruch. Es war der Gestank nach Leiche. Lapidius kniete nieder und nahm einen der Steine fort. Ein nackter Fuß wurde sichtbar. Dann noch einer. Dann die Beine, die sich, fahl und schon leicht aufgedunsen, anfühlten wie feuchter Kautschuk. Übelkeit überkam ihn. Er kämpfte dagegen an und arbeitete weiter. Stück um Stück, Stein um Stein, wurde die Leiche nun sichtbar. Es handelte sich um eine Frauenleiche, nackt und bloß. Und – ohne Kopf.

Trotz der Kühle in der Höhle brach Lapidius der

Schweiß aus. Er hatte den Torso gefunden, der zu dem Frauenkopf gehörte. Was war zu tun? Sollte er den Rumpf einfach wieder zudecken? Nein, er würde vorher noch den Rücken der Leiche untersuchen. Er wollte wissen, ob sie dort Blutergüsse aufwies, wie er sie unter Gunda Löbesams Schulterblättern gefunden hatte. Fünf an der Zahl waren es gewesen, angeordnet wie die Fünf auf einem Würfel.

Doch dazu musste das Öllämpchen einen anderen, höheren Platz erhalten, welchen zu finden sich als gar nicht so einfach herausstellte. Schließlich entdeckte er einen Felssockel, der dem gewünschten Zweck dienlich sein mochte. Lapidius, immer noch kniend, musste sich gehörig vorbeugen, um die Lichtquelle darauf absetzen zu können. Und dann passierte alles auf einmal:

Er sah den Teufel.

Er prallte zurück.

Er ließ die Lampe fallen.

Augenblicklich umfing ihn schwärzeste Finsternis. Lapidius lag rücklings zwischen den Steinen, den Leichenrumpf unter sich. Nur langsam gelang es ihm, wieder einen klaren Gedanken zu fassen. Natürlich, was er gesehen hatte, war nicht der Leibhaftige, sondern nur eine Gesichtsmaske. Allerdings eine, die so grauenhaft aussah, dass sie den stärksten Mann das Fürchten lehren konnte. Lapidius rappelte sich auf. Es gibt keinen Satan in dieser Höhle, sagte er sich. Es ist nur die Maske des Teufels. Eine Maske, mehr nicht!

Er begann nach dem Lämpchen zu tasten und seufzte vor Erleichterung, als er es kurz darauf tatsächlich unter den Fingern fühlte. Es lag auf dem Felsboden, kaum eine Armeslänge von ihm entfernt. Nun musste er es nur wieder entzünden. Stahl und Feuerstein befanden sich in seinen Taschen, und er grub danach. Da waren sie schon. Nach wenigen Versuchen stand die Flamme auf dem Docht, und Lapidius konnte wieder sehen. Den Blick in Richtung Maske vermeidend, wollte er das Licht nun endgültig aufstellen, als er unvermittelt bemerkte, dass der Lampenkörper nahezu ausgelaufen war. Er hatte kaum noch Öl. Das hieß, wollte er noch bei Licht die Höhle verlassen, musste er sich eilen!

Hastig drehte er am Torso, während er die Blicke der Teufelsfratze fast körperlich in seinem Rücken spürte. Es ist nur eine Maske, sagte er sich abermals und untersuchte den Rücken. Ja! Fünf Hämatome waren darauf zu unterscheiden. Ein Beweis, dass auch dieser Leib auf die Stalagmiten gepresst worden war.

Im Folgenden nahm Lapidius auch die anderen Körperteile in Augenschein, konnte aber nirgendwo Spuren einer Gewaltanwendung entdecken.

Das Öllämpchen flackerte.

Lapidius erkannte, dass ihm kaum noch Zeit blieb. Der Rumpf musste liegen bleiben, wie er war. Er nahm das Licht auf, fasste sich ein Herz und schaute noch einmal hinter den Felssockel. Obwohl er diesmal vorbereitet war, kostete es ihn große Überwindung, den Anblick zu ertragen: Eine blutigrote hämisch grinsende Fratze mit kantigen Kiefern, gebogenen Hörnern und großen Augenlöchern starrte ihm aus dem Halbdunkel entgegen; links und rechts daneben ebensolche Scheußlichkeiten, die das Böse ausstrahlten, die Vernichtung, die Verachtung alles Göttlichen. Die Masken waren so perfekt gearbeitet, dass sie zu leben schienen.

Und sie lebten.

Sie bewegten sich auf ihn zu!

Lächerlich. Das konnte nicht sein. Lapidius besann sich auf seinen Verstand. Er war Wissenschaftler, und die Bewegung rührte sicherlich nur von dem unruhigen Flämmchen her. Doch wollte er sich darauf lieber nicht verlassen und machte, dass er davonkam. Er eilte zurück in den Höhlendom, fand auf Anhieb den richtigen Gang nach draußen, verirrte sich auch weiterhin nicht und stand kurz darauf – wieder im Dunkeln. Das Lämpchen war verloschen. Keinen Augenblick zu früh, wie er aufatmend feststellte, denn er sah bereits Licht am Ende des Wegs. Licht, Himmel, Helligkeit! Voller Verlangen schritt er weiter, bis er den Höhleneingang erreicht hatte.

Als er wenig später den Heimweg antrat, konnte er sich eines gewissen Hochgefühls nicht erwehren. Zwei seiner Annahmen hatten sich als richtig erwiesen. Zunächst einmal gab es sie tatsächlich, die *Filii Satani*. Außerdem waren es mit Sicherheit drei – wie auf Vierbuschs Triptychon. Beides ließ sich durch die Entdeckung der Masken eindeutig belegen.

Bei den toten Frauen gab es ebenfalls Erkenntnisse. Sowohl Gunda Löbesam als auch die Unbekannte waren in der Sabbathöhle vergewaltigt worden. Die Hämatome auf ihren Rücken sprachen unzweifelhaft dafür.

Lapidius war so in seine Gedanken vertieft, dass er an einer Wegbiegung geradeaus lief und jählings im dicht wachsenden Gebüsch stecken blieb. Er unterdrückte eine Verwünschung und versuchte, sich aus dem hakeligen Gezweig zu befreien. Es gelang ihm auch, mit einem kräftigen Ruck. Unwillkürlich stieß er einen Pfiff aus. Er hatte etwas am Boden gesehen, etwas, das nicht dahin gehörte. Nochmals zog er das Geäst beiseite und konnte nun eine Kiepe erkennen, ein geflochtenes Behältnis, wie es von vielen Überlandreisenden benutzt wurde. In der Kiepe befanden sich mehrere Körbe von unterschiedlicher Form. Daneben lag ein größerer blauer Stofffetzen, bei dem es sich, wie Lapidius beim Aufnehmen erkannte, um ein Kleid handelte. Dazu fand er billige Schuhe, ein Leibchen, eine zerknitterte Haube … die Kleider einer Frau.

Lapidius war klar, dass er die Verkaufsware der Gunda Löbesam entdeckt hatte. Hier war der Ort, wo die Söhne des Teufels sich ihrer entledigt hatten. Ebenso wie der Kleider, die allerdings nicht der Korbmacherin zuzuordnen waren, da diese ja vollständig angezogen in der Friedhofskapelle gelegen hatte. Sicher gehörten sie der unbekannten Toten. Lapidius forschte nach Hinweisen auf ihren Namen, konnte aber trotz aller Sorgfalt keinen finden.

Er fragte sich, was er mit seinem Fund anstellen solle, und entschied dann, alles an seinem Platz zu lassen. Es machte keinen Sinn, wenn er, bepackt mit Kiepe und Kleidern, in Kirchrode ankam und lauthals verkündete, er habe den Besitz der beiden toten Frauen gefunden. Man würde ihn nur verdächtigen, die Meucheltaten begangen zu haben. Ihn und natürlich Freyja.

Die Teufelsmasken fielen ihm ein. Auch sie hätte er an sich nehmen, hinunterschaffen und den Kirchrodern zeigen können. Doch dann wären die *Filii Satani* gewarnt gewesen. Nein, es war schon richtig, sie in der Höhle gelassen zu haben.

Er schritt wieder aus und versuchte, sich nur auf den Pfad zu konzentrieren. Aber die Masken waren hartnäckig. Sie wollten ihm nicht aus dem Kopf.

Und es war ihm, als hätten sie doch gelebt.

»Es gibt Euch also doch noch, werter Herr Magister!« Wie aus dem Erdboden gewachsen stand Tauflieb plötzlich neben Lapidius, der sich anschickte, sein Haus zu betreten.

»Sicher. Erst einmal einen guten Tag, Meister.« Lapidius wappnete sich. Taufliebs zornesblitzenden Augen nach zu schließen, würde dies kein angenehmes Gespräch werden. Aber welche Unterhaltung mit Tauflieb war schon angenehm. Lapidius fragte sich nur, warum der Mann so wütend war. Er sollte es gleich erfahren.

»Ihr meint, mir aus dem Weg gehen zu können, aber da seid Ihr schief gewickelt! Ich will mit Euch reden, und das werde ich auch! Was fällt Euch eigentlich ein, meinen Hilfsmann Gorm zum Wasserschöpfen zu missbrauchen? Stundenlang, wie die Nachbarn sagen! Kaum ist man aus dem Haus, schon passieren solche, solche …« Tauflieb rang um das richtige Wort.

»Ihr wart nicht im Haus?«, gab Lapidius sich unwissend. »Wo wart Ihr denn?«

»Das geht Euch nichts an! Ihr werdet mir die Arbeitskraft meines Hilfsmannes bezahlen. Ich werde genau feststellen, wie lange er mit dem Geplansche beschäftigt war, und Euch jede einzelne Minute in Rechnung stellen.«

»Der Brunnen war vergiftet, Meister, und ich will gar nicht fragen, von wem, aber da Ihr die Angewohnheit habt, ihn des häufigeren mitzubenutzen, ohne Entgelt, wie ich hinzufügen möchte, war es nur recht und billig, dass Gorm diese Arbeit tat.«

»Wollt Ihr damit etwa andeuten, ich hätte das Wasser vergiftet? Das ist die Höhe! Lenkt nicht ab! Ich wiederhole: Ich werde Euch jede einzelne Minute in Rechnung stellen!«

Durch Taufliebs Lamentieren hatten sich mittlerweile ein paar Neugierige angesammelt. Drinnen im Haus war auch Marthe aufmerksam geworden; sie entriegelte die Tür und steckte den Kopf heraus. »Seid Ihrs, Herr? Wassisn los? Ich …«

Lapidius drängte sie zurück. »Schon gut, Marthe, misch dich hier nicht ein.«

Die Magd verschwand widerstrebend. Lapidius drückte die Tür zu. »Habt Ihr nun genug Dampf abgelassen?«, sagte er zu Tauflieb.

»Noch lange nicht! Während Gorm Euren Brunnen leer schöpfte, ist Arbeit in der Werkstatt liegen geblieben, wichtige Arbeit!«

»Haltet Ihr es nicht für besser, unser Gespräch hinten auf dem Hof fortzusetzen?«

»Meinetwegen. Aber glaubt ja nicht, dass Ihr um eine saftige Rechnung herumkommt!«

Lapidius ging voraus und blieb dann neben den Johannisbeersträuchern stehen. »Nun, um des lieben Friedens willen werde ich Euch bei Gelegenheit Euren, äh … Schaden ersetzen. Übrigens, wo Ihr gerade Eure Werkstatt erwähntet, ich hörte, Ihr hättet darin einen riesigen Obstpflückerkorb stehen? Sagt mir doch, was Ihr als Schlosser mit einem solchen Gegenstand zu schaffen habt.«

Tauflieb stutzte für einen Moment, fing sich dann aber schnell. Drohend kniff er die Augen zusammen. »Jetzt habt Ihr Euch verraten, Lapidius! Ihr wisst von dem Korb doch nur, weil Ihr des Nachts in mein Haus eingebrochen seid, stimmts? Lange habe ich gerätselt, wer es gewesen sein könnte, nun zeigt sich, dass ich richtig vermutet habe. Am Nachmittag noch wart Ihr bei mir und wolltet diesen albernen Dreifuß gerichtet haben. Ich hatte mir gleich gedacht, dass da etwas faul ist. Es ging Euch gar nicht um den Dreifuß, es ging Euch um meinen großen Bohrer. Ihr hieltet ihn in der Hand, und ich sagte Euch, Ihr sollt ihn zurücklegen. Da Ihr ihn so nicht bekamt, habt Ihr ihn in der

Nacht geklaut. Von dem Scherbenhaufen, den Ihr in meiner Küche hinterlassen habt, will ich gar nicht reden. Aber eines sage ich Euch: Ihr werdet für alles bezahlen. Für alles! Ihr seid ein Dieb, Magister Lapidius! Ein gemeiner Dieb! Ich werde den Büttel noch heute …«

»Ihr werdet gar nichts«, unterbrach Lapidius. Er war überrascht von der Scharfsinnigkeit des Meisters, die ihn in eine gefährliche Lage zu bringen drohte. Nun war es Zeit, die Dinge gerade zu rücken. »Ihr werdet gar nichts«, wiederholte er. »Ja, Euer Bohrer befindet sich bei mir, aber ich habe ihn nicht ›geklaut‹, wie Ihr Euch auszudrücken beliebtet, sondern in Sicherheit gebracht. Das Werkzeug steht im Zusammenhang mit dem Mord an jener toten Frau, deren Kopf über meiner Tür hing.«

»Pah!«, machte Tauflieb nur.

»Ihr habt Euch während des Tumults vor meinem Haus ja nicht blicken lassen – ebenso wenig wie Gorm –, aber dass der Frauenkopf zwei Hörner trug, dürfte Euch hinlänglich bekannt sein, zumal Eurem Bock diese zufällig fehlen.«

»Worauf wollt Ihr hinaus?«

»An der Spitze Eures Bohrers klebt Blut.«

»Na und?« Aus der Wut des Meisters wurde Wachsamkeit. »Das kann jeder behaupten.«

»Es ist Blut, ich habe es mittels mehrerer Versuche einwandfrei nachgewiesen. Blut an Eurem Werkzeug!«

Tauflieb machte eine wegwerfende Geste. »Ich habe mir neulich beim Bohren die Hand verletzt.«

»Das kann jeder sagen. Es ist einwandfrei Blut.«

»Wollt Ihr damit etwa behaupten, ich hätte etwas mit den Hexenmorden zu tun? Ihr habts gerade nötig, wo die Säckler unter Eurem Dach haust!«

Lapidius setzte nach: »Es ist einwandfrei Blut. Das Blut der Ermordeten! Denn der Bohrer – Euer Bohrer! – passt genau in die Löcher, die zum Einsetzen der Bockshörner vonnöten waren.«

Der Meister war aschfahl geworden. »Ich wars nicht, um Himmels willen, ich wars wirklich nicht!«

»Dann könnt Ihr mir jetzt vielleicht sagen, wie der Obstpflückerkorb in Eure Werkstatt kommt?«

»Bei allen Heiligen! Ich weiß es nicht. Gorm muss ihn irgendwann angeschleppt haben. Keine Ahnung, wozu er ihn braucht. Ich habe ihn schon ein paar Mal gefragt, aber er rückt nicht mit der Sprache heraus. Wenn er etwas nicht will, dann will er nicht. Da habe selbst ich keinen Einfluss auf ihn.«

»Der Korb stammt von der Zirbelhöh. Er stand in der Werkstatt der schiefen Jule, einer Korbmacherin, die dort oben arbeitete.«

»Aha. Und?«

»Ich sagte: ›… arbeitete‹, denn die schiefe Jule ist tot. Sie wurde erschlagen, und der Korb ist verschwunden.«

Tauflieb brauchte einige Zeit, um das Gesagte zu durchdenken. Dann verfinsterte sich sein Gesicht. »Mag sein, Herr Magister, dass Gorm sich den Korb von der schiefen Jule geholt hat, mag sein, dass die Frau getötet wurde, aber deshalb muss das eine noch lange nichts mit dem anderen zu tun haben. Gorm, nun … hat nicht gerade das Pulver erfunden, aber er ist kein schlechter Kerl. Er würde keiner Fliege etwas zuleide tun. Keiner Fliege!«

»Ist Euer Hilfsmann nachts regelmäßig zu Hause?«

»Nun, ich …«

»Antwortet!«

Tauflieb gab sich einen Ruck. »Natürlich. Immer.«

Lapidius sah, dass sein Gegenüber log. Und er sah es nicht nur, er wusste es auch. Denn in der Nacht seines Einbruchs bei Tauflieb hatte dieser die Abwesenheit Gorms mehrfach lautstark bedauert. »Kennt Ihr die Sabbathöhle?«

»Die … wie soll die heißen?«

»Sabbathöhle.«

»Nein.«

Lapidius war überzeugt, dass der Meister weiterlog. »Wisst Ihr, was Stalaktiten und Stalagmiten sind?«

»Ich … nein.«

»Besitzt Ihr eine Teufelsmaske?«

»Wie?«

»Sagt Euch der Begriff ›Die Söhne des Teufels‹ etwas?«

»Äh … nein.«

»Kennt Ihr das St.-Gabriel-Triptychon in Pfarrer Vierbuschs Kirche?«

»Nein. Hört, was soll das alles, ich …«

»Dann wisst Ihr auch nicht, dass es geschändet wurde? Dass der Hals des Engels angeschnitten wurde?«

In Taufliebs Gesichtszügen glaubte Lapidius ein Wechselbad aus Trotz und Schuld zu sehen. »Nein, zum Donnerwetter, nein, nein!«

»Könnt Ihr mit den Buchstaben DRJO oder DRJG etwas anfangen? Wisst Ihr, wozu Bilsenkraut nütze ist?«

»Ja.«

»Was meint Ihr, die Buchstaben oder das Kraut?«

»Das Bilsenkraut. Es hat rauschhafte Wirkung.«

»Aha. Schon besser. Wir kommen der Sache näher. Kennt Ihr die Koechlin und die Drusweiler? Jene beiden Weibsbilder, die Freyja Säckler denunziert haben?«

»Wer kennt die nicht. Aber ich …«

»Gut, gut. Könnt Ihr Latein?«

»Wie? Nein, nicht richtig. Ich war mal auf einer Lateinschule, nur kurze Zeit …«

»Sehr gut. Wisst Ihr, was *Filii Satani* heißt?«

»Nein. Oder doch, ich denke …« Der Meister machte jetzt einen leicht verwirrten Eindruck. »Irgendwas mit Söhnen und Teufeln?«

»Ihr sagt es. Ich wusste, wir kommen der Sache näher. Fühlt Ihr Euch als ein Sohn des Teufels? Gebt es ruhig zu. Ich habe viele Hinweise, dass Ihr ein solcher seid. Es liegt in der Heimtücke Satans, dass er sich nur zeitweise im Körper zu erkennen gibt. Vorzugsweise nachts. Habt Ihr manchmal das Gefühl, das Böse ginge mit Euch durch? Ist Euch heiß? Möchtet Ihr töten? Schänden? Blut saugen?«

Lapidius hatte im Laufe der Zeit immer lauter gesprochen, ja zum Schluss fast geschrien, darum wunderte er sich umso mehr, dass jetzt überhaupt keine Antwort mehr kam. Stille lag über dem Hof. Tauflieb stand nur stumm da, die Augen in weite Ferne gerichtet. Endlich sagte er:

»Ich glaube, dass in jedem von uns ein Stück Teufel steckt, Magister. In mir, in Gorm, in Euch. Deshalb solltet Ihr auch Euch alle diese Fragen stellen. Ich jedenfalls denke, dass Ihr mit Eurem geheimnisvollen Wissen um Höhlen und Teufel sehr verdächtig seid. Ich muss mir überlegen, ob ich nicht doch zum Büttel gehe und ihm von diesem Gespräch berichte. Und nun darf ich um den Bohrer bitten. Er ist mein Eigentum.«

Lapidius schluckte. Eben noch hatte er gedacht, Tauflieb entlarven zu können, und nun diese Wandlung. Der Meister war wirklich kaltschnäuzig. Erst hatte er ganz offensichtlich gelogen, dann war er immer unsicherer geworden, und am Schluss hatte er sich wieder gefangen. Und den Spieß umgedreht, indem er neuerlich mit dem Büttel drohte. Das war enttäuschend. Aber er, Lapidius, durfte nicht aufstecken. Und sich schon gar nicht einschüchtern lassen. »Der Bohrer ist ein Beweisstück, Meister! Er bleibt in jedem Fall bei mir.«

Tauflieb zögerte einen Augenblick. Dann zuckte er mit den Schultern und verließ ohne ein weiteres Wort den Hof.

Lapidius blickte ihm hinterher und fragte sich, wie er das hitzige Gespräch bewerten sollte. Er hatte Tauflieb zu einem Geständnis bringen wollen, aber das war ihm nicht gelungen. Andererseits hatte der Meister wiederholt gelogen, und es stand zu erwarten, dass er, noch mehr unter Druck gesetzt, mit der Wahrheit herausrücken würde: mit der Wahrheit, dass er ein Sohn des Teufels war, der seinen ahnungslosen, tumben Hilfsmann vorschickte? War das so? Gorm war von Tauflieb abhängig. War er ihm gar hörig? Dagegen sprach die Bemerkung des Schlossers, manchmal habe selbst er keinen Einfluss auf Gorm. Doch wer konnte den haben, wenn nicht Tauflieb?

Lapidius ging mit schweren Schritten zur Hoftür und betrat das Haus.

Marthe saß am Küchentisch und zitterte wie Espenlaub. »Ich fliech am ganzen Körper, Herr, am ganzen Körper!«

»Das sehe ich.« Lapidius brauchte einen Augenblick, um sich auf die neue Situation einzustellen. »Hat es mit dem da zu tun?« Er wies auf ein flaches, mit Wasser gefülltes Gefäß, in dessen Mitte eine schrumpelige Kugel lag, ein Gebilde, das aussah, als hätte jemand blattlose Zweiglein zu einem Ball zusammengeknüllt.

»Ja, Herr, nee, Herr. Dassis ne Rose von Jericho.«

»Nun beruhige dich erst einmal und erzähle mir, was das ist.«

»Ne Jerichorose. Die muss man ham, wennim Haus Glück un Segen sein solln un nich Tod un Verderben. Da sacht man auch ›Auferstehungsrose‹ zu, weilse immer wieder aufgeht.« Das Reden über die unscheinbare Pflanze, welche von Wissenschaftlern *Selaginella epydophylla* genannt wurde, beruhigte die Magd etwas. »In drei Tagen isse ganz außenander, un wenns Wasser alle is, gehtse wieder zusammen. Man kannse stehn lassen, so lang man will, un se geht nich kaputt. Dreitausend Jahre isse alt, die Rose.«

»Aha, so, nun ja.« Lapidius dämmerte es, schon von der Wunderpflanze gehört zu haben. Kreuzritter hatten sie einst aus dem Heiligen Land mitgebracht. Dem Wasser, in dem sie stand, wurden heilsame Kräfte nachgesagt, ebenso wurde behauptet, dass sie, neben einer Gebärenden aufgestellt, die Niederkunft erleichterte. »Marthe, Marthe, du wirst immer frommer. Erst die Schluckmadonna, dann der Taschenaltar und jetzt auch noch eine Rose von Jericho.«

»Essis doch nur, weilich sonne Angst hab, Herr. Ihr wart ja wech, un Gorm war wieder da.«

»Was, Gorm war schon wieder da?«

»Wollt zu Freyja hoch, der Kerl, hat immer so komisch gekuckt un gesacht, ich soll aufmachen un ihn hochlassen, aber ich hab gesacht, ich darfs nich, un er soll mirn Buckel runterrutschen, un da hatter gesacht, ich müssts, weiler dochn Teufel is, un … un … da habich mich zu Tode erschreckt un die Rose ausm Schrank geholt, habsie von Mutter … un … un …« Die Magd begann wieder zu zittern.

»Beruhige dich«, sagte Lapidius nochmals und setzte sich neben sie. Er ließ es sich nicht anmerken, aber in seinem Inneren hatte ein ganzer Glockenturm Alarm geschlagen. Gorm hatte sich als Teufel bezeichnet! War er am Ende doch nicht so dumm, wie er immer tat? Gehörte er dazu? War er mit Tauflieb und Fetzer im Bunde?

Marthe schniefte geräuschvoll. »Un wie ich die Rose inner Hand hab, isser abgehaun.«

»Er war also nicht im Haus?«, vergewisserte sich Lapidius.

»Nee, hab ihn ja nich reingelassen. Wollt Ihr was zu beißen, Herr? Hab aber nix Rechtes, weilich doch sonne Angst hatt un nich kochen konnt. Hab nur Brot un Butter. Un Brühe für Freyja.«

Lapidius spürte Erschöpfung. Sechs Stunden war er in den Bergen unterwegs gewesen, immer auf den Beinen, immer unter Anspannung, und am Schluss hatte er noch das unerfreuliche Wortgefecht mit Tauflieb durchstehen müssen. Jetzt sehnte er sich nach Schlaf. Es war zwar erst Nachmittag, aber eine Schlummerstunde würde ihm gut tun. »Ich will nichts essen. Gib Freyja später die Brühe. Du findest mich in meinem Laboratorium, aber störe mich nur im äußersten Notfall.«

»Un für heut Abend habich auch nix, muss erst morgen zum Markt.«

»Schon recht.« Lapidius unterdrückte ein Gähnen und erhob sich. Am liebsten hätte er sofort seinen Experimentierraum aufgesucht, aber dann ging er doch noch einmal in die Diele und schob die schwere Gesteinskiste quer durch die Küche vor die Hoftür. Es war mehr ein symbolischer Akt, denn ihm war klar: Einer wie Gorm würde sich, wenn er es darauf anlegte, davon nicht aufhalten lassen. Aber immerhin … Er überprüfte auch den schweren Riegel vor der Haustür und die Fenster. Sollte er noch nach Freyja sehen? Ja, aber später. Er betrat das Laboratorium, wo sein Lieblingsstuhl schon auf ihn wartete, und setzte sich.

Doch der Schlaf kam nicht. Lapidius saß zu unbequem. Und die Gedanken waren auf einmal alle wieder da. Dazu kam, dass es ihn überall zu jucken begann. Mal kitzelte es hier, mal kribbelte es da. Ärgerlich darüber, wurde er immer wacher. Er stand auf und blickte sehnsüchtig auf sein Bett. Wie herrlich musste es sein, sich darauf langmachen zu können – wenn die Liegefläche nur wieder gerade wäre!

Und dann hatte er einen Einfall. Er nahm den von Tauflieb gerichteten Dreifuß und stellte ihn unter das abgeknickte Bein. Das brachte schon etwas. Aber erst, als er noch einen dicken Holzscheit dazugepackt hatte, war die Fläche leidlich eben. Eigentlich war das schöne Buch zu schade für diesen Zweck, aber darauf konnte er keine Rücksicht nehmen. Heute nicht. Aufseufzend legte er sich hin und streckte die Glieder aus. Nur das helle Licht im Raum verdross ihn noch, und er ahnte, er würde kein Auge zutun, bevor er nicht Abhilfe geschaffen hatte. Also stand er nochmals auf und holte sein kleines Büchlein, welches er sich aufgeklappt über die Augen legte.

Nun war alles gut, und er merkte, wie die Nebel des Schlafs ihn umhüllten, dichter wurden und hinabzogen in das Land der Träume. Kurz bevor er einschlief, drehte er den Kopf noch einmal zum Sprechschacht:

»Freyja«, murmelte er, »Freyja, ich komme nachher.«

Achtzehnter Behandlungstag

Lapidius wachte auf, rieb sich die Augen und wusste nicht, wie lange er geschlafen hatte. Das Laboratorium lag im hellen Sonnenlicht. Schrieb man noch Donnerstag oder schon Freitag? Dann verriet ihm der Schatten des Experimentiertisches, dass es Morgen sein musste. Er hatte einen halben Nachmittag und eine ganze Nacht verträumt. Ob Marthe bereits auf war? Er lauschte, konnte sie aber nicht hören. Höchste Zeit, aufzustehen! Mit einem Satz sprang er aus dem Bett und eilte in die Küche. Gottlob, da saß sie, die gute Seele, und biss in ein Stück Brot, das sie in Honig getaucht hatte. »Du hättest mich gestern noch wecken müssen, Marthe!«

»Habich doch, Herr, am Abend wars, aber Ihr habt nur was gebrabbelt un gesacht, ich soll nich mitten inner Nacht stören, un da binnich wieder wech.«

»Wirklich?« Nur schwach kam Lapidius die Erinnerung. »Nun ja, ist dir heute besser zumute?«

»Ja, Herr, Gorm hatt sich nich wieder sehn lassen. Sollich Euch auch Brot holn? Hab auch nochn bisschen Eingemachtes unten inner Kühlgrube. Apfelgelee un so.«

»Nein! Äh … ein Stück Brot mit Honig wäre sehr schön.« Lapidius setzte sich. Er musste sich von dem Schrecken erholen, den Marthe ihm mit ihrem freundlichen Angebot eingejagt hatte. Es fehlte noch, dass die Magd das Kompassgehäuse mit dem Frauenkopf in der Kühlgrube entdeckte. Der Gedanke an den Schädel, der in den Tiefen seines Hauses noch immer einer anständigen Beerdigung harrte, erinnerte ihn nur allzu deutlich daran, dass er mit seinen Nachforschungen entscheidend weiterkommen musste.

»Is gut, Herr. Un ich kann auch noch Bier holn!«

»Wie bitte? Ach so, ja.« Lapidius dachte an die *Filii Satani*. Sie waren die Täter. Es waren drei. Er kannte sie, da war er sicher. Das Problem war nur, dass vier, möglicherweise sogar noch mehr Männer in Frage kamen. Tauflieb, Fetzer, Krabiehl, Veith, vielleicht Nichterlein und Meckel, dazu Gorm, der sich selbst als Teufel bezeichnet hatte. Allerdings, das hatte Tauflieb gestern auch getan. Ich glaube, dass in jedem von uns ein Stück Teufel steckt, hatte er gesagt.

Marthe schnitt ein dickes Stück vom Brotlaib ab. »Un wassis nu mit Bier, Herr?«

»Äh … kein Bier. Danke.« Lapidius biss ins Brot, ohne den Honiggeschmack zu spüren. Er fand es bezeichnend, dass er mit allen seinen Überlegungen immer wieder bei Tauflieb landete. Was hatte der Mann gestern gesagt? Er wolle zum Büttel gehen und von ihrem Gespräch berichten. Lapidius rief sich das Wortgefecht noch einmal in Erinnerung und sprang plötzlich auf. Er hatte Tauflieb gesagt, dass dessen Bohrer genau in die Stirnlöcher der Toten passe, was bedeutete, dass er, Lapidius, den Kopf untersucht haben musste. Das wiederum setzte voraus, dass der Kopf in seinem Besitz war – eine Tatsache, die er dem Büttel gegenüber geleugnet hatte. Wenn Krabiehl das erst einmal wusste, hatte er ihn in der Hand. Eine erneute Durchsuchung seines Hauses drohte. Der Kopf würde gefunden werden und Freyja in ihrer Kammer auch. Und nur Gott allein mochte wissen, was dann mit ihr passierte.

Was konnte er tun? Das Einzige, was ihm einfiel, war, Tauflieb zuvorzukommen. Er musste zum Büttel gehen und mit ihm reden. »Marthe, ich laufe rasch zum Gemswieser Markt.« Lapidius war schon auf der Diele und warf sich den Mantel über.

»Ich auch, Herr. Hamja nix zu beißen mehr. Ich mein, außer den Vorräten.«

»Gut, gehen wir zusammen.« Für einen Augenblick kam Lapidius in den Sinn, dass Freyja dann ganz allein im Haus war, aber Marthe würde sicher protestieren, wenn er sie jetzt bäte, zurückzubleiben.

Wenig später eilten sie gemeinsam die Böttgergasse hinunter, Marthe munter schwatzend, denn es schmeichelte ihr, mit einem so feinen Herrn gesehen zu werden, Lapidius hingegen schweigsam und in sich gekehrt. Als sie den Markt erreicht hatten, zeigte sich alsbald, dass Lapidius gut daran getan hatte, die Magd nicht im Haus zu lassen, denn schon wurden wieder einige der Händlerinnen dreist und riefen »Seht nur, der Hexenbuhler ist da!« und »Der Galan der Säckler, der Vornehmtuer!« und Ähnliches, und Marthe trat ihnen sofort entgegen und schrie: »Haltet euer Maul, verdammich, oder ich kauf nich mehr bei euch, un ich sorch dafür, dass alle annern Mägde auch nich bei euch kaufen, un dann könnter sehn, wo ihr bleibt!«

Zu Lapidius' Erstaunen schwieg das Marktvolk für einen Augenblick verdutzt. Aufatmend sagte er: »Danke, Marthe, wir trennen uns hier. Ich muss zu Krabiehl, eine wichtige Sache besprechen. Kauf du nur in Ruhe ein. Solltest du vor mir fertig sein, geh schon nach Hause. Sag Freyja, ich schaue nach ihr, sowie ich zurück bin.«

»Ja, Herr, ja, aber mitm Büttel is nich gut Kirschen essen, der is tückisch, seht Euch vor.«

»Ja, ja, keine Sorge. Nun geh.« Lapidius löste sich von Marthe und strebte Krabiehls Dienstgebäude zu. Dort angelangt, musste er feststellen, dass der Büttel nicht anwesend war. Er setzte sich auf den einzigen Stuhl im Raum und wartete. Seine Geduld wurde auf eine harte Probe gestellt. Nach über einer Stunde, er war schon drauf und dran zu gehen, erschien der Büttel endlich. Er pfiff fröhlich vor sich hin, hielt aber abrupt inne, als er Lapidius' ansichtig wurde. Seine Miene verdüsterte sich. »Ihr seid der Letzte, den ich hier erwartet hätte«, sagte er statt einer höflichen Begrüßung.

Lapidius wahrte die Form. »Guten Tag, Krabiehl. Ich muss Euch dringlich sprechen.«

»Ihr sitzt auf meinem Stuhl. Ich darf Euch bitten, dort auf der Bank Platz zu nehmen.«

Lapidius unterdrückte seinen Ärger. Während er den Stuhl räumte, fragte er sich, wie er die Unterredung am besten beginnen sollte. Er hatte schon die ganze Zeit darüber gerätselt, war aber noch immer um eine Anwort verlegen. Sollte er mit der Tür ins Haus fallen und fragen, ob Tauflieb schon vorbeigeschaut hatte? Nein, das war ungeschickt. Auch machte es wenig Sinn, sich nach Krabiehls Erkenntnissen hinsichtlich der beiden Frauenmorde zu erkundigen. Der Büttel, der in der Sache sicher nichts unternommen hatte, würde nur verstockt reagieren. Schließlich, weil ihm nichts Besseres einfiel, fragte Lapidius: »Kommt Ihr direkt von zu Hause?«

»Ist es das, was Ihr so dringlich wissen wollt?«, gab Krabiehl zurück. Er ließ sich betont langsam auf seinem Stuhl nieder. Es war offenkundig, dass er die Situation genoss. »Nun, wenn es Euch beruhigt, will ich Euch antworten: Nein, natürlich nicht, es gehört zu meinen Pflichten, den Markt auf übles Gelichter zu überprüfen, und genau das habe ich heute Morgen als Erstes getan.«

»Aha, natürlich.« Lapidius fiel ein Findling vom Herzen. Aus Krabiehls Antwort ergab sich, dass Tauflieb sich noch nicht an den Büttel gewandt hatte. »Nun, um ehrlich zu sein, bin ich um anderer Fragen willen hier. Ihr wisst, dass ich die Freyja Säckler beherberge und dass ich mich für sie verwende.«

»Ja. Und?« Krabiehls Hochstimmung schien nachzulassen. Jedenfalls drückte sein Gesicht das aus.

»Mich würde interessieren, ob ihr Kräuterwagen mittlerweile aufgetaucht ist.«

»Nein, nicht dass ich wüsste.«

»Schade, das hatte ich schon befürchtet. Immerhin könnte das Gefährt Hinweise darauf liefern, wer die hier auf dem Markt gefundene Tote auf dem Gewissen hat.«

Krabiehl blies die Backen auf. »Als ob Ihr das nicht genau wüsstet. Die Hexe Säckler wars, wer sonst.«

Lapidius überhörte die Herausforderung. »Ihr Wagen wurde nicht zufällig zum Abtransport des toten Walter Koechlin benutzt? Ich frage das nur, weil die Leute sagen, er wäre ebenfalls nicht eines natürlichen Todes gestorben.«

Der Büttel riss die Augen auf, gab sich dann aber betont gleichgültig. »Wer sagt das?«

»Man hört so allerlei. Ich glaube ja auch, dass er dem Suff erlag, aber so mancher behauptet, Koechlin habe niemals einen Tropfen angerührt. Bleibt die Frage, woran er wirklich gestorben ist. Habt Ihr in Eurer Eigenschaft als Stadtbüttel nicht Ermittlungen aufgenommen?«

»Ich habe meine Pflicht getan.«

»Dann habt Ihr sicher auch Richter Meckel in den Fall einbezogen?«

»Selbstverständlich. Der Herr Richter ist sehr zufrieden mit mir.«

»Natürlich.« Lapidius musste an den Morgen nach dem Sturm auf sein Haus denken, als Meckel ihn zu sich zitiert und mit drohendem Unterton gesagt hatte, Freyja Säckler sei spurlos verschwunden, und er, Lapidius, trage dafür die Verantwortung. Wie wütend hatte der Richter dreingeblickt, als er erfuhr, dass die Nachricht seines Informanten, der niemand anders als Krabiehl gewesen war, nicht stimmte! Dies betrachtet, konnte Meckel mit dem Büttel unmöglich zufrieden sein.

Vielleicht aber war er es doch? Dann nämlich, wenn, aus welchem Grund auch immer, Meckel daran gelegen war, dass der Tod des Walter Koechlin nicht an die große Glocke gehängt wurde. Vielleicht, damit seine Zeugin Auguste Koechlin nicht in Schwierigkeiten geriet und weiter gegen Freyja aussagen konnte? Herrgott im Himmel, was war das nur für ein Sumpf, dem er überall begegnete! Lapidius war bemüht, sich nichts anmerken zu lassen. »Sicher habt Ihr die Witwe Koechlin befragt?«

»Nein, habe ich nicht.«

Das war eine faustdicke Lüge, schließlich hatte der Büttel eine Liebschaft mit der Koechlin und traf sie wahrscheinlich jeden Tag. Zumindest gesprochen haben musste er mit ihr. »Aha, nun ja. Es geht mich ja auch nichts an. Ich stelle fest, der Kräuterwagen der Säckler hat sich jedenfalls noch nicht angefunden.«

»Richtig.«

»Wessen Karren wurde dann benutzt?«

»Walter Koechlins Leiche wurde auf dem Wagen des

Apothekers Veith fortgebracht. Er war so freundlich, ihn zur Verfügung zu stellen.«

»Der Apotheker Veith?«

»Genau der.«

»Das ist, äh … zu loben.« Lapidius war aus dem Konzept gebracht. Veith! Der Pharmazeut, der ein so seltsames Gebaren an den Tag gelegt hatte, der abends und nachts nicht daheim weilte, der Aphrodisiaka für die Reichen Kirchrodes herstellte, der in der Lage war, Rauschtränke unter Zuhilfenahme von Bilsenkraut zu brauen – ausgerechnet der hatte einer der Zeuginnen seinen Wagen geliehen. War das Zufall? Oder steckte mehr dahinter?

Lapidius fing sich wieder und spann seinen Gesprächsfaden fort. »Als ehrenwerter Bürger der Stadt interessiert mich natürlich, wer die Hexenmorde in Wahrheit auf dem Gewissen hat. Nach meiner These ist der Schlossermeister Tauflieb besonders verdächtig. Er und sein Hilfsmann Gorm. Sowie der von Euch eben genannte Apotheker Veith.«

»Aha.« Krabiehl wurde einsilbig.

»Noch verdächtiger sind für mich allerdings die Witwen Koechlin und Drusweiler. Man hat sie vorgeschickt, um die Säckler zu verleumden und zu vernichten. Hinter ihnen stehen die wahren Mörder. Ich spreche absichtlich in der Mehrzahl, denn es sind drei, die gemeuchelt haben. Drei Männer. Ich bin sicher, die Koechlin und die Drusweiler und alle, die mit ihnen in Verbindung stehen, werden ihrer gerechten Strafe nicht entgehen.«

Der Büttel schwieg, obwohl Lapidius' letzte Worte einer Drohung gleichkamen.

»Nun, das wars, Krabiehl, ich wünsche Euch noch einen guten Tag.« Lapidius stand auf und verließ den Dienstraum. Er war einigermaßen beruhigt. Tauflieb mochte nun kommen und brühwarm über das gestrige Gespräch berichten, er würde nicht viel erreichen. Krabiehl würde sich genau überlegen, ob er etwas unternahm, denn er wusste jetzt: Wenn er Lapidius in Schwierigkeiten brachte, würde er selbst auch welche bekommen.

Und das nicht zu knapp.

Freyja lag in der Hitzkammer und spürte, dass sich etwas verändert hatte. Die Geräusche waren anders. Leiser. Entfernter. Für eine Weile lauschte sie angestrengt, dann wusste sie es: Marthes Küchenlaute fehlten, das Klappern der Töpfe, das Scheppern der Pfannen, das Brodeln von kochendem Wasser. Ebenso Lapidius' Schritte im Laboratorium, dazu die Stimmen der beiden, immer dann, wenn sie ein Wort miteinander wechselten.

Marthe hatte gestern Abend noch einmal nach ihr gesehen, und Freyja war enttäuscht gewesen, dass es nicht Lapidius war. Er hatte ihr durch den Sprechschacht versprochen, zu kommen. Doch sie hatte vergebens gewartet.

Nun war sie ganz allein im Haus. Angst kroch in ihr hoch. Sie dachte an den Tag des Überfalls, als johlender Pöbel durch die Stockwerke gerannt war, als man sie Hexe gescholten hatte, als man ihrer habhaft werden und sie stechen wollte, als sie sich nur mit letzter Kraft ins Gebälk hatte retten können. Das würde sie nun nicht mehr schaffen. Sie war schwach und hilflos wie ein Neugeborenes.

Sie hasste es, Angst zu haben. Gegen das Gefühl ankämpfend, sagte sie sich, dass es ihr etwas besser ging. Marthe hatte ihr die allerletzten Tropfen aus dem braunen Fläschchen gegeben, und es waren nicht nur zehn, sondern siebzehn gewesen. Sie hatte genau mitgezählt. Die wunderbaren Tropfen. Laudanum war ihr Name. Diesmal hielt ihre Wirkung besonders lange an.

Warum war Lapidius gestern Abend nicht gekommen? Er hatte es doch versprochen? Lapidius. Er gab sich so viel Mühe, ihre Unschuld zu beweisen. Tagtäglich war er deswegen unterwegs, und sie ahnte: Nicht nur das eine Mal, als sein Haus gestürmt wurde, hatte er sich in Lebensgefahr befunden. Warum tat er das alles für sie? Gut, er hatte ihr die Erklärung gegeben, er selbst habe sich einst in ähnlicher Lage befunden und einem Mann namens Conradus Magnus versprochen, er wolle die barmherzige Pflege, die ihm widerfahren war, an einem anderen Menschen wieder gutmachen. Aber das erklärte noch lange nicht, warum er sich so sehr dafür einsetzte, sie vom Vorwurf der Hexerei reinzuwaschen.

Was er wohl herausgefunden hatte? Ab und zu machte er eine Andeutung, aber Genaues sagte er ihr nie. Wahrscheinlich wollte er sie nicht unnötig ängstigen. Wie ritterlich von ihm! Dabei hätte er ihr alles sagen können; sie hätte seine Sorgen und Nöte mit ihm geteilt. Gerne sogar. Schließlich waren es auch ihre Sorgen und Nöte, und Unbill ertrug sich gemeinsam viel leichter.

Freyjas Angst hatte etwas nachgelassen. Nur noch zwei Tage musste sie aushalten, dann waren die zwanzig voll. Dann durfte sie die Hitzkammer verlassen. Ein zwiespältiges Gefühl beschlich sie, wenn sie daran dachte. Unzählige Male hatte sie ihr Gefängnis verflucht, hatte die Dunkelheit gehasst, die Einsamkeit, die Enge, und doch hatte die Abseite ihr so etwas wie Geborgenheit geschenkt – Schutz gegen den Richter Meckel, den Büttel, die Zeuginnen, gegen alle, die ihr Böses wollten. Was würde sie da draußen erwarten?

Lapidius. Er war so vornehm. Und er hatte sie geküsst. Sie hatte es im ersten Augenblick kaum wahrgenommen, zu miserabel war es ihr gegangen, später aber war es ihr bewusst geworden. Und sie hatte sich in Grund und Boden geschämt. Wegen ihres übel riechenden Speichels, wegen ihrer fehlenden Haare und Zähne, wegen ihrer schrecklichen Hässlichkeit. Trotzdem hatte er sie geküsst. Er hatte sogar gesagt: Du gehörst zu mir. Das war natürlich nicht ernst gemeint. Sie, eine Kräuterhökerin, und er, ein vornehmer Mann! Lächerlich. Und trotzdem, der Gedanke war nicht unangenehm …

Was war das? Stimmen? Gepolter? Freyja wollte sich aufrichten, war aber zu schwach dafür. So hielt sie nur das Ohr an den Sprechschacht. Was sie hörte, war Marthes Stimme, die laut, fast kreischend zu ihr heraufdrang:

»Sie redet nix, gar nix redet sie, ich sachs doch, so schlecht gehts ihr, un nu lass mich in Ruh!«

Mit wem sprach Marthe da? Freyja spitzte noch mehr die Ohren. Mit Lapidius? Nein, das konnte nicht sein.

»Lass mich … du …« Marthes Stimme entfernte sich. »Du sollst … lassen, sonst …«

Freyja konnte nicht mehr alles hören.

»… nein, verdammich, nein! …«

Dann kamen nur noch einzelne Schimpfwörter bei ihr an.

»Hundsfott … Halunke! Au, au, au …«

Stille.

»Marthe?« Freyja rief so laut sie konnte in den Schacht. Aber es war nicht viel mehr als ein Flüstern, das ihr gelang. »Marthe?«

Die Magd gab keine Antwort. Mit wem hatte sie gesprochen? Wen hatte sie so übel beschimpft? Freyja wusste es nicht. Nur eines war klar: Lapidius konnte es nicht gewesen sein. Marthe hatte zwar ein lockeres Maul, aber in diesem Ton würde sie niemals mit ihrem Herrn reden.

Die Magd war fort, das wurde für Freyja zur Gewissheit. Und der, mit dem sie gezankt hatte, auch. Oder war es eine Frau gewesen? Traute Schott vielleicht, über die sie manchmal sprach? Freyja wusste es nicht. Irgendjemand war es gewesen, das stand fest. Und sie war wieder allein.

Die Angst meldete sich abermals. Und diesmal ließ sie nicht von Freyja ab, obwohl sie immer wieder das eine Wort ausstieß:

»Lapidius! Lapidius! Lapidius!«

Lapidius legte die letzten Schritte zu seinem Haus zurück. Er freute sich auf ein kräftiges Mahl. Was die Magd wohl vom Markt geholt hatte? Sie musste längst in ihrer Küche sein und etwas Leckeres brutzeln. Er öffnete das schwere Schloss und stieß die Tür auf. »Marthe, ich bins!«

Nachdem er seinen Mantel über den Haken gestülpt hatte, schnupperte er erwartungsfroh, doch kein köstlicher Duft stieg ihm in die Nase. »Marthe?«

Er betrat die Küche und sah den gefüllten Einkaufskorb auf dem Tisch stehen. Sie war also vor ihm nach Haus gekommen. Schön. Aber wo war sie? Er machte sich auf die Suche. In ihrer Kammer war sie nicht. Ebenso wenig in den Wirtschaftsräumen. Auch nicht auf dem Hof und auf dem stillen Ort. Wo war sie nur? »Marthe! Martheee!«

»Lapidius.«

Der Ruf klang schwach an sein Ohr. Er war durch den Sprechschacht gekommen. Freyja! Wenigstens sie war da. Er trat an sein Bett und beugte sich über die Öffnung des Sprechschachts. »Freyja, ich bin zurück. Weißt du, wo Marthe ist?«

»Nein, ich … nein.« Ihre Antwort war schwach und kaum verständlich.

»Nun gut, sie wird schon wieder auftauchen. Ich muss mich erst einmal um den Athanor kümmern. Danach komme ich zu dir hinauf.«

Er ging zu seinem roten Ziegelofen und überprüfte die Glut. Sie war schwach und kam nur noch einem Glimmen gleich. Das Feuer durfte nicht verlöschen! Er brauchte sofort das trockene Kleinholz, das neben den gewöhnlichen Scheiten hinter dem Haus lagerte. Er eilte hinaus und bemerkte dabei, dass die Hoftür sperrangelweit offen stand. Hatte er bei seiner Suche nach Marthe vergessen, sie zu schließen? Seltsam … Ihm fehlte die Muße, darüber nachzudenken. Der Athanor ging vor.

Kurz darauf führte er die tausendfach geübten Handgriffe der Feuerbewahrung aus, eine Tätigkeit, die ihn stets beruhigte. Doch heute wollte die innere Zufriedenheit sich nicht einstellen. Der Gedanke an Marthe ließ ihn nicht los. Und an die *Filii Satani*. Sie bedrohten Freyja, weil diese sie leibhaftig in der Sabbathöhle gesehen hatte. Und weil das so war, wurde er als ihr Beschützer ebenfalls bedroht. Und Marthe. Obwohl die Magd überhaupt nichts wissen konnte.

Aber wussten das auch die *Filii Satani*?

Der Athanor brannte wieder gut. Von Marthe war nach wie vor nichts zu sehen. Lapidius beschloss, sich nicht verrückt machen zu lassen. Vielleicht war die Magd nur zu ihrer Mutter gegangen. Erst einmal würde er sich um Freyja kümmern. Während er die Treppe emporstieg, durchforschte er seine Taschen nach dem Schlüssel. Wo war er nur? Lapidius dachte scharf nach und kam zu dem Schluss, dass die Magd ihn zuletzt gehabt hatte. Gestern Abend, als sie zu Freyja hinaufgegangen war. Es blieb nur zu hoffen, dass sie den Schlüssel jetzt nicht bei sich trug.

In banger Erwartung eilte Lapidius zurück und nahm in der Küche den Stein aus der Wand. Gott sei Dank! Da lag das gute Stück. Er griff sich den Schlüssel und eilte, immer zwei Stufen auf einmal nehmend, zu Freyja empor. »Da bin ich. Eigentlich wollte ich gestern Abend noch zu dir kommen, aber ich habe es einfach verschlafen.«

»Ja«, sagte Freyja. Sie war froh, dass Lapidius endlich da war. Niemals würde sie ihm sagen, wie sehr sie auf ihn gewartet hatte.

»Hast du denn gar nichts gehört? Ich meine, die Magd muss sich doch bei dir gemeldet haben, als sie vom Markt zurück war?«

»Hab nichts gehört. Nur später, da wurds laut. Da hat Marthe immer gerufen, so was wie ›Sie redet nix‹ und ›Lass mich‹.« Das Sprechen strengte Freyja sehr an.

»Heißt das, jemand anderes war noch im Haus?«

»Ja.«

Lapidius schoss der Schreck in die Glieder. Die Hoftür! Sie hatte also doch schon offen gestanden, als er kam. Ein Unbekannter hatte sie gewaltsam geöffnet und war ins Haus eingedrungen. Ein Mann? Eine Frau? »Hast du gehört, mit wem Marthe sprach? Konntest du die Stimme erkennen?«

»Nein.«

»War es vielleicht Gorm?«

»Weiß nicht.«

»Nun, nun …« Lapidius versuchte, Ruhe auszustrahlen. »Vielleicht gibt es für alles eine ganz normale Erklärung.«

»Mir ist heiß.«

»Ich habe das Feuer im Athanor wieder angefacht. Warte …« Er nestelte nach dem Schlüssel und öffnete die Türklappe, damit kühle Luft an Freyjas Körper gelangen konnte. Er tat es mit schlechtem Gewissen, denn die Vorschriften der Syphiliskur mussten bis zum letzten Tag auf das Genaueste eingehalten werden, andererseits waren die zwanzig Behandlungstage fast um, und überdies dauerte sie ihn.

»Danke.« Freyja schöpfte ein paar Mal tief Luft.

Lapidius versuchte, an Freyjas Körper vorbeizublicken, doch es gelang ihm nicht. Er sah, dass ihre Schultern, ihre Arme, ihre Brüste nicht mehr genügend Schmiere trugen, ein Zustand, der so nicht hinzunehmen war. Zwar konnte er es verantworten, die Hitze in der Kammer vorübergehend abzuschwächen, eine mangelnde Quecksilberschicht dagegen durfte nicht sein. »Das Unguentum muss erneuert werden, ich werde Marthe ...«, sagte er und brach unvermittelt ab. Die Magd war ja nicht da. Dennoch musste für die Einreibung gesorgt werden. Was sollte er tun?

»Mach du es doch.«

»Ich?« Im Leben hätte er nicht daran gedacht. So etwas war nicht schicklich, ganz und gar nicht schicklich. Allerdings, es musste sein. »Ich ... ich ...«

»Stört dich, dass ich so hässlich bin?«

»Überhaupt nicht, überhaupt nicht! Äh ... ich meine, natürlich bist du nicht hässlich, ich wollte nur sagen, also, wenn es dir nichts ausmacht ...«

»Nein.«

»Ja. Gut. Dann hole ich die Salbe.« Lapidius war froh, der Situation entfliehen zu können. Er hastete die Treppe hinunter, verschloss als Erstes die Hoftür wieder, indem er die schwere Gesteinskiste davor schob, griff sich dann die Salbe, einen Lappen und einen Eimer Wasser und stieg schwer beladen nach oben.

Als er bei Freyja wieder anlangte, war er seiner Verlegenheit einigermaßen Herr geworden. Er sah, dass sie sich mit dem Oberkörper schon zur Hälfte aus der Hitzkammer geschoben hatte. Nun verhielt sie, völlig ausgepumpt und entkräftet. Lapidius stellte die Sachen ab. »Ich fasse dir von hinten unter die Schultern und ziehe dich ganz heraus.«

Freyja atmete heftig und flach, bis ihr Puls sich wieder beruhigt hatte. »Marthe hats auch so gemacht.«

»Fein.«

»Und mich auf die Truhe gesetzt.«

»So. Ja.« Er zog sie unendlich vorsichtig aus ihrer Höhle und verhielt vor dem Möbel. »Ich hebe dich jetzt hoch.«

»Ich ... kann aber nicht mehr sitzen.«

»Dann lege ich dich einfach hin. Rücklings. Es wird schon gehen.« In der Tat fiel es ihm nicht schwer, sie auf die Truhe zu betten, denn sie hatte während der Behandlung gehörig abgenommen. Helles Licht fiel durch das Fenster; er sah überdeutlich ihre Brüste, den flachen Bauch, den Schoß und versuchte, sie nur als Arzt zu betrachten. Es gelang nicht.

Er griff zu Lappen und Eimer und wischte die Reste der letzten Einschmierung fort. Als er sie umgedreht und die Reinigung auch auf dem Rücken vollzogen hatte, bat er sie, in dieser Lage zu bleiben, denn er hatte ihre wunden Liegestellen bemerkt. Er holte das Kalkpulver, weil er nichts anderes mehr besaß, und tupfte es auf. Dann begann er mit der neuen Schicht. Er verteilte sie und hob seine Patientin vorsichtig in eine sitzende Position.

Freyja suchte Halt an ihm. »Ich … ich kipp um.«

»Das tust du nicht.« Er saß jetzt rittlings neben ihr, umfasste ihre Schulter mit der Linken und strich mit der Rechten das Unguentum auf ihre Halspartie. Dann wanderte seine Hand nach unten, wobei er ihren Busen umging.

»Du hast was vergessen.«

»Ich weiß, ich wollte nicht …« Die verdammte Verlegenheit! Warum war er nicht in der Lage, sie einfach einzureiben! Es ging schließlich nur darum, Salbe auf ein Stück Haut zu bringen. Er fasste sich ein Herz und massierte die Schmiere in ihre Brüste ein. Zögernd erst, dann immer sicherer werdend.

»Du machst es gut.«

»Ja.« Seine Stimme klang heiser, während er behutsam weiterrieb und dabei spürte, wie ihre Brustspitzen sich erhärteten. Er selbst fühlte ebenfalls Erregung. Um sich abzulenken, sagte er: »Ich weiß mittlerweile, dass die Augen, die Hände und die Stimme dich damals in eine Höhle lockten. Ich war dort und habe das Gesicht aus Stein entdeckt und auch die Zähne, an die du dich zu erinnern glaubst. Es sind Stalaktiten, Tropfsteinzapfen, die von der Gesteinsdecke herabhängen.«

Freyja wandte sich ihm zu. Ihre Augen schienen plötzlich in weite Ferne zu blicken. »Eine Höhle? … Ja«, sagte sie. »Ja.«

Lapidius fragte sich, ob es richtig gewesen war, sie in ihrem Zustand an die schrecklichen Geschehnisse zu erinnern, aber da sie sonst keinerlei Regung zeigte, fuhr er fort: »Sie heißt Sabbathöhle.«

»Ja«, sagte Freyja abermals.

»Sie liegt hoch oben im Otternberg.« Lapidius nahm neue Salbe aus dem Topf und begann den Bauchbereich einzureiben. »Es gibt in ihr einen großen Dom, eine Art Halle mit mehreren Abzweigungen, dorthin könnte man dich gebracht haben.«

»Ich … ich erinnere mich.« Freyja hatte plötzlich ein Bild vor Augen. Die Lücken, die ihr Gedächtnis bislang aufgewiesen hatte, schlossen sich. »Es war … es war schön, zuerst. Aber dann, dann …«

Lapidius' Hand hielt inne. »Ja? Was dann?«

»Ich weiß nicht. Die Erinnerung ist wieder weg.«

Lapidius hätte aufschreien mögen vor Enttäuschung. Aber er beherrschte sich. Seine Hand arbeitete weiter. »Du sagtest doch, du hättest ein verschwimmendes Rot gesehen, könnten das Masken gewesen sein – Teufelsmasken?«

Freyja hatte die Augen geschlossen. Nun begann sie zu zittern.

»Teufelsmasken?«, wiederholte Lapidius eindringlich. »Das verschwimmende Rot – waren das Teufelsmasken?«

»Ja«, hauchte Freyja. »Ja, ja, jetzt sehe ich sie wieder. Die Masken singen, ich höre sie singen … ein Gebet … Feuer brennt, es flackert …«

Lapidius' Herz hämmerte wie wild. »Weiter, weiter! Erzähle weiter!«

Freyja schwieg. Um ihre Mundwinkel zuckte es. Sie öffnete die Augen. »Nichts. Es ist aus. Ich seh nichts mehr.«

»Das kann doch nicht sein! Eben war die Erinnerung doch noch da, versuche, dich zu konzentrieren.« Er war so aufgeregt, dass er sie schüttelte.

»Du tust mir weh.«

»Entschuldige. Es fällt mir nur so schwer, zu begreifen, dass dein Gedächtnis plötzlich wieder fort ist.«

Tränen traten ihr in die Augen.

»Um Gottes willen, weine doch nicht! Ich konnte mir nur nicht erklären, warum du auf einmal … ich … ich.« Ihm fiel nichts anderes ein, als sie in beide Arme zu nehmen. »Ich meinte es doch nicht so … ich meinte es doch nicht so … ich meinte es doch nicht so«, sagte er immer wieder, während er sie wie ein Kind hin und her wiegte und sich fragte, wie er ihrer Erinnerung auf die Sprünge helfen könnte. Das Eisen musste geschmiedet werden, solange es noch heiß war. Wenn er sie doch nur so beeinflussen könnte, wie es die Augen, die Hände und die Stimme seinerzeit vermocht hatten. Halt! Konnte er das nicht auch versuchen? Freyja hatte erzählt, dass die Stimme freundlich geklungen hatte, die Augen starr gewesen seien und voller Kraft …

Lapidius wiegte Freyja weiter und bemühte sich, seine Stimme fest und freundlich klingen zu lassen. »Wir sind zusammen in der Sabbathöhle, hoch oben im Otternberg, du und ich, ich bin bei dir, und du hast keine Angst. In der Höhle sind wir, du und ich, und du hast keine Angst. Sieh mir in die Augen, ja, so ist es gut. Du und ich, wir sind zusammen in der Sabbathöhle, und du hast keine Angst …«

Er merkte, dass er unwillkürlich seine Sätze wiederholte, empfand das als beruhigend für sie und sich selbst und sprach immerfort so weiter: »Wir sind in der Höhle, Freyja, du und ich, und du hast keine Angst. Siehst du die Höhle? Siehst du den Dom? Du bist in der Höhle, in der großen Halle, und du hast keine Angst. Es ist angenehm warm, denn das Feuer brennt. Du liegst am Feuer, es ist angenehm warm, und du hast keine Angst. Ich bin bei dir. Die Teufelsmasken machen dir auch keine Angst. Ich bin ja bei dir. Die Teufelsmasken haben Hörner und kantige Kiefer und große Augenlöcher, und einer der Teufel nimmt die Maske ab. Er nimmt die Maske ab, und du kannst ihn sehen. Du kannst sein Gesicht sehen, und du hast keine Angst. Ich bin ja bei dir. Du kannst das Gesicht des Teufels sehen, und du hast keine Angst. Wie sieht das Gesicht aus?« Freyja schien in seinen Armen zu schlafen. Er unterbrach für einen Augenblick die Wiegebewegung. »Wie sieht das Gesicht aus, sag es, du siehst es doch?«

Freyja blinzelte. »Ja?«

»Wie sieht das Gesicht aus, Freyja?«

»Ich … ich weiß nicht.«

»Nun, das macht nichts. Achte nur auf meine Augen und meine Stimme.« Er versuchte es erneut, sprach die ganze Litanei von vorn, hoffte, den Bann, dem sie offenkundig noch immer ausgesetzt war, durch eine Art Gegenbann aufzulösen und an die Tiefen ihres Gedächtnisses zu kommen – allein, es wollte nicht gelingen.

Er wiegte sie weiter. Es wäre auch zu einfach gewesen, sagte er sich, wenn Freyja mir jetzt eine Beschreibung von Tauflieb geliefert hätte. Oder von einem der beiden anderen Teufel. Von Fetzer. Oder von Krabiehl, Veith, Meckel, Nichterlein. Oder von Gorm.

Während Lapidius sich die Namen vor Augen führte, wurde ihm einmal mehr bewusst, dass er zu viele Verdächtige hatte. Nur drei von ihnen konnten *Filii Satani* sein. Nichterlein kam bei näherer Betrachtung nicht in Frage. Er war zwar streitlustig, aber wohl nur einer von mehreren harmlosen Ziegenbockbesitzern. Meckel war Richter und Stadtrat und stand damit ständig im Blickpunkt der Öffentlichkeit; sollte er ein Sohn des Teufels sein, wäre das schon lange ruchbar geworden. Gleiches galt für die Stadträte und den Bürgermeister. Dennoch durfte angenommen werden, dass Meckel in die Mordfälle verwickelt war. Alle anderen, und das waren immerhin noch Krabiehl, Veith, Fetzer und Gorm, kamen als Teufel in Betracht.

Es war zum Verzweifeln. Es ging und ging nicht voran! Der Bohrer unter der Platte seines Experimentiertisches hatte ihn zwar auf Taufliebs Spur gebracht, ihm aber letztlich auch nicht weitergeholfen. Wie heftig der Schlosser jegliche Schuld abgestritten hatte! Fast konnte man glauben, er habe wirklich nichts mit den Morden zu tun.

Gab es denn noch andere Möglichkeiten, derart große

Löcher in die Stirn eines Menschen zu schneiden? Lapidius grübelte und wiegte Freyja weiter, hin und her, hin und her … und merkte gar nicht, wie er seine Tätigkeit jählings unterbrach. Er hatte eine Antwort auf alle seine Fragen gesehen, eine Lösung, die so überraschend war, dass er stocksteif dasaß. Und je länger er sich mit dieser Lösung beschäftigte, desto wahrscheinlicher kam sie ihm vor. Wie einfach sie war! Wochenlang hatte er in zahllose Richtungen gedacht, hatte sich das Hirn zermartert, hatte den unbedeutendsten Dingen Bedeutung beigemessen, und nun schien plötzlich alles klar.

Das Dumme war nur, dass er die Richtigkeit seiner Lösung heute nicht mehr überprüfen konnte. Um letzte Gewissheit zu erhalten, brauchte er den Schädel und viel Licht, und draußen am Himmel braute sich gerade etwas zusammen. Er musste sich gedulden. Aber gleich morgen früh wollte er den Kopf hervorholen und ihn – hoffentlich zum letzten Mal – untersuchen. Wenn nur das Licht ausreichte! Die letzten Tage waren so schön gewesen. Warum mussten ausgerechnet jetzt wieder Regenwolken aufziehen!

Es war so wichtig, das Rätsel um die Teufel aufzuklären. Lebenswichtig für Freyja. Wenn seine Lösung stimmte, würde sie mit Sicherheit von aller Schuld freigesprochen werden. Egal, wie die Stellungnahme der hohen Goslarer Juristenherren ausfiel. Sie würde frei sein. Und Marthe würde ebenfalls wieder auftauchen, davon war er überzeugt.

Freyja bewegte sich in seinen Armen. »Was … ist?«

»Nichts, nichts.« Er wollte ihr nicht sagen, wie nah er sich seinem Ziel glaubte, denn noch konnte sich alles als Luftblase erweisen. »Ich lege dich jetzt in die Hitzkammer zurück.«

»Kann ich nicht bei dir bleiben?«

Wie gern hätte er jetzt ja gesagt. Aber die vorgeschriebene Behandlungszeit musste eisern eingehalten werden. »Nein, es geht nicht. Du weißt es selbst. Aber es ist ja nicht mehr für lange. So, ich schiebe dich zurück in die Kammer, ja, so …« Sich aufrichtend, fuhr er fort: »Ich pudere dir nachher die Geschwüre um den Mund ein. Erst muss ich noch einmal hinunter, mir die Hände waschen, den Athanor versorgen und das Haus sichern.«

Geraume Zeit später war er wieder da, einen Weidenrindentrank, Kalkpulver und das Öllämpchen mit sich führend. Freyja blickte ihm mit großen Augen entgegen. Erleichtert sah er, dass kein Schmerz darin stand. Der Rest des Laudanums wirkte lange. Aber er wusste, dass die unsägliche Pein sich noch vor Beendigung der Kur zurückmelden würde. Er wollte nicht, dass sie in den letzten Tagen noch litt, und flößte ihr vorsorgend den Trank ein. Dann puderte er behutsam ihre Lippen.

»Danke.«

»Du konntest vorhin nicht bei mir bleiben, deshalb machen wir es umgekehrt: Ich werde heute Nacht bei dir bleiben.«

»Wie?«

»Warts ab.« Er ging wieder hinunter, rumorte in seinem Laboratorium und trug dann ächzend seinen schweren Lieblingsstuhl die Treppe empor. Ihn vor der Türklappe absetzend, schnaufte er: »Das ist unter anderem mein Schlafstuhl. Es schlummert sich recht bequem darin, wenn man erst einmal die richtige Lage gefunden hat.«

»Gute Nacht«, flüsterte sie, und die Art, wie sie es sagte, brachte ihn schon wieder in Verlegenheit.

»Gute Nacht.« Er sperrte die Türklappe zu, setzte sich und streckte die langen Beine aus. »Versuche jetzt zu schlafen. Das Öllämpchen lasse ich brennen.«

»Ja.«

Müde schloss er die Augen.

In der morgigen Nacht würde sich alles entscheiden.

Neunzehnter Behandlungstag

Lapidius' erster Blick an diesem Morgen galt dem Wetter. Er stand am Fenster, das zur Böttgergasse hinausging, öffnete es und streckte den Kopf weit nach draußen. Kein Wölkchen stand am Himmel. »Gott sei Dank«, murmelte er. Der Tag, was auch immer er bringen würde, ließ sich gut an. »Freyja, es ist herrliches Wetter! Wie fühlst du dich?«

»Es … es geht.« Freyja spürte, wie das Zittern sie wieder durchlief, auch die Glieder schmerzten, als risse jemand daran. Die Wirkung des Laudanums war verflogen, und der Weidenrindentrank, von Lapidius am gestrigen Abend verabreicht, musste nun seine Qualitäten beweisen. Aber er war nicht annähernd so hilfreich.

»Ich laufe rasch hinunter und hole dir Wasser und Brühe. Brauchst du sonst noch irgendetwas? Ich meine, äh … zum Wegmachen?«

»Nein.« Freyja war froh, in dieser Nacht von Koliken verschont geblieben zu sein. Noch schwerer als die mit ihnen einhergehenden Schmerzen ließ sich unter ihrem Ansturm der Darmausgang beherrschen. »Nein, nein.«

»Schön. Ich bin gleich wieder da.«

Unten in Marthes Reich stellte er fest, dass die Flammen im Herdfeuer erloschen waren. Deshalb setzte er die Brühe auf den Athanor. Die Erwärmung würde eine Weile dauern. Ob er die Zeit nutzen sollte und den Kopf schon einmal aus der Kühlgrube hervorholte? Nein, das konnte warten. Erst musste Freyja versorgt werden. Als die Flüssigkeit den richtigen Grad erreicht hatte, er entsprach der Mistwärme, brachte er sie nach oben, schloss die Türklappe auf und gab sie seiner Patientin. Anschließend flößte er ihr einen Becher Wasser ein. »Brauchst du sonst noch etwas?«

»Nein. Danke.«

»Deine Stimme klingt so schwach?«

»Es ist … nichts. Mir gehts gut.«

Lapidius schielte schon mit einem Auge die Treppe hinab. »Nun, dann sperre ich jetzt zu und lasse dich allein. Keine Angst, ich bleibe im Haus. Aber ich muss etwas untersuchen. Von dem Ergebnis hängt viel ab, sehr viel.«

»Ja.«

Lapidius hörte die Enttäuschung in Freyjas Stimme, war aber schon dabei, seinen Lieblingsstuhl wieder hinunterzutragen. Jetzt, wo die Aufklärung der Mordfälle in ihr entscheidendes Stadium rückte, schien ihm seine gestrige Lösung bei weitem nicht mehr so überzeugend. Er baute den Stuhl vor dem Experimentiertisch auf und eilte in die Küche, kam kurz darauf mit dem Kompassgehäuse in der Hand zurück und setzte sich, heftig nach Atem ringend. Er durfte sich nicht so erregen. Ruhig musste er bleiben, ruhig!

Er langte unter den Tisch und holte Taufliebs Bohrer hervor. Dann wollte er das Gehäuse öffnen, unterließ es aber, denn ihm war eingefallen, dass er noch ein Schutztuch für Mund und Nase brauchte.

Er musste seine Gedanken besser beieinander halten!

Er holte das Tuch und nahm wieder Platz.

Und abermals sprang er auf. Er hatte die Lupe vergessen.

Endlich konnte er anfangen. Das Licht würde ausreichen. Er band sich das Tuch vor, hielt die Luft an und öffnete den Kasten.

Der Kopf sah grauenvoll aus.

Trotz der Kühle in der Grube wies er deutliche Verwesungsspuren auf. Lapidius nahm sich zusammen und konzentrierte sich nur auf die Löcher in der Stirn. Er griff zur Lupe und hielt sie darüber. Zu wenig Licht! Er drehte den Kasten so, dass mehr Helligkeit auf den Schädel fiel. Sein Herz klopfte. Wieder hielt er die Lupe über die Bohrung. Jetzt sah er besser. Die Hirnhaut war am Rand verletzt, aber das allein besagte nicht viel.

Nochmals erhob er sich und holte einen kleinen Spatel und eine Pinzette. »Jetzt müsste man drei Hände haben«, stieß er zwischen den Zähnen hervor. »Eine Hand für die Lupe, die beiden anderen für die Instrumente.«

Lapidius kam ins Schwitzen. Er glaubte zwischen *Dura mater* und Bohrlochrand etwas entdeckt zu haben. Jetzt brauchte er die Lupe nicht mehr. Mit dem Spatel drückte er die Hirnhaut nach unten, während er mit der Pinzette unter dem Lochrand fischte. Nach einigem Hin und Her schien es ihm genug. Er tat den Spatel fort und ergriff wieder die Lupe. Sie war von starker, konvexer Beschaffenheit, und sie vergrößerte um ein Mehrfaches.

Und sie zeigte Lapidius genau das, was er erhofft hatte.

An der Spitze der Pinzette saßen winzige Knochenspuren, so fein wie feinstes Mehl – Bohrabfall, der gänzlich anders beschaffen war als der durch einen Stangenbohrer verursachte. »Knochenmehl«, murmelte Lapidius. »Knochenmehl. Das heißt, Ihr wart es nicht, Tauflieb, denn Euer Werkzeug würde Späne produzieren. Wieso habe ich nicht gleich daran gedacht? In der Tat, ich muss Euch Abbitte tun, Tauflieb, Ihr wart es wirklich nicht. Ich weiß jetzt, wer hinter alledem steckt. Ja, das weiß ich. Auf einmal fügt alles sich logisch zusammen.«

Da er ganz sichergehen wollte, nahm er den Bohrer zur Hand und schabte mit der Schnittkante am Lochrand entlang – ein kleiner Span löste sich ab. Er hatte Recht gehabt!

Zufrieden klappte er den Deckel des Kompassgehäuses wieder zu und riss sich das Tuch vom Gesicht. »Wie gut, dass wir heute den 30. Aprilis schreiben und damit kommende Nacht Walpurgisnacht ist. Wäre dem nicht so, würde ich die Teufel vielleicht niemals auf frischer Tat ertappen können.«

Er nahm den Kasten, um ihn samt Inhalt ein letztes Mal in der Vorratsgrube zu verstecken. Der Kopf würde als Beweis gebraucht werden. Erst, wenn er diesen Zweck erfüllt hatte, durfte er seine letzte Ruhe finden. Lapidius nahm sich vor, dafür zu sorgen, dass beides, Kopf und Rumpf, zusammen beerdigt würde. Vielleicht neben Gunda Löbesam, der Leidensgefährtin der unbekannten Toten. Bestimmt aber mit ein paar erbaulichen Worten von Pfarrer Vierbusch.

»Lapidius?«

Das war Freyja, die von oben rief. »Ja, Freyja? Warte, ich komme hinauf, bin sowieso hier unten fertig.« Lapidius kletterte in den Oberstock.

»Hast du was rausgefunden?«

Er blickte sie durch die Öffnung in der Türklappe an. In ihren Augen lag Neugier. Er freute sich, das zu sehen, denn alles, was sie von der Krankheit ablenkte, war gut für sie. »Ja, das habe ich.«

»Ja? Was?«

»Ich weiß jetzt, wer der Drahtzieher hinter den Morden ist. Er ist ein Teufel in Menschengestalt. Er und seine beiden Helfershelfer.«

»Wie heißen die Männer? Kenn ich sie?«

»Ich werde dir ihre Namen nicht sagen, denn ich möchte nicht, dass du dich aufregst. Aber ich verspreche dir, dass ich die Teufel zur Strecke bringen werde. Sie werden ihrer gerechten Strafe nicht entgehen.«

»Pass auf dich auf.«

»Das werde ich. Ich gehe nachher hinüber zu Meister Tauflieb und versichere mich seiner Hilfe. Tauflieb ist kein Teufel. Tagelang habe ich ihn im Verdacht gehabt, es zu sein, doch vorhin sind alle meine früheren Überlegungen wie ein Kartenhaus zusammengebrochen.«

»Ach.«

»Morgen ist der zwanzigste Tag der Behandlung. So lange musst du noch tapfer sein.«

»Du gehst noch mal weg?«

»Ja, aber du brauchst keine Angst zu haben. Die Teufel werden nicht hierher kommen. Sie sind ganz woanders. Ich werde sie dort aufspüren.«

»Allein?«

»Allein. Ja. Ich muss es ganz allein machen.« Lapidius steckte seine Hand durch die Öffnung und strich ihr sacht über den kahlen Kopf. »Ich bin in der Nacht zurück. Brauchst du noch etwas?«

»Bleib. Bitte. Ich … ich hab noch Hunger.«

»Aber du hast doch schon deine Brühe bekommen?« Lapidius wunderte sich. Noch nie hatte Freyja nach Essbarem verlangt, nur immer nach Flüssigem. Und jetzt plötzlich hatte sie Appetit. Andererseits, wenn man daran dachte, wie ausgezehrt sie vor ihm auf der Truhe gelegen hatte, war der Wunsch nach Nahrung durchaus verständlich. Überdies ging die Kur am morgigen Tag zu Ende, und es würde nicht schaden, ihren Magen auf feste Kost vorzubereiten. Nur etwas Leichtes musste es sein. »Gut, ich will sehen, was sich machen lässt.«

Er stieg hinab in die Küche und schaute sich in Marthes Schränken und Schubladen nach etwas Passendem um, aber alles, was er fand, waren zwei einsame Äpfel vom vergangenen Jahr. Die Magd hatte sie kühl und abgedunkelt gelagert, weshalb sie noch einen recht guten Eindruck machten. Lapidius schälte und zerteilte sie und brachte sie in einer Schale nach oben. »Hier, ein paar Apfelstücke. Genau das Richtige für dich.«

»Du musst sie mir geben ... in den Mund.«

Mit einem stillen Seufzer sperrte Lapidius die Türklappe wieder auf, damit er Freyja besser füttern konnte. Er hatte das Gefühl, dass sie es darauf anlegte, ihn zurückzuhalten. Wie sich alsbald zeigte, erwies sich sein Gefühl als richtig. Freyja war redselig wie selten und das, obwohl das Sprechen ihr viel Mühe bereitete. Lapidius wurde die Zeit lang; es fiel ihm zunehmend schwer, auf sie einzugehen, denn in Gedanken war er schon ganz woanders. Schließlich erhob er sich, die Schale mit den übrig gebliebenen Apfelstückchen beiseite stellend. »Ich muss jetzt wirklich gehen.«

Sie griff nach seiner Hand. »Nein. Ich ... ich ... pass auf dich auf.«

»Ich verspreche es. Heute Nacht bin ich zurück.«

»Zieh was Warmes an.«

»Ja. Natürlich.« Er streichelte sie noch einmal und sperrte das Schloss ab. »Du redest schon wie Marthe.«

Ja, sie redet schon wie Marthe, dachte er, während er nach unten stieg, und trotzdem ist es irgendwie anders.

»Seid Ihr da, Meister?« Lapidius klopfte zum wiederholten Mal an die Tür zur Werkstatt. »He, Meister?«

Nach einer Weile näherten sich Schritte. Tauflieb öffnete und staunte nicht wenig, als er sah, wer da vor ihm stand. »Ihr seid der Letzte, den ich erwartet hätte.«

»Ich muss Euch sprechen.«

»Soso. Müsst Ihr das? Und was ist, wenn ich keinen Wert darauf lege?«

»Es ist wichtig.«

»Hm, nun meinetwegen, kommt rein. Aber nur kurz.«

Lapidius' Anliegen jedoch schien wirklich wichtig zu sein, denn Tauflieb trat erst nach einer guten Stunde wieder vor die Tür, sich per Handschlag von seinem Besucher verabschiedend. »Viel Glück«, sagte er, »und seid vorsichtig!« Ganz im Gegensatz zu sonst wirkte sein Gesicht dabei fast freundlich.

»Danke«, erwiderte Lapidius knapp. Er schritt die Böttgergasse hinab bis zum Kreuzhof und gelangte von dort zum Gemswieser Markt. Hier betrat er den *Querschlag*, in dem zu dieser Stunde wenig Betrieb herrschte. Lapidius nahm an einem freien Tisch Platz und fragte den herbeieilenden Wirt nach seiner Fleischsuppe. Er hatte an diesem Tag noch nichts gegessen, und es war wichtig, sich für die kommenden Stunden zu stärken.

Pankraz strahlte und meinte: »Ich habe noch eine gute Portion übrig und will sie Euch gerne bringen, Herr! Wollt Ihr auch Einpöckisches Bier dazu haben wie beim letzten Mal?«

»Nein, danke«, gab Lapidius zurück. Für das, was er vorhatte, brauchte er einen klaren Kopf.

»Wollt Ihr nicht wenigstens den Mantel ablegen, Herr?«

»Nein.«

Pankraz eilte davon und brachte die Suppe. »Lassts Euch schmecken, Herr. Wenns nicht langt, ein kleiner Rest wär noch da.«

»Nein, danke.« Lapidius wünschte jetzt, in Ruhe gelassen zu werden, und Pankraz schien das, wie alle guten Wirte, zu spüren. Er entfernte sich.

Während Lapidius die Suppe löffelte, wanderte sein Blick durch den Schankraum. Täuschte er sich, oder saß dahinten nicht Krabiehl? Jetzt drehte der Mann ihm den Kopf zu, und Lapidius sah, dass seine Vermutung richtig gewesen war. Der Büttel verzog das Gesicht, als er Lapidius erkannte, widmete sich dann aber wieder seiner Kanne Bier. Der faule Lorbass! Er hatte nicht das Mindeste zur Aufklärung der Mordfälle beigetragen, im Gegenteil: Er hatte ihm nur Knüppel zwischen die Beine geworfen. Immerhin, der Umstand, dass Krabiehl hier saß, sprach dafür, dass er nicht zu den *Filii Satani* gehörte. Genauso wenig wie Tauflieb.

Lapidius hatte dem Schlossermeister nichts von seinen Erkenntnissen mitgeteilt. Das Einzige, was er ihm gesagt hatte, war, dass er als Teufel und Mörder nicht mehr in Frage käme. Dann hatte Lapidius den Bohrer zurückgegeben und sich für seine falschen Verdächtigungen entschuldigt. Darüber war der Meister bass erstaunt gewesen – und nicht wenig erleichtert. Sie waren ins Gespräch gekommen, hatten über dieses und jenes geplaudert und insgeheim festgestellt, dass sie einander doch nicht so übel fanden. Zum Schluss hatte Lapidius noch eine Bitte geäußert, und Tauflieb war dieser – nach anfänglichem Zögern – nachgekommen.

Lapidius beendete seine Mahlzeit und zahlte. Wenn er sich jetzt auf den Weg machte, so vermutete er, würde er bei Dunkelwerden an seinem Ziel sein.

Der Sabbathöhle.

Als Lapidius sich dem Otternberg näherte, war die Nacht schon hereingebrochen. Er hatte länger gebraucht als gedacht. Vor ihm tauchte der massige, kugelförmige Fels auf, mehr erahnbar als sichtbar. Lapidius wollte ihn umrunden und stolperte. Er war gegen etwas gelaufen. Etwas Helles. Er betastete den Gegenstand und erschrak. Was da vor ihm lag, war der große Obstpflückerkorb. Das Ungetüm musste aus Taufliebs Werkstatt sein, denn dort war es verschwunden. Lapidius hatte das Fehlen schon beim Eintreten bemerkt und zunächst auch danach fragen wollen, dann aber, in Anbetracht des angenehmen Gesprächs, kein Wort darüber verloren. Ebenso wenig wie über Gorms Abwesenheit.

Hatte der Hilfsmann den Korb hier hinaufgeschafft? Wenn ja, blieb die Frage, warum. Eines jedenfalls war klar: Sollte Gorm in der Höhle sein, hatte er das Flechtwerk nicht mitnehmen können. Dafür war der Eingang zu klein.

Lapidius stieß den Korb zur Seite und gelangte zur Hinterseite des massigen Steins. Es war jetzt stockfinster. Er war froh, die Schrittzahl bis zum Höhleneingang zu wissen, denn so konnte er sicher sein, die Öffnung nicht zu verpassen.

Kurz darauf befand er sich im Berg und förderte unter seinem Mantel eine Laterne hervor. Sie war heller als das bisher verwendete Öllämpchen und vor allem standfester. Lapidius entzündete sie und ging tiefer in die Höhle hinein. Wieder und wieder hatte er sich den Weg bis zum Dom in Erinnerung gerufen, und das zahlte sich jetzt aus. Ohne zu zögern, drang er vor, alle Sinne aufs Äußerste gespannt. Als es nur noch fünfzehn oder zwanzig Schritte bis zur großen Felsenhalle waren, machte er Halt, setzte die Lampe am Boden ab und ging vorsichtig weiter. Alsbald umgab ihn Finsternis.

Doch es war nicht vollständig dunkel. Feine Lichtschatten tanzten an den Gangwänden vor ihm. Der Schein eines Feuers! Jemand musste es im Dom entfacht haben. Er war also nicht allein in der Höhle; die Teufel mussten vor ihm gekommen sein. Gut so. Das hatte er gehofft. Zoll für Zoll tastete Lapidius sich voran, bis zu dem Punkt, wo der Gang in die Halle mündete. Er trat einen Schritt zurück, denn er wollte keinesfalls entdeckt werden. Nicht, bevor er selbst sich zu erkennen gab.

Aber seine Vorsicht war unbegründet. Der Dom war menschenleer. Nur zwei Holzfeuer knisterten am Boden. Das eine befand sich links bei den Stalagmiten, das andere gegenüber vor den zwei toten Gängen. Es waren Feuer, die von kundiger Hand entfacht sein mussten, denn sie waren so angelegt, dass sie mit wenig Material lange brannten. Das sah Lapidius. Und er sah noch mehr: Die Stricke, die er beim letzten Mal entdeckt hatte, lagen jetzt neben den Tropfsteinbuckeln. Er selbst hatte ebenfalls Hanfseile dabei, die er nun aber forttat. Alles, was er nicht tragen musste, kam seinen Absichten entgegen.

Er wartete. Die Glut in den Feuern leuchtete matt. Nichts geschah. Ob die Teufel doch nicht anwesend waren? Nein, sie mussten da sein. Wahrscheinlich hielten sie sich in einem der toten Gänge auf. Was sie dort wohl trieben?

Lapidius begannen die Beine zu schmerzen. Er hatte noch nie lange stehen können. Er ging ein paar Schritte zurück und trat von einem Fuß auf den anderen, um das Blut in seinen Adern wieder in Fluss zu bringen. Er schätzte, dass er schon über eine halbe Stunde wartete.

Da! Eine Gestalt bewegte sich zum Feuer bei den Stalagmiten. Sie trug eine Teufelsmaske und einen roten Umhang. Und sie hinkte. War das Fetzer? Lapidius zog sich noch weiter zurück in die Schwärze des Gangs. Der Unbekannte machte sich an der Glut zu schaffen. Aha, er legte Holz nach. Nun wandte er sich um und kümmerte sich um das zweite Feuer. Als er auch diese Flammen versorgt hatte, entzündete er mehrere Fackeln, die er zur Befestigung in Felsspalten stieß. Es war jetzt sehr hell in der Halle. Dann verschwand die Gestalt.

Drei Atemzüge später war der Unbekannte wieder da. Diesmal einen eisernen Topf in der Hand haltend, dazu ein dolchähnliches Messer, von dem Lapidius annahm, dass es der Hirschfänger war. Beides legte er ab. Dann wandte er seine Aufmerksamkeit zwei Schalen am Boden zu. Mit einem Kienspan entzündete er die Bröckchen, die sich darin befanden. Weihrauch! Lapidius konnte es kurz darauf riechen. Das schwere Aroma durchzog die Höhle.

Jäh fuhr er zusammen. Gerade noch hatte er den Weihrauchgeruch wahrgenommen, jetzt hörte er plötzlich Töne. Oder waren es Geräusche? Nein, es war eine Stimme. Sie kam aus den Tiefen der Höhle. Auch der Unbekannte hatte sie vernommen und verschwand mit schnellen Schritten im rechten toten Gang.

»Luzifer, Deine Söhne … huldigen …«, rief die Stimme. »Wir erflehen Deine Gnade … Blut … laben.« Lapidius konnte nicht alles verstehen. Die Worte klangen dumpf, aber nicht drohend, eher einschmeichelnd und monoton. »Wir sind die Söhne des Teufels, die Söhne des Teufels …«

Alles in Lapidius schrie danach, fortzulaufen. Doch er blieb. Er musste bleiben. Die Stimme war das Böse, das fühlte er deutlich. Das Böse, das ihm schon wiederholt begegnet war. Die Inkarnation alles Üblen. Nur mühsam gelang es ihm, seinem Fluchttrieb nicht nachzugeben. Er war hierher gekommen, um dem Morden ein Ende zu machen. Und um Freyja von allen Verleumdungen rein zu waschen. Er hoffte inbrünstig, dass ihm beides gelingen möge.

»Ich bin der Erste Sohn des Teufels«, hörte er die Stimme, die nun lauter wurde, »der Erste Sohn des Teufels, und du bist der Zweite Sohn des Teufels, der Zweite Sohn des Teufels. Sieh mir in die Augen, du bist der Zweite Sohn des Teufels. Wenn du der Zweite Sohn des Teufels bist, dann antworte mit Ja.«

»Ja!«, hörte Lapidius einen tiefen Bass antworten.

»Du weißt, dass alle satanischen Brüder dem Ersten Sohn des Teufels zu Willen sein müssen.«

»Ja«, erklang es wieder.

»Du weißt, dass Satan sich durch mich zeigt, dass er durch meinen Mund spricht, dass ich Satan bin. Ich bin Satan, der Bockshörnige, bin Luzifer, der Herr der Unterwelt, und du bist der Zweite Sohn des Teufels.«

»Ja, Meister.«

»Wenn ich sage, tue dies, dann tust du es, wenn ich sage, tue das, dann tust du es, wenn ich sage, töte, dann tötest du … Wenn ich sage, töte, dann töstest du, du tötest gern, wie du es schon oft für Luzifer, deinen Herrn, getan hast, du tötest gern, du tötest gern, und morgen wirst du von alledem nichts mehr wissen, nichts, nichts. Du wirst heute töten und es morgen nicht mehr wissen. Und wenn das alles gut so ist, dann antworte mit Ja, mit Ja …«

»Ja.«

Die gebetsmühlenartige Ansprache ging weiter, nur dass es jetzt der Dritte Sohn des Teufels war, dem die Worte galten. Lapidius konnte nicht umhin: Schauer des Entsetzens jagten ihm über den Rücken.

»Luzifer, Du Herrlicher!
Einzig bist Du, einzig warst Du,
einzig wirst Du immer sein!
Deine Kraft und Männlichkeit
komme über uns,
auf dass wir Dich
wie unser eigenes Leben lieben!
Auf ewig!«

»Auf ewig!«, riefen auch der Zweite und der Dritte Sohn des Teufels.

Lapidius stand mit schreckgeweiteten Augen da, obwohl er nichts sah, sondern nur hörte.

Geraume Zeit verging, nur ab und zu war ein Schnaufen oder Stöhnen zu vernehmen. Dann meldete die Stimme sich wieder: »Nimm unser gemeinsames Blut, Dritter Sohn des Teufels, und trage es zum Feuer beim steinernen Buckelbett. Trage es dorthin und gieße es in den Gral der schwarzen Messe, auf dass es sich später mit dem Blute von Luzifers Opfer vermische.«

Abermals erscholl Gesang, diesmal an einen Kirchenchoral erinnernd. Er klang eintönig und schien aus mehreren Strophen zu bestehen. Die Gestalt, in der Lapidius Fetzer vermutete, erschien wieder, hinkend ausschreitend, in der Hand eine Art Pokal, dessen Inhalt er in den eisernen Topf goss. Wie groß musste der Einfluss des Teufelsanführers sein, dass er seine »Brüder« in einem armseligen Eisentopf den »Gral der schwarzen Messe« erblicken ließ!

Die Gestalt hinkte davon. Lapidius wartete weiter. Er konnte nun kaum noch stehen, weshalb er sich, halb aufgerichtet, halb sitzend, an eine schmale Felskante drückte.

Wieder erschien die Gestalt, die Lapidius mittlerweile vertraut war, und setzte ein weiteres Gefäß neben dem linken Feuer ab. Ob darin der Rauschtrank war? Lapidius blieb keine Zeit, lange darüber nachzudenken, denn nun erklang ein Wechsel aus Jauchzen, Singen und Frohlocken, immer lauter werdend und beherrscht von einem einzigen, alles übertönenden Wort: »Tod … Tod … Toood!« Die

Gestalt fiel ein in den Betgesang und ließ sich dabei auf den Boden nieder. Dort lag sie, wie Christus am Kreuz gehangen hatte, und starrte durch die Maske nach unten, als ob sie mit den Augen den Fels durchbohren und die Hölle erblicken könnte. »Toooood!«

Die Gestalt erhob sich wieder und rief: »Alles ist bereit in deinem Reich, oh, Erster Sohn des Teufels!«

Lapidius schluckte. Endlich! Gleich würde der Teufelsanführer erscheinen, und er würde wissen, ob er mit seinen Schlussfolgerungen richtig gelegen hatte. Doch niemand ließ sich blicken. Nur die Gestalt schien jetzt zu beten. Sie kniete am Boden und blickte ins Feuer. Erneut klang Gesang aus der Ferne.

Wie lange dauerte das denn noch! Lapidius hatte jedes Zeitgefühl verloren, glaubte aber, dass Mitternacht nahe war. Was war das? Für einen Augenblick hatte seine Aufmerksamkeit nachgelassen, und ihm war eine zweite Gestalt entgangen, die aus dem rechten toten Gang gekommen war und nun den linken betrat. Wenig später erschien die zweite Gestalt wieder, mit dem Rücken voran. Es war ein riesiger Rücken, der zu einem ebenso riesigen Mann gehörte. Er zerrte etwas hinter sich her, und man sah, dass er dazu viel Kraft benötigte. Das Etwas war eine Frau, die sich, obwohl an Händen und Füßen gefesselt, heftig zappelnd wehrte. Jetzt hob er sie an und trug sie zu den Stalagmiten. Die Frau war – Marthe!

Was Lapidius die ganze Zeit geahnt, aber nicht hatte glauben wollen, war eingetreten: Marthe war hierher verschleppt worden. Wahrscheinlich hatte man sie unbemerkt im Obstpflückerkorb heraufgetragen, um sich ihrer zu entledigen. Und es gab nur einen, der zu einer solchen Kraftanstrengung in der Lage war: Gorm.

Warum das alles?, fragte Lapidius sich und gab sich selbst sofort die Antwort: Zu hartnäckig hatte die Magd sich geweigert, Aussagen über Freyja zu machen, zu grob war sie den Zeuginnen begegnet, zu locker war ihr Mundwerk, mit dem sie den Teufeln künftig schaden konnte.

Marthe trug einen Knebel im Mund, weshalb sie nur

keuchende, grunzende Laute von sich geben konnte. Dennoch kämpfte sie. Sie stieß mit den Füßen gegen die Beine ihres Gegners, doch hätte sie ebenso gut gegen eine Wand treten können.

Lapidius ballte ohnmächtig die Fäuste. Wie gern hätte er Marthe geholfen, aber es wäre ungeschickt, ja gefährlich falsch gewesen, schon jetzt einzugreifen. So musste er mit ansehen, wie der Riese seiner Magd einen Schlag ins Gesicht versetzte. Es gab ein dumpfes, klatschendes Geräusch. Marthes Kopf sackte bewusstlos zur Seite. Der Koloss schnaufte und riss ihr den Knebel heraus. Dann nahm er ihr die Fesseln ab.

»Du sollst nicht immer so grob sein!« Der Schrei war von einer Teufelsgestalt gekommen, die auf einmal mitten im Raum stand. Lapidius hatte sie gar nicht bemerkt, zu sehr war er durch Marthes Misshandlung abgelenkt worden.

Der Riese zuckte mit den Schultern.

»Es geht doch auch anders«, fuhr die Teufelsgestalt mit normaler Stimme fort. Sie rückte sich die Maske zurecht und schritt auf die Magd zu. Lapidius taxierte den Mann. Er hinkte nicht, und er war bei weitem nicht so groß wie der Riese.

»Sei ganz ruhig, Marthe, du bist unter Freunden. Du bist unter Freunden, unter Freunden …«

Lapidius murmelte unhörbar: »Da wär ich mir nicht so sicher.« Ein Gefühl des Triumphs keimte in ihm auf. Er hatte den Mann endgültig erkannt. An Stimme, Art und Gestik. Nun musste sich nur noch alles so fügen, wie er es erhoffte.

»Vergiss, Marthe, was der Zweite Sohn des Teufels dir angetan hat. Vergiss, dass er dich gefesselt, geknebelt und geschlagen hat. Das war nicht schön. Aber es war notwendig, damit du den Weg zu uns finden konntest.«

Marthe blinzelte mit den Augen. Sie hatte das Bewusstsein wiedererlangt.

»Entspanne dich, entspanne dich, entspanne dich, Marthe … Wenn du dich entspannt hast, sagst du Ja, wenn du dich entspannt hast, sagst du Ja …«

»J… ja«, hauchte Marthe.

»Du findest es wundervoll an diesem warmen Ort, an diesem warmen Ort, so wundervoll … und warm. So warm, dass du deine Kleider ablegen möchtest, du möchtest sie ablegen, denn es ist so warm, so behaglich warm. Ist es behaglich und warm, dann sage Ja, ist es behaglich und warm, dann sage Ja.«

»Ja.«

»Möchtest du deine Kleider ablegen, möchtest du sie ablegen? Sicher, du möchtest deine Kleider ablegen, nicht wahr?«

Die Magd richtete sich halb auf, antwortete aber nicht. Schließlich, fast widerstrebend, legte sie ihre Hände auf die Oberschenkel und presste mit ihnen Kittel und Schürze an, als wolle sie damit zeigen, dass alles an seinem Platz bleiben möge. Ein Rest an Schamgefühl schien ihr Handeln zu bestimmen.

Unbeirrt sprach die Stimme weiter auf sie ein: »Entspanne dich und freue dich, freue dich, dass du gleich empfangen wirst, empfangen den Samen des Teufels.«

Marthe war mittlerweile ganz ruhig geworden, sie wirkte gefasst, wenn auch geistig abwesend.

»Wenn ich sage ›jetzt‹, lehnst du dich zurück, du lehnst dich zurück auf das Buckelbett. Das Gestein ist weich, ganz weich und glatt und angenehm, und wenn ich sage ›jetzt‹, lehnst du dich zurück und spreizt die Beine, du spreizt die Beine, weit, ganz weit – und freust dich auf das, was in deinen Schoß dringen wird.«

Die Teufelsgestalt hob den Arm und sagte: »Je…«

»Halt!«, donnerte Lapidius und trat so weit aus dem Gang heraus, dass der Fackelschein ihn voll erfasste. »Halt!«

Die Stimme fuhr herum, schien einen Augenblick lang zu erstarren und entspannte sich dann rasch. Auch die beiden anderen Männer, der Hinkende und der Riese, wirkten durch die Störung wenig beeindruckt.

Marthe schien von dem Zwischenfall nichts bemerkt zu haben. Sie öffnete die Beine, doch niemand beachtete sie mehr. Der schmächtige Mann, der auf sie eingesprochen hatte, nahm die Maske ab. Er tat es langsam, so langsam, als wolle er dadurch den Zeitpunkt seiner Offenbarung extra hinauszögern.

»Ich bin der Erste Sohn des Teufels«, lächelte Johannes Gesseler, der Stadtmedicus. »Ja, ich bin es. Ich wusste, Magister Lapidius, dass Ihr in Luzifers Höhle kommen würdet, an unsere heilige Stätte. Ihr wart schon einmal hier, wir wissen es, denn wir haben Euch beobachtet.«

Wie um die Worte ihres Meisters zu bestätigen, entledigten die beiden anderen Teufel sich ebenfalls ihrer Masken. Es waren Fetzer und Gorm.

»Unseren heiligen Ort habt Ihr gefunden«, sprach Gesseler weiter, und sein Gesicht nahm einen Ausdruck an, der im krassen Gegensatz zu seiner sanften Stimme stand, »aber es wird Euch nichts nützen – nichts, nichts! Denn nun seid Ihr mein.« Er kicherte und wies auf Marthe. »Genau wie jene da.«

Gorm und Fetzer kicherten mit.

»Genau wie jene da«, wiederholte der Medicus, und seine Augen loderten. »Gebt zu, Ihr wäret niemals darauf gekommen, dass ich es bin, der sich hinter der Jagd auf Freyja Säckler verbirgt. Gebt zu, Ihr seid nur in mein Reich gekommen, weil heute Walpurgisnacht ist und Ihr Euch erhofftet, an dieser Stätte Aufklärung zu erfahren. Aufklärung darüber, wer der wahre Meister ist. Nun, ich bin es. Ich, der Erste Sohn des Teufels.«

Lapidius stand ganz still. Er hatte große Furcht vor dieser Begegnung gehabt, beschämend große Furcht sogar, besonders vorhin, als die Stimme und die Gesänge so schaurig an sein Ohr drangen, doch nun, wo sich zeigte, dass er es nur mit Menschen zu tun hatte, war er ganz ruhig. »Ich gebe zu, lange Zeit wusste ich nicht, dass Ihr es seid«, versetzte er, »aber seit heute Morgen war ich mir sicher.«

»Ha! Das sagt Ihr nur so.«

»Keineswegs. Ich wusste schon heute Morgen, wem ich heute Nacht hier begegnen würde. Denn sowie es das Tageslicht erlaubte, untersuchte ich den Frauenkopf, der von Euch über meine Haustür gehängt wurde. Oder wart Ihr es vielleicht nicht selbst?«

Gesseler kicherte wieder. »Wenn es Euch interessiert: Der Dritte Sohn des Teufels war es. Ich sagte ihm, was zu tun sei, nachdem die Frau ihre Erfüllung gefunden hatte – und sterben durfte. Der Dritte Sohn des Teufels ist sehr anstellig, müsst Ihr wissen, er kann sogar schreiben. Eine Fähigkeit, die der Zweite Sohn des Teufels mitnichten beherrscht.«

»Das glaube ich Euch aufs Wort. Jedenfalls untersuchte ich den Totenkopf und fand heraus …«

»… dass Bockshörner in ihm steckten! Ha, welch großartige Leistung!« Gesseler stieß ein unartikuliertes Prusten aus. »Und welch scharfsinniger Schluss von Euch, dass demzufolge ein hornloser Bock in Kirchrode herumlaufen musste. Euer Pech war allerdings, dass es nicht nur einer war, der Euch bei Eurer Suche über den Weg lief, sondern viele. Nun ratet einmal, wer dafür gesorgt hat? Ich war es. Ich, der Erste Sohn des Teufels!«

Lapidius dachte alles andere als gern an jenen erfolglosen Tag zurück, deshalb redete er schnell weiter, dabei die aufwändigen Untersuchungen an Taufliebs Bohrer überspringend: »… ich fand heraus, dass die Löcher im Stirnbein nicht von einem normalen Schlosserwerkzeug stammen konnten. Dafür sprach der Bohrabfall, der beim Schneiden eines jeden Lochs entsteht. Im Falle des Frauenkopfes handelte es sich um feinstes Knochenmehl – und nicht um Späne. Ein klarer Hinweis darauf, dass hier ein ganz besonderer Bohrer zum Einsatz gekommen war: ein Trepan.

Euch als Medicus muss ich nicht lange erzählen, dass der Trepan ein zur medizinischen Schädelöffnung geschaffener Zylinder ist, dessen eines Ende in scharfe, feinstes Bohrmehl hinterlassende Zähne ausläuft. Und da niemand außer Euch in Kirchrode einen solchen Bohrer besitzen dürfte, musstet Ihr es sein, der hinter all den Teufeleien steckt. Wobei ich einräume, bis zu dieser Erkenntnis auch den Apotheker Veith stark im Verdacht gehabt zu haben, aber Pharmazeuten besitzen nun einmal keine Trepane.«

Gesseler, der am Anfang von Lapidius' Erklärungen noch hin und wieder gekichert hatte, schwieg jetzt. Auch der

Zweite und der Dritte Sohn des Teufels waren stumm. Sie bildeten ohnehin nur Beiwerk.

»Als ich mir dessen sicher war, Herr Stadtmedicus, erklärte sich alles wie von selbst. Zum Beispiel Eure übersteigerte Liebe zur Geschlechtlichkeit, der man in Eurem Wohnraum auf Schritt und Tritt begegnet: Ich nenne nur das Bildnis des Vesalius mit dem von Euch rot beschmierten Genital, die Marmorexponate in Form von Geschlechtsteilen sowie die präparierten Hoden und Penisse in Äthanol.

Es machte plötzlich Sinn, dass Ihr krank wart, als Freyja Säckler unter der Folter ohnmächtig zusammenbrach. Denn hättet Ihr sie behandelt, hätte sie Euch womöglich erkannt und entlarvt. Es machte plötzlich Sinn, dass Ihr die Leiche der Korbmacherin Gunda Löbesam, die Euch zur Untersuchung überantwortet worden war, ganz offenkundig nicht angerührt habt. Warum? Weil Ihr den Zustand ihres Leibes schon kanntet. Es war Euch unangenehm, noch einmal den Körper anzusehen, den Ihr in Wahn und Rausch zerstörtet! Es machte plötzlich Sinn, dass Ihr zu jenen gehört, die sich beim Apotheker Veith Mittel besorgen, welche die Manneskraft stärken. Es machte plötzlich Sinn, dass es in dieser Höhle einen Hirschfänger mit den Buchstaben DRJG gibt – DRJG wie Doktor Johannes Gesseler.«

Der Stadtmedicus kniff unmutig die Augen zusammen. »In der Tat wisst Ihr mehr, als ich Euch zugetraut hätte. Aber Eure scharfsinnigen Geistesübungen werden Euch nichts nützen, denn jetzt seid Ihr mein, und was ich mit Euch mache, entscheide ich allein. Ich lasse Euch töten, denn Ihr habt durch Eure Anwesenheit Luzifers Höhle entweiht.«

»Töten?«, wiederholte Gorm dumpf. »Töten? Ja, Meister!« Der Riese trat einen Schritt auf Lapidius zu, wurde jedoch von Gesseler zurückgehalten.

Lapidius war noch nicht fertig. »Ihr, Herr Doktor Gesseler, empfindet im wahrsten Sinne des Wortes teuflische Freude daran, Frauen zu schänden. Junge, schöne Frauen, die unerreichbar für Euch wären, wenn Ihr es nicht verstündet, sie in einen schlafähnlichen Zustand zu versetzen. Nur so könnt Ihr sie Euch zu Willen machen und anschließend, im Augenblick ihrer größten Demütigung, mit blitzendem Messer töten lassen. Ihr seid krank, Gesseler! Krank! Aber Ihr habt nicht die Fallsucht, wie Ihr vorzugeben beliebt. Ich merkte es schon bei unserer ersten Begegnung, als Ihr mir versichertet, Ihr nähmet nichts gegen dieses Leiden ein. Ihr, ein approbierter Medicus!«

Gesseler erwiderte nichts. Aber Lapidius sah, wie ihm der Kamm schwoll.

»Ihr behauptetet, gerade einen Krampfanfall gehabt zu haben, aber Ihr hattet Euch nicht auf die Zunge gebissen und blutetet keineswegs – der Zungenbiss aber ist eine Begleiterscheinung, die bei solcherart Anfällen stets aufzutreten pflegt. Ebenso wie der Schaum vor dem Mund. Nein, nein, Herr Stadtmedicus, Ihr gebt nur vor, an der Fallsucht zu leiden, um an manchen Tagen der Stadt nicht zur Verfügung stehen zu müssen. An Tagen, wo Ihr Euer Unwesen treiben wollt.

Ich will Euch sagen, Doktor Gesseler, welches Leiden Ihr habt: Ihr habt den Trieb, Macht auszuüben, die Lust zu quälen, zu töten und Euch dabei geschlechtlich zu ergötzen. Und um bei alledem im Hintergrund bleiben zu können, bedient Ihr Euch Gorms und Fetzers. Ihr macht sie Euch mit der Kraft Eurer Augen und Stimme gefügig und veranstaltet diesen ganzen Mummenschanz nur, damit beide eine Rechtfertigung für Eure Untaten erkennen können. Gorm und Fetzer sind wichtig für Euch. Sie sind Eure Werkzeuge.«

Gesseler atmete jetzt schnell ein und aus. Seine Lippen zuckten, seine Augen schossen Blitze. »Halt dein Maul endlich, du, du … du Alchemist, du! Du Destillat der Dummheit, du Nichts! Glaubst du, du könntest mit dem Ersten Sohn des Teufels rechten? Ich werde dich …«

»Ihr werdet gar nichts mehr! Dafür will ich sorgen. Ich werde Euch ein für alle Mal das Handwerk legen, Gesseler! Ich weiß nicht, seit wann Ihr Eure Gräueltaten verübt, aber ich weiß, dass Freyja Säckler Euch in dieser Höhle entwischte und Ihr fortan alles daransetzen musstet, sie als Hexe zu denunzieren, damit sie verbrannt wurde und Euer schändliches Tun nicht mehr verraten konnte. Kalt lächelnd wolltet Ihr sie töten lassen!«

»Töten«, sagte Gorm wieder, und auch in Fetzer kam Bewegung. Er bückte sich und hob den Hirschfänger auf. »Sollen wir ihn töten?«

»Nein!«, herrschte der Stadtmedicus seine Helfershelfer an. »Ich, der Erste Sohn des Teufels, will es nicht, noch nicht. Ich will, dass ihr folgsam seid. Ihr tut nichts, bevor ich es euch sage.«

»Ja, Meister! Natürlich, Meister.«

Der unterwürfige Ton seiner Teufelsbrüder besänftigte Gesseler augenblicklich. Sein überhebliches Gebaren kehrte zurück. »Natürlich lasse ich töten, kalt lächelnd töten. Viele mussten sterben – wie die schiefe Jule, die ihren Korb nicht herausrücken wollte …« Er kicherte. »Da Ihr ja vorgebt, alles zu wissen, muss ich nicht lange darüber reden, wie Gorm sie erschlug. Und auch nicht darüber, dass die Koechlin und die Drusweiler in meinen Diensten stehen. Diese tüchtigen Frauen, die beide jetzt Witwen sind! Fast hätten sie die Säckler schon dahin gebracht, wo ich sie hinhaben wollte, aber was nicht ist, kann immer noch werden.« Er kicherte heftiger. Der Gedanke gefiel ihm. »Geld, Drohungen und die Kraft meiner Augen, damit ist alles auf dieser Welt zu erreichen, Lapidius, alles! Und auch Ihr werdet mir nicht entgehen. Ihr werdet Luzifers Höhle nicht lebend verlassen.«

»So, meint Ihr? Freyja Säckler ist Euch doch auch entkommen. Und Ihr werdet ihrer niemals habhaft werden, denn sie steht unter meinem persönlichen Schutz.«

»Ha! Ihr haltet sie gefangen in einer winzigen, abgeschlossenen Kammer! Immerhin ein guter Einfall, er könnte von mir sein. So ist sie immer zur Stelle, wenn es Euch zwischen den Beinen juckt.«

»Ich habe Freyja Säckler gegen die Syphilis behandelt.«

»Das glaubt Ihr doch selbst nicht.«

»Sie hat die Syphilis, das heißt, ich hoffe, sie hatte sie. Denn die Frau wurde von mir tatsächlich behandelt. Wenn Ihr, Herr Stadtmedicus, sie nicht geschändet habt, könnt

Ihr Euch glücklich schätzen, denn in diesem Fall bleibt Euch die Geschlechtspest erspart. Wer aber sagt Euch denn, dass die beiden ermordeten Frauen gesund waren? Vielleicht hatte auch von ihnen eine die Franzosenkrankheit, und wenn dem so ist, habt Ihr sie jetzt ebenfalls.«

Bei Lapidius' letzten Worten hatte Gesseler sich unwillkürlich ans Gemächt gefasst, trug nun aber wieder seine überlegene Miene zur Schau. »Wir haben uns nicht angesteckt, Lapidius.«

»Ich dachte mir, dass ihr euch zu dritt an den Frauen vergangen habt. Wahrscheinlich, Herr Stadtmedicus, steigerte es Eure Lust, einem anderen beim Akte zuzusehen. Oder Euch selbst beim Akte beobachtet zu fühlen. Nun, Gunda Löbesam, die Korbmacherin, hatte nicht das Glück, wie Freyja Säckler fortlaufen zu können. Wahrscheinlich, weil Ihr die Kraft Eurer Augen durch eine größere Dosis Rauschtrank verstärkt hattet. Wie heimtückisch, wie abgefeimt, wie abgrundschlecht Ihr vorgegangen seid! Ihr habt Gundas Leiche unter den Karren der Säckler legen lassen. Aber auch das nützte Euch nichts, denn Freyja wurde noch immer nicht als Hexe verbrannt. Und das, obwohl Ihr der armen Korbmacherin die Buchstaben F und S in die Stirn ritzen ließet. FS, wie Freyja Säckler.«

Gesseler lachte auf. »Eine überraschende Duplizität der Bedeutungen! F und S heißt eigentlich *Filii Satani*, das machte die Sache noch unterhaltsamer. *Filii Satani*, die Söhne des Teufels! Sie sind die Zierde auf Vierbuschs Triptychon, wurden daselbst vom Erzengel getötet und von meiner Hand gerächt – indem wiederum ich den Engel tötete, damit die Söhne auferstehen konnten. Auferstehen in uns!«

»Das alles ist mir weit gehend bekannt. Erspart mir, näher darauf eingehen zu müssen. Was dann folgte, war Euer abscheulichstes Verbrechen überhaupt: Ihr habt dafür gesorgt, dass der Kopf einer unbekannten Toten über die Tür meines Hauses gehängt wurde. Doch damit bewirktet Ihr nur Euer eigenes Verderben, denn der Schädel mit seinen Bohrlöchern hat mich hierher geführt.«

»Wo Ihr jetzt mir gehört.« Die Augen Gesselers wurden weit. Sie gruben sich förmlich in die von Lapidius. »Aber was reden wir die ganze Zeit! Vergesst doch einfach alles, was Euch hierher gebracht hat. Vergesst es. Es ist unwichtig, so unwichtig, als sei es niemals geschehen. Vergesst es, vergesst es ...«

Der Erste Sohn des Teufels sprach freundlich und fest. Und überaus einlullend. Lapidius hatte Mühe, sich dem Einfluss zu entziehen. Er wollte fortblicken, doch es gelang ihm nicht. Die Augen hielten ihn wie mit Saugnäpfen gefangen, und es schien ihm, als sprächen sie jetzt selbst. »Du wirst mit uns eine wunderbare Zeit haben, Lapidius, eine angenehme Zeit, eine berauschende Zeit, eine Zeit der Liebe und der Wollust, der Liebe und der Wollust ... Die schönsten Frauen werden für dich da sein, nur für dich, nur für dich. Sie werden sich dir hingeben, und du wirst dich an ihnen ergötzen, sie werden sich dir hingeben, und du wirst dich an ihnen ergötzen, so wie an Marthe. Marthe ist eine der schönsten Frauen auf dieser Welt, sie ist schön, und sie ist jung, und ihre Haut ist rein und glatt, so rein und glatt, und ihr Schoß ist wie der Blütenkelch einer Rose, wie der Blütenkelch einer Rose. Du wirst sie besitzen, sobald du der Vierte Sohn des Teufels bist. Sobald, sobald ... Willst du der Vierte Sohn des Teufels sein?«

»J...!«, keuchte Lapidius. Es kostete ihn fast übermenschliche Anstrengung, sich dem Einfluss der Augen zu entziehen.

»Willst du der Vierte Sohn des Teufels sein?«

»J... Nein! Nein! Neiiiiin!« Lapidius brüllte, so laut er es vermochte, und während er es tat, war ihm, als speie er mit jedem Nein die ganze teuflische Verführung wie einen zähen Seim von sich. »Macht, dass Marthe wieder zu sich kommt!«

Der Erste Sohn des Teufels versuchte noch einmal, seine Augen obsiegen zu lassen. Doch es gelang ihm nicht. Lapidius war für ihn nicht mehr bezwingbar.

»Tut es. Ich befehle es Euch!«

Ob dieser Ungeheuerlichkeit verschlug es Gesseler fast

die Sprache. »Du? Du erdreistest dich, mir zu befehlen? Ich lasse dich töten, du Destillat der Dummheit!«

Gorm und Fetzer nahmen eine drohende Haltung ein.

Lapidius sprang einen Schritt zurück in den Gang. »Ihr lasst mir keine Wahl.« Rasch holte er unter seinem Mantel eine Radschlossmuskete hervor. Eine herrliche Waffe, gespannt und geladen, die Tauflieb ihm am Nachmittag überlassen hatte. Ohne ein weiteres Wort schoss er in die Höhlendecke über Gesseler. Kleine und größere Felsbrocken lösten sich und regneten auf die Teufel herab.

Der Stadtmedicus schrie auf. Aus seinem Gesicht war alle Überheblichkeit verschwunden. Nur blanker Hass stand noch darin. »Das war Euer Fehler! Ihr hattet nur diesen einen Schuss, und bis Ihr erneut geladen habt, werden Gorm und Fetzer Euch töten!«

»Ihr irrt.« Lapidius, der sich die Muskete über die Schulter geworfen hatte, öffnete seinen Mantel erneut und wies auf zwei Duellpistolen in seinem Gürtel. Eine davon riss er heraus, entfernte den Deckel der Zündpfanne und senkte den Hahn ab. Dann legte er den Finger an den Abzugshebel. »Ruft Eure Mörderbrut zurück und erlöst Marthe von ihrem Zustand, oder ich erschieße Euch wie einen räudigen Hund!«

»Nein. Wir sind zu dritt. Und Ihr habt nur noch zwei Schuss.«

»Und der erste davon ist für Euch! Also?«

Widerstrebend winkte Gesseler seine Teufelsbrüder zurück.

»Und nun holt Marthe wieder in die Wirklichkeit!«

Der Erste Sohn des Teufels nickte verbissen. Seine Kiefer mahlten. »Na schön«, zischte er, »aber du hast noch nicht gewonnen, Lapidius, noch lange nicht.« Er wandte sich der Magd zu. »Marthe, wenn ich sage ›jetzt‹, bist du wieder wach – ›jetzt‹.«

Ein leichter Ruck ging durch Marthes Kopf. Sie blickte sich um. In ihre Augen trat Erkennen, und mit dem Erkennen schrie sie auf. »Ogottogott, wassis denn …« Hastig schloss sie ihre gespreizten Beine. Wieder kreischte sie, diesmal wohl aus Beschämung.

Lapidius übertönte sie. »Steh auf, Marthe, sofort.«

Marthe schluckte. »Seid Ihrs, Herr? Seid Ihrs wirklich? Wassis bloß alles passiert, ich …«

»Los, los! Mach schon. Und ihr drei bleibt, wo ihr seid. Auf den Boden mit euch, bäuchlings, und die Hände auf den Rücken!« Lapidius richtete unmissverständlich die Pistole auf die Teufel. Endlich taten sie wie ihnen geheißen. Gesseler machte den Anfang, Gorm und Fetzer folgten seinem Beispiel.

»Fessele ihnen die Hände, Marthe, rasch! Tauwerk liegt genügend herum!«

Marthe war jetzt völlig wach. »Ja, Herr, ja doch! Wassollas bloß alles, ogottogott, wennich das Traute Schott erzähl …« Doch während sie plapperte, folgte sie Lapidius' Anweisungen. Sie begann mit Fetzer und fesselte dann Gorm. Und als sie sich Gesseler widmen wollte, geschah es:

Der Erste Sohn des Teufels sprang auf und warf blitzschnell ein Pulver in die Flammen. Lapidius blieb keine Zeit, zu überlegen, woher er es so plötzlich hatte, denn es gab einen gewaltigen Feuerball, der ihm die Augen verblitzte. Dazu kam ein ohrenbetäubender Knall. Marthe schrie auf wie am Spieß. Schwefliger Geruch überdeckte die Weihrauchdünste. Als Lapidius wieder sehen konnte, glaubte er zunächst, sich zu irren. Doch er täuschte sich nicht: Der Stadtmedicus war wie vom Erdboden verschluckt. Lapidius überlegte fieberhaft. Gesseler konnte nicht fort sein. Es war unmöglich. Die einzige Erklärung war, dass er sich in einem der toten Gänge befand, denn an ihm, Lapidius, hatte er nicht vorbeikommen können. Ja, so musste es sein.

Gorm und Fetzer lagen nach wie vor am Boden, wirkten jetzt aber viel lebendiger als vorher. Vielleicht hatte der Knall sie aus ihrem Zustand erweckt. Sie begannen sich mit ihren Fesseln zu beschäftigen. »Macht uns frei«, verlangte der Schreiber, während Taufliebs Hilfsmann bereits wie ein Berserker an seinen Stricken zerrte. »Macht uns frei!«

»Ich denke nicht daran. Komm her zu mir, Marthe! Los, wir verschwinden.« Er griff sie bei der Hand und zog sie mit sich. »Los, los!«

»Ogottogott, Herr!«

Auf dem Weg nach draußen nahm Lapidius im Laufen die zurückgelassene Laterne auf. »Komm schon, Marthe, weiter, weiter!« Trotz des Lichts stieß er sich wiederholt schmerzhaft, während er Hals über Kopf voranstürmte. Endlich erreichte er den Ausgang, Marthe mehr stolpernd als laufend hinter sich.

Als Lapidius aus der Höhle kletterte, fiel bereits das erste fahle Dämmerlicht auf die Hänge des Oberharzes. Es schien ganz so, als zöge erneut ein wunderbarer Tag herauf. Doch Lapidius hatte keinen Sinn für die Schönheiten der Natur, ihm stand ein Bild vor Augen: das Bild, wie Gorm an seinen Stricken zerrte. Der Koloss mit seiner brachialen Kraft würde früher oder später die Fesseln sprengen und sie mit seinen Kumpanen verfolgen. Und dann? Sollte er Taufliebs Hilfsmann erschießen? Nein, er konnte es nicht. Er war dazu einfach nicht in der Lage. Dasselbe galt für den Schreiber und sogar für den übelsten aller Teufel, den Stadtmedicus Gesseler.

Aus den Nebeln der Nacht tauchte der riesige, runde Fels auf – und mit ihm plötzlich eine Idee: Wenn es gelang, den Brocken vor den Höhleneingang zu rollen, würden die Meuchler im Berg gefangen sein. Alle drei, auch Gesseler, der Teufel, der irgendwo da drin noch frei herumlief. »Komm, Marthe, komm!« Er zog sie zu der winzigen Plattform, auf der die Felsmassen ruhten, und stemmte sich mit der Schulter dagegen. »Mach mit, Marthe, drück, drück ... so drück doch!«

Es hatte keinen Zweck. Er hätte es wissen müssen. Natürlich war der Fels zu schwer. Es würde ihm nichts anderes übrig bleiben, als mit Marthe weiterzulaufen und dabei zu hoffen, dass die Teufel sich nicht so bald befreiten. Dabei hatte er sich vorher alles so genau überlegt. Er hatte die Meuchler mit der Waffe bedrohen und sich gegenseitig fesseln lassen wollen, bevor er nach Kirchrode zurückging und Alarm schlug. Anschließend wäre es ein Leichtes gewesen, die *Filii Satani* zu verhaften – direkt am Ort ihrer abscheulichen Verbrechen. Und inmitten ihrer teuflischen Utensilien.

Und jetzt war ihm fast so, als sei er auf der Flucht – nur,

weil Gesseler ihn mit seinem Feuerball aus dem Konzept gebracht hatte. »Weiter, Marthe, weiter!« Er eilte voran und stolperte so heftig, dass er fast der Länge nach hinschlug. Wieder der Obstpflückerkorb! Er war gegen eine der langen Stabilitätsstangen gelaufen. Die verflixten Stangen! Die Stangen? Vielleicht gab es doch noch eine Möglichkeit? »Rasch, Marthe, wir nehmen den Korb und benutzen die Stangen als Hebel, um den Stein ins Rollen zu bringen!«

Was Lapidius niemals für möglich gehalten hätte, gelang wenig später tatsächlich: Mit Marthes Hilfe kam der Fels vom Fleck, ruckte zunächst nur ein winziges Stück nach vorn, schwang sofort wieder zurück, schob sich abermals vor, diesmal ein wenig mehr, fiel zurück, schob sich vor, zurück, vor, immer weiter, bis er schließlich rumpelnd, donnernd und die Erde erschütternd den leichten Hang hinunterrollte, dem Otternberg entgegen und ein Stück an ihm hinauf, wo er, als habe Gott selbst es so vorgesehen, genau vor dem Höhleneingang liegen blieb.

»Aaaooooohh!« Ein Schrei wie nicht von dieser Welt drang an Lapidius' und Marthes Ohr. Er war vom Eingang gekommen, wo sich ein Arm verzweifelt unter dem Felsbrocken bewegte. Gorms Arm! Taufliebs Hilfsmann war ihnen also schon auf den Fersen gewesen. Und nun versuchte der Arm vergeblich, den eingequetschten Körper vom Stein zu befreien. »Aaaooooohh!«

Aber unter den Felsmassen versagten selbst Gorms gewaltige Kräfte. Seine Bewegungen wurden schwächer. Seine Schmerzensschreie leiser. Trotz des furchtbaren Anblicks atmete Lapidius auf. Von Gorm und den anderen *Filii Satani* drohte keine Gefahr mehr.

»Komm, Marthe«, sagte er, »schnell zurück zur Stadt.«

Zwanzigster Behandlungstag

»Hab dich nich richtich gekannt, Jule,
nee, nich richtich,
hast ja immer hier aufer Höh Körbe gemacht
un nie nich inner Stadt,
aber du warstn guter Mensch, das warste,
alle sagens un ich auch,
un nu biste da oben im Himmel, beim Herrgott,
un hier unten sin deine Gebeine,
un nu ruhe in Frieden.
Amen.«

Marthe machte das Kreuzeszeichen, und Lapidius tat es ihr, wenn auch etwas ungeübt, nach. Sie standen vor dem Grab der Korbmacherin, wo die Magd, die nah am Wasser gebaut hatte, ein paar Tränen zerdrückte.

»Komm jetzt, Marthe, wir müssen weiter.« Lapidius wollte so rasch wie möglich in die Stadt hinunter.

»Ja doch, Herr, abers heißt, die Toten soll man ehren, nich, un es war wichtich, noch mal zu beten.«

»Sicher, nun komm.« Lapidius zog die Magd fort.

»Wusst gar nich, dass Jule tot is, Herr!«

»Sie wurde ein Opfer der Teufel. Sie und die beiden jungen Frauen und vermutlich auch Walter Koechlin. Wer weiß, wen Gesseler und seine Meuchler noch auf dem Gewissen haben.«

»Ogottogott, Herr, wassis bloß alles passiert! Wennich dran denk, wie Gorm mir einen übergezogen hat un wie ich inner Höhle gelandet bin, un irgendwie habich überhaupt nix mitgekriegt da drin, konnt ja nix reden un gar nix, oh, Herr, wassis bloß alles passiert? Könnt Ihrs mir nich erzähln? Ham doch massich Zeit jetzt, den ganzen Weg runter inne Stadt, nich?«

Lapidius fragte sich, ob es klug sei, der Magd sämtliche Einzelheiten zu schildern, kam dann aber zu dem Schluss, dass sich noch heute halb Kirchrode das Maul über die Geschehnisse zerreißen würde, egal, ob Marthe nun dazu beitrug oder nicht, und dass ohnehin ja alles vorbei war. Die Teufel waren in der Höhle gefangen und harrten dort ihrer Verhaftung. Richter Meckel konnte gar nicht anders, als sie dingfest machen zu lassen; die Beweise gegen sie waren viel zu erdrückend. Freyja jedoch würde von aller Schuld freigesprochen werden. Sie konnte sich auf ein Leben in Freiheit freuen, nachdem sie die Hitzkammer verlassen hatte. Und das würde heute Abend sein.

Wenn sie nur wirklich geheilt war! Dafür allerdings sprachen die Beharrlichkeit und die Sorgfalt, mit der er die Kur durchgeführt hatte, sowie ihre Jugend. Wenn sie am Abend die Kammer verließ, würde eine leichte Mahlzeit passend sein, nichts Schweres, damit ihr Magen nicht zu sehr belastet wurde. Das Essen konnte er mit ihr in seinem Laboratorium einnehmen, am Experimentiertisch sitzend, er musste nur ein wenig Platz zwischen seinen Tiegeln und Kolben schaffen, dann würde es gehen, allerdings war Freyja noch nicht in der Lage, sich aufrecht zu halten, nun, dann würde er sie in sein Bett legen …

»Wollt Ihrs mir nich erzählen, Herr?«

»Wie? Ach so, doch.«

Und Lapidius berichtete seiner Magd alles, was er wusste, denn sie hatte es verdient. Sie hatte, trotz der Drohungen und des Drucks, denen sie immer wieder ausgesetzt war, zu ihm gehalten, auf ihre Art, mit allen ihren Stärken und kleinen Schwächen, und das rechnete er ihr hoch an.

Als er geendet hatte, schickte die Sonne bereits ihre ersten Strahlen in die Täler, und sie passierten das Osttor. Durch die Schellengasse stadteinwärts gehend, rief die Magd: »Ogottogott, Herr, ich kanns gar nich glauben, wasda alles passiert is, nich glauben kannichs! Un wennich das Traute Schott erzähl, die glaubts auch nich!«

Lapidius blieb stehen. »Das kann warten, Marthe. Ich möchte, dass Richter Meckel unverzüglich über den Aufenthalt der Teufel in Kenntnis gesetzt wird – trotz der frühen Stunde und obwohl heute Sonntag ist. Je früher er die Teufel in den Kerker werfen lässt, desto besser. Laufe darum rasch zu ihm. Ich gehe derweil voraus zu Freyja. Wenn der Richter weitere Fragen hat, und die hat er bestimmt, will ich sie gern am Nachmittag beantworten. Er möge sich dann zu mir bemühen. Hast du alles begriffen?«

»Ja, Herr, ja doch!«

Sie trennten sich, und die Magd eilte davon. Während er seine Schritte heimwärts lenkte, hatte Lapidius zum ersten Mal Muße, den Tag zu genießen. Welch ein herrliches Wetter! Die Straßen waren noch wenig belebt, die Luft roch nach Frühling, und der Himmel war blau. Lange hatte er sich nicht so frei, so unbeschwert gefühlt. Ein Lied vor sich hin pfeifend, bog er wenig später in die Böttgergasse ein. Was Freyja wohl zu alledem sagen würde? Lapidius verhielt, denn er war vor seinem Haus angekommen. Sein Blick fiel auf Taufliebs Werkstatt. Der Meister hatte nicht so viel Grund zur Freude, er würde sich nach einem neuen Hilfsmann umsehen müssen – egal, ob Gorm seine Verletzungen überlebte oder nicht. Ob er dem Schlossermeister sofort Bericht erstatten sollte? Nein, die schlechte Kunde würde ihn noch früh genug erreichen, und die Rückgabe der Waffen konnte warten.

Freyja. Wie es ihr wohl ging? Er beschloss, sie zu überraschen. Er wollte ihr verblüfftes Gesicht sehen, wenn er plötzlich vor der Türklappe stand und sagte: Es ist alles überstanden, Freyja. Die Teufel werden nie wieder ihr Unwesen treiben.

Er brach sein Pfeifen ab und bemühte sich, die Haustür leise zu öffnen. Wie gut, dass Schloss und Riegel neu waren, kunstvoll eingesetzt und sorgfältig gefettet von Tauflieb. Ja, ja, der Mann verstand sein Handwerk! Lapidius schlich in die Diele und legte als Erstes die Muskete und die Pistolen ab, damit das Geklirr der Waffen ihn nicht verriet. Dann schickte er sich an, die Treppe zu erklimmen. Wenn nur die Stufen nicht wieder so knarrten! Er würde ganz langsam und vorsichtig hinaufgehen. Es waren elf Stufen, und die erste war besonders tückisch. Am besten, er würde sie einfach übersteigen, so konnte nichts passieren.

Lautlos pirschte er sich nach oben. Gleich hatte er es geschafft. Nur noch die letzte Stufe. In seinem Gesicht stand freudige Erwartung.

Und dann das blanke Entsetzen.

Vor ihm tanzte eine Teufelsmaske. Sie saß auf dem Hinterkopf eines Mannes, der sich im schnellen Rhythmus hin und her bewegte. Gesseler.

Das konnte nicht sein! Und doch war es so. Wie war Gesseler, dieser Satansjünger, aus der Höhle entkommen? Hatte er sich doch an ihm vorbeigeschlängelt? Unmöglich. Zu schmal war der Gang. Wie dann? Durch die gegenüberliegenden Gänge? Nein, nein, sie waren doch tot, blind, unpassierbar. Ein Geheimweg vielleicht? Ein Geheimweg!

Diese und ähnliche Gedankensplitter jagten im Bruchteil eines Augenblicks durch Lapidius' Hirn; sie waren unnütz und überflüssig, ja sogar gefährlich, denn der Teufel hielt ein Messer in der Hand. Den Hirschfänger! Mit ihm hatte er bereits die Türklappe aufgehebelt.

Ohne sich zu besinnen, stürmte Lapidius vor, voller Wut, Angst und Verzweiflung. Er wollte sich auf den Unhold stürzen – und stürzte selbst. Auf der letzten Stufe stolperte er über seinen langen Mantel und schlug der Länge nach hin.

Einen Wimpernschlag später war er bewusstlos.

Lapidius wusste nicht, wie lange er ohnmächtig gewesen war, aber als er wieder zu sich kam, lag er nach wie vor am Boden. Sein erster Gedanke war, dass er versagt hatte. Wieder einmal. Aber diesmal mit tödlichen Folgen. Freyja war tot, und er hatte versagt. Und der Teufel war fort.

Doch halt, was war das? Er blinzelte. Da saß Gesseler ja vor der Hitzkammer. Nur eine Armeslänge entfernt! Hatte der Teufel ihn nicht bemerkt? Ausgeschlossen. Wahrscheinlich hatte er ihn untersucht und war zu dem Schluss gekommen, dass er keine Gefahr darstellte. Lapidius beschloss, so zu tun, als sei er weiter ohnmächtig. Jetzt sprach Gesseler, und was er sprach, ließ Lapidius an seinem Verstand zweifeln.

»Ich bin Lapidius«, sagte der Medicus mit fester, freundlicher Stimme, »sieh mich an, Freyja, ich bin Lapidius. Ich bin zurück. Du erkennst mich doch? Ja, ich bin Lapidius, du hast dich auf mich gefreut, und nun bin ich zurück. Ich habe dir etwas mitgebracht …«

Lapidius brauchte all seine Willensstärke, um nicht an sich selbst zu zweifeln. Lapidius, das war doch er! Er und nicht der andere. Und er, der richtige Lapidius, musste der schaurigen Posse ein Ende setzen. Gleich. Sowie seine Kräfte es nur erlaubten.

»Es ist das Messer hier, das schöne Messer, das ich dir mitgebracht habe, Freyja, es wird deinen Hals streicheln, ganz sanft, ganz weich … ganz sanft, ganz weich. Du freust dich darauf, wie das Messer dich streicheln wird.«

Gesseler wollte den Hirschfänger ansetzen, doch dazu kam es nicht mehr. Lapidius hatte sich über ihn geworfen und ihn mit der ganzen Wucht seines Gewichts von der Türklappe fortgerissen. Die Klinge flog zu Boden. Lapidius griff danach, doch der Teufel kam ihm zuvor. »Du bist schneller aufgewacht, als ich dachte«, zischte er, »aber es wird dir nichts nützen. Dein letztes Stündlein naht, Destillat der Dummheit, du bist dran! Erst du, dann deine Metz.«

»Das werden wir sehen!«, keuchte Lapidius. Er sprang nach vorn und versuchte, den Messerarm seines Gegners zu packen. Vergebens. Gesseler war zwar älter als Lapidius, aber kleiner und gewandter. Beide standen sich jetzt gegenüber, lauernd, wachsam, der Teufel den Hirschfänger schwingend, Lapidius mit bloßen Händen. »Wie bist du Ausgeburt der Hölle überhaupt in mein Haus gekommen?«

Der Hirschfänger stieß spielerisch nach vorn. »Durchs Fenster, Destillat der Dummheit, einfach durchs Fenster.« Gesseler kicherte. Er wusste, dass seine Waffe ihn unbesiegbar machte. Der lästige Widersacher, der ihn so lange verfolgt hatte, würde bald kampfunfähig sein. Ein, zwei Stiche nur, um ihn zu quälen, dann der Garaus. Und dann die

Säckler. Vielleicht würde er sie doch nicht gleich töten. Sie sah zwar ziemlich mitgenommen aus, aber ihre Brüste wirkten immer noch einladend, sehr einladend, und wenn der Rest genauso köstlich war … In jedem Fall würde er sie töten, damit niemand jemals erfuhr, wer hinter den Kirchroder Morden stand.

»War es ein Fenster meines Laboratoriums?«, fragte Lapidius. Er deutete mit der Hand in Richtung Erdgeschoss.

»Ja«, kicherte Gesseler, und sein Blick wanderte für einen winzigen Moment nach unten.

Darauf hatte Lapidius gewartet. Mit einem mächtigen Satz sprang er vor, in der Absicht, es diesmal besser zu machen. Abermals wollte er den Messerarm packen, doch wieder griff er ins Leere. Gesselers Antwort kam blitzschnell. Der Hirschfänger schoss vor und traf Lapidius' linken Unterarm. Lapidius wich zurück.

Ein Schrei gellte.

Das musste Feyja gewesen sein. Sie stand also nicht mehr unter dem Einfluss des Teufels. Gottlob! »Keine Angst, Freyja!«, rief er, »hab keine Angst!«

Gesseler kicherte jetzt immerfort und umkreiste ihn wie eine Hyäne.

Lapidius betastete mit der Rechten seinen Unterarm und wunderte sich, dass er keinen Schmerz verspürte, obwohl der Stoff seines Mantels bereits nass wurde. Blut! Er fühlte Blut und … etwas Hartes in der Tasche seines Wamses. Während er darauf achtete, dass er gebührenden Abstand zu dem drohenden Messer hielt, fühlte Lapidius weiter. Und dann wusste er, um was es sich handelte: Es waren die Bockshörner, die er noch immer bei sich trug. Er hätte später nie zu sagen vermocht, warum, aber die Hörner, die er aus dem Kopf der toten Frau herausgelöst hatte, gaben ihm plötzlich ein großes Maß an Furchtlosigkeit. Er umklammerte eines und warf es dem Teufel mit aller Kraft ins Gesicht.

Doch er traf nicht. Das Geschoss streifte nur ein Ohr Gesselers, was diesen immerhin veranlasste, den Kopf zu senken und abwehrend den Arm zu heben. Jetzt oder nie!, dachte Lapidius, nahm das zweite Horn und schlug es mit der ganzen Kraft, die ihm zu Gebote stand, dem Teufel an die Stirn.

Gesseler taumelte, gab einen seltsam seufzenden Laut von sich und sackte auf die Knie. War der Teufel noch immer nicht bezwungen? Lapidius schlug nochmals zu, und jetzt, endlich, fiel Gesseler. Er fiel aufs Gesicht. Und die Maske, deren Halterung sich gelöst hatte, kullerte durch den Raum. Sie blieb liegen, mit der Innenseite nach oben, harmlos wirkend wie ein hölzerner Napf. Lapidius stand nach Atem ringend da und fragte sich, ob er die Bestie getötet hatte.

»Er lebt«, flüsterte Freyja.

Lapidius fuhr herum. »Um Gottes willen, du bist ja halb aus der Kammer heraus!«

»Ja«, sagte Freyja, und ihre Augen hatten fast wieder die Farbe von Vitriol. »Ich wollt dir helfen.«

»Aber, aber … fehlt dir auch nichts? Hat er dir nichts getan? Ich bin doch nicht zu spät gekommen?«

»Nein, nein. Er wollt mich einlullen, aber ich habs gleich gewusst, dass ers ist, der Oberteufel. Hab die Maske erkannt. Nun zieh mich raus.«

Er gehorchte und lehnte sie mit dem Oberkörper gegen die große Truhe. Gleichzeitig bewunderte er sie für ihre Tapferkeit. Sie musste Todesängste ausgestanden haben und ließ sich dennoch nichts anmerken. Sicherlich nur, um ihn zu beruhigen.

»Setz dich zu mir.«

Er nickte und merkte erst jetzt, wie weich die Knie ihm waren.

»Was ist mit deinem Arm?«, fragte sie.

»Nicht der Rede wert«, antwortete er.

Eine Weile saßen sie erschöpft da.

»Gefährlich ist er, der Teufel«, sagte Freyja und schmiegte sich an Lapidius, »was machen wir mit ihm?«

Er legte den heilen Arm um ihre Schultern und überlegte. »Ich glaube, ich weiß es«, sagte er dann.

»Wir stecken ihn in die Hitzkammer.«

Epilog

Es erforderte die Kraft von dreißig starken Männern, um den Felsbrocken fortzurollen, der den Eingang zur Sabbathöhle versperrte. Unter den Gesteinsmassen fand sich mehr tot als lebendig der Hilfsmann Gorm. Sein Leben konnte gerade noch durch die Amputation eines Beins gerettet werden. Eine blutige Arbeit, die vom Bader der Stadt erledigt wurde.

Der Schreiber Wilhelm Fetzer hatte, ebenso wie Gesseler, durch einen Geheimgang aus dem Berg gefunden. Er versteckte sich in den Gewölben unter dem Rathaus, wo er Tage später halb verdurstet entdeckt und verhaftet wurde.

Auch Gesseler warf man in den Kerker.

Drei Wochen danach wurden die Söhne des Teufels angeklagt und für schuldig befunden. Unter der Folter hatten sie alle Einzelheiten ihrer Gräueltaten gestanden: Es waren insgesamt fünf junge Frauen gewesen, sämtlich nicht in Kirchrode ansässig, die sie zu Ehren Luzifers in ihre Höhle gelockt und dort gequält, geschändet und gemordet hatten. Neben der Toten, die Gunda Löbesam hieß, konnten noch die Namen dreier anderer Frauen herausgefunden werden. Die Frau mit dem abgetrennten Kopf blieb unbekannt.

Gesseler, Fetzer und Gorm wurden am 30. Mai des Jahres 1547 auf den Gemswieser Markt geschafft und unter johlender Anteilnahme des Volkes gerädert und verbrannt. Abgesehen von Pfarrer Vierbusch, der für ihre Seelen betete, hatten der Erste und der Dritte Sohn des Teufels keinen einzigen Fürsprecher. Sie jammerten vergebens um ihr Leben. Anders war es bei Gorm. Tauflieb kämpfte bis zuletzt wie ein Löwe um ihn, denn er war, was nun ans Licht kam, der leibliche Vater des Hilfsmanns.

Aber nicht nur die drei Söhne des Teufels endeten an diesem Tag auf dem Scheiterhaufen. Auguste Koechlin und Maria Drusweiler waren ebenfalls peinlich verhört worden. Stachelstuhl und Streckbett hatten aus ihnen nicht nur ihre Mittäterschaft herausgepresst, sondern auch die Namen von Menschen, die wenig oder gar nicht mit den Hexenjagden in Verbindung standen. Einer von ihnen war Krabiehl, der zusammen mit den Zeuginnen und drei weiteren, völlig unbeteiligten Personen den Feuertod erlitt. Ihm war zum Verhängnis geworden, dass er eine Liebschaft mit Auguste Koechlin begonnen und überdies den Kräuterwagen von Freyja Säckler aus niederem Besitzstreben beiseite geschafft hatte.

So waren Schuldige wie Unschuldige gestorben, und die Erkenntnis von Bürgermeister Stalmann, dass ein Geständnis letztlich nur vom Druck der Daumenschrauben abhing, hatte sich auf makabre Weise bewahrheitet. Sogar Stalmann selbst geriet in Gefahr, war sein Name doch – ebenso wie der von Meckel, Kossack, Leberecht und Veith – wiederholt im Zusammenhang mit geheimnisvollen Liebeszaubermitteln gefallen. Die belastenden Aussagen jedoch wurden kurz darauf widerrufen und aus den Protokollen gestrichen.

Dies alles und mehr geschah zu einer Zeit, da Freyja Säckler bereits die Stadt verlassen hatte. Lapidius war mit ihr gegangen. Er hatte nicht mehr in einer Gemeinschaft leben wollen, in der so scheinheilig moralisiert, intrigiert und tortiert wurde. Sein Haus hatte er verkauft. Marthe war unter Tränen zurückgeblieben und wieder zu ihrer Mutter gezogen, deren Gebrechlichkeit mehr und mehr der Pflege bedurfte.

Nur einmal noch drang Kunde über den »Hexenbuhler und seine Hexe« nach Kirchrode: Es hieß, sie wären den Bund der Ehe eingegangen und seien später, als Lapidius seinen latinisierten Namen abgelegt hatte und sich wieder Stein nannte, an entfernter Stelle sesshaft geworden.

Es gibt heute genau ein Dutzend Ortschaften mit Namen Stein, verteilt über ganz Deutschland.

Wer weiß, vielleicht leben in einer von ihnen die Nachkommen von Lapidius und Freyja Säckler.

Knaur.

Wolf Serno

Im Jahre 1576 stirbt im nordspanischen Kloster Campodios der alte Abt. Kurz vor seinem Tod gesteht er seinem Lieblingsschüler Vitus, dass dieser ein Findelkind ist. Vitus lässt dieses Geständnis nicht mehr los: Er will das Geheimnis seiner Identität lüften, und des Rätsels Lösung vermutet er in England. Auf seinem Weg quer durch Spanien muss er zahlreiche Abenteuer bestehen und macht sich als begnadeter Chirurg einen Namen.

»Ein Buch, das durch seine atemberaubende Erzählweise jeden Fan historischer Romane fesselt, ein Buch, das man mit dem Herzen liest und das alles um einen herum vergessen lässt.«
Thüringer Allgemeine

Der Wanderchirurg
Roman
ISBN 978-3-426-62164-6

Knaur Taschenbuch Verlag